Mira Magén

Schmetterlinge im Regen

Roman

Aus dem Hebräischen
von Mirjam Pressler

Deutscher Taschenbuch Verlag

Von Mira Magén
sind im Deutschen Taschenbuchverlag erschienen:
Klopf nicht an diese Wand (12967)
Schließlich, Liebe (13201)
Als ihre Engel schliefen (24532)

FSC
Mix
Produktgruppe aus vorbildlich
bewirtschafteten Wäldern und
anderen kontrollierten Herkünften
Zert.-Nr. GFA-COC-1298
www.fsc.org
© 1996 Forest Stewardship Council

Der Inhalt dieses Buches wurde auf einem nach den
Richtlinien des Forest Stewardship Council zertifizierten
Papier der Papierfabrik Munkedal gedruckt.

Deutsche Erstausgabe
September 2007
Deutscher Taschenbuch Verlag GmbH & Co. KG, München
www.dtv.de
© by Mira Magén
Worldwide Translation Copyright
© by The Institute for the Translation of Hebrew Literature
Titel der hebräischen Originalausgabe:
›Parparim Be-Geschem‹
[Keter Books, 2005]
© 2007 der deutschsprachigen Ausgabe:
Deutscher Taschenbuch Verlag GmbH & Co. KG, München
Umschlagkonzept: Balk & Brumshagen
Umschlagfoto: Picture Press/Graphistock/Lisa Spindler
Satz: Fotosatz Amann, Aichstetten
Gesetzt aus der Berling 10,2/12,75
Druck und Bindung: Kösel, Krugzell
Gedruckt auf säurefreiem, chlorfrei gebleichtem Papier
Printed in Germany · ISBN 978-3-423-24596-8

Für Schmulik, für seine leuchtende Seele,
sein sehendes Herz
und für seinen Geist, der seine Grenzen überwindet.

Erstes Kapitel

Die lilafarbenen Ohrringe. Sie flackerten im zitternden Glanz, den sie verursachten. Wenn sie sie noch trägt, wird er sie sofort erkennen. Sie waren einfach und durchsichtig wie ein Regentropfen auf einer Lilie. Der Glasbläser, der sie für sie gemacht hatte, schwor damals, dass sie die besten seien, die seine Hände je gefertigt hätten.

In drei Tagen wird sie da sein. Sie hatte die Flugnummer nicht angegeben und auch nicht, von welchem Erdteil sie kommen würde. »Hallo, hier spricht Eva, deine Mutter.« Viele Zigaretten hat sie wohl seither geraucht, die Stimme auf dem Anrufbeantworter war tiefer und heiserer als die, an die er sich erinnerte.

Er bremst das Auto da, wo die Feuchtigkeit den Sand fest werden lässt, direkt vor der Wasserlinie, steigt aus und beginnt zu laufen. Er betrachtet die atmende Brust des Meeres, das Steigen und Sinken der Wellen. Eliane würde dem dumpfen Grollen misstrauen, sie würde fürchten, dass etwas passieren könnte, sie würde den Mantelkragen hochschlagen, um ihren Nacken zu schützen. Gut, dass sie sich ihm nicht angeschlossen hat. Dass sie ihn hat gehen lassen und vor ihrem leeren Glas sitzen geblieben ist, die Finger um den Glasstiel gelegt. Er hat ihr nichts versprochen, nichts über das Nichts hinaus, das er schon gehalten hatte. Er hat sie betrachtet und gedacht, wenn sie alt wird, wird sie schöner sein, war aufgestanden und auf die Tür des Restaurants zugegangen, und ihre Finger, die den Stiel des Glases umklammert hatten, hatten ihn gerührt. Sie würde ohne ihn alt werden, hatte er gedacht, während er das Restaurant verließ. Wäre er ein Filmregisseur, so hätte er diesen Moment inszeniert. Er hätte den Rücken der Darstellerin aufgerichtet, er hätte ihre eine Wange beschattet und ihre Finger um ein Glas gelegt. Ja, er ist sicher, sie würde mit dem Alter schöner werden, und trotzdem würden sie beide getrennt alt werden.

Er lässt die Gedanken schweifen, geht langsam an der Wasserlinie entlang und sagt sich, dass dies die Zeit sei, die Dinge zu sortieren und sein Leben zu ordnen. Er bückt sich zum Sand, hebt eine Muschel hoch, wirft sie ins Wasser und denkt, Blödsinn, man kann seine Seele nicht aufräumen, die Seele ist keine Strumpfschublade, und Gefühle lassen sich nicht nach Größe und Farbe sortieren. Wie soll man Reue, Abneigung, Sehnsucht, Begierde und Abscheu auseinanderhalten? Er pfeift eine alte Melodie und sagt sich, er wird jetzt nicht über das nachdenken, was er morgen oder übermorgen tun will, er wird auch nicht über Eliane oder andere nachdenken, er wird es dem Wind und den Wellen überlassen, mit ihm zu tun, was sie wollen. Er beugt sich nieder, um eine üppige Alge zu betrachten, die an den Strand gespült worden ist, dann tritt er sie zurück ins Wasser und denkt, wie gut es ist, dass der Strand menschenleer ist und niemand ihn ablenkt. Aber er irrt sich. Eine Frau und ein Junge kommen ihm entgegen, gehen an ihm vorbei und ziehen, als sie ihm schon den Rücken zugekehrt haben, ihre Schatten hinter sich her. »Wovor hast du Angst, mein Schatz? Warte, bis du groß bist«, sagt die Frau und lacht, und ihr Ellenbogen hebt sich, ihr Ärmel rutscht zurück. Ihre Hand befindet sich auf der Höhe ihres Gesichts, sie bedeckt damit ihren Mund. Der Junge schaut sie an und schweigt. Er zieht einen dürren Zweig hinter sich her, und der Zweig verletzt ihren Schatten; zieht einen dünnen Strich hindurch. Sie entfernen sich und werden kleiner, und der Strich hinter ihnen wird länger.

Es ist nicht viel passiert, fast nichts, ein vom Wind aufgewehter Ärmel und eine schmale Hand, die sich auf einen lachenden Mund gelegt hat. Das ist alles. Und der Zeitstreifen ist zerrissen. Das Meer ist schwer und dunkel, der Sandstreifen zu seinen Füßen von einem metallischen Grau, als hätte man den Sand mit einem Eisenband beschlagen. Da hast du's, denkt er, eine kleine Handbewegung, und der Rhythmus deiner Schritte wird unterbrochen. Nur eine fremde, schmale Hand, und schon rollt sich der Teppich der Zeit vor dir auf, der die Abdrücke deiner Füße bewahrt hat: die Schuhe eines erwachsenen Mannes, die Boots eines Jugendlichen, die Sandalen eines Kindes und die Abdrücke nackter Babyfüßchen.

Auch damals hatte es Gespräche über Angst gegeben. Auch damals hatte eine Frau die Hand auf den Mund gelegt, um ihr Lachen zu verbergen. Seine Mutter.

Sie putzte Treppenhäuser, er folgte ihr von Haus zu Haus und wartete auf der untersten Stufe auf sie.

»Wenn sie Angst haben, sind sie genau wie wir«, sagte sie, wrang den Lappen aus und wischte damit die Ritzen zwischen den Stufen sauber, entfernte Zigarettenkippen, Papierfetzen, Essensreste und andere Lebenszeichen, die von denjenigen, die die Treppe hinauf- oder hinuntergegangen waren, fallen gelassen worden waren. »In der Angst sind alle gleich.« Sie warf den Lappen in den Eimer, streckte einen Fuß aus und spreizte die Beine über der nassen Stufe.

Du hättest ihm nichts von ihrer Angst zu erzählen brauchen, damit er lernt, dass es auf der einen Seite sie gibt, auf der anderen Seite uns. Er wird es schon noch erfahren. Du hättest überhaupt nicht von Angst sprechen müssen. Auch ohne den Hund von Familie Baumann, der auf ihrer Schwelle seine spitzen Zähne fletschte, wusste er, was Angst ist, und auch ohne den Professor, der seine Tür öffnete und vor dem Hund zurückwich und sich in seine Diele verkroch, wusste er, dass Angst den, der Angst hat, zurücktreibt und ihm eine Gänsehaut verursacht.

»Professoren haben genauso viel Angst wie wir«, sagte sie. Und er, auf der untersten Stufe, presste seine knochigen Knie zusammen und wünschte sehnlichst, sie würde leiser sprechen, ihre gespreizten Beine zusammenfügen, sich über den Eimer beugen und endlich die nächste Stufe putzen.

»Glaubst du etwa, dass diese Universitäten ihnen die Angst nehmen? Ein Angsthase bleibt ein Angsthase, auch wenn er Professor wird. Und ein Hund bleibt ein Hund.« Ein leises Rascheln kam vom Efeu, der die Hauswand bedeckte. Er wollte den Efeu hören, er wollte, dass sie ihre Beine und ihren Mund schloss und sich an die nächste Stufe machte. Eine große Hand packte das Halsband des Hundes und zog ihn in die Wohnung zurück, Baumanns Tür knallte vor dem wütenden Tier zu, und die Tür des Professors ging wieder auf.

Sie zog ihren Fuß zurück, der dem Professor den Weg versperrte. Ihr Schuh hinterließ einen Streifen quer über die nasse Stufe. Sehr langsam machte sie dem Professor den Weg frei, dem Jungen gelang es nicht, ihr Gesicht zu sehen, nur ihre Hand, die sie vor den Mund legte, und er wusste, dass sie lachte. Der Professor, korrekt gekleidet und aufrecht, wartete darauf, dass sie den Fuß wegzog, ging die Stufen hinunter, nickte ihr kurz und knapp zu und ging dann an dem Jungen vorbei, ohne ihn zu beachten. Und wirklich, warum hätte er einem Jungen zunicken sollen, der gerade mal sechs war und zaundürr. Der Junge lauschte sowieso auf den Efeu, hörte, wie der Wind in den Blättern raschelte, trockene Blätter abriss und in den Rinnstein wehte.

»Die Universitäten sorgen nur dafür, dass sie einen geschwollenen Kopf bekommen. Das Herz bleibt gleich. Ein verschrumpeltes Herz bleibt verschrumpelt, mit oder ohne Universität«, sagte sie und beugte sich über den Eimer, wrang den Lappen aus und putzte die nächste Stufe. Und er lockerte seine zusammengepressten Beine und dachte: Verschrumpelt? Was ist ein verschrumpeltes Herz? Er zeichnete mit einem Finger ein asymmetrisches Herz auf das Geländer, eine Seite rund und die andere gequetscht und nach innen gedrückt. Er fragte sich, ob sein Herz verschrumpelt war, strich über seine rechte Brustseite, dann fiel ihm ein, dass das Herz links war, und links ist auf der Seite, wo sein kleiner Finger krumm ist.

Zum Beispiel das Wort Angst. Hatte er erst die Angst gekannt und dann das Wort, oder war es genau umgekehrt? Was spielt es für eine Rolle, beides hatte er früh erfahren, noch bevor seine Mutter Fußböden putzte und sagte: »Siehst du, Schätzchen, ich werde das sein, was ich sein will.« Sogar bevor sie Perlen auf eine Nylonschnur zog, die Ketten auf ein Holzgestell hängte und auf der Straße verkaufte. Er konnte das Wort Schätzchen nicht ertragen. Wenn sie ihn »Schätzchen« nannte, verkrampften sich seine Kiefer. Ihr »Schätzchen« verkündete, dass ein neuer Sturm bevorstand, dass er seine Schnürsenkel binden, den Mantel zuknöpfen und sich auf den Weg machen musste. Jedes Mal, wenn das Leben von ihr eine Entschuldigung oder eine Erklärung verlangte, ließ sie ein »Schätzchen« los, um ihn zu besänftigen und zu versöhnen, besonders an Tagen, an denen eine fremde Zahnbürste im Badezimmer stand und ein Handtuch dort hing, das einen fremden Geruch verströmte. An normalen Tagen nannte sie ihn Adam, und wenn sie traurig war, nannte sie ihn mit dem Namen, den sie ihm bei seiner Geburt gegeben hatte, Urija. Als er sie fragte, warum Urija, sagte sie: »Das ist aus dem Lied: Uri werde ich ihn nennen, mein Uri.« Und als er fragte, warum Adam, sagte sie: »Du bist in meiner kosmopolitischen Phase geboren, ich wollte, dass du einen Namen hast, der zu allen Orten der Welt passt.« Er fragte nicht, was ihre kosmopolitische Phase war, er begnügte sich damit, dass sein Name zu allen Orten der Welt passte. Bei dieser Gelegenheit hatte sie sich auch selbst einen Namen zugelegt, der zur ganzen Welt passte, nämlich Eva. »Als du geboren wurdest, habe ich den Namen Chawa abgelegt«, sagte sie. Aber Mama Ruth hatte sie weiterhin Chawale genannt, und ohne die Stummheit, die sie befallen hatte, hätte sie es bis zu diesem Tag so gemacht. Doch auch bevor sie die Sprache verlor, hatte Mama Ruth nicht viel über sie gesprochen, und im Laufe der Zeit hatte sie aufgehört, ihren Namen zu nennen und angefangen, nur noch »Die-da« zu sagen.

In drei Tagen wird Eva, Chawale, Die-da, oder wie man sie auch nennen will, zurückkommen. Und er hat noch nicht entschieden, ob er zum Flughafen fahren wird, um sie abzuholen. Er hat Eliane nichts erzählt, er hat getan, als wäre nichts. Hätte er es ihr erzählt, hätte sie ihn gedrängt, zu fahren. Natürlich fährst du hin. Dieses verdammte Fragezeichen hängt dir seit fünfundzwanzig Jahren über dem Kopf, es wird Zeit, eine Antwort zu bekommen. Oder vielleicht hätte sie, nach einem tiefen Schluck aus ihrem Weinglas, gesagt, warum solltest du fahren? Fünfundzwanzig Jahre lang hat sie nichts von dir wissen wollen, was ist auf einmal los mit ihr, ist sie krank? Einsam? Wird sie alt? Braucht sie Hilfe? Soll sie sich doch an ihre Freunde halten! Eliane wäre wütend geworden, hätte ihn am Ärmel gepackt und ihn aus seinen Gedanken gerissen. Sag mir, wie geht das, wie kann eine Mutter ihren zehnjährigen Sohn zurücklassen und sich fünfundzwanzig Jahre lang nicht um ihn kümmern? So eine gehört in eine geschlossene Anstalt oder hinter Gitter. Kapier doch, Adam, sie hat dir das Leben versaut ...

Vor einer Stunde hatte er Eliane gegenübergesessen, im

Restaurant, hatte in seinem Kopf die Sorgen sortiert, sich in sie vertieft und geschwiegen.
»Trink, warum trinkst du nichts?«, hatte sie gefragt, und auch diesmal bedrängte sie ihn und wollte wissen: »Nun, wie wird es mit uns weitergehen?« Ihre Augenbrauen zogen sich zusammen, so dass zwischen ihnen eine tiefe Falte entstand. Er betrachtete ihren gespannten Hals und dachte: Neunundzwanzig. Eva war zehn Jahre jünger gewesen, als sie ihn bekam, sich ein Tuch um die Brust hängte und mit ihm auf die Straße ging und Ketten aus Glas- und Plastikperlen, die sie auf Nylonfäden aufgezogen hatte, verkaufte, während er über ihren kleinen Brüsten schaukelte. Wenn sein Weinen aus dem Tragetuch drang, entblößte sie ihm eine Mädchenbrust und sang ihm ein Wiegenlied auf Englisch. Das hatte ihm Mama Ruth erzählt. »Auf Englisch hat sie dir vorgesungen, als hätten wir nicht genug eigene Lieder«, murrte Mama Ruth und machte eine verächtliche Handbewegung, um ihre Worte wegzuwischen, denn was waren englische Lieder gegen ihr großes Unrecht. Eva, Chawale, Die-da oder wie auch immer, war gerade mal neunzehn, als sie dem kleinen Adam das Leben schenkte und sich einen Mühlstein von zwei Kilogramm um den Hals hängte. Zehn Jahre hielt sie durch, bis sie unter der Last zusammenbrach, ihn im Stich ließ und sich nicht mehr um sein Schicksal kümmerte. Sie verschwand und hinterließ ihm einen beschädigten Schmetterling aus Glas, einen jener Schmetterlinge, die sie, auf Nylonschnüre gezogen, auf der Straße verkaufte und deren Preis sie erhöhte, wenn sie in der Sonne glänzten, und die sie billiger machte, wenn die Sonne unterging. Einen Moment, bevor sie aus seinem Leben verschwand, gab sie ihm einen Schmetterling mit abgebrochenen Fühlern und einem zerstoßenen Auge, und als er sie fragte, ob der Schmetterling je gesund werden würde, sagte sie: »Wenn er es sich stark genug wünscht, wird er gesund werden.«

Nachts versteckte er den Schmetterling unter dem Kissen, und morgens musste er feststellen, dass der Schmetterling nicht genug gewollt hatte, sein Auge war nicht aufgegangen und die Fühler nicht länger geworden. Es tat ihm leid, dass er sie nicht gefragt hatte, ob diese Sache mit dem genügend Wollen auch für Menschen galt, dann hätte er sich nämlich stärker um seinen linken kleinen Finger gekümmert, dessen oberes Glied krumm und nach innen gezogen war, als wollte der Finger sich zur Faust ballen. Auch was Eva betraf, wollte er wohl nicht stark genug, all die Stunden, die er am Fenster zubrachte, mit offenen Augen und gespitzten Ohren, reichten nicht, um sie zurückzubringen. Und nun plötzlich, Jahre, nachdem er aufgehört hatte, seine Sinne aufs äußerste anzuspannen, würde sie zurückkommen, und nur sie und Gott wussten, woher.

»Sie hat dir dein Leben versaut, Adam«, hatte Eliane zu ihm gesagt, und er fragte sich, ob sein Leben beschissener war als das anderer Leute. Wenn man die grundlegenden Parameter abwog, die die Basis eines menschlichen Lebens bildeten, hatte seine Existenz mit einem riesigen Defizit begonnen. Schon im Mutterleib wurde er gezwungen, sich mit wenig zufriedenzugeben, er musste seinen Körper und seine Gliedmaßen zusammenfalten, damit sie in das enge Becken passten, und in flachem Fruchtwasser schwimmen, er musste sich mit sieben Schwangerschaftsmonaten begnügen, statt mit neun, wie sie Menschen zustehen, und mit einem Schlag auf die Welt kommen, mit einem spitzen, schnellen Schmerz und mit einem Gewicht von zwei Kilogramm. Eine Frühgeburt, deren Lungen noch nicht ausgereift waren, eine Frühgeburt, für die niemand die Vaterschaft übernahm, offenbar war der Vorfall, der ihn in Evas Gebärmutter gepflanzt hatte, beiläufig gewesen, eilig und ungeduldig. Eine Frühgeburt, bei deren Anblick die Frau, die ihn an seinem Inkubator besuchte, gähnte und Kaugummi kaute, als sie ihn durch die durchsichtige Plastikwand betrachtete, unruhig ihre dünnen Beine bewegte, auf ihre Armbanduhr schaute, nach genau fünfzehn Minuten aufstand und ging, ihren ausgelutschten Kaugummi in den Aschenbecher drückte und sich auf der Treppe, die von der Frühgeburtenstation zum Ausgang führte, eine Zigarette ansteckte. »Nicht ein Gramm Mütterlichkeit war an ihr, nichts. Jede Katze ist eine bessere Mutter als sie«, sagte Mama Ruth. Sie war die andere Frau, die zu Besuch an den Inkubator kam. Diejenige, die seufzte, ihn aus dem durchsichtigen Plastikbehälter herausnahm und fest an ihre schweren Brüste drückte, die ihre Lippen vor lauter Staunen öffnete und sie vor Erbitterung zusammenpresste. »Sie hatte einen Defekt, verstehst du? Ihr Kopf war der Kopf einer Puppe, nicht der einer Mutter. Auch ihr Körper passte dazu, kein Bauch, kein Hintern. Nichts. Groß, flach, nur Haut und Knochen, und das Gesicht von einem frechen kleinen Mädchen.« An dem Tag, als seine Lungen nachgereift waren und er schreien konnte, kam Mama Ruth und holte ihn aus dem Inkubator und brachte ihn zu der ersten in der Reihe der Stationen, die er in seinem Leben kennen lernen sollte. »Dass sie Milch hatte, war ein Wunder. Vermutlich hat Gott Mitleid mit Frühgeburten, sonst wärst du schon fertig gewesen, bevor du angefangen hattest.« Auch die Sache mit dem Wetter schrieb sie Gott zu und sagte: »Der da oben hat seine Sonne versteckt und sie erst wieder angezündet, als du aus dem Brutkasten gekommen bist. Das war dein Glück. Ohne Sonne wärst du im Jerusalemer Winter ein tiefgefrorenes Hühnchen geworden.« An anderen Tagen, wenn sie auf Gott wütend war, leugnete sie seine Barmherzigkeit und sagte: »Der Himmel hat dich im Stich gelassen. Wenn dein Opa und ich nicht gewesen wären, hättest du ein kleines Grab bei den Kindergräbern bekommen. Keinen Tag hättest du durchgehalten.« Und Eva? Sie verschwand aus ihrer gemieteten Wohnung, als er die Frühgeborenenstation verließ und seinen Weg in ihr Leben nahm. Mama Ruth, in der einen Hand ein Baby, wühlte mit der anderen in ihrer Tasche auf der Suche nach dem Schlüssel, sie öffnete die Tür, legte den Jungen in eine billige Bambuswiege, betrachtete seine durchsichtigen Augenlider, die in der Sonne blinzelten, und spannte einen blauen Seidenschal über die Wiege, um ihn zu schützen. Nach einer Stunde kam Eva herein und sagte, ein Baby, das sein Leben zwischen Bambusstäben und blauer Seide beginne, habe einen guten Blick auf die Welt. Sie nahm den Schal ab, betrachtete den Kleinen und sagte: »Das Ding da ist aus mir gekommen? Wirklich seltsam.« Er schrie, und sie nahm ihn heraus, schob ihr T-Shirt hoch und legte ihn an ihre kleine Brust, sie saß im Schneidersitz auf dem Teppich, stillte ihn und bedeckte ihre nackte Brust nicht, und Mama Ruth wandte das Gesicht zum Fenster und lauschte dem schmatzenden Saugen und wunderte sich, wie viel Milch in einer so unreifen kleinen Zitrone war. Dann kam Nachum, sein Großvater, Evas Vater, Mama Ruths Ehemann. »Setz dich, Papa«, sagte Eva und löste die geschwollenen Lippen des Babys von ihrer Brustwarze, ließ die feuchte Brustwarze nackt und unbedeckt und legte es an die andere Brust. »Nun, Papa, sag schon was«, sagte sie lachend, steckte sich eine Zigarette an und blies den Rauch über das Baby. »Was kann ich schon sagen?« Auch er schaute aus dem Fenster, verlegen zog er sich einen schäbigen Hocker heran, setzte sich und schaute weiter hinaus.

»Er war schamhaft, dein Opa. Weil sie halb nackt war, konnte er nicht hingehen und dich aus der Nähe betrachten, oder? Nie im Leben. Was hätte er also sagen sollen? Sie hat uns wirklich viel zu schlucken gegeben.« Mama Ruth erzählte ihm, wie sie damals beide dasaßen, mit dem Rücken zu ihm, die Blicke aus dem Fenster gerichtet, und der Rauch der Zigarette stieg zur Decke und löste sich über ihren Köpfen auf. Nachum sagte, der Rauch könne den Lungen des Babys schaden, und Eva sagte, im Gegenteil, Babys lernen, mit dem zurechtzukommen, was es gibt, und sie werden immun. »Ihr könnt gehen, ich komme allein mit ihm zurecht«, sagte sie zu ihnen, und sie standen auf und gingen, und ihre Herzen waren wie ihre Schritte, pochend und schwer. Nachum fragte, wie viel Milch es schon in so etwas Kleinem geben könne. »Sie ist wie ein Kind«, sagte er, »woher soll sie Milch haben?« Und er hoffte, dass Gott, der in seiner Güte die ganze Welt nährt, sich auch des gerade geborenen Geschöpfes erbarme. Mama Ruth ärgerte sich, weil er nur nach der Milch fragte, und was ist mit ein bisschen Liebe für diese Frühgeburt? Und wenn Gott wirklich etwas für die Gesundheit dieses armseligen Frühchens tun wollte, warum hatte er es dann so eilig, es zwei Monate zu früh auf die Welt kommen zu lassen? Nachum sagte zu ihr, sie solle Gott in Ruhe lassen, und sie antwortete ihm, Gott sei nicht auf Fürsprecher angewiesen, und er sagte etwas zu ihr, und sie antwortete ihm, und so ging es, bis sie zu Hause ankamen. Mama Ruth verstand nicht, wie ein Frühchen, dessen Herz kleiner als eine Pekannuss war, es schaffte, Nachum Gott näher zu bringen und von ihr zu entfernen. Und als das Frühchen drei Jahre alt wurde, starb Nachum.

»Der Anfang deines Lebens war der Anfang vom Ende deines Großvaters«, sagte sie zu ihm, als er zehn war, und obwohl er nicht viel über den Beginn seines Lebens wusste, fragte er nichts. Er war der Meinung, für ihn sei Schweigen das Beste, damit sie keine Zuckungen auf der Stirn und um die Augen bekam, wie es immer geschah, wenn sie über ihre Zeit mit Nachum sprach. Der Vorfall, der sich ereignete, als er einmal mit ihr die Straße entlangging, hinter einem alten Ehepaar her, hatte ihm gereicht. Der Wind hatte an dem Kopftuch der Frau gerissen, und der Mann nahm die Zipfel und knotete sie unter ihrem Kinn zusammen. Mama Ruth schnalzte mit der Zunge, bückte sich, als hätte sie einen Stein im Schuh, und starrte die Leute an. »Man könnte denken, Romeo und Julia«, sagte sie, und ihr Augenlid hob sich und sprang wie eine Laubheuschrecke. »Hast du das gesehen? Ich habe ihnen nur einen bösen Blick nachgeschickt, und schon ist mein Auge kaputt.« Sie kicherte und fuhr fort, ihre kaputten Augen auf die beiden Alten zu richten, und sie ließ sie nicht los, bis sie im Postgebäude verschwanden.

Sie beneidete alte Paare, die auf der Straße Arm in Arm liefen, die sich gegenseitig die Mäntel zuknöpften, die geduldig zuhörten und langmütig schwiegen, als hätte irgendein Naturgesetz sie übersprungen.

Er wird nicht Arm in Arm mit Eliane gehen, wenn sie alt sind, weil sie jeder für sich alt sein werden. Eliane wird im Alter schöner sein, trotzdem werden sie nicht gemeinsam alt werden. Er hatte ihr nicht geantwortet, als sie fragte: »Nun, was wird aus uns beiden?« Was hätte er antworten können? Anfangs hatte er sie nur begehrt, danach hatte er sie auch geliebt, und heute war es ihnen angenehm, zusammen zu sein. Wie schön wäre es, wenn sie sich damit zufrieden geben würde, aber das tat sie nicht. Eine Linie der Entschiedenheit und des Grolls bildete sich zwischen ihren Augenbrauen, ihre Stirn und ihr Hals waren noch straff und glatt. In ein paar Jahren werden ihre Gesichtsmuskeln weicher werden, die Schärfe wird verschwinden.

Nun, da er sich die Gelassenheit vorstellt, die sie in einigen Jahren ausstrahlen wird, sehnt er sich nach ihr, und für einen Moment wünscht er sich, alt zu sein und ihr Schmetterlinge um den Hals zu hängen. Es ist ja nicht so, dass er sie nicht liebt, aber seine Liebe wird nicht für ein ganzes Leben reichen. Sein inneres Reservoir ist flach, es füllt sich langsam und wird schnell leer.

Das Meer rollt über den Strich, den der dürre Zweig gezogen hat, unterbricht ihn und füllt ihn mit Wasser, die Mutter und der Junge sind zwei kleine dunkle Punkte am Horizont. Er hat Eliane nichts von dem Anruf seiner Mutter erzählt, er hatte getan, als wäre das Leben wie immer. Hätte er es ihr erzählt, hätte sie mit ihm geschimpft. »*You must face it*, Adam.« So ist sie, große Sprüche sagt sie auf Englisch. Mama Ruth erträgt es nicht, wenn man Hebräisch mit englischen Worten mischte – wie sehr hatte sie sich über seine Mutter geärgert, die ihm Lieder in einer fremden Sprache vorsang –, aber ihm ist es egal, in welcher Sprache das Leben gelebt wird. Er geht weiter, und das Meer streckt eine Wasserzunge aus und leckt seinen Schuh. Jetzt würde er Eliane gern umarmen, er würde sie in den Po kneifen und wegrennen, sie würde ihn mit ihrem schmalen Fuß zum Stolpern bringen, und beide würden sie in den Sand fallen, sich beschimpfen und herumwälzen. Wenn er ohne sie ist, spürt er größere Lust auf sie, als wenn er mit ihr ist. Wie bedauernswert war doch der Finger, den sie um den Stiel des leeren Weinglases gekrümmt hat, denkt er und sagt sich, er wird sie gleich anrufen. Er wendet sich zum Auto, um das Handy zu holen, und überlegt es sich anders, und der Sand bewahrt seine Fußabdrücke, die mal in die eine Richtung gehen, mal in die andere. Eine Möwe steigt kreischend auf. Ihre Schreie erinnern ihn an Dafi, die Tochter seines Onkels Amos. Sie hatte einmal gesagt, ihr Leben wäre spannender geworden, wenn sie Möwe heißen würde. Dreiunddreißig ist sie, auch ihr Hals ist glatt und gespannt, aber die Hüften sind nach zwei Kindern breit geworden und haben ihre Spannkraft verloren.

Von all seinen Cousins und Cousinen ist es nur Dafi, mit der er sein Leben bespricht, das reale und das, das er hätte haben können, nur mit ihr führt er Gespräche, denen man die Überschrift »Was sind wir und was ist unser Leben?« geben könnte. Mit ihren Brüdern Eran, Assaf und Momi hingegen wechselt er nur Worte über die Lage der Nation, er erkundigt sich, wie es ihnen geht, und Eran antwortet dann so etwas wie: Hast du gehört, wie man diesem Araber eine Kugel in den Kopf gejagt hat?, und Assaf fügt hinzu, leider keine zwei, und Momi murmelt, egal, wie viele man ihnen reinjagen würde, das spielt keine Rolle, all diese Absperrungen sind beschissen, und die Lage ist beschissen, und von ihm aus sollen sie einen Staat haben, wenn wir sie nur endlich nicht mehr sehen müssen. Er weiß nicht, was er sie fragen würde und was sie ihm antworten würden, wenn der neue Nahe Osten kommen und die Palästinenser einen eigenen Staat haben würden, aber wie dem auch sei, vorläufig zeigt sich das Leben barmherzig und lässt ihn nur sehr selten mit Dafis Brüdern zusammentreffen, sie nehmen, wenn überhaupt, nur sehr wenig Platz in seinem Leben ein. Einmal hatte er geglaubt, nicht ohne sie auskommen zu können, jeden Schabbat hatte er sie am Hoftor von Mama Ruth erwartet und von Schabbat zu Schabbat gelebt. Sie kamen, und es kamen auch Ja'ara, Anat und Jael, die Töchter von Onkel Hillel, und er stand da und zählte die Ankommenden und war erst ruhig, als acht Kinder unter dem Baum saßen. Und so groß sein Glück bei ihrer Ankunft war, so groß war sein Unglück, wenn sie wieder gingen.

Damals hatte er große Hoffnungen auf die Ohrfeige gesetzt, die Dafi von ihrer Mutter bekommen hatte, weil sie ihre kleinen Brüder allein im Hof zurückgelassen hatte. Sie hatte ihre geschwollene Wange berührt und gesagt: »Was für ein Glück hast du doch, dass du keine Mutter hast«, und sich auf die Finger gespuckt und die Spucke auf der Wange verrieben, um sie zu kühlen, und dann hatte sie noch gesagt: »Ich wünschte, meine Mutter würde uns verlassen, wie deine Mutter dich verlassen hat, und wir würden alle bei Mama Ruth wohnen«, und daraufhin hatte sie sofort eine Ohrfeige auf die andere Wange bekommen. Zehn war er damals gewesen und hatte über die Möglichkeiten nachgegrübelt, wie alle vier Kinder von Amos mit ihm bei Mama Ruth leben könnten, er wäre bereit gewesen, im Flur oder in der Toilette oder in der Küche zu schlafen. Dafi schwor damals, dass sie nach einer einzigen weiteren Ohrfeige ihren Pyjama nehmen und kommen würde. Viele Nächte verbrachte er damit, sich die Ohrfeige vorzustellen, die Dafi von zu Hause vertreiben würde, sah die grobe Hand vor sich, die in ihrem Gesicht landen würde, hörte, wie Haut auf Haut klatschte, sah, wie Abdrücke der Finger auf ihrer weißen Wange rot wurden, sah, wie ein Pyjama in eine Plastiktüte gestopft wurde, wie das Mädchen mit entschlossenen Lippen an der Tür klopfte, wie ihm aus dem leeren Bett auf der anderen Seite zwei Augen entgegenfunkelten, hörte, wie jemand neben ihm atmete, und räumte bereits ein Fach im Kleiderschrank leer und sammelte seine Schätze zusammen, die auf dem Tisch ausgebreitet waren, um Platz für sie zu machen. Mama Ruth betrachtete die neue Ordnung und sagte: »Der Messias ist gekommen.« Aber die Tage vergingen, ohne dass ihm zwei Augen aus dem Bett gegenüber entgegenfunkelten, ohne dass jemand neben ihm atmete, nur Mama Ruths gleichmäßige Atemzüge drangen von ihrem Bett in seine Richtung, eine lange Reihe langweiliger Schnarchgeräusche.

»Gibt dir deine Mutter keine Ohrfeigen mehr?«, fragte er Dafi.

»Ich mag es ja, wenn sie mir Ohrfeigen gibt. Nach jeder Ohrfeige sage ich einen ganzen Tag kein Wort und tue alles, was mir in den Sinn kommt.« Dafis Wangen glichen den blassen Rosen, die in Mama Ruths Garten wuchsen, er hätte am liebsten an ihnen gerochen, aber er nahm sich zusammen.

»Und was ist mit dir, haut dir Mama Ruth nicht auch manchmal eine runter?«

Er zog die Schultern hoch, und sie schaute ihn an, als wollte sie sagen, gib doch Antwort, wenn man dich schon was fragt, und schließlich sagte sie: »Gut, sie hat Mitleid mit dir, weil deine Mutter Treppen geputzt hat.«

»Gereinigt«, korrigierte er sie.
»Das ist doch das Gleiche. Willst du Verstecken spielen?« Dafis Schuh klapperte ungeduldig, und er hasste ihre Schnürsenkel, die herunterhingen, er gab ihr keine Antwort, er war wütend, weil sie nicht verstand, dass eine Frau, die putzte, nur eine Putzfrau war, aber eine Frau, die reinigte, auch Ärztin sein konnte oder Schneiderin oder was sie auch wollte. Das war es, was seine Mutter gesagt hatte, wenn sie mit ihren nackten Füßen in die Pfützen trat, die sich auf den Treppenstufen gebildet hatten. »Siehst du, Schätzchen, ich bin das, was ich sein will.«

Am Abend räumte er seine Sachen in das Schrankfach zurück, das er für Dafi leergeräumt hatte, und brachte den Tisch und das Zimmer durcheinander, und Mama Ruth sagte, keine Spur vom Messias sei am Horizont zu sehen, noch nicht einmal die Schwanzspitze seines Esels.

Die Möwe lässt sich auf einem Felsen nieder, ängstigt ihre Artgenossen, breitet ihre Flügel zum Abflug, eine Salve glitzernder Flügel schießt in den Horizont, und über dem Wasser stößt sie einen Schrei aus. Wenn er einen Film über das Meer machen würde, der mit einer unheilvollen Botschaft beginnt, müsste er mit einem Möwenschrei anfangen, der die Zuschauer erschreckt, wie es die schnabelaufreißenden Vögel bei Hitchcock tun. Er fragt sich, ob Erschrecken schlimmer ist als Angst, und denkt, jedenfalls sind es nur Wörter, erst wenn du sie inszenierst, weicht dir das Blut aus dem Kopf, deine Achselhöhlen werden feucht und deine Knie verlieren den Halt, es ist dir nicht wirklich wichtig, ob der richtige Ausdruck für deinen Zustand Angst oder Panik ist. Eliane beachtet die Worte nicht mehr, seit sie Assistentin in der Neurochirurgie geworden ist, sie verwendet ihre ganze Begabung auf die Anatomie und die Biochemie des Gehirns und ist überzeugt, dass die Sprache das Ergebnis der Beziehung zwischen diesen beiden Bereichen ist. Im Lauf der Zeit wird sie die innige Verbindung zwischen Sprache und Seele erkennen und sie weniger gering schätzen.

Eliane. Möglicherweise sitzt sie immer noch dort und hält den Stiel des leeren Glases, und wer weiß, wie oft sie den Kellner schon aufgefordert hat, es ihr wieder zu füllen.

Das Meer ist grau und glatt, als habe es den Zustand, Meer zu sein, satt, der Himmel leuchtet, hohe Kammwolken ziehen auf ihrem Weg ins Nirgendwo darüber hin. Er würde sie umarmen und küssen, unter dem Kinn und weiter hinunter, bis zum Hals, schade, dass sie in jedem Kuss und jeder Berührung einen Anhaltspunkt für die Zukunft sucht, einen Funken Ewigkeit. Und er, wie kann er eine Zukunft versprechen, ganz zu schweigen von Ewigkeit? Schließlich hat er nicht einmal das, was er sich selbst versprochen hatte, gehalten. Damals, als er seinen ersten Film mit Mama Ruth gesehen hatte, hatte er sich vorgenommen, Filmregisseur zu werden. Jeden Samstagabend ging er mit ihr ins Kino, während der Woche ging er allein und ahmte den Jungen aus ›Cinema Paradiso‹ nach, und als die Zeit gekommen war, das Versprechen zu erfüllen, wurde er Arzt. An Tagen, an denen er zum Selbstmitleid neigt, denkt er, dass die aufregendsten Dramen des Lebens und die komischsten Momente sich sowieso in seiner Praxis ereignen, und an Tagen, an denen er mit sich selbst abrechnet, denkt er, du hattest einen Traum, Adam, und hast ihm den Rücken zugekehrt. Gestern hatte er sich über Moskowitz gebeugt, den Patienten mit der chronischen Bronchitis, hatte ihn abgehorcht, seine Brust betrachtet, die von der Kälte des Stethoskops eine Gänsehaut bekam, und gedacht, wenn ich einmal eine nervenzermürbende Wartezeit inszenieren sollte, würde ich die Membran des Stethoskops auf die Spitze eines Brustbeins legen und langsam, ganz langsam zum Zwerchfell ziehen und schnell wegnehmen. Moskowitz hatte schweigend auf der Liege gesessen und auf sein Urteil gewartet, und Adam teilte es ihm mit: »Was ich von Ihrem Herzen gehört habe, ist nichts Neues, und es ist auch nicht schlimmer geworden«, und die Muskeln von Moskowitz' Schultern entspannten sich.

Er sah seinem Patienten zu, der sein Hemd anzog, seine Unterlagen zusammensuchte und das Gesicht eines Schuldners zeigte, dem man die Schuld für kurze Zeit gestundet hatte.

Man könnte denken, die Zeit der anderen sei nicht begrenzt, vor allem derjenigen, die heute noch perfekt aussehen und ihre muskulösen Körper am Meer entblößen. Doch auch all diese klapprigen Kerle, die bei Mama Ruth im Pflegeheim leben, sind einmal braun gewesen, haben enge Badehosen auf den Hüften getragen und jungen Mädchen hinterhergepfiffen.

Vorgestern hatte er Dafi in der Einrichtung getroffen. Eine Schwester kam herein, um Mama Ruths Bettzeug zu wechseln, und schickte beide auf den Flur. Ein faltiger alter Mann mit offenem Mund kam ihnen in einem Rollstuhl entgegen, und Dafi drehte das Gesicht zum Fenster. »So werden wir auch einmal sein«, sagte sie, »dieser Alte war einmal ein Kind, kannst du dir das vorstellen? Bestimmt hatte er Träume, Sehnsüchte, er dachte, er würde, wenn er groß wäre, wer weiß was werden.« Sie war bitter und wütend, zielte mit ihren Worten auf das Alter, meinte aber etwas anderes. »Lach mich nicht aus, Adam, wegen dem, was ich dir jetzt sagen werde.« Sie schaute dem Alten nach, der sich entfernte, und sagte: »Das Leben, das wir führen, ist eine Kette unserer Versäumnisse und Fehler, und das Leben, von dem wir phantasieren, ist ein Film, der in unserem Kopf abgespielt wird, und bei jeder Vorführung bekommen wir eine Falte mehr. Nur bei deiner Mutter ist es anders gelaufen, sie hat ihre Fehler wie Glieder aus einer Kette herausgeschnitten und ihre Träume verwirklicht.«

Die Zimmertür ging auf, und der Wagen mit schmutziger Wäsche wurde herausgerollt.
»Auch dich hat sie herausgeschnitten. Ich war erst acht, als sie wegging, schade, dass ich sie nicht wirklich gekannt habe.«
»Da hast du was versäumt«, sagte er, und sie betraten das Zimmer. Herausgeschnitten wie Glieder einer Kette. Wie war ihr diese Metapher eingefallen? Dafi beneidet seine Mutter, die ihr Schicksal verändert hatte, sie denkt, dass sie selbst wer weiß was versäumt. Aber er, der von dem Durcheinander genug hat, fragt sich, welches Interesse er überhaupt daran haben könnte, Eva abzuholen. Und wenn er zum Flughafen fährt und sich unter die anderen Abholer mischt, wenn er sich nicht zu erkennen gibt? Sie wird ihn nicht erkennen. Außer dem krummen kleinen Finger gibt es keine Ähnlichkeit mehr zwischen ihm und dem zehnjährigen Jungen, den sie verlassen hat. Er wird seine linke Hand in die Tasche stecken, die Ankommenden betrachten und raten, welche der Frauen Eva ist. Zweifellos ist sie groß und dünn, die Magerkeit war Teil von ihr, und bestimmt hat sie aufreizenden Schmuck um den Hals hängen, und an ihren Ohrläppchen werden lilafarbene Glasohrringe glitzern. Sie wird ein gebräuntes Bein an den Gepäckwagen lehnen, und wenn etwas sie amüsiert, wird sie die Hand vor den Mund halten, sie wird den beladenen Wagen schieben, sie wird ihre Blicke über die Gesichter der Männer gleiten lassen und in ihnen den Jungen suchen, den sie verlassen hat. Sie wird Kaugummi kauen oder eine Zigarette rauchen, sie wird mitten in der Ankunftshalle stehen und sich umschauen, sie wird ihre Position um dreihundertsechzig Grad wenden, die gewölbten Hände an den Mund halten und rufen: »Adam Urija, gibt es hier so jemanden, Adam Urija?«
Oder vielleicht haben die Jahre ihre Figur verunstaltet, vielleicht hat sie einen Bauch und ein Doppelkinn, vielleicht

sind ihre Brüste und ihre Schenkel dick geworden, wie bei Mama Ruth. Dann wird sie, mit kurz geschnittenem, dünnem, gefärbtem Haar, schwerfällig und schnaufend den beladenen Wagen schieben, sie wird ein Kleid tragen, das zu ihrem gesetzten Alter passt, aus Synthetik, dunkel, geknöpft, das über den Hüften spannt, und sie wird Schuhe mit breiten, niedrigen Absätzen tragen, ihre Blicke werden über die Männer schweifen und die Älteren, Kleingewachsenen, Blonden und alle anderen auslassen, die nicht in Frage kommen. »Ach, das ist er nicht«, wird sie murmeln und ihren Mund offen lassen.

Vielleicht ist sie fromm geworden, bis zum Hals verhüllt und trägt ein Kopftuch, und ihre Augen bewegen sich zwischen den Absätzen eines Psalms und dem Horizont, und ihre Lippen murmeln ein Gebet, sie lehnt sich an ihren vollen Wagen und wartet darauf, dass der Ewige, gelobt sei er, für sie denjenigen findet, den sie verloren hat, und Gott wird auf der Stelle helfen.

Wer weiß, ob sie in all den Jahren nicht zu einem plastischen Chirurgen gegangen ist, damit er ein Wunderwerk vollbringt und ihr Aussehen verändert, ihre Nase verkürzt, ihre Wangenknochen erhöht, ihre Brüste vergrößert und ihre Knochen streckt? Aber Adam wird sie erkennen, sogar wenn jeder Zentimeter an ihrem Leib entweder von der Zeit oder von einem Chirurgen bis zur Unkenntlichkeit verändert worden wäre, er wird sie daran erkennen, wie sie dort verlegen und verloren steht. Wie sie ihre Augen hin und her schweifen lässt und sieht, dass niemand da ist. Auch Gott kann sie nicht davon geheilt haben, an ihrem Daumen zu knabbern, wie sie es getan hat, wenn sie sagen wollte: Nun, was mache ich jetzt? Sie legte den Daumen an die Unterlippe und nagte am Nagel. Jedes Mal, wenn sie das tat, wusste er, dass gleich etwas folgte, dass sie ihn gleich an der Hand nehmen und sagen würde: Komm, wir gehen, und mit energischen Schritten nach rechts oder links gehen, ihn vor sich herschubsend, der Welt ihren kleinen Hintern zeigen und sagen würde: Sollen sie mich doch alle am Arsch lecken. Oder sie würde schäumendes Seifenwasser auf die Treppenstufen kippen und es mit kräftigen Bewegungen aufwischen. Nur an ausnehmend guten Tagen würde sie diese Aktion mit einem freundlichen »Warum bist du erschrocken, mein Kleiner?« beenden, lachen und ihn in die Wange kneifen: »Nun, es wird alles gut, *existence takes care*.«

Weiche Wellen schlagen weißen Schaum, wenn sie sich zurückziehen, die Hand Gottes, die den großen Wischlappen der Welt in der Hand hält, ist müde davon, das Wasser aufzuwischen, träge und nachlässig lässt sie ihn fallen, ignoriert ihn, das ist kein Unglück, wenn diesmal nicht alle Ecken sauber sind, wenn nicht alle Muscheln am Strand abgespült sind, wenn Fußabdrücke im Sand zurückbleiben. Morgen ist auch noch ein Tag. Adam schaut auf seine Uhr und erschrickt, er hat vor, heute noch Mama Ruth zu besuchen, in ihrem Heim wird schon das Püree fürs Abendessen ausgegeben. Es ist noch ganz hell, aber in der Altenkaserne wird das Essen früh serviert. Mama Ruth wird zusammen mit anderen Soldaten der motorisierten Division »Schlaganfall« mit dem Rollstuhl in den Speisesaal gebracht werden, mit vollem Sturmgepäck aus Windeln, Schürzen und Gurten, um die gelähmten Körper festzubinden. Es ist schon eineinhalb Jahre her, seit sie zuletzt gesprochen hatte, sie hatte angerufen und geklagt, ihr Arm und ihr Bein seien so schwer. »Ich fühle mich wie ein Sack Kartoffeln«, hatte sie gesagt. Er hatte alles stehen und liegen gelassen und war drei Ampeln weiter zu ihr gefahren. Die Ampeln waren grün und die Straßen frei, während sich in ihrem Gehirn die Wege verstopften und die Sauerstoffzufuhr zusammenbrach. Er fand sie zusammengesunken in ihrem Sessel sitzend, zur Seite geneigt, das

Bein ausgestreckt, der Arm hing lose von ihrem Körper. »Der Kopf, Adam, der Kopf... Er platzt mir... Oh, Mama...«, sagte sie langsam, und ihre Zunge klebte an ihrem Zahnfleisch, und Spucke rann ihr aus dem Mund auf die Sessellehne, und von der Sessellehne zog sich eine feuchte Spur zum Boden. Er legte ihren Arm hoch, wischte die Spucke ab und dachte, das erste Wort, das ein Mensch sagt, ist Mama, und es ist auch das letzte. Nur Eva kämpfte gegen das Wort »Mama«, gegen die kleine Silbe »Ma« ihres Babys, die ersten Töne, die alle Babys auf der ganzen Welt von sich geben. »Sag nicht Mama«, befahl sie ihm, »Eva, E-va, E-v-a.« Das Ende vom Lied war, dass er überhaupt nicht nach ihr rief, und weil er keine andere Wahl hatte, schenkte er seiner Großmutter das »Ma«, das seine Zunge formte, und nannte sie Mama. Im Lauf der Zeit fügte er ihren Namen hinzu und rief sie Mama Ruth. Als er erwachsen wurde, erkannte er, dass sie diesen Namen zu Recht trug, sie war im doppelten Sinn Mutter, einmal für ihre Tochter und einmal für ihn.

Die Lähmung hatte die ganze linke Seite von Mama Ruths Körper erfasst, auch die rechte Seite ihres Gesichtes erstarrte, und Adam begriff, dass Antworten, die sie ihm eines Tages geliefert hätte, die er vor ein paar Tagen noch bekommen hätte, in ihren abgestorbenen Zellen stecken bleiben würden. Sie umklammerte seinen Ellenbogen, ihr eines Auge war leer, das andere voller Angst. Seither hat sie nicht mehr gesprochen. Manchmal stößt sie ein paar unzusammenhängende Silben aus, eine Reihe von Wörtern, die sich in ihren Gehirngängen gestaut hatten und nun nach draußen drangen. Er wird ihr vorläufig nichts von Eva erzählen. Diese Nachricht wäre für sie wie ein Schlag mit dem Hammer, würde ihre verkalkten Adern erschüttern, Verstopfungen zerschlagen, Zellen zerteilen, Wörter würden aus ihrem Mund dringen: »Die-da kommt zurück? Wie schön von ihr!«, würde sie sagen.

Vielleicht würde die Nachricht auch wie ein Stromstoß

durch ihren Körper fahren, Kurzschlüsse reparieren, Kontakte schließen, Spannungen lösen, und Mama Ruth würde wieder so werden, wie sie einmal war, sie würde ihren festgebundenen Arm befreien, sich das Lätzchen abnehmen und sagen: Was tue ich überhaupt hier? Ich werde ihnen keinen Schekel für dieses Essen bezahlen, komm, gehen wir nach Hause und machen uns eine heiße Schokolade, wie wir sie beide mögen.

Oder vielleicht würde die Nachricht ihr Gehirn umgehen und über das Herz zu ihr dringen. In diesem Fall würden sich die Pulsschläge an ihrer Halsschlagader verdoppeln, ihr erstarrtes Auge würde weinen, und ihr verzerrter, zur Hälfte offener Mund würde sagen, Erdnussmus, sorge dafür, dass welches im Kühlschrank ist, Chawale liebt Erdnussmus.

Noch Wochen, nachdem Eva gegangen war, hatte Mama Ruth Erdnussmus im Kühlschrank, damit Eva, wenn sie zurückkäme, einen Finger in die zähe Masse stecken und davon naschen könnte. Ein paar Monate später sah er das Erdnussmus im Abfalleimer, zwischen stinkenden Eierschalen und alten Salatblättern. »Warum hast du es weggeworfen?«, fragte er, und sie fuhr ihn verärgert an: »Hast du nichts Besseres zu tun, als im Abfall rumzuwühlen? Ich habe das Zeug weggeworfen, weil das Haltbarkeitsdatum abgelaufen war.« Sie kaufte kein Erdnussmus mehr als Ersatz für das alte, sie ahnte schon, dass, bis Die-da zurückkommen würde, die Haltbarkeit vieler Erdnüsse abgelaufen wäre, sogar von Erdnüssen, die noch nicht gepflückt und noch nicht einmal gepflanzt waren. Und Adam sagte schließlich, wenn sie zurückkäme, würde er zum Lebensmittelgeschäft rennen, nein, nicht rennen, fliegen, und ein neues Glas holen. Der Hinweg würde vier Minuten dauern, der Rückweg drei. Er trainierte und verglich die Zeiten, die er zum Springen und zum Rennen brauchte, und beschloss, auf dem Weg zum Laden würde er rennen, auf dem Rückweg springen.

Keiner von beiden kam auf die Idee, dass es fünfundzwanzig Jahre dauern würde, bis sie ihnen ein Lebenszeichen zukommen ließ, dass Mama Ruths Kühlschrank dann leer wäre und sie selbst nicht mehr in ihrem Haus leben würde. Auch er wohnte nicht mehr dort, das Haus war für ihn und Mama Ruths andere Enkelkinder zu einer Art Herberge geworden, in der man übernachten konnte, in die man Freunde einladen konnte. Hillels Zwillinge Anat und Jael trafen sich nur in jenem Haus. Anat besuchte Jael nicht, weil ihre Füße die grüne Grenze nicht übertraten, und Jael besuchte Anat nicht, weil sie nichts in den Mund steckte, was nicht vom Rabbinat abgestempelt war. Ja'ara, ihre ältere Schwester, hatte nach ihrer Scheidung ebenfalls angefangen, das Haus aufzusuchen. Hier konnte sie schreien: »Dieser Idiot!«, ohne dass etwas geschah, sie konnte dem Echo lauschen, das von den Wänden zurückhallte, und konnte mit geschürzten Lippen Rauch ausstoßen wie eine Femme fatale, ohne dass der Himmel über ihr zusammenstürzte.

Dafi, die seit ihrer Hochzeit ein eigenes Haus besaß, rief ihn manchmal an: »Kommst du, bei Mama Ruth eine Tasse Kaffee trinken?«, und er kam, und sie saßen zusammen in der Küche und tranken schwarzen Kaffee, in dem Haus, in dem er den größten Teil seiner Kindheit verbracht hatte und in dem sich jetzt Staub ansammelte. Da saßen sie und unterhielten sich unter dem Granatapfelbaum in Mama Ruths Hof über das Leben, von dem sie einmal geträumt hatten, und was daraus geworden war. Sie erinnerten sich an eine Welt, die hell und klar gewesen war, wenn Mama Ruth am Fenster stand, ein Auge auf den Granatapfelbaum gerichtet, das andere auf ihre acht Enkel, die sich unter dem Baum versammelt hatten, und sagte: »Das Parlament tagt schon.«

Und sie redeten über die Welt, die krumm und dumpf wurde, wenn sie abends nach Hause fuhren und von den acht nur noch einer blieb, der allein unter dem Baum stand und

das Loch zumachte, das Anat mit ihren Sandalen gegraben hatte, den Gummischlauch zusammenrollte, den Eran aufgerollt hatte, der die Länge seines Schuhabdrucks mit dem Asafs verglich, der den Käfer begrub, den Momi umgebracht hatte, und den Graszopf löste, den die Zwillinge geflochten hatten.
Dafi wühlt bis heute gern in der Erde, sie stöbert in der Zeit, die im Hof versunken ist, und sucht ihre Kindheit, als wäre das Zwinkern des Glücks so etwas wie ein Schuh, den sie im Sand verloren hat.
»Gut, dass du noch nicht geheiratet hast«, hatte sie einmal zu ihm gesagt. »Du verlängerst die Zeit deiner Illusionen. Nicht dass es mir schlecht geht, aber du weißt ja, wie das ist...«
Nein, er wusste es nicht. Seine Mutter war nie verheiratet gewesen, und an die Ehe von Mama Ruth erinnerte er sich nicht mehr, denn der Anfang seines Lebens war der Anfang vom Ende seines Großvaters.

Die Möwen kehren zum Felsen zurück, gegen den Hintergrund des grauen Meeres sehen sie noch heller aus und sind weniger laut. Die jungen Vögel kreisen, schießen nach oben und nach unten, und die älteren sitzen still da, als müssten sie eine Pause machen. Von dem Strich, den der Zweig in den Boden geritzt hat, ist nichts mehr zu sehen. Eines Tages wird er den Rollstuhl von Mama Ruth hierher fahren, an diesen Strand, er wird sie vor das Meer stellen, und der salzige Wind wird ihr in die Nase steigen, der Himmel wird sich in ihrem starren Auge spiegeln, das gesunde Auge wird über den Horizont gleiten, auf der Suche nach Schiffen, die verlorene Nomaden auf dem Deck tragen.
»Keine Aussicht. Die-da wird nicht mit dem Schiff kommen«, hatte sie einmal zu ihm gesagt, als sie im Sommer ans Meer gefahren waren und er die Augen nicht von den Schif-

fen wenden konnte, die im Süden vor Anker lagen.»Chawale hat keine Geduld für Schiffe. Du weißt doch, wie viele Monate es dauert, mit dem Schiff zu kommen?« Sie betrachtete den Horizont und sagte halb zu ihm, halb zu sich selbst:»Ich bin gar nicht so scharf drauf, dass sie mit dem Schiff kommt. Mit so einem? Die Matrosen würden Hackfleisch aus ihr machen, sie wäre ein gefundenes Fressen für sie.«
Bis dahin hatte er nicht gewusst, dass Matrosen ihre Passagiere essen. Die einzigen Kannibalen, die in der Enzyklopädie erwähnt wurden, kamen aus Afrika. Er dachte an die kräftigen Zähne der Matrosen und war froh, dass sie danach zum Baden nicht mehr an diesen Strand gingen, sondern zu einem anderen, an dessen Südseite keine Schiffe in See stachen. Und dort, an diesem Strand ohne Möglichkeiten, erzählte ihm Mama Ruth von der Schiffsreise, die sie von ihrem Geburtsland hierher gemacht hatte. Er lauschte mit gesenktem Kopf und wühlte im Sand, und sie legte ihre warmen Finger unter sein Kinn und fragte:»Hörst du mir überhaupt zu?« Sie fuhr fort, und nach ein paar Sätzen fasste sie ihm wieder ans Kinn und fragte nach. Er strengte sich an, ihr zuzuhören, aber seine Gedanken wanderten zu den starken Zähnen der Matrosen. In einem Buch hatte er von Matrosen gelesen, die zwischen ihren Zähnen das Tau eines Schiffes gehalten und es aufs Meer gezogen hatten.»Ich war so dünn wie eine Bohnenstange, als ich mit dem Schiff hergekommen bin«, sagte Mama Ruth,»meine Hoffnungen haben mehr gewogen als ich.« Sie seufzte.»Heute wiegt ein einzelnes Bein von mir mehr, als ich damals insgesamt gewogen habe.« Sie klopfte sich auf den nackten Schenkel. Er mochte es nicht, wenn sie einen Badeanzug trug. Er fürchtete, man würde sie wegen ihrer dicken weißen Beine verspotten, wegen ihrer schweren Brüste, wegen der Warzen auf ihrem Rücken. Solange sie im Sand saß, war er ruhig, wenn sie aufstand, um ins Wasser zu gehen, verkrampfte er sich. Er betrachtete die Ver-

tiefung, die ihr Körper in den Sand gedrückt hatte, die Sandkrusten, die von ihren faltigen Hüften und wabbeligen Schenkeln herunterfielen, und lief ihr hinterher, als Puffer zwischen ihr und den Augen, die auf ihren Rücken gerichtet waren. Und sie schimpfte: »Nun, was träumst du, du wirst mir noch verloren gehen, weißt du, was es heißt, einen Jungen hier am Meer zu suchen?«

»Ja verflixt, was für ein Arsch«, hatte einmal ein junger Mann kichernd gesagt, und sie hatte sich zu ihm umgedreht und gesagt: »Ich habe ihn mir ehrlich verdient.« Er war aufgesprungen, um den jungen Mann zu verfluchen, aber der wilde Fluch war ihm im Hals stecken geblieben, blähte seine Mandeln auf und kam nicht heraus. Am Abend hatte er vor seinem Rührei gesessen und keinen Bissen runtergebracht.

Mit Eliane zum Strand zu gehen, ist etwas ganz anderes. Wenn sie aufsteht, um zu baden, folgen ihr die Blicke. Ihre Schritte sind geschmeidig, ihre Haut ist gebräunt, ihr Bauch flach. Und trotzdem wird sie als alte Frau schöner sein, ihre Schenkel werden erschlaffen, ihre Schultern hängen, aber der Verlust wird ihr Schönheit verleihen. Sie wird gelassen sein, sie wird nicht mehr atemlos hinter dem Leben herrasen wie eine dampfende Lokomotive. Die Jahre werden vergehen, und sie wird wissen, dass das Leben nichts anderes ist als ein vorübergehender Windstoß. Sie ist erst neunundzwanzig, tausende von Schritten liegen noch vor ihr, Tränen, die sie vergießen wird, Hoffnungen, Kummer, Enttäuschungen. Ich bin sechs Jahre älter als sie, denkt er, und ich brauche keine Jahrzehnte mehr, um zu altern. In gewissem Sinn bin ich bereits alt geworden. Schon mit zehn, als ich Momis Käfer im Sand vergrub, hatte ich den Ernst eines alten Mannes, die Sorgen eines Menschen, der in die Jahre gekommen ist, und die Träume derjenigen, die sich abends über die Fensterbretter lehnen. Sogar sein Lachen, das laut und wild war, ahmte nur das wilde Lachen eines Kindes nach und wurde nur ausgestoßen, um die Stille eines Alten zu übertönen.

»Wenn du groß bist, wirst du ein anderes Lachen brauchen, dann kannst du nicht mehr so lachen«, hatte Mama Ruth gesagt, »sonst denken die Leute noch, du wärst zurückgeblieben oder so.« Er wuchs heran, und sein Lachen wuchs mit ihm, wurde donnernd und tief. Wenn er auf der Straße lacht, starren ihn die Leute an, und wenn er in einem Restaurant lacht, tritt ihm Eliane auf den Fuß, und wenn er mit ihr in ihrer Wohnung ist, sagt sie: »Ich bin verrückt nach deinem Lachen, du bist kein kalter Fisch, wie die Leute denken. In dir fließt heißes Blut.«

Er würde sie jetzt gern umarmen, bis sie die Besinnung verliert und mit ihrem »Was wird mit uns sein?« aufhören und seine Umarmung erwidern würde, als wäre es die letzte, als gäbe es außer ihm niemanden mehr. Er schämt sich vor sich selbst, weil er sich verstellt und ihr nichts von seiner Mutter erzählt hat, er wird sie gleich anrufen, von hier, vom Strand, er wird ihr alles sagen und seine Schuldgefühle loswerden. Er schüttelt den Sand von seinen Schuhen, geht zum Auto, nimmt das Telefon, tippt die Nummer ein und bekennt, dass er Lust hätte, sie zu umarmen.

Eliane schweigt. Sie denkt darüber nach, was besser wäre, nachzugeben oder ihm zu demonstrieren, wie sehr er sie beleidigt hatte, als er sie allein im Restaurant zurückließ. Dann fragt sie ihn in einem sachlichen, trockenen Ton: »Was gibt's Neues?«

»Nichts«, antwortet er und sagt auch diesmal kein Wort.

Denn genau genommen ist die Sache mit Eva seine Sache, auch Mama Ruth hat er bis jetzt noch nichts erzählt.

Er hebt eine zerbrochene Muschel auf, und ohne jeden Grund fällt ihm Iris ein. Er erinnert sich nur selten an sie, normalerweise nur im Zusammenhang mit der Krankheit ihres Vaters. So ist es manchmal, biochemische Prozesse im

Gehirn bringen einen vergessenen Namen ins Bewusstsein, du hältst eine Sekunde inne und gehst weiter.

Er spürt die salzige Luft im Mund und denkt, wie schade es doch ist, dass es in Jerusalem kein Meer gibt und er den ganzen Weg in die Ebene auf sich nehmen muss, um Kopf und Seele zu lüften. Doch er weiß, wenn er am Meer leben würde, würde er sich nach Jerusalem sehnen. Er wirft einen letzten Blick aufs Meer, so wie der Mensch einen Blick auf ein Zimmer wirft, bevor er es verlässt, um sicher zu gehen, dass er nichts vergessen hat, die Brille, Taschentücher, den Geldbeutel. Seine Augen wandern über das Wasser, dann dreht er sich um. Er steigt ins Auto, lässt den Motor an und fährt los, und die Reifen hinterlassen gewundene Spuren im Sand.

Zweites Kapitel

Siehe da, die losen Enden deines Lebens werden zusammengeknüpft. Deine Mutter kommt zurück. Nichts ist zu Ende, da, wo ein Knoten geknüpft wird, löst sich ein anderer. Zum Beispiel war der Satz »Dein Vater ist umgekommen« eine solche Schlinge. Jahrelang hatte er sich in ihr gewunden, und plötzlich war sie zerrissen. Er goss gerade Mama Ruths Rosen im Garten, und seine Mutter trat zu ihm, in einem gelben Kleid, und riss den verehrten Toten aus dem Inneren eines Tanks oder von den Seilen eines Fallschirms oder aus der Ziellinie einer Kanone und trieb ihn auf die Straße, indem sie sagte: »Dein Vater? Er ging über die Straße, um Zigaretten zu kaufen, und ein Müllauto hat ihn erwischt. Der Fahrer hat noch nicht mal die Kabinentür aufgemacht, um nach ihm zu schauen.« So, mit einem Satz, hatte sie dem Toten die Würde genommen und ihn in den Augen des verwaisten Jungen herabgesetzt. »Warum bist du jetzt so sauer?« Sie legte ihm die Hand auf die Schulter, und die Naht ihres gelben Kleides platzte unter der Achsel. »*Shit*«, murmelte sie, nahm ihre Hand zurück und ging wieder hinein.

Adam warf den Schlauch in den Sand, der Schlauch wand sich, erbrach Wasser, lag gekrümmt auf der Erde, und das Wasser ergoss sich über den Weg, zum Tor, in die Welt. »Das ist nicht wahr!«, schrie er. »Dein gelbes Kleid ist scheiße.« Er packte einen Rosenzweig, zerfetzte ihn, warf weiße Blüten an die Hauswand und stach sich an den Dornen.

Mama Ruth hörte ihn und kam zum Fenster. Sie sah die Zerstörung, fragte nicht, was los war, und machte sich daran, zu reparieren, was zu reparieren war. »Dreh sofort den Wasserhahn zu. Glaubst du, ich bin Rothschild? Weißt du, was für eine Rechnung sie mir schicken werden?«

Er drehte den Wasserhahn nicht zu, er stürzte sich auf den Rosenstrauch, riss die Blüten ab und murmelte: »Lügnerin! Es war kein Müllauto! Sie ist eine Lügnerin!«

Mama Ruth stützte ihre Fäuste auf das Fensterbrett und verkündete: »Ich ziehe dir keinen einzigen Dorn aus den Händen, nicht die Spitze von einem Dorn. Hast du mich verstanden?«

Aber am Abend, nachdem sie schweigend ihr Rührei gegessen hatten, sagte sie: »Zeig mal deine Hand.« Sie öffnete seine Finger, strich über die Handfläche. »Du hast einen ganzen Acker in deiner Hand. Brauchst du unbedingt eine Infektion?« Sie stand auf, holte ihr Nadelkissen aus einer Schublade, nahm eine Nadel heraus, steckte ein Streichholz an und hielt die Nadel in die Flamme. Dann setzte sie sich ihre Lesebrille auf und beugte sich zu ihm, stocherte mit der Nadel in seinem Fleisch, und er roch die gebratenen Auberginen, die sie gegessen hatte, und sagte sich, du gibst keinen Ton von dir, du elender Feigling. Sei dankbar, dass du nicht aus einem Flugzeug in stachelige Kakteen gefallen bist, dass dein Fallschirm sich nicht in Dornen verfangen hat, dass du nicht unter ein Auto gekommen bist. Aber als die Nadel in seinen Daumenballen stach, spitz wie der Zahn eines Hundes, unterdrückte er einen Schrei und stieß hervor: »Sie ist eine Lügnerin. Es war kein Müllauto!« Mama Ruth hielt die Nadel über seinem Fleisch und schaute ihn über den Rand der Brille an, und ihr Gesicht sagte, mich geht das nichts an. Ich mische mich nicht in deine Angelegenheiten mit deiner Mutter ein. Sie stand auf und brachte ihm zwei rosafarbene Marshmallows: »Hier, iss, wir machen nachher weiter.« Er streckte ihr die Hand hin, damit sie fortfuhr, denn was ist schon der Schmerz von beschissenen Dornen gegen den Schmerz eines Jungen, der von einem im Krieg gefallenen Vater geträumt hatte und von einem Moment zum anderen durch ein Müllauto zum Waisen gemacht worden war. Wenn es wenigstens das Auto von jemandem gewesen wäre, der sich bei einer gefährlichen Verfolgungsjagd überschlagen hatte. Aber ein armseliger Fußgänger, der aus dem Haus gegangen war, um Zigaretten zu kaufen? Er zerdrückte ein Marshmallow, bis es ganz platt war, und verschluckte es mit dem Weinen, das ihm in der Kehle aufstieg, und steckte auch das zweite Marshmallow in den Mund, um damit den groben Fluch zu unterdrücken, der ihm auf der Zunge lag.

»Brauchst du ein Taschentuch?«, fragte Mama Ruth.

»Nein, noch zwei Marshmallows«, antwortete er mit erstickter Stimme.

Und plötzlich, ohne dass jemand sie gerufen hat, kommt sie zurück. Soll sie doch zurückkommen. Er lässt sich von ihrer Ankunft nicht verwirren. Er tut weiterhin das, was er für gewöhnlich tut, er ändert seine Gewohnheiten nicht, weder vor ihrer Ankunft noch danach, und er wird Eliane nichts erzählen, damit sie ihm keine Erregung einredet, die er nicht empfindet.

Er fährt zu dem Heim, in dem Mama Ruth lebt, und sagt sich, heute wird er sie in den Hinterhof bringen und den Rollstuhl unter die Bäume stellen. Es weht ein starker Wind, der noch stärker werden wird, und sie wird den Pappeln lauschen, deren Blätter schon beginnen abzufallen und im Wind zu treiben. In ihren gesunden Tagen, wenn ein starker Wind an

Fenstern und Läden riss, war sie hinausgegangen und hatte sich unter die Pappeln gestellt, deren Laub rauschte. »Diese Bäume führen eine intelligente Unterhaltung«, sagte sie und genoss das stürmische Gemurmel. Er denkt an die Pappeln und erinnert sich an Iris. Warum erinnert er sich an sie? Er weiß nicht, ob es an der silbrigen oder an der dunklen Seite der Blätter liegt. Er hatte sie nicht erregend gefunden, als sie wegen eines hartnäckigen Hustens zu ihm in die Praxis gekommen war. Sie zog ihre Bluse aus, legte ihren Zopf nach vorn und beugte sich vor. Er rieb das Stethoskop an seiner Hose, um die Membran zu erwärmen, damit sie nicht wegen der Kälte erschrak, und setzte das Metallinstrument auf ihren Rücken, wies sie an, tief einzuatmen, und lauschte auf die zarten Geräusche ihrer Lungen. Dann schob sie den Zopf über die Schulter und er trat vor sie, setzte das Stethoskop auf ihre Brust. Sie atmete tief, als er es ihr sagte, und ihre Brüste hoben und senkten sich mit ihrem Ein- und Ausatmen. »Sie haben Bronchitis«, stellte er fest. »Ziehen Sie sich an.« Er setzte sich an den Computer, um den Befund einzutippen und das Medikament herauszusuchen, und kurz darauf verließ sie die Praxis und seine Gedanken.

Am Abend, als er noch einmal die Liste der Patienten durchgegangen war, ihre Beschwerden und die Behandlungen, erinnerte er sich an Iris Schalom, akute Bronchitis. Ledig. Dreißig. Ihr Vater war Schalom Schalom, dieser große Mann, der an Asthma litt. Sie half ihm in seinem Laden »Alles für Haus und Garten«. Adam fiel ein, dass die Spitzen ihrer Finger, mit denen sie schnell ihre Bluse aufknöpfte, schwarz verfärbt gewesen waren. An ihre Brüste erinnerte er sich nicht mehr. Es hatte nicht lange gedauert, und er war bei »Alles für Haus und Garten« vorbeigegangen, um einen Türstopper zu kaufen. Sie stand auf der anderen Seite der Theke und erklärte einem Kunden, wie man einen Wasserhahn mit Mischbatterie einsetzte. Sie trug einen Jeansoverall, der ihre

Figur verbarg und sie schwerfällig aussehen ließ. Der Kunde interessierte sich für die Bedienungsanleitung, und sie legte Schrauben, Gummiringe, Batterien, Nägel in die Schublade zurück, tippte den Preis für den Wasserhahn ein, gab das Wechselgeld heraus und winkte dem Arzt, und ihr Blick fragte, nun, was möchten Sie? Sie selbst schwieg. Ihre Augen glichen Mispelkernen. Er erwiderte den Blick und sah ihren Vater vom hinteren Teil des Ladens kommen, schwer atmend, das Hemd über der fassförmigen Brust geöffnet. »Doktor Urija. Welche Ehre. Hast du dem Herrn Doktor Kaffee angeboten, Iris?« Sie verneinte, und in ihren Mispelkernaugen lag eine glatte, kühle Gelassenheit. Ihre schmutzigen Hände auf dem Tisch rollten eine dünne Metallfeder.

»Nun?«, drängte ihr Vater, und sie änderte ihre Haltung nicht. »Papa, er ist wegen eines Türstoppers gekommen.«

Wäre er ein Filmregisseur gewesen, hätte er die Aufmerksamkeit des Zuschauers auf ihre schmutzigen Finger gelenkt, auf den Ladentisch zwischen ihr und ihrem Vater, und als Hintergrundgeräusch hätte er dessen schwere Atemzüge gewählt, und er hätte den Zuschauer auf jeden Fall daran gehindert, es sich auf dem Stuhl gemütlich zu machen.

Schalom Schalom schob ihm einen Hocker hin und wischte ihn mit der Hand ab. »Setzen Sie sich doch, Herr Doktor. Nun, Iris, stell den Wasserkocher an.«

Sie streckte die Hand nach dem Wasserkocher aus, der hinter ihr stand, und als sie hörte: »Nein, danke, ich habe es eilig«, zog sie die Hand zurück. Idiot, hielt er sich innerlich vor, was verbündest du dich mit diesem Schalom Schalom, als hättest du, wenn du es nicht eilig hättest, einen Kaffee verdient. Als berechtigte dich die Tatsache, dass du etwas über kranke Bronchien weißt, zu einem Schemel und zu einer Tasse Kaffee. Ein Teelöffelchen Kaffee kostet mehr als der armselige Türstopper, den du kaufst.

Mama Ruth liebte Mispeln. Sie zog den Früchten die Haut

ab und aß sie, ohne sie zu waschen. Er aß sie so, wie sie waren, mit Staub, mit Haut, und wenn er gierig war, verschluckte er auch die Kerne. Damals allerdings, in der Ben-Jehuda-Straße 36, hatte er die Kerne nicht verschluckt. Er hatte sie gesammelt und sich einen Vorrat angelegt, und während seine Mutter die Treppen putzte oder wegging, um beim Professor »Luft zu schnappen«, verkaufte er sie. Zehn waren eine gebrauchte Murmel wert, für fünf bekam er bei nutzlosen Verkaufsgesprächen nur ein bisschen Aufmerksamkeit.

»Nein, nicht nötig, Herr Doktor, nehmen Sie ihn umsonst«, sagte Schalom, als er sah, dass Adam seinen Geldbeutel zog.

Doch er ließ seinen Geldbeutel offen und fragte: »Wie viel?«

»Vier Schekel«, antwortete Iris und legte die Geldstücke, die er ihr hinhielt, in die Kasse und tippte den Preis ein, dabei ignorierte sie den Protest ihres Vaters: »Iris, was ist mit dir, ein bisschen Ehre...« Er atmete pfeifend, und sie zog eine Schublade auf und reichte ihm den Inhalator. »Hier, Papa, inhaliere.«

Adam nahm die kleine Tüte mit dem Türstopper, verließ »Alles für Haus und Garten« und ärgerte sich, schau, was du angerichtet hast, du hast einen billigen Plastikstopper gekauft und sie dazu gezwungen, dir ihre Schwächen zu zeigen. Er war unterwürfig dir gegenüber, sie aufsässig, er hat sich geärgert, sie wurde frech, er bekam keine Luft, sie... Was war mit ihr? Er wusste es nicht. Am Abend bohrte er ein Loch in den Boden und befestigte den Stopper und erinnerte sich an die Schlagader, die sich an ihrem Hals gespannt hatte, als sie die Hand nach dem Wasserkocher ausstreckte. Danach vergaß er sie wieder. Doch nach einigen Tagen erschien sie voller Panik in seiner Praxis, drängte sich vor, redete von einem Asthmaanfall ihres Vaters und verlangte, in den Behandlungsraum gelassen zu werden. Sie bückte sich, um ihren Schuh zu binden, und ihre Tasche fiel zu Boden, und der Inhalt verstreute sich. Adam stand auf und half ihr, ihre Sachen aufzusammeln, und hob ein Notenblatt auf, das unter seinen Stuhl gefallen war. Sie bedankte sich hastig, faltete das Rezept zusammen und ging. Was hat sie mit Musik zu tun?, überlegte er. Wenn sie Klavier spielt, werden ihre Finger die Tasten beschmutzen. Andererseits passt Klavier zu dem langen Hals und dem Zopf.

Schalom Schalom wurde ins Krankenhaus eingeliefert, in den fünften Stock, zwei Stockwerke darüber war Eliane Assistentin auf der neurochirurgischen Station. Adam besuchte Schalom dort und sagte, er werde anschließend Eliane treffen und mit ihr zu Mittag essen.

Schalom Schaloms geschwollener Bauch hob sich unter dem Laken ab, sein Hals war rot, und seine Augen traten hervor. Adam bedeutete ihm, die Höflichkeitsfloskeln sein zu lassen und sich seine Kraft fürs Atmen zu sparen. Er beugte sich über ihn, gab ihm die Hand, und in diesem Moment kam sie herein.

»Bring dem Doktor einen Stuhl, Iris«, befahl ihr Schalom Schalom mit heiserer Stimme. Sie wusch sich die Hände im Waschbecken und kam, um zu helfen, sie legte die Hände auf das Bettgestell, und er sah, dass die schwarzen Flecken auf ihren Fingern blasser geworden waren.

Der Stationsarzt kam herein, Adam kannte ihn aus der gemeinsamen Studienzeit. Er warf einen Blick auf Schalom Schaloms Krankenblatt und sagte: »Nun, bist du Hausarzt geworden? Eine andere Welt. Ganz anders. Ein Krankenhaus, *as you know*, ist keine Sommerfrische. Dein Patient?« Sein Blick wanderte zu dem Bauch, der sich unter dem Laken wölbte.

»Dein Patient?«, fragte Adam zurück und reagierte nicht auf den Blick, der ihn zu einem Arztgespräch in der Ecke des Zimmers einlud. Er wollte nicht, dass Schalom Schalom seine geringen Chancen aus einem Stirnrunzeln oder zusammengezogenen Augenbrauen erriet und seinen leidenden Atem anhielt, während sie sein Schicksal hin und her wendeten. Der Stationsarzt notierte etwas auf dem Krankenblatt und warf einen schnellen Blick auf den Monitor. Sein Piepser erklang und rief ihn zum Flur und weiter. Schalom Schalom seufzte, seine Augen fielen zu.

Adam legte ihm die Hand auf die Schulter, verabschiedete sich und ging. Iris überholte ihn im Flur, blieb einen halben Schritt vor ihm stehen und fragte, wie die Chancen stünden, dass ihr Vater diesen Anfall überstehen würde. Schräges Licht fiel durch das Fenster auf ihre Mispelkernaugen. Er erklärte ihr, was dieser Bronchospasmus war, an dem ihr Vater litt, und welchen Schaden die Steroide angerichtet hatten. Er sagte, sein Zustand habe sich seit dem vorherigen Anfall verschlechtert, aber es sehe aus, als werde er es auch diesmal schaffen. Von weitem sah er seinen Studienfreund mit flatterndem Kittel den Flur entlang auf ihn zukommen. Ein Glück, dass ich diesen Ort verlassen habe, dachte er. Ich war gut, sogar ausgezeichnet. Man hat mir angedeutet, ich hätte beste Aufstiegschancen, aber ich habe abgelehnt und bin in eine Stadtteilpraxis gegangen. Kein Aufstieg. Kein Beifall von begeisterten Kollegen. Er freute sich, dass seine Kittelenden nicht durch diese Flure flatterten. Wäre er hier geblieben, hätte er nicht aufgehört zu messen, wie weit er sich von dem unter ihm entfernt hatte und wann der, der über ihm war, seinen Atem im Nacken spüren würde, und er hätte sich Sorgen wegen der Angst vor dem einen und der Unterlegenheit des anderen gemacht. Ganz zu schweigen davon, dass es hier feste Betten gab und die Kranken wechselten, man hatte es mit Krankheiten zu tun und nicht mit Kranken.

Doch es war immer noch seltsam, dachte er, denn eigentlich hatte er ja Filmregisseur werden und neue Figuren erfinden wollen, stattdessen kümmerte er sich nun um die Krankheiten bereits existierender Personen.

»Übertreiben sie hier nicht ein bisschen mit den Steroiden?«, hatte Iris gefragt, und er sah, dass das Licht schon von ihren Augen weggewandert war und jetzt einen Streifen auf die Wand warf. Zumindest blieb die Erdkugel auf der ihr zugewiesenen Bahn und zog sich nicht zurück und machte keine Sprünge nach vorn.»Diese Steroide retten ihn«, sagte er.»Wie kommen Sie allein im Laden zurecht?«
»Ich komme zurecht.« Sie fuhr mit dem Finger über die schmale Leiste am Fenster und beharrte:»Aber diese Medikamente schaden ihm.«
»Die Wahl besteht zwischen schädlichen Nebenwirkungen oder gar nicht mehr da sein«, erklärte er. Wäre sie älter oder hässlicher, hätte er ihren Arm berührt oder ihr mitleidig die Hand gedrückt. Aber sie war so jung und ihre Augen waren so schrecklich ernst, sie könnte diese Geste missverstehen.
»Spielen Sie ein Instrument?«, fragte er, als er sich an das Notenblatt unter seinem Stuhl erinnerte.
»Ich singe«, antwortete sie in scharfem Ton, um ihm klarzumachen, dass sie sich nicht von dem abbringen ließ, dessentwegen sie hier am Fenster stand. Er war der Arzt. Ihr Vater war krank. Sie verlangte, was ihrem Vater in dieser Angelegenheit zustand. Nicht mehr, aber auch nicht weniger. Ihr Finger wischte nervös die Fensterrinne und hielt inne. Sie betrachtete die Aussicht und sagte:»Ich habe an der Musikhochschule studiert, aber seit seinem Asthma... Ich verkaufe Baubedarf.«
Er schwieg. Er sagte nicht, dass es ihm leid tue, das zu hören, auch nicht, dass sie noch werden würde, was sie sein wollte. Er versuchte sich vorzustellen, wie sie im Abendkleid auf der Bühne stand und sang, aber es gelang ihm nicht, sie von der Theke des»Alles für Haus und Garten« zu entfernen und ihr den Jeansoverall aus- und ein Kleid anzuziehen.

Sie ging zurück zum Bett ihres Vaters, und er wandte sich zum Aufzug und wunderte sich, da gehst du nun, um mit der Frau zu Mittag zu essen, die du liebst, und deine Schritte sind schwer. Der weiße Kittel stand Eliane gut, er war nicht zugeknöpft und flatterte, und an ihrer Brust baumelte das Arztschild, als er ihr entgegenkam. Er hörte ihre Absätze klappern und dachte, sie gehört zu jenen, die schnell nach oben steigen, ihre Beine sind zum Aufstieg geschaffen, hart, kräftig, schön. Lebhaft erzählte sie von einem Studenten, der seinen Reservedienst schwänzen wollte und darum ein neurologisches Problem mit der Wirbelsäule vorspielte und das Team in die Irre geführt hatte, bis eine Schwester bemerkte, mit welcher Leichtigkeit er seinen Pyjama auszog, und ihr Misstrauen erwachte. Eliane biss und kaute, während sie redete, und er aß gebratene Scholle und bemühte sich, ihr zuzuhören. Was ist das für eine Schwermut, die dich befallen hat, sie erzählt dir von den Symptomen irgendeines Studenten, der das System in die Irre führt, beschreibt seinen gebeugten Rücken und das vorgebliche Hinken, und du? Was frisst dich? Hör hin, lass nicht zu, dass der Finger, der über die Fensterritze wischte, dich jetzt durcheinanderbringt. Kolleginnen von Eliane gingen vorbei, Tabletts mit Essen in den Händen, blieben stehen und stießen ein »Hi« aus, ein »Wie geht's?« und ein »Bye«, und er betrachtete in der Zwischenzeit Elianes Hände, besonders den Finger, den sie in den Tassenhenkel geschoben hatte, der viel feiner war als der Finger der Frau, die Arien zu singen gelernt hatte und jetzt Gummidichtungen für Toiletten verkaufte und Wasserhähne zusammensetzte, was ihre Muskeln anschwellen ließ, die Gelenke breiter und ihre Haut rauer machte.

Er war drei, als ihm klar wurde, dass sein linker kleiner Finger für immer krumm bleiben würde, und seit damals achtete er auf die Finger von anderen. Eva hatte zu ihm gesagt: »Siehst du, Schätzchen, du hast einen Finger mit Charakter, er richtet sich nicht auf wie alle anderen, er tut, was er will.« Mama Ruth war wütend geworden: »Man könnte denken, wer nicht konform ist, ist glücklicher. Was heißt das überhaupt, Charakter, kann man sich damit Brot kaufen?« Nun sagten die Schwestern auf Mama Ruths Station: »Ihre Großmutter hat Charakter. Wenn sie etwas nicht will, hilft auch kein Richterspruch.«

Heute wird er ihren Rollstuhl unter die Pappeln fahren, und wenn ihre Wange nicht zittert und ihre Hände nicht krampfen, wird er ihr erzählen, dass Eva zurückkommt. Er fährt langsam, auf dem Auto vor ihm steht »Musik für Veranstaltungen«. Musik. Iris fällt ihm wieder ein, wie ein Krampf, wie ein Klopfen in den Schläfen, und erlischt. Was habe ich mit ihr zu tun?, fragt er sich verärgert. Seit er den Türstopper gekauft hatte, war er nicht mehr zum »Alles für Haus und Garten« gegangen, wenn er etwas brauchte, suchte er sich einen anderen Laden. Sie zieht mich nicht an, denkt er, sie interessiert mich nicht mehr als viele andere Frauen. Und trotzdem weckt sie in ihm ein vages Interesse, etwas, was ihm nicht ganz klar ist, wie ein Buch, das einen nicht besonders interessiert und das man trotzdem nicht aus der Hand legen kann, bevor man weiß, wie es ausgeht. Einmal war sie ein paar Meter vor ihm auf der Straße gegangen, er hatte seine Schritte beschleunigt, um sie einzuholen. Sie trug ein schwarzes Kleid, er nahm an, dass sie unterwegs zum Auftritt des örtlichen Chors oder eines anderen Ensembles war. Über ihrer Schulter hing eine einfache braune Tasche, in der anderen Hand trug sie einen Mantel. Ihr Gang war so zielgerichtet und einfach wie ihre Aufmachung, nicht herausgeputzt, nicht zurechtgemacht, nicht besonders geschmeidig. Als er

sich ihr näherte, ging er langsamer, scheinbar absichtslos, und erkundigte sich, wie es ihrem Vater gehe, und dachte, Feigling, wegen ihres Vaters bist du nicht so gerannt. Sie verströmte einen feinen Duft nach Seife, ihr Zopf war feucht und malte einen dunklen Fleck auf den Stoff ihres Kleides.
»Es fällt ihm alles sehr schwer«, antwortete sie im Gehen.
»Und Sie?«
»Ich habe mir eine Hilfe für den Laden genommen, so kann ich ein bisschen atmen.«
»Sie meinen singen«, sagte er.
Sie lächelte ein halbes Lächeln und wurde wieder ernst. Er konnte sich nicht beherrschen und fragte, wo sie singe. Im städtischen Chor? Ja, sie habe eine Solopartie. Was sie denn sängen? Alles. Zurzeit romantische Musik aus dem neunzehnten Jahrhundert. Chopin. Mahler. Er versuchte, sie sich auf der Bühne vorzustellen, den langen Hals gestreckt, mit weit offenem Mund wie die Sängerin auf dem Bild von Degas, und die Zuschauer in der ersten Reihe könnten die Mandeln in ihrem offenen Rachen sehen. Er dachte daran, wie rot und hart ihre Mandeln gewesen waren, als sie mit der Bronchitis zu ihm gekommen war, und sie so tief geatmet hatte, dass ihre Brüste sich hoben. Sie macht Liebe, wie sie singt, dachte er, ernst, ruhig, ohne eine Spur von Humor, bei vollem Licht, mit derselben Natürlichkeit, mit der sie singt und einen Wasserhahn zusammensetzt. Sie singt romantische Musik und hat selbst keinen Hauch von Romantik. Sie parfümiert sich nicht, sie pudert sich nicht, er war bereit zu wetten, dass sie Schlüpfer aus weißer Baumwolle trug. Er ging mit ihr bis zur Kreuzung. Sie blieb am Zebrastreifen stehen. »Ich biege hier ab«, sagte sie. »Wenn es Sie wirklich interessiert, kann ich Ihnen eine Karte für das Konzert besorgen.«
Sie besorgte eine. Sie kam, um das monatliche Rezept ihres Vaters abzuholen, und legte eine Karte auf den Tisch. »Das kostet mich nichts«, winkte sie ab, als er ihr Geld geben wollte.

Am Tag des Konzerts war er müde und lustlos und ging widerwillig hin. Er wurde von der Menge der Zuhörer verschluckt, als er eintrat, und als er hinausging, war es nicht anders. Sie hat mich nicht gesehen, aber ich habe sie gesehen. Sie ist nicht schlecht, aber, wie ich geahnt habe, auch nicht romantisch.

»Sie waren gut«, sagte er, als sie das nächste Mal wegen der Medizin ihres Vaters kam. »Ich war im Konzert.«

»Ich weiß. Ich habe Sie gesehen.« Sie richtete ihre beiden Mispeln auf ihn. »Wenn ich auf der Bühne bin, gibt es immer jemanden, für den ich singe. Diesmal waren Sie es.«

Er erschrak. Esel, schimpfte er sich. Warum täuschst du sie?

Sie erriet, was er dachte. »Machen Sie sich keine Sorgen, ich glaube nicht, dass Sie sich in mich verliebt haben oder so, aber wenn man vor einem Publikum steht, wird es immer jemanden geben, auf den man sich konzentriert und für den man sich anstrengt, gut zu sein. Und damit es klar ist, auch ich habe mich nicht in Sie verliebt, Sie sind einfach unser Arzt.«

Das erleichterte ihn, und zugleich versetzte es ihm einen Stich. Wäre sie nicht die Tochter eines Patienten, würde er mit ihr an irgendeinem kleinen, ruhigen Platz einen Kaffee trinken, nicht wegen irgendeiner Zukunft, sondern wegen der Vergangenheit. Ihre Geradlinigkeit, ihr Ernst, ihre Solidität erinnerten ihn an Mama Ruth. Auch sie wird einmal der Mittelpunkt einer Familie sein, ein Halt bei Erschütterungen, ein Anker für die Verlorenen.

Er fährt langsam. Dort essen sie bereits das Püree, er wird Mama Ruth nicht stören, er wird ankommen, wenn man ihr bereits neue Windeln angelegt hat. Allein der Gedanke, dass ihr jemand Püree in den Mund schiebt und Spucke vom Kinn wischt.

Durch die Straße, durch die er gerade fährt, hatte Eva ihn, wie in viele andere Straßen, mitgeschleppt, samt ihrer Ware, hinter sich hergezogen und hatte gesagt: »Du weinst? Vergiss Mama Ruth.« Sie hatte ihren Dreifuß auf den Bürgersteig gestellt, er hatte sich vor ihr auf ein kariertes Kissen gesetzt, ihre Zehen gezählt, gedöst oder geweint. Er war noch keine vier, die Welt war schlau und böse und Mama Ruth der verheißungsvolle Hafen. Vom Kissen, auf dem er saß, sah er die Beine fremder Leute, die sich vorbeugten, um die Schmetterlinge zu betrachten, ihr Schatten fiel auf das Kissen und auf ihn, und wenn das Feilschen länger dauerte, wurde die Schattenpause länger, bis der Kunde nachgab oder ging. Einmal blieben große Sandalen stehen, aus denen wilde, große Zehen drängten. Die Reifen um Evas Knöchel klirrten ihnen eifrig entgegen. Er schlief ein, und als er aufwachte, waren die großen Sandalen immer noch da, und am nächsten Morgen standen sie nebeneinander auf der Schwelle vor Evas Zimmer, und ihre Tür war geschlossen. Er schlich sich zu den Sandalen, trennte sie, stellte den linken Schuh auf die rechte, den rechten Schuh auf die linke Seite, drehte die Spitzen um, damit sie zum Ausgang zeigten, und sagte: »Beschissene Schuhe.« Dann ging er zurück in sein Bett.

Doch fremde Schuhe überraschten ihn nicht, sie suchten die Wohnung heim wie Wüstenwind, wie Regen, sie kamen nachts und blieben Tage oder Wochen. Er ertrug all diese Fremden nicht, aber er war auf sie gefasst. Eva war an diesen Tagen in ihrem schnellen Glück versunken, und für ihn blieb keine Aufmerksamkeit übrig. »Ich habe zu tun, Schätzchen, du schläfst heute Nacht bei Oma, gut?«

»Gut.« Er umklammerte seine kleine Zahnbürste mit der Faust und ließ nicht locker, bis das Tor von Mama Ruth hinter ihm geschlossen wurde. Diese knarrenden Holzlatten an rostigen Scharnieren bürgten für den Frieden des Hofes, für das Haus und für alles, was er kannte und erwartete. Nachdem er seine Zahnbürste in das Glas neben die einzelne Zahnbürste Mama Ruths gestellt hatte, suchte er einen Ort, wo er seine Ängste unterbringen konnte, und fragte: »Mama Ruth, ist alles so?«

»Alles ist so«, antwortete sie, und ihre Entschiedenheit vertrieb seine Ängste, machte sie leicht und unbedeutend, und die drückende Luftblase zwischen seinen Rippen löste sich auf. Auf der Veranda krümmte sich keine Schlange, in keinem der vier großen Schlafzimmer richtete ein Dieb sein Gewehr auf ihn, kein Räuber drohte im zweiten Stockwerk, in dem Evas kümmerliche Habe untergebracht war, kein Verbrecher lauerte im Toilettenflur, und der Tod war eine seltene Krankheit, die einen nur traf, wenn man kein Glück hatte. Mama Ruth stellte ihm ein Sofa ins Zimmer, das sich sowohl für einen vierjährigen Jungen als auch für einen vierzigjährigen Mann eignete und auf dem er auch später schlief, nachdem er aus dem Leben seiner Mutter entfernt worden war und dieses Zimmer zu seinem Zuhause wurde. Hier hatte er den Rest seiner Kindheit verbracht, seine Jugend und sein Leben als Erwachsener. Auch als Soldat und Medizinstudent hatte er auf diesem Sofa geschlafen, das Fenster über sich betrachtet, und die dunklen Zweige der Zypresse hatten Streifen aus dem Himmel geschnitten, und die Borsten aus Kiefernnadeln hatten die Luft gebürstet, und die Raben tobten zwischen Gesetzlosigkeit und Pflicht, krächzten im Wipfel der Kiefern und fütterten ihre Jungen in der Zypresse.

In seinen ersten Jahren versuchte Mama Ruth es noch. »Chawale, du kannst mit dem Jungen im ersten Stock wohnen, wir lassen dir einen eigenen Eingang machen. Der Junge braucht einen festen Platz. Willst du etwa, dass er ganz verrückt wird?« Eva antwortete, es sei genau umgekehrt, Kinder mit einem festen Platz würden verrückt, sie wüssten nicht, wie man mit dem Leben zurechtkommt. Ihr Sohn dagegen werde sich überall zurechtfinden, wohin ihn das Leben auch verschlagen werde.

Das Leben verschlug ihn wirklich überallhin. Er war noch zu klein gewesen, um sich an die Stationen zu erinnern, bevor sie in die Dachwohnung der Ben-Jehuda-Straße 36 zogen. Aber an diese Straße erinnerte er sich ganz genau. Eine Tür führte von der Küche aufs Dach, die Steinmauer, die den Beton umgab, war höher als er und rahmte den Himmel. Er sah keine Bäume, keine Autos und keine Menschen, nur das Ende dieser Welt und den Anfang des Himmels, das durchsichtige, schwebende Domizil von Großvater Nachum und Gott. Und alles Gleiten und Landen und Aufsteigen und Eintauchen zwischen diesen beiden Welten. Eine Wolke und ein Vogel, ein Flugzeug und eine verirrte Feder, Rauch aus einem Schornstein, Morgennebel, das Aufflackern von Blitzen, prasselnder Regen, ein grünlicher Mond, Milchstraßen und Sterne. Dort lernte er, zwischen den Geräuschen jener, die zum Himmel aufsteigen, und dem Lärm jener, die zur Erde hinuntergehen, zu unterscheiden. Er lag auf seiner Matratze, trank Himbeersaft aus einer Flasche und lauschte den Stimmen, die von der Straße heraufdrangen. Lachen, Schimpfen, Weinen, Schreie, Stimmen, streitende und kreischende Stimmen. Dort lernte er auch, die Umrisse seiner Mutter im Dunkeln zu erkennen. Ein langer, magerer Schatten, über das Geländer gelehnt, und das Aufglühen einer Zigarette, die in ihrem Mundwinkel hing. Manchmal gesellte sich eine fremde Gestalt zu ihr, und das rote Aufglühen verdoppelte sich, er sah, wie die beiden Silhouetten sich aneinanderschmiegten, vor der Horizontlinie verschwanden und vom Schatten des Dachs verschluckt wurden, er hörte Lachen und Schnurren, Seufzen und abgehacktes Atmen. Egal, wie weich sich ihre Glieder an die Glieder desjenigen schmiegten, der da mit ihr war, am Schluss war sie immer allein, beugte sich über das Geländer und winkte jemandem zu, und jemand schrie von unten zu ihr herauf: »Bye, Süße.«

An dem Tag, als sie dort einzogen, ließ sie ihre Waren beim Uhrmacher. »Pass mir ein paar Minuten darauf auf, ich schaue mir eine Wohnung an und bin gleich wieder da«, sagte sie zu ihm. Der Uhrmacher hob seinen Kopf vom Vergrößerungsglas, betrachtete prüfend, mit zusammengekniffenen Augen, ihre Figur und sagte, in Ordnung. Sie und Adam stiegen die Treppen hinauf, und im dritten Stock blieb er stehen und sagte: »Mir tun die Beine weh.«

»Meinst du etwa, mir nicht?«, fuhr sie ihn an und trug ihn dann bis zum fünften Stock.

»Uff, du bist schon so schwer wie ein Hippopotamus«, murrte sie, und er fragte, was ein Hippopotamus sei, als die Tür aufging und ein barfüßiger Mann mit einem langen Hals, in Unterhemd und kurzer Hose sagte: »Ich habe gewusst, dass du kommen würdest.«

»Du hast gar nichts gewusst, es ist nur vorübergehend, eine Woche oder zwei, und ich verschwinde.«

»Ich habe von dir gehört«, sagte der Mann zu Adam. »Das ist das Königreich.« Er umfasste mit einer Handbewegung die Wohnung und das Dach.

»Ein schönes Königreich«, sagte sie ironisch, lachte und steckte sich eine Zigarette an. »Willst du auf dem Dach wohnen, Schätzchen?« Sie beugte sich zu ihm und richtete sich wieder auf, betrachtete prüfend die kleine Kochnische und die Schlafnische und die Sitzecke, sie öffnete die Tür zum Dach, und das Licht fiel auf sie. Geblendet sagte sie: »Tausend Quadratmeter Dach. Komm, Schätzchen, schau, wie nahe wir dem Himmel sind.« Er stampfte mit seinem kleinen Fuß auf und flüsterte: »Sag mir endlich, was das ist, ein Hippopotamus.«

Sie gab ihm keine Antwort, denn genau in diesem Moment berührte der barfüßige Mann ihre Locken und sagte: »Das Braun steht dir besser als Schwarz.«

»Nun, Schätzchen, willst du im Himmel wohnen?«
»Aber der Mann da soll nicht mit uns zusammen wohnen.« Er suchte ihre Hand und hörte, wie der Mann lachte.
»Wieso sollte er mit uns zusammen wohnen, nur du und ich.« Sie nahm seine kleine Hand, beugte sich zu ihm und fragte, ob er bereit sei, bei diesem Mann zu bleiben, bis sie ihre Schmetterlinge beim Uhrmacher abgeholt habe, und er zuckte mit den Schultern und ging mit ihr die fünf Stockwerke hinunter und kehrte wieder mit ihr zurück, während sie die schwere Tasche und den Ständer schleppte. Sie presste die Lippen über der erloschenen Zigarette zusammen, machte wütende Bemerkungen über seine kleinen Beine, die sich die größte Mühe gaben, ihr zu folgen.

Jener Mann wohnte nicht mit ihnen zusammen. Er zog seine Turnschuhe an, packte Sachen in einen kleinen Rucksack, sagte »Bye, Lady Adam« und ging.

Chawale, Eva, Die-da. Und jetzt Lady Adam.

»Warum hat er dich so genannt?«, fragte er, und sie sagte: »Eh, ich habe keine Nerven für all deine Warums. Du schläfst hier.« Sie deutete auf eine kurze Matratze, die auf einem roten Teppich lag. »Und ich da.« Sie warf ihren Schal auf eine lange Matratze. Die beiden Matratzen lagen quer aneinander und bildeten ein L. Er setzte sich auf seine Matratze und betrachtete ihre neue Unterkunft, den wackligen Tisch, das fremde Geschirr, von dem sie essen würden, den Flur, in den Licht vom Dach fiel, und die düstere Dämmerung drinnen. Sie füllte Himbeersaft in seine Flasche, und er fing an zu nuckeln und folgte ihren Bewegungen. Sie öffnete und schloss quietschende Schranktüren in der Küche, zog Schubladen auf und schob sie wieder zu, drehte den Wasserhahn auf und zu, schnippte Zigarettenasche ins Spülbecken, verrückte den wackligen Tisch und die beiden Stühle, zog den geblümten Vorhang auf, der die Toilette vom Wohnzimmer trennte. Da werden sie essen, da werden sie schlafen, dort wird er spielen und sie ihre Perlen auffädeln und rauchen. Sie öffnete Schachteln und schloss sie, hob einen Topfdeckel hoch und warf ihn zurück, öffnete den Kühlschrank, bückte sich zum untersten Fach, nahm ein Glas Erdnussmus heraus, bohrte einen Finger in die gelbe Masse und leckte ihn ab, zog eine halb leere Flasche Wein heraus, nahm einen tiefen Schluck, stellte die Flasche zurück in den Kühlschrank, richtete sich auf, und ihr Blick traf den des Jungen, der sie von seiner Matratze aus betrachtete, und sie fing an zu lachen.

»Wir sind auf dem Dach der Welt, Schätzchen, ist es dir aufgefallen?« Sie kitzelte seinen Bauch, und er lachte und wurde sofort wieder ernst. Sie kauerte neben ihm auf der Matratze. »Warum bist du plötzlich so sauer? Glaubst du etwa, Dafi wird es besser haben? Du hast Glück. Wenn du groß bist, wirst du es mir danken. Dafi wird so viereckig werden wie eine Bodenfliese, und du wirst das werden, was du willst.«

Er verstand gar nichts. Er war gerade mal vier, Dafi war noch nicht mal zwei. Er wusste, was eine Bodenfliese war, aber nicht, was viereckig bedeutete. Er kaute auf dem Sauger herum und fragte: »Warum hat der Mann dich Lady Adam genannt?«

Sie lachte. »Warum, warum, warum. Den ganzen Tag nur warum.«

»Sag mir endlich, was ein Hippopotamus ist.«

Der barfüßige Mann, der ihnen das Königreich gezeigt hatte, wohnte nicht mit ihnen zusammen, aber seine Silhouette tauchte abends auf dem Dach auf und machte irgendetwas mit ihrer Silhouette. Vielleicht war es aber auch die Silhouette eines anderen Menschen oder von einigen anderen. Adam lag auf seiner kurzen Matratze und betrachtete sie durch einen offenen Türspalt, und wenn sie in der Dunkelheit des Dachs verschwanden, wartete er darauf, dass sie wieder auftauchten, dass sie ihre Kleidung ordneten und eine Zigarette rauchten.

»Du wechselst Wohnungen wie andere Leute Unterhosen«, sagte Mama Ruth zu Eva, und Adam dachte an Dafi, der man dreimal am Tag die Unterhosen wechselte, weil sie es nicht halten konnte. Dafi, die einmal eine viereckige Bodenfliese oder viereckig wie eine Bodenfliese sein würde. Er wusste es nicht mehr genau.

Er hatte keine Ahnung, ob sie zwei Wochen oder einen Monat in jener Wohnung auf dem Dach gewohnt hatten, vermutlich nicht mehr als einen Monat, denn der gelbe, aufgeblasene Zeppelin Gottes war nur einmal über sie hinweggeflogen, so nannte Eva den Mond, der über dem Dach stand und die Gestalt veränderte. »Mach ihn aus«, flehte er sie an. »Los, mach ihn schon aus.«
»Was hast du, Schätzchen? Bis Ende des Monats ist die ganze Luft raus, er wird so klein sein wie dein Nabel.« Sie legte ein blaues Zellophanpapier auf seine Augen, und das gelbe Licht verblasste. Er hasste das fremde, offene Auge über sich, er rieb sich seinen Nabel und nahm das Zellophan erst von seinen Augen, als eine Wolke den Mond verdeckte und er aufstieg zu Gott.

Siebzig Stufen führten von der Straße zum Dach. In den ersten Tagen waren seine Beine zu kurz, im dritten Stock fing er an zu schnaufen und wartete, bis er sich wieder beruhigte. Sein rechtes Bein stand auf der Stufe und wartete auf das linke, und beide fühlten die kalten Steinstufen, bis das rechte sich zur nächsten Stufe hob, innehielt und auf das linke wartete. »Nun, was ist mit dir«, schrie sie ihm aus dem vierten Stock zu. Mit ihren langen Beinen übersprang sie die Stufen und trat nur auf jede dritte. Im Lauf der Zeit gewöhnten sich seine Beine an die steilen Stufen, er lernte, sich am Geländer festzuhalten, sich darauf zu stützen und Schwung zu nehmen, die Knie zusammenzuhalten, sie zu beugen und mit beiden Füßen auf einmal auf die nächste Stufe zu springen. Das hatte er geübt, während er jahrelang im Gang auf sie gewartet hatte, wenn sie die Treppen putzte. Seit damals mied er Aufzüge, er hielt es nicht aus, in einem Käfig eingesperrt zu sein und die Luft aus den Mündern und die Dämpfe aus den Mägen fremder Menschen einzuatmen, die zusammen mit ihm eingepfercht waren. Treppenhäuser hingegen blieben seine Schwäche. Sie hätten ihm die Türen zu tausend Filmszenen öffnen können, wäre er Regisseur geworden. Da war zum Beispiel ein Finger, der vergeblich klopfte, bis er enttäuscht mit dem Nagel »Ich war hier« in die Tür kratzte, oder der Don Juan, der sich heimlich davonschlich und »Ruhe für den Müden« pfiff, oder die Tür Baumanns, die sich einen Spaltbreit oder weiter öffnete, je nach Laune des Hundes, oder auch die tote Spinne, die aus der Tür des Professors ins Treppenhaus geworfen wurde, oder das Mädchen mit dem Tattoo auf dem Oberarm, oder...

Eliane wohnt in einem Haus mit Aufzug und einem gepflegten Treppenhaus. Die Türen sind schwer und dicht und mit Stahlschlössern gesichert, und die Gesichter der Bewohner sehen aus wie ihre Türen, verschlossen und gewichtig.

»Sollen sie mich doch am Arsch lecken«, hatte Eva über die vornehmen Bewohner der Häuser, in denen sie die Treppen putzte, geschimpft. Sie stellte den Eimer auf die Stufe und hielt den Schrubber wie eine Lanze. »Sie haben mehr als genug Diplome und Geld und ersticken. Und du, iss deinen Pfirsich draußen. Wenn dir hier Saft aufs Geländer tropft, gibt es einen Riesenskandal.« Sie war gereizt, das Schild »Rauchen verboten« machte sie ganz verrückt. Sie zog ihren Schrubber zurück, um nicht gegen die Türen zu schlagen, und die Schwellen putzte sie mit den Händen, mit einem Gesicht, das ausdrückte: Sollen sie mich doch am Arsch lecken oder wo sie sonst wollen.

Mama Ruth hatte einmal zu ihr gesagt: »Ich hoffe, dass du nach der Auferstehung eine normale Arbeit haben wirst, damit dieser Ärmste, dein Vater, nicht ein zweites Mal sterben muss.«

Mama Ruth schämte sich. Die Leute sagten zu ihr, da habe sie nun ein zweistöckiges Haus, und ihre Tochter putze Fußböden und lebe mit ihrem Kind zur Miete. Sollten sie doch reden. Sie würde ihnen nicht sagen, dass sie ihr vorgeschlagen hatte, im ersten Stock zu wohnen, dass sie ihr sogar einen eigenen Eingang angeboten hatte, sie würde ihnen auch nicht sagen, dass sie ihr vorgeschlagen hatte, einen kleinen Laden aufzumachen, mit dem Geld von Nachums Versicherung, nachdem er so früh aus dem Leben geschieden war. Sollten sie doch reden. Dafür hatten sie schließlich einen Mund.

»Mama, das ist mein Leben, ich werde das sein, was ich sein möchte.«

»Das scheint dir nur so, dass es dein Leben ist, Chawale, es ist auch das Leben des Jungen.«

Adam verstand nicht viel, aber er fand es gut, dass sie keinen kleinen Laden aufgemacht hatten, denn Nachums Geld sollte für Nachum aufgehoben werden, damit er nach der Auferstehung der Toten etwas damit anfangen könnte.

»Der Junge? Der Junge lernt etwas bei mir, was ihm keine Schule der Welt beibringen wird.«

»Ja, ja, das habe ich schon gehört«, sagte Mama Ruth. »Selbstverwirklichung, Charakter, Bluffen, er wird sein, was er sein will. All diese Wörter sind doch nur aufgeblasen. Willst du wirklich wissen, was er sein wird? Plemplem, das wird er sein.«

Er hörte sie und wusste nicht, wem er glauben sollte. Manchmal spürte er, dass Mama Ruth recht hatte, er würde plemplem sein, obwohl er nicht verstand, was das sein sollte.

Wie dem auch sei, er freute sich, dass Eva nicht auf ihre Mutter hörte, er liebte die Treppenhäuser, besonders die der alten Häuser, und am allermeisten das in der Ben-Jehuda-Straße 36. Dort waren die Stufen glatt und die Kanten abgerundet. Er setzte sich auf die oberste Stufe und rutschte fünf

Stockwerke hinunter, siebzig Stufen. Die Frau aus dem zweiten Stock sagte, sein Hintern würde gute Arbeit leisten und man könne schon auf den Staubsauger und den Putzlappen verzichten.

Jedesmal, wenn sie ein neues Treppenhaus auf ihre Liste bekam, stand er auf der untersten Stufe und lauschte gespannt auf die Geräusche im Haus, dann wusste er, ob dort alte Leute lebten oder Kinder oder Hunde. In Bürohäusern gab es nichts dergleichen. Dort gab es Männer, die es immer eilig hatten, mit Brillen und sauren Gesichtern. Eva sagte, sie seien Rechtsanwälte, sie würden die Nase im Himmel tragen und die ganze Welt reinlegen.»Dass du mir ja kein Rechtsanwalt wirst, wenn du groß bist.«
»Was soll ich werden?«
»Du? Von mir aus kannst du Drachenflieger oder Lokomotivführer werden.«

Später fuhren viele Lokomotiven durch seinen Kopf. Er band Drachenschnur an ihre Schornsteine und ließ sie unter dem Himmel auf Luftschienen fliegen, und Mama Ruth ärgerte sich.»Hat sie dir schon wieder einen Floh ins Ohr gesetzt?«

Mama Ruth wusste nicht, was das hieß, ein Treppenhaus im Winter, wenn die Kinder und die Hunde in ihren Wohnungen blieben, wenn niemand hinausging und niemand hereinkam. Was es hieß, einen erfrorenen Hintern auf die kalte Treppe zu drücken, bis Eva siebzig Stufen geputzt hatte. Hätte er nicht die Eisenräder gehabt und sie mit Drachenschnur in die Atmosphäre geschickt, er hätte statt seiner Füße Eisbrocken in den Schuhen gehabt. Oft genug schlief er vor lauter Kälte auf der Schwelle ein, und die Lokomotiven fuhren immer weiter durch seinen Kopf und ratterten mit seinen klappernden Zähnen um die Wette. An Tagen, an denen sie,»um Luft zu schnappen«, zum Professor ging, saß er auf einer Stufe, bewachte ihren Schrubber und machte aus ihm das Lenkrad eines Güterzugs. Er hisste den Lappen als Fahne und schwenkte ihn so lange, bis er sich losriss und ein Drache wurde und auf die Türschwelle des Professors sank. Der Boxer der Familie Baumann hörte die Geräusche und knurrte hinter der geschlossenen Tür, er rannte dagegen und zerkratzte sie mit seinen Pfoten. Nach einiger Zeit ging die Tür des Professors einen Spaltbreit auf, der Professor maß übergenau Evas schmale Hüften und schloss die Tür, nachdem sie draußen war, und Adam konnte das eine Auge des Professors sehen, ein rundes Brillenglas und einen halben Mund. Später, wenn der Professor ausging, bedeckte sie ihren Mund und verbarg ihr Lachen, spreizte die Beine über einer Stufe, zog das entblößte Bein ganz langsam zu sich heran und machte dem Professor Platz, und er nickte ihr leicht zu und ging an dem Jungen vorbei, ohne ihm zuzunicken.

Mit einem Schlag blieben alle Lokomotiven stehen, die Drachen schlugen ihre Flügel zusammen und sanken, der krumme kleine Finger kratzte Farbe vom Geländer, und draußen blies der Wind so laut, als würde eine Eisenbahn ankommen.

Dafi wusste nicht viel von Treppenhäusern. Sie wohnten in einem Dorf und besaßen ein eigenes Haus. »Ich wäre froh, wenn auch meine Mutter Treppenhäuser in Jerusalem putzen würde«, sagte sie. Sie war fünf, er fast sieben, er berührte ihre Wange mit der Spitze seines krummen Fingers und sagte: »Deine Wange ist so glatt wie eine Wassermelone, eines Tages kommst du mit mir in das Haus in der Ben-Jehuda 36, und ich bringe dir das Rutschen bei.« Sie lauschte auf die Lokomotiven und Eisenbahnen, die in der Ben-Jehuda 36 losfuhren, und die Drachen, die aus ihren Schornsteinen flogen, und sagte: »Du darfst auch meine andere Wange anfassen.«

Sie wusste auch nicht viel über Leute, die man Professor nannte, in ihrem Dorf gab es solche Menschen nicht, da gab es höchstens den Gemüsemann und den Fleischer.»Vielleicht zerfleischt er deine Mama«, sagte sie. Er erschrak.»Blödsinn! Sie schnappt bei ihm Luft und kommt heil zurück.« Er erzählte nichts von jenem einen Mal, als seine Mutter ihn wegschickte, um sich ein Eis zu kaufen, bis sie beim Professor fertig wäre, und als er, statt mit einem Eis, mit einem Loch im Kopf zurückgekommen und in die Wohnung des Professors geplatzt war. Das wenige, was er gesehen hatte, bevor der Professor ihm die Tür vor der Nase zuschlug, reichte, um ihr zu sagen, dass es ihm lieber war, arm zu sein und wenn sie Schmetterlinge auf der Straße verkaufte.

Er beneidete Dafi darum, dass sie Brüder hatte. Wenn nicht dieser verdammte Müllwagen gewesen wäre, hätte er auch einen Vater und Brüder.»Entweder bringst du Kinder auf ordentliche Art und Weise auf die Welt oder gar keine mehr, es reicht einer, der kein leichtes Leben haben wird«, hatte Mama Ruth einmal zu Eva gesagt, als sie befürchtete, sie sei schwanger.

»Du bringst mich zum Lachen. Weil ich mich erbrochen habe? Das liegt nur an der verdorbenen Mayonnaise. Noch eine Schwangerschaft? Auch nicht in einem nächsten Leben«, verkündete Eva und rannte zur Toilette, und nachdem sie ihren Magen geleert hatte, bekam sie wieder Farbe und sagte:»Rede ihm ja nicht ein, dass er kein leichtes Leben haben wird, schließlich fehlt es ihm an nichts, oder?«

Wieder wusste er nicht, wer von beiden recht hatte, und er fragte Mama Ruth, ob Dafi eine sei, die es leicht haben werde im Leben, und Mama Ruth sagte:»Leicht oder nicht leicht, zumindest hat bei ihr alles seine Ordnung.«

Auch heute hat bei ihr alles seine Ordnung. Sie hat einen Ehemann, der Berufsoffizier ist, zwei gut entwickelte kleine Kinder, eine Hypothek mit niedrigen Zinsen und Träume, die immer geringer werden.

»Du hast noch nicht geheiratet«, hat sie einmal zu ihm gesagt, als sie sich trafen.
»Stimmt, noch nicht.«
»Wirst du mal heiraten?«
»Das weiß ich nicht.«

Er erklärte ihr, er sei schon einmal ein Mühlstein um den Hals einer Frau gewesen und verlassen worden, er habe es nicht eilig, sich einer anderen als Mühlstein um den Hals zu hängen.

»Ich bin jünger als du, aber mein Hals steckt schon tief in der Sache«, sagte sie. »Aber sagen wir mal so, es ist erträglich und hat auch ein paar Vorteile. Was soll man machen, im Leben gibt es nichts umsonst.« Dafi verherrlicht das Eheleben nicht, wirft aber auch nicht mit Steinen danach. Und obwohl sie ihren Frieden damit gemacht hat, benimmt sie sich wie eine, die etwas verloren hat und fürchtet, dass ihr andere Dinge, die ihr lieb und teuer sind, aus den Händen gleiten, zum Beispiel Mama Ruths Haus, das jetzt leer steht und vielleicht verkauft wird. »Hillels Töchter drängen ihn, zu verkaufen, sie wollen das Geld«, sagt sie, »aber ich werde meine drei Brüder dazu bringen, dass sie dagegen sind, und dich auch. Dann sind wir fünf gegen drei.«

»Was redest du da, Mama Ruth lebt noch, vielleicht kehrt sie ja in ihr Haus zurück.«

Was für ein Unsinn, sogar kleinere Wunder als dieses geschehen nicht, er ist Arzt und er weiß es, aber es fällt ihm leichter, über das Haus zu sprechen als über eine Ehe. Er hatte ihr schon einmal erklärt, dass die Ehe eine schicksalhafte Verbindung im Guten und im Bösen sei, und für den Fall, dass das Böse über das Gute siegt, wäre Eliane viel schlechter dran als er, schließlich war er an enttäuschte Hoffnungen gewöhnt.

»Warum soll das Schlechte über das Gute siegen?«

Warum? Weil das Gute von Natur aus dazu bestimmt ist, zu zerbrechen.

Er muss noch fünf Verkehrsampeln passieren, bis er bei Mama Ruths Heim ankommt. Heute wird er den Rollstuhl zum Hof fahren und ihn zwischen die Pappeln stellen. Wenn er Glück hat, wird ein Sprössling der drei Raben auf einem Baum landen, er wird krächzen und allen Kummer und alle Wut, die sie in den letzten anderthalb Jahren gesammelt hat, heraufbeschwören, ihr Zorn wird sich erheben und die Verkalkungen im Gehirn aufbrechen, und sie wird drohend mit der gelähmten Hand fuchteln und schreien und fragen: »Gibt es hier keinen Schlauch, um diesen unverschämten Vogel zu vertreiben? Es ist ja egal, dass ich die Pappeln nicht höre, aber dieser Rabauke lässt noch nicht mal Gott etwas hören.«

Bis ans Ende der Welt würde er rennen, um für sie den letzten Raben fliegen zu lassen, er würde ihn dazu bringen, auf dem Baumwipfel zu sitzen, er würde ihr einen Schlauch bringen und ihr die schreckliche Freude zurückgeben, mit den Raben zu streiten.

»Der Vorbeter der Dummen betet«, hatte sie früher, als sie noch gesund war, gesagt, wenn sich einer der Raben auf einer Pappel in ihrem Hof niedergelassen hatte und krächzte. »Die Pappeln führen ein intelligentes Gespräch, und dieser Dummkopf lässt einen nicht zuhören.« Sie drückte das Schlauchende zusammen und spritzte in die Baumkrone, um die Vögel zu vertreiben, und sie wurden gleich vom ersten Strahl erwischt, kreischten und flogen zur Kiefer, stürzten sich auf die Zapfen und zerhackten sie. Er hatte Angst vor ihrer Rache, er fürchtete, sie könnten gleich in großer Anzahl zurückkommen und sich auf Mama Ruth stürzen und auf ihren Kopf einhacken. Er wollte sagen, was willst du von ihnen, sie können nichts anderes sein, aber er wusste, dass sie das ärgern würde. Einmal hatte sie gesagt, ein Mensch brauche jemanden, bei dem er seinen Ärger loswerden könne. »Dein Großvater ist tot, du hast genug mit deinen eigenen Schwierigkeiten zu tun, da ist es gut, dass ich die Raben habe.« Wenn sie gereizt war, ging sie auf den Hof und suchte sich einen Blitzableiter für ihren Zorn. Häufig genug saß ein empfindsamer, scharfäugiger Rabe auf einem Baum und schrie. Es ist jetzt anderthalb Jahre her, dass ein Wasserschlauch auf sie gerichtet wurde. Eine neue Generation dummer Vorbeter erfüllt den Hof mit ihrem Geschrei und übertönt das vernünftige Gespräch der Pappeln.

Nein, er wird auf keinen Fall zustimmen, dass dieses Haus verkauft wird. Nur ein Verrückter wird ein Stück seines Herzens für schnödes Geld verkaufen. Amos und Hillel, seine Onkel, sagen, das Haus sei nichts wert, es sei nur Schrott, aber das Grundstück sei unbezahlbar. Eine Goldgrube. Einen ganzen Komplex könne man darauf hochziehen. Sie zählten schon die Namen verschiedener Bauunternehmer auf. Amos ist vom Dorf und Hillel Betriebswirt, der eine versteht etwas von Handwerkern und der andere von Grundbesitz. Ein Glück, dass Dafi etwas von Schmerzen versteht. »Zieh doch dort ein«, drängte sie ihn, »sie werden nicht wagen, dich aus dem Haus zu vertreiben. Es ist dein Zuhause, du hast dort deine ganze Kindheit verbracht.«

Aber er wird nicht dort wohnen. Weil das Klappern von Mama Ruths Schuhen aus dem Haus verschwunden ist, weil der Streit mit den Raben aufgehört hat, weil ihr »so ist das, so ist das«, mit dem sie Schwierigkeiten zusammenfasste, nicht mehr zu hören ist und der Mund, der dem Leben zugetan war, schweigt. Das Haus ist eine Form, deren Inhalt herausgenommen wurde und die jetzt leer ist. Es ist das Los der Häuser unterzugehen, nicht dazustehen, sagt der Dichter.

Die Fassade des Heimes taucht bereits vor der Windschutzscheibe auf. Amos hat einmal gewitzelt: »Mutter ist im Heim gut aufgehoben, so sicher wie im Sicherheitstrakt eines Gefängnisses.« Dafi reagierte wütend. »Hör auf. Du hast keinen Funken Ehrfurcht, Papa.«

In der Zeit, in der Mama Ruth gehofft hatte, dass die Behörden die Macht hätten, Chawale zu finden, hatte sie gesagt: »Sie haben es geschafft, diesen Verbrecher Eichmann zu fangen, da kann es doch nicht schwer sein, eine junge Frau zu finden, die im Kopf nicht ganz richtig ist. Und in dem Moment, in dem sie die kräftigen braunen Arme von Mossadleuten sieht, wird sie sie mit Vergnügen begleiten.« Einige Zeit später, als sie den Atomspitzel geschnappt und nach Israel gebracht hatten, sagte sie: »Wenn sie wollen, erledigen sie ihre Arbeit ausgezeichnet. Warum verdient dieser Schuft, der Geheimnisse über die Bombe verrät, eine solche Vergünstigung, wieso ist er wichtiger als jemand, der keine Geheimnisse verrät?«

Der Wachmann am Eingang des Heimes hält Adam die Tür auf. »Bitte, Herr Doktor, treten Sie ein.« Sarah, die Oberschwester, beendet gerade ihre Schicht und kommt ihm auf ihrem Weg nach draußen entgegen und bleibt bei ihm stehen. »Heute war sie sehr unruhig. Aber wir haben ihr nichts gegeben, wie Sie es verlangt haben. Bleiben Sie dabei?«

»Wir alle sind manchmal unruhig, bestimmt auch Sie, Schwester Sarah, oder?«

»Wie Sie wollen. Ihre Onkel sind übrigens anderer Meinung. Sie sollten sich also entscheiden.«

»Ich bin Arzt«, sagt er. »Sie werden ihr keinen Tropfen Haldol geben, ohne mich gefragt zu haben.«

Ich bin Arzt. Er mochte sich selbst nicht, wenn er seinen Beruf betonte. Du bist kein bisschen mehr wert als ein Schuster oder ein Taxifahrer. Aber wenn er nicht laut verkündet, Arzt zu sein, wird sich Oberschwester Sarah billig ihre Ruhe verschaffen. Sie wird Mama Ruths Adern mit Haldol abfüllen, bis ihre letzte Vitalität verschwindet und ihre Sinne abstumpfen. Adam wird Schwester Sarah nicht erlauben, Mama Ruths Unruhe und Depression zu unterdrücken, im Gegenteil, soll sie doch wütend sein, soll sie weinen, soll sie aus der Haut fahren. Auf keinen Fall dürfen sie aus ihr eine Haldol-Mumie machen.

Ihr Rollstuhl ist der mittlere in der Reihe der Rollstühle, die vor das große Fenster gestellt worden sind, mit den Gesichtern nach draußen, damit sie den Himmel anstarren. Sie haben ihr wieder die rosafarbene Bluse angezogen. Früher hat Mama Ruth diese Bluse getragen, wenn sie ins Kino ging, später zum Einkaufen und noch später, wenn sie Schnitzel und Pommes briet. Das spritzende Fett zog eine Linie von Flecken über ihren Bauch, deshalb ging sie dazu über, die Bluse bei der Gartenarbeit zu tragen. Aus irgendeinem Grund ist sie unter die anderen Sachen geraten, als sie ins Heim kam, und hier ziehen sie ihr die Bluse an, als wäre sie ihr bestes Kleidungsstück. Was bilden sie sich ein? Wenn ihre Adern im Gehirn kaputt sind, ist auch ihre Ehre kaputt? Mama Ruths linke Hand ist an der Armlehne festgebunden, die gesunde Hand hält das Rad, und ihr Kopf ist zu diesem Rad gedreht. Ihre Hände sind mager geworden. Monat um Monat haben die Muskeln keinen Impuls mehr bekommen, sich anzustrengen, ihre Hände haben kein Unkraut gezupft, keine Wäsche aufgehängt, kein Geschirr gespült, keine Raben vertrieben. Diese rosafarbene Bluse werdet Ihr ihr nicht mehr anziehen, wird er zur Schwester sagen, er wird in ihren Kleidern wühlen und alle abgewetzten und fleckigen Blusen wegnehmen, und er wird ihr eine neue rosafarbene Bluse kaufen. Sie hat seine Schritte nicht gehört. Früher war sie eine Meisterin darin gewesen, seine Schritte zu erkennen. Sie hörte seine Sandalen, und noch bevor er Rubinows Wäscherei erreicht hatte, sagte sie: »Da ist er« und stellte sich ans Fenster, um das Tor im Auge zu haben.

Er legt eine Hand auf ihre Schulter und tritt vor sie, und ihre Augen werden groß. Er betrachtet sie und weiß nicht, was ihre Augen so groß werden lässt, Schrecken, Staunen oder lähmende Traurigkeit. Großmutter, warum hast du so große Augen. Er beißt sich auf die Lippe.

»Komm, Mama Ruth, wir gehen raus, den Pappeln zuhören.«

Ihr Griff um das Rad wird fester, als wolle sie sagen, entscheide du nicht für mich, lass mich einen Moment nachdenken, und kurz darauf lockert sich ihr Griff, er dreht den Rollstuhl um und fährt sie hinaus, zum Garten hinter dem Haus. Der Wind bläst ihre Haare hoch, Adam glättet sie wieder mit der Hand. Zwischen den Pappeln hält er den Rollstuhl an und ist froh, dass der Wind heftig bläst und die Blätter zum Reden bringt, die Bäume führen ein intelligentes Gespräch. Mama Ruths Augen bleiben an den Stämmen hängen, und ihre Hand krümmt sich krampfhaft. Stimmen vom Heim mischen sich mit dem Rauschen der Pappeln, ein Topf fällt zu Boden, ein alter Mann, der gegen seinen Willen behandelt wird, schreit: »Lasst mich in Ruhe!«, aus irgendeinem Radio tönt Blasmusik.

Die Raben kommen nicht.

Das Radio wird ausgestellt, der Mann schreit nicht mehr, die Pappeln beruhigen sich nicht, und die Raben tauchen nicht auf.

Jetzt, sagt er sich, ist der richtige Zeitpunkt. Er nimmt ihre gesunde Hand und weicht vor der trockenen, schäbigen Haut zurück, denkt, er würde lieber ihren Arm anfassen, da würde der Stoff zwischen ihrem Fleisch und seinem sein, aber er berührt weiter ihre nackte Haut und sagt: »Mama Ruth, Die-da hat angerufen.«

Ein dünnes Zittern läuft über das gesunde Augenlid, ihre Finger krümmen sich kurz und dehnen sich wieder.

Er weiß nicht, ob sie eine Träne im Auge hat oder nicht, aber Tränen sagen gar nichts. Seit dem Gehirnschlag kommen ihr die Tränen wie ein Gähnen oder ein Husten, manchmal jede Minute, manchmal tagelang nicht, und man kann nicht wissen, ob sie eine körperliche oder eine seelische Ursache haben. Sie sitzt starr da, legt die Hand wieder auf das Rad und umklammert es mit aller Kraft, als würde sie sagen, nun, worauf wartest du, fahren wir los, es passiert was! Niemand kann sagen, ob sie weiß, wer Die-da ist, ob sie seine Worte überhaupt verstanden hat. Um sicherzugehen, ergreift er ihren dünnen Arm und sagt: »Mama Ruth, Chawale hat angerufen.«

Sie kratzt sich an der Schulter, und ihr Blick folgt der kratzenden Hand, die einen roten Streifen auf der Haut hinterlässt. Jahrelang hatte sie sich zum Sklaven dieses »hat angerufen – hat nicht angerufen« gemacht, sie hatte einen Telefontechniker kommen lassen, um den Ton lauter zu stellen, um den Anruf ja nicht zu verpassen, und hatte in jedes Zimmer einen Anschluss legen lassen, sogar im Badezimmer und auf der Toilette. »Los, geh ans Telefon«, schrie sie, wenn sie die Nudeln abschreckte oder Brei rührte, und er raste los. So schnell wie er nahm keiner den Hörer ab, zwischen dem ersten und dem zweiten Klingeln. Jahrelang hatte sie für dieses Klingeln gelebt, und als es endlich gekommen ist, konzentriert sie sich darauf, mit ihren Fingernägeln ihre Schulter zu kratzen.

Ein Sonnenstrahl liegt auf ihrem Bauch, ihre rosafarbene Bluse wird heller, die Fettflecken werden dunkler, ihr rechter Fuß bewegt sich vor und zurück, im Takt von »so ist das, so ist das«.

Vor Jahren haben sie zusammen ›Das Fenster zum Hof‹ von Hitchcock gesehen. Der Hauptdarsteller, gehandicapt und an einen Rollstuhl gefesselt, beobachtet vom Fenster seiner Wohnung aus das Leben seiner Nachbarn, er lebt vom Beobachten, von den Brosamen ihres Lebens. Damals sagte Mama Ruth: »Er nimmt von den anderen, ohne dafür zu bezahlen, aber andererseits hat er keine Wahl, er sitzt im Rollstuhl.« Nun sitzt sie selbst im Rollstuhl, und sie nimmt nichts von anderen. Was sie hat oder nicht hat, kommt allein von ihr selbst. Wer weiß schon, ob sich bei ihr Wissen und Verstand verändert haben und zu etwas ganz anderem geworden sind, ob sich ihre Wahrnehmung gewandelt hat, vielleicht ist der Himmel für sie jetzt die Erde, die Raben sind Hühner, und ich bin nicht mehr der, der ich immer für sie war.

Gut, dass er ihr nicht gesagt hat, dass Die-da zurückkommt, dass er sich damit begnügt hat zu sagen, sie habe angerufen. Das nervöse Zucken ihres Fußes zeigt, dass diese Nachricht für sie schon genug ist, ihre gesunde Hand bewegt sich zur kranken und fährt unruhig auf ihr hin und her. Auch wenn sie sich kratzen sollte, bis das Blut flösse, ist er fest entschlossen, dass sich Schwester Sarah nicht einmischen und ihr auch kein einziges Milligramm Haldol spritzen darf. Der Sonnenstreifen ist von ihrem Bauch verschwunden, die Fettflecken verblassen, die Pappeln werden dunkler, und der silberne Schimmer wird matter. Er packt den Griff des Rollstuhls, dreht sie zum Weg, und Mama Ruth stampft mit ihrem Hausschuh einmal auf, sinkt im Rollstuhl zusammen, und ihre Augen sind auf die Wipfel oder den Himmel oder auf gar nichts gerichtet.

Adam verlässt das Heim und lenkt in die Richtung seiner Wohnung. Draußen ist es dunkel. Eliane ruft an. »Nun, kommst du?«

»Ich komme«, sagt er und fährt langsam, vorbei an Schaufenstern, und bedauert, dass die Läden schon geschlossen haben. Dort bringen sie jetzt Mama Ruth ins Bett, sie ziehen ihr die Kleider aus und das Nachthemd an, decken sie zu, machen das Licht aus. Sie ist allein, und die Splitter ihres Lebens, das bei dem Gehirnschlag zersplitterte, sinken zum Boden ihres Bewusstseins wie Kaffeesatz, und sie schläft langsam ein.

Vor Jahren hatte sie gespannt die Frau betrachtet, die im Film ›Ein Fenster zum Hof‹ mit ihrem Mann streitet, und ihm zugeflüstert: »Soll ich dir was sagen? Manchmal ist es besser, mit jemandem zu streiten, als allein zu sein.«
Du hast recht. Hoffentlich war der Gehirnschlag barmherzig und hat das für die Einsamkeit zuständige Zentrum getroffen und es zerstört.

Eines Tages wird er ›Das Fenster zum Hof‹ aus der Videothek holen, sie für ein paar Stunden zu ihrem Haus fahren und ihr den Film vorspielen. Vielleicht auch ›Vom Winde verweht‹. Aber vor allem wird er ihr eine neue Bluse kaufen. Sie hat abgenommen. Größe vierundvierzig wird ihr reichen. Morgen macht die Praxis um fünf Uhr zu, er wird in die Stadt gehen und alle Geschäfte absuchen, bis er eine findet. Egal was passiert, noch bevor Die-da ankommt, wird Mama Ruth eine neue rosafarbene Bluse haben.

»Bevor Die-da zurückkommt«, sagt er laut. »Die-da kommt zurück, hört, Himmel und Erde, Lady Adam kommt zurück.« Er lacht tief und zügellos, schaltet den Motor aus, steigt aus dem Auto und klingelt bei Eliane.

Drittes Kapitel

Sie öffnet ihm die Tür, und er freut sich, dass sie barfuß ist, ungeschminkt, in weiten weißen Hosen und einem abgetragenen T-Shirt. Je weniger sie mit sich anstellt, umso jünger sieht sie aus. Sie lacht. »Was ist mit dir los? Du siehst aus wie siebzig.« Was ist ihm passiert? Das Leben. Wie bei allen. Er geht zum Spiegel und stellt fest, dass sie recht hat. Er sieht wild aus, unrasiert, mit Schatten um die glanzlosen Augen.

Sie stellt sich hinter ihn, und er fragt sich, was sie bei so einem alten Kerl wie ihm sucht, und er spürt ihre Brüste an seinem Rücken und riecht Orangenduft aus ihrem Mund.

»Das frage ich mich auch.« Er beugt sich vor und lädt sie sich auf den Rücken. Sie lacht. »Was ist mit dir, ich falle runter«, sagt sie und hält sich an seinem Nacken fest. Er läuft mit seiner Last um den Esstisch. Ihre nackten Füße strampeln in der Luft. »Was ist mit dir, ich falle runter...« Sie schlingt die Beine um ihn, und er lacht sein tiefes Lachen, rennt mit ihr zum Flur und zurück, umrundet den Esstisch, stößt dagegen und bringt einen Bücherstapel, der darauf liegt, zum Schwanken, er wendet sich zu ihrem Schlafzimmer und lässt sich mit ihr aufs Bett fallen. Über ihre Schulter sieht er auf ihrer Kommode ihre Promotionsurkunde, die Uhr, Schmuck, ein Stethoskop, Stifte, ein Lineal. Ihre guten

Kleider hängen unordentlich über der Stuhllehne, ihre Schuhe mit hohen Absätzen liegen auf dem Boden, einer mit der Sohle nach oben, der andere zur Seite gekippt. Sie ist nach Hause gekommen und hat alle Zeichen ihres Standes von sich geworfen, denkt er, jetzt ist sie nur eine Frau, und sie ist mit mir zusammen und trägt weite Hosen und ein T-Shirt. Und auch diese Teile trägt sie schon nicht mehr. Sie zieht das Shirt über den Kopf, und ihr Zopf geht auf, sie packt mit den Zehen das Ende eines Hosenbeins und zieht die Hose nach unten, sie ist nackt und sagt:»Komm.«
Freu dich, du Dummkopf, du hast alles, was du dir gewünscht hast, denkt er, und zieht sie an sich. Ihre Haut ist glatt und kühl, ihre Brüste sind schwer, ihre Beine kräftig, ihr Bauch ... Freu dich, du Dummkopf, der Tag ist vorbei, und du hast bereits vergessen, von wo du kommst und wohin du gehst, all diese gesunde, verlockende Fülle gehört dir, und du wirst verschluckt und weißt, dass die Wörter »ich liebe« und »mein«, die du zwischen den Atemzügen ausstößt, eine Währung sind, die sich kaum einlösen lässt. Ein schräger Lichtstrahl fällt aus der Essecke herein und beleuchtet eine ihrer Brüste, die andere liegt im Dunkeln. Er legt seine Hüfte auf ihren Bauch und schlingt ein Bein um sie, er fühlt ihren Herzschlag an den Rippen, so wie er ihn vorher an seinem Rücken gefühlt hat, bevor er mit ihr schlief. Freu dich, du Dummkopf, das ist das Beste, was dir heute passiert ist.
Vielleicht waren es solche Worte, die der barfüßige Mann mit dem langen Hals einmal gesagt hatte, als er die kleinen Brüste Evas an seinem Rücken spürte. Jener Mann, der sie Lady Adam genannt und sich mit ihr auf dem Dach vergnügt hatte, während er neben ihnen auf dem warmen Beton saß und Erdnussflips aß.»Stell dich da hin«, hatte der Mann zu ihr gesagt und sie an die Wand gedrückt, mit dem Rücken zu ihr, er spreizte die Beine und bückte sich, packte ihre Oberschenkel, hob sie hoch und rannte mit ihr auf dem Dach he-

rum, und sie drückte sich an seinen Rücken, legte ihre dünnen Arme um seinen Hals und lachte. Ihre Locken und ihr Kleid flatterten zum Himmel, und der Mann reckte sein Kinn zu ebendiesem Himmel und schrie: »Du hast allen Grund, neidisch zu sein, Gott, allen Grund.« Sie lachte. »Du bist verrückt geworden, du bist komplett plemplem.«

Er sah, wie sie sich drehten und von ihm entfernten, und erschrak, die Füße des Mannes berührten kaum den Beton, ihre Haare stießen an die Wolken, gleich würden sie sich vom Dach lösen, sie würden auffliegen wie Vögel, immer höher, bis sie nur noch Mohnsamen am Horizont wären, winzige schwarze Punkte, die verschwanden. Ihre großen Zehen spannten sich schon nach oben, da bemerkte sie plötzlich den erschrockenen Jungen, die zerrissene Tüte zu seinen Füßen und die auf dem Beton verstreuten Erdnussflips.

»Was hast du? Er trägt mich doch nur Huckepack.« Sie rutschte vom Rücken des Mannes und kam zu ihm, wischte ihm mit ihrem Handrücken die Tränen ab. »Hast du gedacht, er tut mir was Böses? Komm, steig auf meinen Rücken, du wirst sehen, wie viel Spaß das macht.« Sie bückte sich zu ihm, und er zog die Schultern hoch, und seine Beine klebten wie zwei Bretter aneinander. »Nun komm, steig schon auf, ich mache eine Runde mit dir.« Sie drehte ihm ihren knochigen Rücken zu, streckte die Arme nach hinten, packte ihn und lud ihn sich auf den Rücken. Er schrie: »Nein!«, und strampelte, um sich zu befreien, aber sie hatte sich schon erhoben und rannte mit ihm über das große Dach, das sie dort hatten. Erschrocken brüllte er: »Ich will nicht«, und hatte Angst, seine kleinen Arme von ihrem Hals zu nehmen und sich ihre Haare wegzuwischen, die ihm ins Gesicht wehten, an seinen Tränen hängenblieben und sich mit seiner Spucke mischten. Sie ließ ihn von ihrem Rücken zu ihren Schultern klettern, er trat mit seinen Füßen gegen ihre kleine Brust und wurde gegen ihren warmen Nacken gedrückt und war höher als das Geländer. Der Anblick der Straße, die auf einmal vor seinen Augen auftauchte, trocknete seine Tränen und stoppte seine Schreie. Dort unten wimmelten winzige Menschen umher, in den wilden Wipfeln der Kasuarinen wirbelte die Schnur eines geschrumpften Luftballons und eines zerrissenen Drachens, die Metallabdeckungen der Straßenlaternen blinkten, ein Hund, so groß wie eine Ameise, bellte, die Mülltonnen waren wie Coladosen. Seine Hände lösten sich von ihrem Hals, sie griffen nach ihren Wangen, er legte sein kleines Kinn auf ihren Kopf und betrachtete alles, was oben war, und alles, was unten war, und sie rannte mit ihm auf dem Dach herum. »Siehst du? Siehst du, dass Huckepackreiten Spaß macht?« Der Mann mit dem langen Hals rauchte eine Zigarette und betrachtete sie. »Du bist ein Tier, ein wildes Tier aus dem Dschungel«, sagte er, drehte sich um und schaute hinunter auf die Straße.

»Nun, siehst du, was für ein Spaß das ist, warum hast du so geweint?« Sie atmete schwer und hielt ihn an den Knöcheln fest, und er drückte seine Schenkel an ihre knochigen Schultern, hob einen Arm und streckte ihn in die Höhe, um den Himmel zu berühren. Sie wurde langsamer. Seine kleinen Schuhe trommelten auf ihre Brust und trieben sie an, weiterzumachen. »Noch ein bisschen Huckepack«, bettelte er, und der Mann mit dem langen Hals drückte seine Zigarette auf dem Geländer aus und sagte: »Nun, Lady Adam«, und sie schrie ihn an: »Was heißt das: nun?«, und beschleunigte ihre Schritte und rannte von einem Ende des Dachs zum anderen, dort blieb sie stehen, hob den Jungen herunter und stellte ihn auf den Boden. Er schwankte, wischte ihre Haare weg, die ihm an der Zunge hängengeblieben waren, und bückte sich, um die leere Tüte Erdnussflips aufzuheben, und die Tüte flatterte über den nackten Beton, hob sich und stieg in die Luft.

»Los, Lady Adam, es ist spät, bring ihn zu deiner Mutter,

und wir gehen aus«, sagte der Mann, und sie antwortete: »Ja, klar«, und brachte ihn zu Mama Ruth und ging weg.

»Mama Ruth, spiel mit mir Huckepack«, bat er, und Mama Ruth konnte sich nicht so weit bücken, sie stellte ihn auf einen Stuhl. »Steig auf.« Sie hielt ihm ihren breiten Rücken hin, und er legte seine Hände auf ihre Schultern und zog sich hoch, spreizte die Schenkel auf ihren Schultern und seine Füße glitten nach vorn und ruhten auf ihren großen, weichen Brüsten. Sie ging mit ihm hinunter in den Hof, trug vorsichtig ihre Last. »Halt dich gut an mir fest, Lauser, hast du gehört?« Er legte die Hände auf ihre verschwitzte Stirn, und sein Kopf berührte die tiefen Zapfen der Kiefer. Mama Ruth ging langsam, ähnlich wie das Kamel, das er in einem Zeichentrickfilm gesehen hatte, seine Füße trommelten auf den Bauch des Kamels, um es zu einem Trab anzutreiben. »He, was trittst du mich da«, schimpfte sie und hielt die kleinen Sandalen fest, die gegen ihre Brust schlugen. »Glaubst du etwa, ich bin eine Giraffe?«

»Nein, ein Kamel.«

Sie lachte, und ihr Rücken wackelte. Er drückte seine Füße an ihre Brust. »Ich falle, Mama Ruth.« Ihr Lachen stieg von ihren Rippen zu ihren Schultern und blähte ihren Hals.

»Du fällst nicht, du bist nur ein Frechdachs, hör schon auf mit deinen Füßen, das tut weh. Ein Kamel, nicht mehr und nicht weniger.« Sie hörte nicht auf zu lachen.

»Ein Kamel.« Er kichert laut, in Elianes trockene Haare vergraben.

»Was, ein Kamel?« Sie bewegt sich, stützt sich auf die Ellenbogen und lässt sich wieder auf das Laken zurückfallen. Einmal werden die Füße eines Kindes gegen diese prachtvollen Brüste strampeln, denkt er, aber es wird nicht mein Kind sein. Er küsst sie auf die Stirn. Sie wird ihr Kind auf elegante Art Huckepack tragen, aufrecht, stolz, selbstsicher. Evas Huckepack war ein Expresszug, Mama Ruths Huckepack war ein Güterzug, Elianes wird ein Rolls-Royce sein. Wer sagt denn, dass es nicht mein Kind sein wird? Genieße diesen Augenblick und lass die Zukunft Zukunft sein, sagt er sich, aber die Füße des Kindes, das Eliane irgendwann bekommen wird, strampeln in seinem Kopf. Der Gedanke, dass ein anderer Mann ihr ein Kind machen wird, ist unerträglich. Was hindert ihn daran, ihr auf der Stelle zu sagen, komm, heiraten wir. Ihre Wimpern flattern auf seinen unrasierten Stoppeln. Er atmet an ihrem warmen Hals und denkt, ich bin allein, sie ist allein, auch wenn sie das nicht zugibt. Alle sind allein, auch wer sein Leben mit dem eines geliebten Menschen, einer Frau zusammenschweißt und ein Kind mit ihr in die Welt setzt, sein ganzes Leben lang mit ihr im selben Bett schläft und seinen schweren Kopf voller Phantasien an ihre Brust legt. Egal was er tut, sein Leben lang wird es Ängste und Enttäuschungen geben, die er nicht herauslassen und mit ihr teilen kann. Auch nicht sein ganzes Glück. Ich habe nie meinen Kopf auf jemandes Brust gelegt, ich habe alle Befindlichkeiten meiner Seele ganz allein für mich empfunden und katalogisiert, einen Teller Kartoffeln von Mama Ruth, der Frau, die bereit war, den Himmel anzugreifen, um für mich ein bisschen Blau herunterzuholen. Tag für Tag saßen wir einander gegenüber in ihrer Küche, einen Laib Brot zwischen uns, aßen Bratkartoffeln und schwiegen, die Hände hatten nicht den Mut, einander zu berühren, ihr Herz schlug für mich, und sie aß ihre Portion und liebte mich still, innerlich, tiefer, als die Kartoffeln gelangten, die sie aß. Sie nannte mich Lauser und berührte kurz und flüchtig die Kartoffel. »Mama Ruth, gib mir das Salz«, sagte ich, denn die Einsamkeit drängte sich zwischen uns, stellte ihre knochigen Ellenbogen auf den Tisch. »Auch den Senf«, bat ich, denn die Einsamkeit erträgt keine Stille, sie bläst sich auf, und es wird eng und erstickend. Nur wenn wir vom Tisch aufstanden und die Teller in die Spüle stellten und sich jeder wieder seinen eigenen Beschäftigungen zuwandte, weiteten sich unsere Rippen und wir konnten wieder frei atmen. Für mich, wie ich mich kenne, wäre ein Leben zu zweit wie das Kartoffelessen damals, traurig und herzzerreißend, es würde mich nicht von meiner Einsamkeit befreien, es würde sie verdoppeln.

Er schiebt sich Elianes feingliedrigen Finger in den Mund und denkt, es ist nicht anständig, ihr einfach das Urteil vorzusetzen, einfach zu sagen, es wird nicht deines und meines sein. Ihre Atemzüge sind ruhig, ihr Hals ist weich und warm. Mir geht es gut in diesem Moment, und ihr auch, hier in diesem Zimmer, in diesem Bett. Geht es ihr gut? Ja. Daran hat er keinen Zweifel. Und trotzdem, obwohl es ihnen beiden gut geht, sieht er, wie die Zukunft, die ihnen bevorsteht, einen düsteren Schatten über das Bett wirft. Sie sieht es vermutlich auch, denn sie setzt sich plötzlich auf. »Komm, stehen wir auf, und essen wir etwas.« Sie springt auf, steht nackt vor dem Bett und wühlt in den Laken nach ihrem T-Shirt. Was für ein Idiot bin ich doch, er richtet sich auf und schlägt auf das Bett. Konzentriere dich auf das, was du jetzt und hier hast, auf die Liebe, die du gerade gemacht hast und wegen der du noch immer schwer atmest, konzentriere dich auf das Rührei, das du gleich mit der Frau essen wirst, die du liebst. Wie praktisch sie ist, schon angezogen, schon gekämmt, schon in der Küche. »Hier, schneide die Pilze.« Sie hält ihm ein Messer hin und schlägt Eier auf, brät Zwiebeln, streut Salz darüber. »Bist du fertig? So ein Omelette hast du noch nie gegessen.« Sie beugt sich über die Pfanne, atmet den Duft ein und lacht. »Nun, was sagst du?«

»Wozu?«

»Wozu du willst.« Sie kippt die geschlagenen Eier auf die Pilze und die Zwiebeln.

»Meine Mutter hat angerufen.«

Ihr Kochlöffel fliegt empor, und gelbe Eitröpfchen laufen am Stiel herunter. »Was?«

Die Ränder des Omelettes brennen an, sie vergisst, es zu wenden. Begierig, alles zu erfahren, fragt sie: »Was wollte sie von dir, wie hat sie sich angehört, vielleicht hat man dich irregeführt, und sie ist es gar nicht, was ist los mit ihr, dass sie sich plötzlich, nach über einem Vierteljahrhundert, daran erinnert, dass sie einen Sohn hat, du warst ein Kind, als du das letzte Mal etwas von ihr gehört hast, wie kannst du dich daran erinnern, dass es wirklich ihre Stimme ist, und was...« Der Geruch nach Verbranntem erfüllt die Küche. Sie dreht sich zur Pfanne um. »Schau dir das an, sie hat nur angerufen und es schon geschafft, uns das Omelette zu versauen.« Sie macht den Herd aus und schneidet die verbrannten Ränder ab. »Also, was hat sie gesagt?«

»Nichts. Sie hat eine Nachricht auf den Anrufbeantworter gesprochen, das war alles«, lügt er.

»Alles?« Sie setzt sich ihm gegenüber an den Tisch und stürzt sich auf das Omelette. Sie isst, wie sie Liebe macht, denkt er, sie schmeckt, kaut und schluckt mit dem ganzen Körper und mit allen Sinnen. Ihre Lippen glänzen vom Fett, ein Stück Ei klebt an ihrem Kinn, sie wirft die Haare zurück, schneidet Brot und belegt es mit Hingabe. Ihre Augenbrauen ziehen sich zusammen, eine tiefe Falte erscheint zwischen ihnen. Sie hat keinen Moment Ruhe, denkt er, schon jetzt überlegt sie, womit man rechnen muss, macht sich Gedanken über die angekündigte Katastrophe, die von seinem Anrufbeantworter aufgenommen wurde, sie fürchtet sich vor den Konsequenzen, davor, dass ihre Tage in Zukunft versaut sein würden. Ich habe noch nicht die Hälfte meines Omelettes gegessen, und sie hat nur noch ein dreieckiges Restchen auf ihrem Teller liegen, und auch das schneidet sie schon in Stücke. Sie ist ungeschminkt, ein Fettstreifen zieht sich über ihre Wange und nimmt ihr nichts von ihrer Schönheit. Nur diese Falte zwischen ihren Augen. Jahre werden vergehen, und diese Falte wird ihre Entschiedenheit verlieren, aber bis dahin wird sie noch viele Kilometer in den Gängen des Krankenhauses zurücklegen müssen, mit angewinkelten Ellenbogen, energisch, aufgeregt, wer weiß, wie viele Männer sie bis dahin noch lieben werden und wie viele sie lieben wird. Sie wird Aufsätze veröffentlichen und wichtige Entdeckungen machen, sie wird in Ausschüssen sitzen und zu Kongressen fliegen, während du jeden Tag in deine Praxis gehst und kleine Wehwehchen heilst und dich mit Schleim und Durchfällen beschäftigst, mit Fieber und Verstopfungen, du wirst einfache Krankheiten heilen, Körper berühren, flehende Augen werden an dir hängen, und du wirst ihnen ausweichen, du wirst deine Ohren gegen jene verschließen, deren drohendes Los du nicht ändern kannst, aber du wirst sie auf ihrem schicksalhaften Weg medizinisch unterstützen.

Sie versinkt im Sessel und schaut ihn an, als wollte sie sagen: »Nun, was wird mit uns?«, und er macht sich darauf gefasst, dass sie wieder vom Heiraten anfangen würde.

Das Telefon klingelt. Sie springt auf, lauscht angespannt, zieht die Augenbrauen zusammen, vertieft die Falte zwischen ihnen. »Ja, ja«, sagt sie und nagt an einem Fingernagel, wirft die Haare über die Schulter. »Wir müssen eine Rückenmarkspunktion machen ... ja, ja ... Kooperiert sie? Einen Moment, wie hoch ist ihr Blutdruck?«

Er isst sein Omelette und denkt, sie ist verrückt nach diesen Dramen, sie ist von den Adrenalinstößen abhängig, die sie ihr ins Blut schießen, Meningitis, geplatzte Adern, Tumore. All diese Erkrankungen, die so plötzlich und heftig in den natürlichen Verlauf einbrechen. Auf der anderen Seite langweilen sie die natürlichen Prozesse, degenerative Veränderungen, abgewetzte Knorpel, Osteoporose. Gut, was kann man machen, so ist es nun mal, ein altes Modell beendet seine Karriere.

Sie legt den Hörer auf.»Ich muss los, einer Patientin mit Nackensteife, die ich heute Morgen bekommen habe, geht es schlechter.« Sie zieht das T-Shirt aus. Das Licht fällt auf ihre nackte Brust und auf ihren Bauch, und ein paar Sekunden später hat sie ihre guten Sachen angezogen und läuft schon auf Absätzen herum, sie schnappt ihr Namensschild und geht zur Tür.»Du wartest hier auf mich, ja? Das ist zum Lachen, dort wartet eine Nackensteife auf mich und hier ein hartnäckiger Liebhaber.« Dann ist sie verschwunden, das energische Tack-Tack ihrer Absätze begleitet sie die Treppe hinunter zur Straße.

Wenn er sie nur nach dem Geräusch ihrer Absätze beurteilen müsste, würde er sagen, da kommt eine Frau, die von der Welt fordern wird, was sie ihr schuldet. Schließlich ist er Fachmann für Schuhe.

Die Stunden, die er in den Treppenhäusern verbracht hatte, haben ihn zu einem Schuhspezialisten gemacht. Zu einem, der die Laune eines Menschen am Aufschlagen seiner Sohlen erkennt und zwischen den Schritten von Männern und Frauen unterscheidet, zwischen Kindern und Erwachsenen. Wie oft hatte er mit gekreuzten Beinen auf der Schwelle gesessen, hatte die Augen geschlossen und sich selbst auf die Probe gestellt, mal sehen, ob du es errätst, getroffen, dieses Quietschen ist Baum aus dem zweiten Stock, dieses Hufestampfen gehört zu dem jungen Mann mit der Gitarre aus dem vierten Stock, dieses doppelte Kratzen gehört zu der alten Frau Gibschtajn aus dem ersten Stock, dieses flache Aufschlagen macht die junge Frau aus dem fünften Stock, dieses Gummigeflüster machen die großen Schuhe des Professors, die so tun, als wären sie klein, denn der Professor trat sanft auf und versuchte, alles leise zu tun, die Adidassohlen gehören zu Zachi, dem Jungen aus dem zweiten Stock, mit dem er Mispelkerne gegen Murmeln getauscht hatte, dieses freche Kratzen stammt von Baumanns Hund, das metallische Geräusch macht der Cowboy aus dem vierten Stock und das dünne Getrippel stammt von den Bleistiftabsätzen seiner Frau.

Ganz anders klangen die nassen Füße seiner Mutter und das sachte Klirren der Silberketten an ihren Knöcheln. Geräusche, nach denen man das Leben errät. Er machte morgens die Augen auf, hörte das Klirren ihrer Silberketten und wusste, was für ein Tag ihn erwartete. Er lag auf seiner Matratze, nuckelte an der Flasche, lauschte auf ihre Schritte und wusste, ob sie lachte oder weinte, ob sie in der Was-machen-wir-jetzt-Schönes-Stimmung war, ob sie friedlich war oder wütend, ob sie ihn gleich schütteln würde, los, wir gehen. Oder ob sie ihm ein Lied auf Englisch vorsingen würde. Auf Englisch. Als ob wir nicht genug eigene Lieder hätten, wie Mama Ruth sagte. Überall, wohin er in den ersten zehn Jahren seines Lebens ging, waren diese Schritte mit dem beständigen Klirren ihm vorausgegangen, hämmernd, schlagend, tanzend. Das Geräusch von Metall gegen Metall, ein helles Echo an ihren schmalen Fesseln. Mama Ruth hatte gesagt: »Ein Geräusch wie von einer Ziege, der man eine Glocke umgebunden hat.«

Viele Nächte nach ihrem Verschwinden horchte Mama Ruth noch auf alle Geräusche von der Straße, sehnte sich nach der Ziegenglocke, die man schon von Rubinows Wäscherei herüberhörte, und manchmal mahnte sie ihn plötzlich: »Psst ... Still ... Ich höre etwas«, und kurz darauf ließ sie die Hand sinken. »Nichts, das ist das blöde Ding von denen«, und deutete auf das Blechmobile, das sich im Fenster des Hauses gegenüber hin und her bewegte. Mama Ruth hängte sich nie etwas an ihre Knöchel. Sie besaß ein Paar hohe braune Schuhe für die Arbeit im Garten, blaue, mit synthetischem Fell gefütterte Hausschuhe für den Winter, Plastikschlappen für die Dusche und ein paar gute Schuhe fürs Kino, mit einem Band um die Knöchel und vorn so spitz wie ein Rennboot, deren Absätze so laut klapperten wie der Fleischklopfer. Wenn sie zu spät ins Kino kamen, tippelte sie auf ihren Rennbootspitzen, stützte sich auf ihn und sagte: »Los, Gentleman, hilf deiner alten Ballerina, sonst glaubt hier noch jemand, ich klopfe ein Steak.« Sie zog ihre Schuhe aus, hielt sie in der Hand und ging barfuß durch die Dunkelheit.

An ihrem sechzigsten Geburtstag sagten Amos und Hillel: »Mama, das muss man feiern.« »Was gibt es da zu feiern?«, fragte sie und zog ihre rosafarbene Bluse und die Rennbootschuhe an und ging mit allen in ein Restaurant. Ihre Absätze schlugen laut auf die Stufen des Restaurants. »Die Leute werden noch glauben, hier kommt Madame de Pompadour«, sagte sie und nahm ihn an die Hand. Er war damals zwölf, und Dafi war zehn. Hillels Ja'ara sagte: »Oma, du siehst heute schön aus«, und Mama Ruth winkte ab. »Ich? Die Nilprinzessin vom Nahen Osten. Die Kleopatra der Rentner.«

Der Kellner stellte ihnen Teller mit Stücken von Nilbarsch mit Tomatensoße hin, und sie staunte. Adam wollte fragen, was ist das, Kleopatra?, aber er sah, wie sie den Fisch zerlegte, und sagte: »Mama Ruth, du isst dich selbst.«

»Lauser«, sie stieß ihm den Ellenbogen in die Rippen und schimpfte: »Wäre es wirklich so schlimm gewesen, wenn sie noch ein bisschen mehr Paprika draufgetan hätten?« Sie gab dem Kellner ein Zeichen und bat um Brot, und der Kellner beeilte sich, ihren Wunsch zu erfüllen. Er beugte sich über sie und fragte: »Alles in Ordnung?« – »Ob alles in Ordnung ist? Erst in der kommenden Welt«, raunzte sie und wandte sich an den Jungen. »Weißt du, was für einen Fisch man in der kommenden Welt serviert? Walfisch. Stell dir das mal vor, Opa Nachum, der an meine *gefilte fisch* gewöhnt war, hat jetzt Walfisch auf dem Teller.« Sie beugte sich zu ihm und flüsterte ihm ins Ohr: »Und weißt du, woraus man in der kommenden Welt Steaks macht? Aus wilden Stieren.«

»Oh.« Er erschrak, legte seine Gabel hin und dachte, wenn Opa Nachum Glück hatte, würde die Auferstehung der Toten nicht zu früh passieren, und er würde dort viele Mahlzeiten essen und Muskeln wie ein Ringer bekommen. Er fragte, ob alle, die in die kommende Welt eingeliefert würden, das gleiche Essen bekämen, und sie richtete sich auf: »Was hast du denn gedacht? Kann man dort denn jeden Einzelnen fragen, was er mag? Jeden Tag kommen neue Kunden an, da können sie doch nicht für jeden Einzelnen kochen, was er will. Dort gibt es keine Feinschmecker, keine Mäkler, kein schmeckt oder schmeckt nicht, wer kommt, bleibt, keiner geht weg.«

Er freute sich. Alle, die freiwillig dort waren, und die anderen, die man mit Gewalt festhielt, wichtige Personen oder unwichtige, aßen das gleiche Essen, und auch jene, die von einem Müllwagen überfahren worden waren, bekamen Walfisch auf den Teller. Etwas Soße vom Rinderbraten floss über Mama Ruths Kinn und tropfte auf ihre rosafarbene Bluse. Sie kümmerte sich erst um die Bluse und vergaß ihr Kinn. Und als Hillel aufstand, um ihr zu gratulieren, und sie das Gesicht zu ihm hob, zog sich ein Streifen kupferfarbener Soße über ihr Kinn. Hillel sagte, sie sei die Achse der Familie und alle seien stolz auf sie, und dass sie den Sohn ihrer aufsässigen Tochter aufgenommen habe, sei wirklich etwas Besonderes, etwas, wovor man den Hut ziehen müsse, und wenn man an die zwei Schicksalsschläge denke, die ihr das Leben verpasst habe, Ehemann und Tochter, die, jeder aus eigenen Gründen, weggegangen seien, dann gebe es wirklich keine Worte, absolut keine, und im Namen der ganzen Familie gratuliere er ihr und wünsche ihr Gesundheit, ein langes Leben und alles Gute. Er überreichte ihr eine prachtvolle Schachtel, und all ihre Nachkommen klatschten und sagten, *mazal tov*, herzlichen Glückwunsch.

»Los, Mama, mach schon auf«, drängte Amos, und sie riss

die Verpackung auf und öffnete die Schachtel und nahm eine Kette aus blauen Steinen heraus. Sie hob sie hoch, damit alle, die am Tisch saßen, sie sehen konnten, und fluoreszierendes Licht drang durch die Steine und zeigte, dass sie durchsichtig waren. »Sogar wenn es nur Glas ist, ist es schön«, flüsterte sie ihm ins Ohr und legte sich die Kette um, und alle warteten, bis sie den Verschluss zugeklickt hatte, und klatschten ein zweites Mal. Auf dem Weg nach Hause hielt sie seine Hand, und kein Wort kam über ihre Lippen, und von den Steinen an ihrem Hals schossen blaue Blitze und funkelten wie das Blaulicht von einem Polizeiauto.

Sie schwieg den ganzen Weg, und er zerbrach sich den Kopf, was er sagen könnte, und am Schluss sagte er: »Mama Ruth, du hast ein bisschen Fleischsoße am Kinn.« – »Macht nichts«, antwortete sie und schwieg wieder, und bis sie zum Hoftor kamen, machte sie den Mund nicht auf. Auf dem Pfad, der zum Haus führte, bückte sie sich und hob einen Rosenzweig hoch, der auf dem Pfad lag, und sagte: »Was macht es schon aus, wenn es nur Glas ist, es ist auch so schön.« Sie drückte den Zweig in einen Strauch, richtete sich auf, und das Mondlicht fiel auf sie und entzündete alle Lichter ihrer Kette auf einmal, und blaue Blitze glitzerten um ihren Hals.

Wer weiß, was mit dieser Kette geschehen ist, als sie sie ins Heim brachten. Er wird Dafi fragen. Einmal hat sie mit Mama Ruths anderen Enkelinnen in deren ärmlicher Schmuckschublade gewühlt. Die Mädchen legten einen kupfernen Halsschmuck mit einem kaputten Schloss um und zogen den Ehering an, der Mama Ruth damals gepasst hatte, als ihre Hoffnungen noch mehr gewogen hatten als sie selbst. Außerdem steckten sie sich eine versilberte Eidechse an die Bluse, spielten mit silbernen Ohrringen, die schwarz angelaufen waren, mit den Messingknöpfen eines Jacketts, das an die Armen gegeben worden war, und mit zerbrochenen Armreifen. Mama Ruth sagte, was den Menschen passiert, passiere auch dem Schmuck. Gut, nicht genau, die einen werden weiß, die anderen schwarz, aber was das Zerbrechen angehe, seien sie gleich. Die blaue Kette hob sie sich für den Schabbat und für Kinobesuche auf, und als sie den verletzten Schmetterling sah, den er in der Tasche seiner guten Hose bewahrte, sagte sie:»Jeder hat sein eigenes Glas.« In dem Film ›Vom Winde verweht‹ saß sie aufrecht da, mit gespanntem Hals, starrte gebannt auf die Leinwand, ihr Kopf überragte die Reihe, sie rührte das Popcorn und die Cola nicht an, und in der Pause stand sie an ihrem Platz, das Gesicht zum Vorführraum gewendet, als erwartete sie einen Zug und wäre aufgestanden, um die Gleise zu überblicken. Auf dem Heimweg schwieg sie die ganze Zeit, erst am Schluss sagte sie:»Diese Scarlett ist derselbe Typ wie Die-da, sie hat nur ein bisschen mehr Disziplin. Weißt du, wenn Die-da hier wäre, hätte ich ihr meine blaue Halskette gegeben, sie würde gut zu ihren Augen passen.«

Heute weiß er schon nicht mehr, ob die grünen Augen, an die er sich erinnert, Der-da gehören oder Vivien Leighs Scarlett, oder ob das Grün, das er im Kopf hat, eine Mischung aus dem Grün beider Frauen ist.

Eliane ist weggegangen, um einen steifen Nacken zu behandeln, sie betastet Wirbel, erweitert deren Zwischenräume, zwängt geschwollene Finger in sterile Gummihandschuhe, befiehlt, nicht bewegen, zieht Flüssigkeit aus dem Rückenmark, schimpft mit einer Schwester. Die Beine, habe ich gesagt, Sie sollen ihre Beine festhalten. Die Schwester beißt sich auf die Zunge, die Kranke presst die Lippen zusammen, und die durchsichtige oder trübe Flüssigkeit wird in die Spritze gesogen. Die Schwester drückt auf den Einstich, um das Bluten zu stoppen, sammelt die Watte und die

Verpackungen der Spritzen vom Bett, bietet ein Glas Wasser an. Die energischen Absätze Elianes klappern zum Labor, sie setzt sich ans Mikroskop und entdeckt Streptokokken oder Pneumokokken oder die Erreger anderer Krankheiten, hab ich euch, ihr Mistviecher, sie richtet die Linse ein und vergrößert die Teilchen, die in der Flüssigkeit schwimmen, da seid ihr ja, ihr elenden Meningokokken ... Er lächelt vor sich hin, da hat die Nackensteife einer Frau, die du nicht kennst, Elianes »Heiratsgespräch« abgeschnitten. Der Zufall hat gewürfelt und der Frau eine Gehirnhautentzündung beschert. Du hast gewonnen. Eliane hat verloren.

Bald wird sie zurückkommen, und du hast noch nichts vom Tisch geräumt und keinen Teller abgewaschen. Er schüttelt sich, steht auf und räumt den Tisch ab, er spült das wenige Geschirr, von dem sie gegessen haben, und setzt Wasser auf für Kaffee. Ich kenne sie, ich höre bis hierher die Absätze unter ihren sicheren Schritten klappern, ich sehe ihr triumphierendes Gesicht, ihre Hand, die Anweisungen für die Schwestern notiert, mit spitzen, geraden, autoritären Buchstaben. Wäre ich Filmregisseur, würde ich das Objektiv auf ihre schreitenden Beine richten, auf das nackte Stück Unterschenkel zwischen Arztkittel und Schuh, würde ihren weiblichen Knöchel zeigen, den Absatz, ihre Füße, die keine Zeit verlieren, ihre energischen Schritte und ihr Auftreten, das Auftreten eines Menschen, der sein Leben noch vor sich hat. Und als Kontrast würde ich die Kamera auf das Bein einer anderen Frau richten, deren Schritte zeigen, dass jede Minute Leben für sie ein Wunder ist. In meiner Praxis sind einige, bei denen jeder Schritt, den sie gehen, ein Schritt hin zum Ende ist. Chana Ehrlich zum Beispiel, die Bibliothekarin, deren Bauchspeicheldrüse sie töten wird, Chana Ehrlich, die schon gelb ist und ihre Tage zählt, deren Beine schwach sind und sie kaum zur Praxis tragen. Sie legt die Hände auf ihren geschwollenen Bauch. »Herr Doktor, ich weiß, dass man nichts machen kann, aber bitte, machen Sie etwas.« Und auch Schalom Schalom. Als er an Schalom Schalom denkt, fällt ihm Iris ein. Die Ader, die sich an ihrem Hals spannt, wenn sie singt. Er steht auf und tritt ans Fenster. Dunkle Nacht liegt über dem Hof von Elianes Haus. Der Ficusbaum ist riesig, dicht und schwarz, die Dunkelheit verschluckt den Wipfel, das Leben, das sich im dichten Laub des Baumes verbirgt, lässt ein Schnurren hören, ein Stöhnen, das Rascheln eines erschrockenen Flügels. Die Vögel schlafen, doch ihr Herz bleibt wach und leicht zu erschrecken, sie sind bereit, aus dem Schlaf zum Flug anzusetzen. So schlafen die, die zum Tod bestimmt sind. Er weiß es aus der Zeit, in der er Nachtwachen in der Klinik gemacht hat. Sie reagieren auf näher kommende Schritte, sie wollen den Tod überraschen, bevor er sie überraschen kann, er wird sie wach vorfinden, mit offenen Augen, und wird seinen Entschluss ändern. Von dem Moment an, wenn sie realisieren, dass der Große Wächter der Welt auf sie wartet, weigern sie sich, im Dunkeln zu schlafen. In einem Zimmer, in dem das Licht nicht ausgemacht wurde, lag ein todgeweihter Mensch, der von seinem Bett aus die Tür im Auge behielt. Er erinnert sich an jenen jungen Mann, zweiundzwanzig Jahre alt, der gegen den Krebs kämpfte, der sich in seinen Knochen ausbreitete. An seinen letzten Tagen ließ er die Lampe über seinem Bett brennen und richtete das Licht auf seine Augen, damit seine Pupillen geblendet wurden und den Glanz der nahenden Sichel nicht sahen.

Adam fährt sich durch die Haare, reibt sich die Wangen, hält seinen Kopf unter den Wasserhahn in der Küche und lässt Wasser über seinen Nacken laufen, um ihn zu kühlen. Ein Gedanke schießt ihm durch den Kopf, was passieren würde, wenn er jetzt Iris anrufen würde, und er lässt ihn sofort fallen. Was hast du mit Iris zu tun, was wirst du ihr sagen, du hast sie noch nie angerufen, außer wenn es um ihren Vater ging. Willst du unbedingt mit jemandem sprechen? Ruf Dafi an. Oder Zachi, der mal mit dir mit Mispelkernen gespielt hat und heute dein Gegner beim Schachspiel ist. Ruf Dani Bucharis an, der mit seiner Oma zu Mama Ruth kam, und während sie ihre Lasten auspackten und sich darüber unterhielten, dass »jeder Einzelne sein Päckchen zu tragen hat«, habt ihr Murmeln gespielt, und manchmal hat er gewonnen und manchmal du. Heute hat Dani Bucharis ein eigenes Zimmer in der Bank, und auf seiner Tür steht Filialdirektor. Jede Woche besucht Adam ihn in der Bank, und wenn Bucharis Sparmöglichkeiten oder solide Wertpapiere angeboten hat, gehen sie dazu über, das Leben zu besprechen. Bucharis sagt: »Meine Großmutter betrachtet uns von oben, und deine Großmutter hält man grundlos hier unten zurück.« Bucharis versteht etwas von diesem Problem, seine älteste Tochter hat man zwei Jahre auf der Welt zurückgehalten. Im Alter von sechs Jahren haben ihre Nieren versagt, und die Ärzte haben gesagt, es sei eine Sache von ein paar Tagen. Bucharis und seine Frau haben den Ärzten geglaubt und ihren ganzen Schmerz in einer Woche verbraucht, sie kamen nicht auf die Idee, dass sie sparsam mit ihm umgehen sollten, damit er für die kommenden siebenhundertdreißig Tage reichte. Denn anders als das Geld, für das Bucharis verantwortlich ist, erfährt Schmerz keine Wertminderung, er wächst und bläht sich auf, und als das Mädchen mit acht Jahren nach oben gerufen wurde, um sich der Großmutter anzuschließen, blieben Bucharis und seine Frau mit Bergen von Trauer zurück. Und bis heute, drei Jahre danach, besucht Bucharis jede Woche ihr kleines Grab. Anfangs ging er jeden Montag hin, aber seit die Bank zur Fünf-Tage-Woche übergegangen ist, geht er jeden Freitag. Das wird er so lange machen, bis die Kleine Bat-Mizwa geworden wäre, sagt er, danach wird er sie in Ruhe lassen. In einem Jahr, wenn Bucharis freitags frei haben wird, wird er zu seinem alten Hobby zurückkehren, aus jener Zeit, als die beiden Großmütter noch zusammentrafen. Er wird malen und seinen Schmerz auf die Leinwand bringen, in Form von blauen Hyazinthen, den Lieblingsblumen des Mädchens.

Adam schüttelt seine nassen Haare und kehrt zum Fenster zum Hof zurück. »Wo ist deine Mutter?«, hatte Bucharis gefragt, als sie noch Kinder waren, »Wann kommt sie zurück?« Er hatte mit den Schultern gezuckt und geantwortet: »Verrat ich nicht.« Morgen könnte er zur Bank gehen und zu ihm sagen, du hast mich mal was gefragt, jetzt werde ich es dir verraten, sie kommt am Mittwoch. Er streckt den Kopf aus dem Fenster in die Dunkelheit und stößt einen Pfiff aus. Ein im Schlaf gestörter Vogel schlägt mit den Flügeln, dreht sich um, schüttelt seine Albträume ab und schläft angespannt weiter, und im Baum herrscht eine angespannte, atmende Stille. Auch Mama Ruth schläft jetzt. Nicht den wachsamen Schlaf der Vögel, nicht den panischen Schlaf Sterbender, nicht den süßen Schlaf schwer Arbeitender. Einen einfachen Schlaf. Der Schlaf eines schweren Steines, der unbeweglich daliegt. Mama Ruth hat nichts von ihrem Schlaf und nichts von ihrem Erwachen. Und trotzdem möge sie hier bleiben und nicht gerufen werden, sich der Großmutter von Dani Bucharis anzuschließen. Morgen wird er ihr eine neue rosafarbene Bluse kaufen.

Die taubedeckten Blätter des Ficus glänzen blass, der Mond, dünn wie eine Vogelkralle, steht über der Straße, als wäre er nur für sich da, als zeigten sich nicht die beleuchteten Ränder eines dunklen Balls, als hätte er die Wahl, hinzugehen, wohin er wolle. Er wird Dafi anrufen, er wird sie nach der blauen Halskette fragen, doch da tauchen hinter einem hellen Nebelkegel die Scheinwerfer von Elianes altem Renault auf der Straße auf. Der Motor wird abgestellt, die Scheinwerfer erlöschen, die Autotür geht auf, sie steht schon neben dem Fahrzeug, ihr weißer Arztkittel leuchtet, sie senkt kurz den Kopf, als versuche sie, sich an etwas zu erinnern, schlägt die Autotür zu und überquert die Straße, ihr Gang hat nichts Angestrengtes mehr, es ist der Gang, dem man das Ende eines Arbeitstages ansieht. In seiner Zeit in den Treppenhäusern hat er gelernt, die angespannten Schritte derer, die hinauszogen in den Existenzkampf, der ständige Anstrengung erfordert, von den schlurfenden Schritten derjenigen zu unterscheiden, die nach Hause zurückkehren, zu Frau und Zeitung. Die Membran des Stethoskops glänzt auf ihrer Brust, auch das rechteckige Namensschild aus Plastik. Sie hebt den Blick, sieht ihn am Fenster und hebt winkend die Hand. Vielleicht ist dies das Bild, an das er sich nach Jahren erinnern wird, überlegt er. Die mit Ringen geschmückte Hand einer Frau, ein zurückrutschender Ärmel, ein nacktes Handgelenk, Finger, die sich für ihn bewegten und von der Dunkelheit des Ficusbaumes verschluckt wurden. Er lächelt ihr durch die offene Tür entgegen, umarmt sie auf der Schwelle. Sie erwidert die Umarmung und löst sich aus seinen Armen, befreit sich von ihrem Kittel, dem Namensschild und von ihren Schuhen.

»Ich habe gestochen, aber ohne Erfolg«, sagt sie und zieht sich aus. »Wie soll man auch den Raum zwischen den Wirbeln einer Frau finden, die hundert Kilo wiegt? Am Schluss habe ich den Bereitschaftsarzt gerufen.« Sie trägt nur noch Unterwäsche, wühlt nervös in dem Kleiderhaufen und zieht das T-Shirt heraus, das sie vorher angehabt hat. »Der Bereitschaftsarzt hat die Frau in eine Embryostellung gelegt und sie angeschrien, sie solle aufhören zu heulen, stach einmal, und schon floss die Rückenmarksflüssigkeit heraus, als hätte er einen Hahn aufgedreht. Und weißt du, was er zu mir gesagt hat? Junge Dame, Sie müssen noch an Dicken üben, schließlich verdienen auch sie eine Behandlung. Ich hätte ihn am liebsten erwürgt.« Wütend und gekränkt zieht sie ihre weiße Hose an und bindet sich die Haare zusammen. Sie imitiert spöttisch den Ton des Bereitschaftsarztes, als sie fortfährt: »Junge Dame hat er mich genannt. Er wird noch mal vor mir kriechen, mit Gehilfe und Katheder. Es ist ziemlich sicher, wer von uns beiden zuletzt lacht.« Sie bückt sich zu dem Fach mit den alkoholischen Getränken, nimmt eine Flasche Whisky heraus und füllt zwei Gläser. »Zum Wohl«, ruft sie und trinkt. Sie kommt nach Hause, gießt sich Whisky ein und ertränkt in ihm ihren Zorn, denkt er, das hat sie sich in der letzten Zeit angewöhnt, das hat sie von ihren Kollegen gelernt oder aus Filmen, es hat etwas Theatralisches, wie sie die Flasche öffnet, einschenkt und trinkt. Eva trank billigen Rotwein, wenn sie von den Treppenhäusern zurückkehrten, und nach drei Schlucken sagte sie: »Hast du gesehen, wie sauer die Leute sind, denen ich den Dreck unter den Füßen wegputze? Sie stecken in einem Gefängnis aus Diplomen und Geld. Und wir, Schätzchen? Uns kann niemand was. Wir werden das sein, was wir sein wollen, nicht wahr, Schätzchen?« Der Wein machte sie gesprächig und brachte sie zum Lachen, und er nickte mit seinem kleinen Kopf und betete, die Gunst der Stunde möge andauern, und er fragte nicht, warum die anderen in einem Gefängnis steckten, wo sie doch zu Hause waren, er sah sie doch frei und ohne Handschellen die Treppe hinaufgehen und herunterkommen. Die alte Frau Gibschtajn sah ganz und gar nicht aus wie eine Gefangene, sie lächelte ihm zu und lud ihn in ihre Wohnung ein, zeigte ihm kleine Tierfiguren aus Glas hinter einer Vitrinenscheibe und gab ihm ein Stück Kuchen. Nichts in der Wohnung von Frau Gibschtajn erinnerte an ein Gefängnis, außer dem gestreiften Rock, den sie trug, dem trockenen Kuchen und den Glashäschen, die in ihrer Vitrine eingesperrt waren. Eva betrank sich nicht, sie trank billiges Zeug mit niedrigem Alkoholgehalt. Mama Ruth sagte:»Chawale, du riechst wieder aus dem Mund«, und sie antwortete:»*Big deal*, ein Schluck aus einer Flasche mit zwölf Prozent, das ist alles, versteh doch, Mutter, sobald ich mich betrinke, bin ich verurteilt, dann höre ich auf, das zu sein, was ich sein will, verstehst du?« – »Das haben wir schon oft gehört«, sagte Mama Ruth darauf und goss selbstgemachten Granatapfelsaft in ein Glas.»Hier, nimm, da ist wenigstens Eisen drin.« Auch er trank Granatapfelsaft und dachte über die Fingerabdrücke nach, die er auf der Vitrine von Frau Gibschtajn hinterlassen hatte, und über Frau Gibschtajn selbst, die, das bebrillte Gesicht ganz nah vor der Vitrine, die fettigen Abdrücke seiner Finger geprüft, darübergeblasen und sie mit ihrem Ärmel weggewischt hatte, wobei sie sagte:»Es macht nichts, Junge, dass dein Finger krumm ist, du wirst Glück im Leben haben. Gott hat dich gezeichnet, und merke dir, er verteilt solche Finger nicht umsonst.«

Er erzählte den beiden nichts von Frau Gibschtajn, er tauchte seinen kleinen Finger in das Glas, ließ ihn im Saft und wartete, dass das Eisen ihn gerade machen würde. Mama Ruth sah aus den Augenwinkeln zu ihm hinüber und sagte zu Eva:»Dein Schmuckstück macht orthopädische Experimente.«

An jenem Tag landete ein Steinhuhn im Garten, und Mama Ruth rief laut nach ihm, damit er es sich anschaue, ein Vogel mit einem Ring am Bein. Der Ärmste, jemand hatte ihn gezeichnet. Er sah Mama Ruths Blick, der auf dem Bein des Vogels ruhte, und sagte:»Er muss dir nicht leid tun, Mama Ruth, er wird Glück im Leben haben, solche Ringe verteilt man nicht umsonst.«

»Oho, ein neuer Moses ist gekommen. Woher hast du solche Sprüche?« Sie warf ihm einen misstrauischen Blick zu, dann betrachtete sie wieder den Vogel.

»Von Frau Gibschtajn«, antwortete er, aber sie hörte nicht

hin, denn der Vorbeter der Dummen landete auf der Kiefer und fing an zu schreien, das Steinhuhn erschrak, zog sein gezeichnetes Bein an und flog davon.

Eliane betrinkt sich nicht. Aber nur der Whisky ist eine Erklärung für die Gelassenheit, die sie nun zeigt. »Es ist mir egal, fahre, wohin du willst, und wenn es das Haus deiner Großmutter ist, dann ist es eben das Haus deiner Großmutter.«

Sie fragt nicht, was ihn drängt, mitten in der Nacht dorthin zu fahren, und er erzählt ihr nichts von der rosafarbenen Bluse, deretwegen er in Mama Ruths Schrank nach einer anderen suchen will, um sie morgen in den Geschäften auf die Theke zu legen, zum Größenvergleich mit den angebotenen Blusen.

Die staubige Lampe vor dem Haus verströmt ein schwaches Licht. Mama Ruth wohnt nicht mehr hier, aber jeden Abend geht das Licht an. Nachtfalter kreisen um die Birne und werfen Schattenflecken auf den beleuchteten Weg. Dumpfe Schüsse sind zu hören, sie kommen aus der Richtung von Bethlehem, eine Polizeisirene zerreißt die Stille. Er macht das Tor auf und sagt sich, wir beide hören es und wir beide gehen ruhig weiter, als wäre nichts, wir sagen noch nicht einmal, Hast du gehört, Schüsse, oder, Oh, diese Intifada, jemand schießt, jemand wird getroffen, nichts Neues. Das gibt es einfach, so wie Regen, wie Wind, wie den Hunger in Kambodscha, wie den Schrecken im Sudan. Solange die Kugeln nicht dich und deine Lieben treffen, geht das Leben ganz normal weiter. Die Oleanderbüsche, schwer von Staub und Blüten, hängen über beide Seiten des Zaunes, die Rosen wachsen wild, mit dichtem Blattwerk, wuchern über den Rand des Weges und machen ihn immer schmaler. Elianes weite Hosenbeine und die Hände, die sie erhebt, um die jungen Zweige der Palme abzuhalten, die über den Pfad drängen, lassen sie jung und begehrenswert aussehen, aber der Pfad ist zu schmal, um ihn Arm in Arm zu gehen. Die Tür quietscht und schiebt sich knarrend über den Fußboden. Er knipst das Licht an, im Eingang, im Wohnzimmer und im Flur, und geht geradewegs zu Mama Ruths Zimmer, wie unter Zwang, und vergisst Eliane. Mama Ruths Kleiderschrank ist fast leer. Auch in ihren gesunden Tagen war ihre Garderobe nicht üppig, und jetzt, nachdem ihre Kleider eingepackt und mit ihr ins Heim gezogen sind, sind nur ein paar armselige Fetzen zurückgeblieben, die ihr, falls sie plötzlich genesen und nach Hause zurückkehren würde, über die ersten Tage helfen würden. Der Schrank verströmt einen Geruch nach Staub und ›Midnight‹, der parfümierten Körperlotion, mit der sie sich immer eincremte und deren Duft sich in den Achselhöhlen ihrer Kleidung festgesetzt hat. Die Großmutter von Bucharis hatte einmal gesagt: »Dieser Duft macht dich zu einer Madame«, und Mama Ruth hatte geantwortet: »Als ich jung war, habe ich ganz von alleine gut gerochen, jetzt brauche ich etwas gegen meinen eigenen Geruch.« Auf der dunklen Verpackung von ›Midnight‹ ist eine vergoldete Katze auf einer Mondsichel zu sehen, darunter steht das Versprechen verzauberter Nächte. Mama Ruth ignorierte die Tatsache, dass die Lotion ihre Nächte aufregender machen sollte, und benutzte sie einzig zu Ehren des Kinos. Dort stand ein Sessel neben dem anderen, eine Schulter berührte die andere, der Achselgeruch drang Adam in die Nase, und alle Heldinnen, die auf der Leinwand weinten, Schmerzen litten und liebten, rochen nach ›Midnight‹. In ›Vom Winde verweht‹ erfasste ihn ein Niesanfall, er sprühte Tröpfchen auf die Schultern des Mannes vor ihm, der drehte sich um und sagte: »Was ist mit dir, Junge?«, und Mama Ruth fragte: »Hast du dich erkältet, Lauser?«, und er wunderte sich, wieso erkältet? Jedenfalls werde ich nicht sagen, dass Scarlett diesmal übertrieben hat, sie hat sich so viel ›Midnight‹ unter die Arme geschmiert, dass es für mindestens acht Filme reichen würde.

Er steckt den Kopf in den Schrank und atmet den Übelkeit erregenden und aufreizenden Geruch ein, er reibt seine Nase an einer verwaschenen Sommerbluse. Nimmt aber nichts heraus. Er schließt den Schrank und setzt sich auf Mama Ruths großes Bett. In diesem Bett hatten sie seine Mutter gemacht, vor vierundfünfzig Jahren. Wer weiß, wie viel Begehren in diesem Akt gelegen hatte, oder wie viel Zwang, und wie sehr sie es während der folgenden neunzehn Jahre bereut hatten. Eliane kommt, setzt sich neben ihn, legt den Kopf auf seine Knie. »Sag, ist das jetzt ein Anfall von Nostalgie, wegen des Anrufs von deiner Mutter?« Er atmet den Duft ihrer Haare und denkt, so muss Mama Ruth gerochen haben, als sie noch von ganz alleine gut gerochen hat. Geräusche dringen von oben herunter und bringen Eliane dazu, aufzuspringen. »In diesem Haus spukt es. Vielleicht hat sich ein Obdachloser im ersten Stock eingenistet.« Angespannt sitzt sie da und lauscht auf die Geräusche. Kalkbröckchen fallen von der Decke herunter, Holz schlägt gegen die Läden, die Zweige des Granatapfelbaumes schaben über das Geländer, eine Katze wetzt ihre Krallen am Stamm.

»Es macht mich an, dieses Bett. Soll ich dich verführen?« Sie schiebt ihre Hände zwischen seine Schenkel.

Er presst die Beine zusammen und krümmt sich. »Ich kann nicht.« Wie soll er ihr erklären, dass er auf dieser Matratze nicht mit ihr schlafen kann, die Mama Ruths Rundungen bewahrt hat, die unter ihr geknarrt hatte, die vom Gewicht ihrer schweren Brüste und ihres Bauches eingedrückt worden war. Amos und Hillel hatten gesagt, die Matratze ihrer Mutter schlage hohe Wellen. Sie hatten ihr vorgeschlagen, sie gegen eine orthopädische Matratze einzutauschen, aber Mama

Ruth wollte nichts davon hören.»Seid ihr verrückt geworden? Jeder einzelne meiner Körperteile hat schon seine eigene Kuhle, habe ich es nötig, dass sie anfangen zu streiten?« Sie hatte nicht gesagt, dass auch jeder Teil ihrer Seele eine eigene Kuhle oder eine eigene Spalte in dieser Matratze hatte.

Egal, was passieren würde, er wird nicht mit einer Frau in dem Bett schlafen, in dem Mama Ruth tausend Nächte lang die Abdrücke ihres Körpers und ihrer Seele hinterlassen hatte.

»Weißt du, was unser Problem ist?« Eliane nimmt ihre Hand von ihm und steht auf.»Dass du in das versunken bist, was war, und ich in das, was sein wird, deshalb haben wir keine Gegenwart.« Enttäuscht wendet sie sich zur Tür und wartet draußen auf ihn.

Sie hat recht, ich wende den Kopf zu dem, was war, und sie streckt ihren nach vorn. Unsere entgegengesetzten Neigungen werden uns voneinander entfernen, es funktioniert nicht. Er wäre jetzt schon von ihr getrennt, hätte es den Anruf von seiner Mutter nicht gegeben. Seine Mutter, die plötzlich in sein Leben geplatzt war. Er wird die beiden nächsten Tage vergehen lassen, und dann ... Was dann?

Er versucht sich die Tage ohne Eliane vorzustellen, sie würden traurig sein, er denkt an die Tage mit ihr und weiß, dass er sie leeren muss. Der Beruf des Mediziners, den sie beide gewählt haben, und das Begehren, das sie verbindet, werden allein nicht ausreichen, das Feuer am Leben zu erhalten. Er streicht mit der Hand über die Vertiefungen von Mama Ruths Matratze und steht auf, zieht die Kommodenschublade auf und sieht die zerbrochenen Reste ihres Schmucks, darunter zusammengerollt die blaue Kette. Die Perlen fühlen sich kühl an. Er hält sie gegen das Licht, und eine Reihe blauer Augen öffnen sich vor ihm. Er steckt die Kette in die Tasche und beschließt, dass er sie ihr morgen bringen wird. Anderthalb Jahre ist sie schon weg, und trotzdem hat er nie in ihrem Leben stöbern und nie die Schubladen durchsuchen wollen. Diese Perlen würden ihr sein Eindringen verraten, aber er wird zu ihr sagen, Mama Ruth, es ist nur die Kette, alles andere ist noch so, wie du es hinterlassen hast, dieses verdammte Blutgerinnsel in deinem Gehirn hat dir die Welt auf den Kopf gestellt, aber deine Schubladen sind nicht davon berührt. Er macht das Licht aus und geht durch den Flur in das Zimmer, das einmal seines war, und denkt, mein Gehirn kennt den Aufbau des ganzen menschlichen Körpers, ganze Kapitel der Mikrobiologie, sogar die Namen der Bazillen, Krankheiten und ihre Symptome, tausende von Medikamenten und Beruhigungsmitteln, aber dieser ganze Raum, den diese Dinge in meinem Gehirn einnehmen, lässt sich nicht mit dem kleinen Flur vergleichen, der Mama Ruths Zimmer mit meinem verbindet.

Er macht das Licht aus und geht hinaus. Eliane steht zwischen den Pfeilern, auf der obersten Stufe der Treppe, die zum Hof hinunterführt, mit dem Gesicht zum dunklen Hof, ihre eine Hand ruht auf dem Pfeiler, zu dessen Füßen Moos wächst, die andere auf ihrer Hüfte. Ihre Gestalt zeichnet sich unter dem dünnen weißen T-Shirt ab. Er wird zu ihr hingezogen und bleibt doch stehen. Bewahrt sie vor einer unfairen Umarmung. Er kennt sie, sie betrachtet jetzt den Hof und das Haus und steckt Nadeln in die Landkarte der Zeit, markiert Ziele und erwägt Schritte zu ihrer Verwirklichung. Hochzeit. Erbe. Haus und Hof. Sie werden verbessern, reparieren, wegnehmen und hinzufügen. Sie wird Oberärztin in der neurologischen Station des Krankenhauses sein, er ein hingebungsvoller und beliebter Allgemeinmediziner, das Haus wird zu beidem passen. Sie ist nicht unbedingt materialistisch, aber sie ist realistisch und berechnend, und er weiß schon, eine Umarmung zu diesem Zeitpunkt wird den nächsten Moment nähren und den Abstand auf der Landkarte verringern.

Sie hat ihre Haltung nicht verändert. Ihr weiches Anlehnen, die feminine Hand auf dem bemoosten Pfeiler, erinnern ihn an Renaissancemadonnen, nur dass diese Madonna plötzlich zum Leben erwacht, sie schüttelt den Kopf, und ihre Haare fallen ihr locker auf die Schultern. »Junge Dame... Junge Dame«, wiederholt sie spöttisch.

Nun ist er sicher, dass er sich nicht geirrt hat. Sie steht da und skizziert den Weg, für den ihre energischen Füße bestimmt sind, betrachtet ihren Weg in die Zukunft, und plötzlich spürt sie ein Jucken, die kränkende Formulierung des Bereitschaftsarztes blockiert sie.

»Junge Dame«, verkündet sie zum dritten Mal, schüttelt den Kopf und nimmt ihn auf einmal wahr. »Eines Tages werden Sumokämpfer mit einem Gewicht von zweihundert Kilo bei mir für eine Lumbalpunktion Schlange stehen«, sagt sie und nimmt die Hand vom Pfeiler. Er umarmt sie, und sie gehen zum Auto.

»Es ist toll, das Haus von deiner Großmutter. Man sieht dir nicht an, dass du eine betuchte Großmutter hast.« Sie befreit sich aus seiner Umarmung, betrachtet über seine Schulter hinweg das dunkle Haus und legt ihm dann wieder den Arm um die Hüfte. Er sagt, das Haus sei ein Zeichen dafür, was seine Großmutter einmal gehabt habe, nicht was sie heute besitze. Elianes Brüste drängen sich an seine Rippen. Er drückt sie an sich und erzählt ihr von Großvater Nachum, der Bauunternehmer für Tiefbau gewesen ist. Und wie viele Bauunternehmer war er nach dem Sechstagekrieg, nach Ausbruch der vollkommenen Erlösung, reich geworden. Er kaufte dieses Haus, dessen erster Besitzer in der Mandatszeit ein Banker der Anglo-Palästina-Bank gewesen war und das später den Besitzer gewechselt hatte. Diese ganze zweifelhafte europäische Pracht hatte jener Engländer geplant. Sein Großvater verstand nichts von Architekturstilen. Während der Wirtschaftskrise, die eine Begleiterscheinung für die Verzögerung der vollkommenen Erlösung gewesen war, verlor er alles, er verarmte und war gezwungen, seinen ganzen Besitz zu verkaufen, die schwere Ausrüstung, die er besaß, einschließlich der drei Bulldozer. Nur das Haus verkaufte er nicht. Er hing an den vier Wänden und Mama Ruth am Garten, und beide verteidigten das Haus mit Klauen und Zähnen, und ihre gemeinsamen Bemühungen hielten auch in jenen Jahren stand, als Nachum Gott näherkam und sich von ihr entfernte. Nach seinem Tod blieben ihr das Haus und so wenig Geld, dass sie es kaum erhalten konnte. Sie wollte den oberen Stock vermieten, aber der Gedanke, dass Chawale eines Tages vielleicht darin wohnen wollen würde, hinderte sie daran. Sie kehrte dazu zurück, Vorhänge zu nähen, eine Beschäftigung, die sie schon ausgeübt hatte, bevor sie reich geworden waren. »Du siehst«, hatte sie einmal zu ihm gesagt, »jede Falte, die ich im Vorhang mache, näht unsere Pappeln fest in die Erde. Ich werde kilometerlange Vorhänge nähen, Hauptsache, wir müssen das Haus nicht verkaufen. Wenn wir das tun, werden die Pappeln und die Granatapfelbäume als Erste verschwinden. Bauunternehmer haben kein Gefühl für Bäume.« Als er später zu ihr zog, hatte sie eine kleine Nähstube im oberen Stockwerk. Dort standen zwei Nähmaschinen. Sie saß an der einen, und an der anderen saß Samira, eine fleißige und schweigsame junge Araberin. Mama Ruth sagte, sie wünschte, alle Juden würden so gut arbeiten wie Samira. Ihre dünnen Finger bewegten den Stoff unter der Nadel, der in Falten zu ihren Füßen niedersank, mit Nähten so schnurgerade wie Ameisenpfade.

»Deine Großmutter hatte recht, es wäre schlimm, so ein Haus zu verkaufen«, sagt Eliane, und ihre Hände knöpfen sein Hemd auf, streicheln über seine warme Brust, und sie schlägt vor, er solle heute Nacht bei ihr bleiben. »Du hast den Anruf von deiner Mutter, die *out of the blue* kommt, ich habe eine versaute Punktion und einen beschissenen Bereitschaftsarzt, lass uns doch den Tag mit einem süßen Finale beschließen.«

Er hat keine Lust auf ein süßes Finale und auch nicht darauf, dass dieser Tag schon zu Ende geht. Im Gegenteil, er soll so lange wie möglich dauern, nichts soll von den beiden Tagen verloren gehen, die ihm vor Evas Ankunft noch zur Verfügung stehen. Elianes Hände wandern hinunter zu seinem Hosengürtel, und ihre Berührung reizt ihn, er küsst sie auf den Mund und löst sich wieder. »Nicht heute, Eliane.« Sie nimmt ihre Hand von seinem Bauch und ihre Brüste von seinen Rippen. »Gut, dann nicht.« Sie tritt einen Schritt zurück und hebt gekränkt das Kinn.

Sie wird nie im Leben beleidigt sein, hatte er zu sich selbst gesagt, als er sie zum ersten Mal gesehen hatte. Sie fuhr damals einen kleinen roten Fiat in eine Parklücke zwischen zwei Autos auf dem Parkplatz des Krankenhauses, er stieg damals aus seinem Auto und bedeutete ihr, sie solle das Lenkrad nach rechts einschlagen. Sie parkte das Auto, setzte eine Sonnenbrille auf und sagte: »Ich bin im vierten Jahr, und du?«

»Ich bin schon in keinem Jahr mehr, ich bin im Praktikum«, antwortete er, bückte sich, um seinen Schuh zuzubinden, und sah ihren geraden Schatten auf dem Asphalt, sie wartete auf ihn. Am Nachmittag sah er sie in der Cafeteria, mit einem Tablett mit Essen. Sie ließ ihren Blick über die Tische wandern, kam dann entschlossen zu seinem und setzte sich auf den freien Platz ihm gegenüber. »Ich bin die mit dem Fiat«, sagte sie. »Viertes Jahr.«

Er erinnerte sich. Gerade mal im vierten Jahr, und schon hatte sich eine Falte zwischen ihren Augenbrauen eingegraben. »Was, du isst Spinat?« Sie verzog den Mund. »Bist du Popeye, oder was? Mich müsste man dafür bezahlen, dass ich dieses grüne Zeug anrühre.«

Am Abend trafen sie sich zum dritten Mal, auf dem Parkplatz, als sie gerade in ihren Fiat steigen wollte. »Statistisch gesehen ist es unwahrscheinlich, dass wir uns dreimal am Tag treffen. Falls du mir nachläufst, komm, ich mache es dir leichter.« Sie riss ein Blatt aus ihrem Notizbuch, das sie in der Tasche hatte, notierte darauf ihren Namen und ihre Telefonnummer und hielt es ihm hin. Er nahm es an dem gezackten Rand und fragte, wo man so elegante Notizbücher bekomme, und zwei Tage später rief er sie an.

Jetzt schweigt sie, zieht die Schultern zusammen und verschränkt die Arme, ihr ist kalt in dem dünnen T-Shirt, sie bekommt Gänsehaut am Hals, das Licht der Straßenlaterne dringt durch den Dunst und lässt ihre Stirn blass aufleuchten. Es ist sinnlos, sich zu verstellen, sie ist zu klug, und ihre Sinne sind zu scharf. Ihr Rücken ist hart, sie drückt die Hände gegen seine Brust und presst die Kiefer zusammen. Sie zieht sich in sich zurück, distanziert sich von ihm. Er legt den Arm um ihre Hüfte und sagt zu sich, warte nur, Idiot, so wie du das Selbstverständliche nicht ernst nimmst, so teuer wird es dir sein, wenn es zu Ende ist.

»Meine Mutter kommt in zwei Tagen zurück«, sagt er, nicht weil er sich dazu verpflichtet fühlt, sondern weil der Gedanke an andere Hände, die einmal um diese geschmeidigen Hüften liegen würden, ihm wie ein kalter Stein im Brustkorb liegt. Er sieht, wie ihr Körper sich verkrampft, und erkennt seinen Fehler. Er hat ihr einen Grund dafür geliefert, warum er zerstreut ist, warum er auf ihre Verführung auf Mama Ruths Matratze verzichtet hat, warum er sich geweigert hat, die Nacht mit ihr zu verbringen, warum er die Zukunft ignorierte.

»Warum hast du das nicht gleich gesagt?«, fragt sie und lässt ihre Arme sinken.

Die große Kränkung löst sich auf, zerbricht in viele kleine

Kränkungen, die sich leicht entschuldigen und vergessen lassen. Jetzt wird sie ihn daran erinnern, dass er sie im Restaurant sitzen ließ, allein, vor ihrem leeren Weinglas, hätte ich doch nur gewusst, dass... Aber sie hebt den Kopf und schaut zum Haus hinüber. »Jemand ist in den Garten deiner Großmutter eingedrungen.« Sie packt ihn am Arm, und er dreht sich zum Haus, sieht aber niemanden. Die Bäume sind dunkel und dicht genug, die Augen zu täuschen, doch dann fliegt ein Vogel aus dem Granatapfelbaum in die Luft, und eine lange, dunkle Gestalt taucht im Lichtkreis der Lampe auf und steigt die Treppe zum Haus hinauf. Der Türgriff will nicht nachgeben, ein metallisches, ungeschmiertes Knirschen ist zu hören. Der Mann lässt den Griff los, drückt seine Stirn gegen den stumpfen Glaseinsatz in der Tür, betastet das Schloss und steht dann wieder da, betrachtet den Garten und sieht aus wie jemand, der vor einer geplanten Tat die Situation erkundet. Er blickt nach links und nach rechts, und plötzlich verlässt er die Treppe und ist wie eine Katze im Gebüsch verschwunden. Vielleicht hat er das weiße T-Shirt bemerkt, oder das Aufblitzen in den Augen, die auf ihn gerichtet sind.

Sie fassen sich an den Händen und kehren zum Tor zurück, sie hören ein plätscherndes Geräusch im Oleander und riechen etwas Säuerliches, Warmes.

»Was haben Sie hier verloren?«, ruft Adam in die Dunkelheit des Gartens und hört, wie ganz in der Nähe ein Reißverschluss geschlossen wird.

»Na und, darf ein Mensch nicht mal pinkeln?«, schlägt ihm die Stimme eines Mannes entgegen, zum Greifen nah. Er kann sein Gesicht nicht sehen, die Dunkelheit verbirgt ihn, nur die Schnalle seines Gürtels blitzt auf. Sie stehen dicht am Tor und lassen ihm nur einen schmalen Durchgang. Er tritt mit dem Fuß nach einem Stein, und seine Schultern berühren ihn auf seinem Weg hinaus, doch er geht nicht hinaus, er bleibt stehen, und die Palmzweige hängen über den Pfad und verdunkeln ihn.

Elianes Hand ballt sich in seiner, und Adam fühlt, wie sich ihre Brust an seinem Arm hebt und senkt.

Er vergleicht sich mit dem Mann ihm gegenüber. Er ist muskulös, aber nicht größer als ich, er wiegt auch nicht mehr. Wenn er nichts Scharfes oder Spitzes in der Tasche hat, schaffe ich ihn. Sein Gesicht ist nur eine Handbreit von meinem entfernt, und er stellt jetzt die gleichen Überlegungen an wie ich, erwägt seine Chancen mir gegenüber.

Die Entscheidung, wer von uns beiden fällt und wer stehen bleibt, liegt an der Menge Adrenalin, das jeder von uns in sein Blut ausstößt.

Aber das meiste Adrenalin fließt in Elianes Blut.

»Unser Garten ist keine öffentliche Toilette«, sagt sie entschieden und kalt, und ihre Fingernägel drücken sich in seine Hand, die ihre hält.

»Was Sie nicht sagen!« Der Mann lacht, und seine Zähne blitzen auf. »Keine öffentliche Toilette? Gut zu wissen.« Er legt die Hand auf einen der Torpfosten, dreht sich zum Haus um und kratzt sich die Bartstoppeln, an seinem kleinen Finger blitzt ein Ring auf. »Diese Villa gehört also Ihnen?« Er macht eine weite Handbewegung, stößt einen erstaunten Pfiff aus und geht hinaus. Sein Rücken ist für einen Moment im Licht der Straßenlaterne zu sehen, dann wird er von der Dunkelheit verschluckt.

»Beängstigend«, sagt sie, und ihr Griff lockert sich nicht.

»Er hat aufgepasst, dass sein Gesicht im Dunkeln blieb«, sagt er. »Falls wir ihn identifizieren sollen, haben wir nur eine Gürtelschnalle, Zähne und einen Ring.«

»Und den Hals«, sagt sie, noch immer fest an ihn gedrückt. »Ist dir nicht aufgefallen, was für einen langen Hals er hatte?«

Sie hat recht, denkt er, und in dem Moment, als er an den Hals des Mannes denkt, steigt Unruhe in ihm auf. Auch vorhin hat sie schon recht gehabt. Als wir zwei uns gegenüberstanden, unsere Muskelkraft verglichen und nur zwei Männer in einer Kampfarena waren, hat sie »unser« Garten gesagt, nur ein einziges Possessivpronomen, und die Waagschale hat sich gesenkt, er hat aufgegeben.

Nein, vielleicht nicht aufgegeben, vielleicht verfolgt uns der Mann und plant, uns unseren Besitz streitig zu machen. Uns bleibt nichts anderes übrig, als ins Haus zu gehen und die Tür hinter uns zuzumachen, wie Hausbesitzer es tun.

Sie gehen hinein und machen in allen Zimmern das Licht an. Eliane hört Geräusche und schreckt zurück, im Garten wird Laub niedergetreten, das Küchenfenster wird vom Wind aufgedrückt. Sie bittet ihn, sie zur Toilette zu begleiten und vor der Tür auf sie zu warten. Sie wäscht sich das Gesicht, sagt »Was für ein *Shit*«, wiederholt »*Shit*«, gähnt und folgt ihm.

Gegen Morgen öffnet er im großen Bett von Mama Ruth die Augen, Eliane liegt wach und mit weit offenen Augen neben ihm. »Du wolltest allein sein, und dieser armselige Dieb hat mich an dir festgebunden.«

Er zieht sie an sich und schweigt, und sie legt die Hand auf seinen Bauch, vergräbt sich in seiner Achselhöhle und sagt: »Wer weiß, vielleicht ist er ein Spion, den deine Mutter geschickt hat, damit er herausfindet, was hier los ist, nach den Jahren ihrer Abwesenheit.«

Seine Muskeln verkrampfen sich, seine Hand, die sie gestreichelt hat, hält inne. Er will bei dem, was seine Mutter betrifft, keine Beteiligten haben. Es ist eine Dummheit gewesen, ihr davon zu erzählen, ich hätte die Sache für mich behalten sollen.

»Was ist los?« Sie zieht ihre Hand zurück und setzt sich in der Kuhle von Mama Ruths Bauch auf.

»Diese ganze Angelegenheit mit meiner Mutter…« Er lässt den Satz unbeendet in der Luft hängen.

Graue Blässe breitet sich auf der Decke aus, der neue Tag sticht mit dünnen, blendenden Nadeln durch die Ritzen des Fensterladens. Er setzt sich ebenfalls auf, er hat noch zwei Tage, danach wird sich alles ändern. Er steigt aus dem Bett und zieht sich an. Sie sitzt noch immer schweigend da und sieht aus, als überlege sie ihre weiteren Schritte und als lausche sie den Geräuschen. Wasser tropft von der Regenrinne, die Farbe eines Fensterrahmens platzt an einer Stelle ab, der Kühlschrank summt. Es ist fünf Uhr morgens. Drei Stunden, bevor sie beide gezwungen sein werden, ihre Ohren auf die Krankheiten anderer zu richten. Er kocht in Mama Ruths Küche Kaffee und nimmt die Kekse aus dem Schrank, die Dafi zurückgelassen hat. Sie trinken den Kaffee schnell, im Stehen, und rühren die Kekse nicht an, und ein paar Minuten später sind sie draußen auf der Treppe. Die Sonne steht tief, ihre Strahlen fallen schräg auf das Laub unter dem Granatapfelbaum. Es sind keine Fußspuren des Fremden zu sehen, der nächtliche Tau hat die Oleanderblätter abgewaschen und alle Zeichen weggewischt.

Eliane lässt den Blick über den Garten wandern, stellt sich auf die Zehenspitzen, die Sehnen an ihren Knöcheln spannen sich. »Ein schönes Anwesen hat deine Großmutter«, sagt sie, und auf ihrem Gesicht zeigt sich ein Ausdruck der Niederlage. Es hat sich innerhalb einer Nacht verdüstert, sie hat gelernt, wie unabhängig das Schicksal ist und wie armselig das Gehirn mit seiner Vorstellungskraft. Und sie versteht etwas vom Gehirn, weiß, wie viele Neuronen, Nerven, Blutgefäße, elektrische Impulse in jeder Sekunde beteiligt sind, wenn das Gehirn Zukunftspläne schmiedet, und dann plötzlich die hilflose Erkenntnis, dass alles Schicksal ist. Da geschieht etwas Unerwartetes, beschämt das Gehirn und bringt all seine Überlegungen durcheinander. Die verlorene Mutter kommt zurück.

»Hast du vor, sie zu treffen?«

»Ich weiß es nicht.« Er hält ihren Ellenbogen, als sie die Stufen hinuntersteigen. Die Silhouetten der Pappeln verschmelzen im flachen Licht. Wenn Mama Ruth ihr üppiges Laub sehen würde, würde sie sagen, auch ein Mensch mit Alzheimer würde auf solche Bäume nicht verzichten. Lieber nähe ich kilometerlange Vorhänge, als dass mir einer diese Bäume anrührt.

Sie steigen ins Auto. Sie sagt, dass sie den Mann von gestern nicht aus dem Kopf bekomme, und er sagt: »Was für einen Hals der hatte!«

Er hält das Auto vor ihrem Haus an und zieht ihren Kopf zu sich, und sie drückt ihre lauwarmen Lippen auf seine Finger. Die Lässigkeit des Verzichts begleitet ihre Reaktion und ihre Gebärden. Er schaut ihr nach, als sie in Richtung Treppenhaus geht. Die Kleider, in denen sie geschlafen hat, sind zerknittert von der Nacht, ihr Kopf ist gesenkt, sie sieht aus, als hätte sie alle Vitalität verloren. Der Schatten des Ficusbaumes verschluckt sie, und als sie aus ihm heraustritt, hat sie sich bereits gefasst, sie geht aufrecht und mit den Schritten eines Menschen, der sich in den Tag stürzt. Sie wird sofort das weiße T-Shirt gegen ihre guten Kleider tauschen, sich das Namensschild anstecken und mit energischen Schritten durch die langen Flure gehen, sie wird zu sich sagen: Wart's nur ab, du blöder Bereitschaftler, du wirst noch vor mir auf dem Boden kriechen ... Er sieht es vor sich, wie sie, zwei Stufen auf einmal nehmend, die Treppe hinaufläuft und mit einem energischen Stoß die Tür öffnet, und er denkt, mit dieser Menge Adrenalin, die sie im Blut hat, wird sie selbst das Schicksal bezwingen.

Ich habe noch zwei Tage, um ein alltägliches Leben zu führen, und was dann? Das hängt von mir ab. Wenn ich will, werde ich gleichgültig sein, wenn ich will, werde ich mich rächen, und wenn ich will, werde ich ein »Schätzchen« sein.

Er lässt den Motor an und fährt los. Die Wintersonne scheint auf die Windschutzscheibe und blendet ihn. Er wendet das Auto und fährt zum westlichen Teil der Stadt, er fährt, ohne zu merken, wie weit er schon gefahren ist, als ihm der Geruch von frischem Brot aus Angels Bäckerei in die Nase steigt. Er denkt an die Bäcker und Heizer, für die die Nacht zum Tag und der Tag zur Nacht wird, und erinnert sich an den Kerl, der nachts in den Garten eingedrungen war. Vielleicht hat er ja wirklich nur pinkeln wollen, und es hat ihn gereizt, einen Blick ins Haus zu werfen. Die Vorstellung, dass er für Eva spionierte, ist blöd. Eher handelte es sich um einen kleinen Dieb, der ertappt worden war und kalte Füße bekommen hatte. Doch da ist andererseits dieser lange Hals.

Er streicht sich über die Stoppeln, die auf seinen Wangen gewachsen sind, und im Spiegel sieht er einen wilden, müden Mann. Es ist sechs, in zwei Stunden werden seine ersten Patienten im Wartezimmer sitzen und überlegen, was sie dem lässigen, vernünftigen, aufmerksamen und gut rasierten Doktor sagen wollen.

Er biegt in Richtung seines Hauses ab und beschleunigt, und einige Minuten später hält er vor dem Haus an, macht den Motor aus und steigt aus dem Auto. Er schiebt die Hand in die Tasche, um den Schlüssel herauszuholen, und berührt die kalten Perlen der Kette. Er nimmt sie heraus und hält sie gegen das Licht, Sonnenstrahlen brechen sich in den Perlen und lassen sie blau glitzern.

Auch im Heim von Mama Ruth verkünden sie jetzt den Morgen, und sie wacht auf. Das große Fenster über ihrem Bett wird geöffnet, das grelle Licht lässt ihre Lider erzittern, sie blinzelt einem Tag entgegen, der genauso sein wird wie der vorangegangene. Heute wird er ihr eine rosafarbene Bluse kaufen, er wird ihr die blaue Kette um den Hals legen und sagen, Mama Ruth, in zwei Tagen kommt Die-da zurück, Die-da, über die du einmal gesagt hast, sie sei derselbe

Typ wie Scarlett O'Hara, erinnerst du dich? Scarlett, die Frau aus ›Vom Winde verweht‹, diese schlaue, verführerische Person mit der weiten Krinoline und den grünen Augen. Die Frau, die in einem Aufflackern von fragwürdiger Inspiration der Menschheit den Satz schenkte: »Denn schließlich ist morgen ein neuer Tag« oder so etwas Ähnliches.

Viertes Kapitel

Heute wird er früher ankommen als sie. Normalerweise warten bereits zwei oder drei auf ihn, manchmal nur einer, dann wieder fünf. Sie sitzen vor der Praxis, jeder in sich selbst versunken, und schauen abwechselnd auf die Uhr und auf die Treppe. Da kommt er, verkündet der Erste, der ihn entdeckt, und sie ziehen ihren Beine zu sich heran und machen ihm den Weg frei, warten, bis er an ihnen vorbei ist und bleiben einen Schritt von ihm entfernt stehen, bis er den richtigen Schlüssel am Bund gefunden hat und ihn ins Schloss steckt. Vor drei Jahren hat er diese Wohnung gemietet, renoviert und eine Praxis daraus gemacht. Er hat ein Schild an die Hausfront, »Dr. Adam Urija, Arzt für Allgemeinmedizin«, ein anderes viereckiges Metallschild an die Praxistür gehängt. Es dauerte, bis die Patienten ihn entdeckten. So schnell ging es nicht, bis sie kamen, den ehrfürchtigen, schmeichelnden Ausdruck von Abhängigen in den Gesichtern. Er kennt genug Kollegen, denen dieses unterwürfige Verhalten die Brust schwellen lässt. »Das Auto eines Arztes« schreiben sie in die Zeitungsanzeige, wenn sie ihr Auto verkaufen wollen. Eliane sagte einmal: »Sie haben recht. Sie haben hart dafür gearbeitet, für diesen Respekt. Die Leute sehen einen Arzt und denken, Anstand, Ernsthaftigkeit, Überlegenheit. Was ist daran falsch?«

»Alles«, hatte er geantwortet und gegen das doppelte Übel protestiert, das sich hinter einer Krankheit verbirgt, das den Patienten zur Unterwürfigkeit zwingt und niederträchtige Ärzte dazu treibt, die Nase hoch zu tragen.

Sehr langsam kamen sie anfangs zu ihm, einer nach dem anderen, öffneten zögernd die Tür, setzten sich misstrauisch auf den Stuhl ihm gegenüber, breiteten sparsam ihre Krankengeschichte vor ihm aus, beugten sich nicht zu ihm, stützten nicht die Ellenbogen auf den Tisch. Erfahrene Kranke zweifelten, fragten sich, was dieser junge Mann bei ihnen wolle, welches Versagen oder Missgeschick ihn wohl dazu gebracht habe, eine Praxis im Süden zu eröffnen, in einem »peripheren« Stadtteil, den man, wie Journalisten sagen, nur mit kugelsicherer Weste und einem Gewehr in der Hand besuchen dürfe, wenn von Süden her geschossen werde, ein Stadtteil, an dessen durchlöcherten Häusern sie immer wieder posierten und sich fotografieren ließen. Ein Arzt, der sein Brot hier, inmitten dieser hohen, armseligen Häuser verdienen möchte, ist vermutlich einer, der aus ruhmreichen Gängen fortgespült oder von dort vertrieben wurde, aus Altersgründen, oder weil er aus einem anderen Land eingewandert ist und die Sprache nicht richtig spricht. Sie waren daran gewöhnt, ihre Klagen bei traurigen Ärzten vorzubringen, die unter ihren eigenen psychischen Problemen litten und es nicht eilig hatten, irgendwohin zu kommen. Und plötzlich tauchte ein junger, energischer Arzt auf und eröffnete in ihrer Straße eine neue Praxis. Ein israelisch klingender Name an der Tür, ein grünlicher Vorhang vor dem Fenster, gepolsterte Hocker im Wartezimmer, Flötenmusik im Hintergrund. Untereinander machten sie sich lustig, Dekor schindet keinen Eindruck bei Kranken, weder ein Magengeschwür noch ein Krebs lässt sich von einem grünlichen Vorhang bestechen. Die Ersten, die kamen, waren alte Menschen, denen die Medikamente ausgegangen waren und die in der Nähe der Praxis wohnten, andere waren erkältet und hofften auf zwei Tage Krankschreibung, außerdem kamen junge Leute, die vor einer Reise geimpft werden wollten. Mit schweren Krankheiten gingen sie woanders hin. Eliane sagte: »Du vergeudest deine Fähigkeiten, du versündigst dich gegen die Menschen und dein Talent, du könntest ein Star in einem Krankenhaus werden und wirst zu einer Art medizinischer Sekretärin in einer gottverlassenen Gegend.«

»Ich möchte Hausarzt sein, und das werde ich sein«, erklärte er. »Ich habe Geduld.«

Und morgen kommt die große Priesterin des »Wir werden sein, was wir sein wollen, nicht wahr, Schätzchen« zurück, die Frau, die ihm einen verletzten Schmetterling und zweifelhafte Verhaltensmuster vererbt hat. Die ihm vorgeschlagen hatte, Lokomotivführer zu werden oder Drachenflieger, und die nicht auf die Idee gekommen war, dass er sich dazu entschließen würde, seine Tage mit jenen zu verbringen, denen Asthma, Diabetes und eine geschwollene Leber ein normales Leben erschwerten.

»Werde nur kein Professor«, hatte sie in den Tagen der Ben-Jehuda-Straße 36 zu ihm gesagt, wenn sie ihm Geld für ein Eis gab und zum »Luftschnappen« zum Professor ging, und wenn sie herauskam, hielt sie die Hand vor den Mund und lachte. Sie erkaufte sich für zwei Münzen die Zeit für ihre Luft, und er erhielt, außer dem Eis, das er sich für das Geld kaufte, eine Narbe auf der Stirn und einen Blick auf den nackten Bauch des Professors. Hätte er damals dem Jungen mit den blonden Haaren und den vorstehenden Zähnen auf der Straße nachgegeben, wäre weder das eine noch das andere passiert.

Dieser Junge hatte sich ihm in den Weg gestellt und gefordert, »Los, gib das Geld her.«

»Ich will nicht«, hatte Adam geschrien, sich in den Lebensmittelladen gerettet und mit abgehackter Stimme ein rotes Eis verlangt.

»Deine Mutter ist eine Hure«, schrie der Junge, der hinter ihm hergekommen war. »Sie fickt mit jedem.«

Adam bezahlte mit den beiden Münzen, umklammerte den Eisstiel mit seiner kleinen Hand und begann zu rennen. Ein spitzer Stein flog ihm entgegen und schlug ihm ein Loch in die Stirn. Erregt und verängstigt näherte er sich dem Eingang des Hauses in der Ben-Jehuda 36 und hinterließ rote Tropfen auf den Treppenstufen. Tropfen rannen von seiner Stirn und von seinem Eis, markierten seinen panischen Weg von der untersten Treppenstufe bis zur Schwelle des Professors.

Er klopfte mit seiner von Tränen und laufender Nase klebrigen Hand an die Tür, drehte an dem kugelrunden Griff, und dieser gab nach. Die Zunge des Schlosses löste sich, die Tür ging auf, und sein Fuß, bereit, einzudringen, blieb auf der Schwelle stehen, in einer Pfütze aus geschmolzenem Eis. Er wusste nicht, ob das, was er sah, Wirklichkeit war oder nur eine schreckliche Phantasievorstellung. Evas geblümtes Kleid lag auf dem Boden, das Licht aus dem Treppenhaus fiel auf ihr Kleid und auf die behaarte Hand des Professors, die seinen Morgenmantel öffnete. Er kniff die Augen zusammen, um das dunkle Ding, das aus dem Morgenmantel des Professors hervorstach, nicht sehen zu müssen, und als er sie wieder aufmachte, war der Morgenmantel schon mit dem Gürtel geschlossen. Der Professor, mit wirren Haaren, barfuß und ohne Brille, lief zur Tür und schob sie zu. »Hast du nicht gelernt, dass man anklopft, Junge?«

Er hörte nicht hin, seine Augen waren zur Decke gerichtet, für den Fall, dass der Morgenmantel noch einmal aufgehen und das Schreckliche entblößen würde. »Ich will, dass sie kommt«, sagte er weinend. Der Professor hielt die Tür nur einen Spaltbreit auf, so breit wie ein Besenstiel. »Ich will, dass sie kommt«, schrie er und stampfte mit dem Fuß auf, und rote Tropfen flossen auf die Schwelle und auf den nackten Fuß des Professors.

»Sie kommt sofort«, sagte der Professor ernst, so als verkündete er ihm: »Du hast eine schwere Grippe.«

»Schätzchen«, ihr erschrockener Ausruf drang aus der Wohnung zu ihm, die Kettchen an ihrem Knöchel klirrten, sie riss dem Professor die Tür aus der Hand und machte sie weit auf, knöpfte ihr geblümtes Kleid zu. »Du lieber Himmel, was ist denn mit dir passiert?« Sie kam mit einem Satz heraus und stieß den Professor zurück. »Woher kommt das ganze Blut?« Ihr Gesicht verzerrte sich. »Bring schnell Wasser, Prof«, rief sie nach hinten, und der Mann im Morgenmantel trat zurück und verschwand in der Dunkelheit seiner Wohnung. »Auch ein Handtuch, Prof«, schrie sie ihm hinterher, sie war blass, sie schob ihm die Haare aus der verletzten Stirn und schrie: »Schnell, Prof!«

Die nackten Füße des Professors, bedeckt mit Spritzern von geschmolzenem Himbeereis und Blut, kamen zur Tür zurück. Sie riss ihm den Krug aus der Hand, tauchte das Handtuch ins Wasser und wischte über seine verletzte Stirn. »Mamma mia, was ist das bloß?« Wieder tauchte sie das Handtuch ins Wasser und wischte, ohne es auszuwringen. Das Wasser lief ihm am Hals hinunter, über die Brust und den Bauch, auf den Boden und auf ihre nackten Füße. Der Professor trat einen Schritt zurück und achtete darauf, die Tür nicht weiter als den schmalen Spalt zu öffnen, den er ihr zugeteilt hatte, und sagte: »Nichts als Blut, Mühsal, Tränen und Schweiß.«

Sie wurde zornig. »Was, bist du jetzt Churchill geworden?« Sie hob den Krug und leerte ihn über seiner verletzten Stirn. »Bring noch Wasser, Prof«, befahl sie. Der Professor warf einen besorgten Blick auf die rote Wasserschlange, die von der trüben Pfütze aus in seine Wohnung kroch, und nahm den Krug.

Als die Tür endlich zuging und beide im Treppenhaus standen, löste sich seine verklebte Faust, in der er immer noch den Eisstiel hielt, und er fragte: »Was macht er mit dir?«

»Was macht wer mit mir?«

»Dieser Prof.«

»Gar nichts. Erwachsene amüsieren sich manchmal so.«

»Und warum ohne Kleider?«

»Weil es warm ist.« Sie hob sein Kinn. »Woher hast du diese Wunde?«

»Jemand hat einen Stein nach mir geworfen.«

Sie fuhr ihm mit den Fingern durch die nassen Haare. »Wir werden Mama Ruth bitten, dass sie dir ein Pflaster daraufklebt«, sagte sie, füllte den Putzeimer und wischte das Wasser vom Boden. Nass und mit zusammengepressten Beinen stand er auf der untersten Stufe und wartete auf sie, und hinter seiner verletzten Stirn kämpften die Eindrücke der letzten Stunde. Wer war Churchill? Was heißt Blut schwitzen? Was ist das Ding, das dem Professor unten am Bauch wächst? Was bedeutet das Wort Prof? Was heißt bei ihr »amüsieren«? Warum ist es bei dem Professor so warm, dass man die Kleider ausziehen muss? Sie putzte mit schnellen, energischen Bewegungen. Der Hund von Baumanns knurrte hinter der Tür, Wasserfälle stürzten über die Stufen. Er kratzte sich den angetrockneten Schmutz von der Hand, sein Kopf schmerzte wegen der vielen Fragen und wegen des Steins. Er setzte sich auf die Treppe und machte die Augen zu, hörte fliehende Schritte und verfolgende Schritte, sah offene Knöpfe eines Morgenmantels, ein geblümtes Kleid im Wasser wegschwimmen, den Gürtel eines Morgenmantels mit sich schleifend, einen behaarten Bauch, rotes Eis... Er riss den Mund auf, um am Eis zu lecken, und nasse Finger hoben sein Kinn. »Bist du eingeschlafen? Hoffentlich hast du keine Gehirnerschütterung.« Sie beugte sich über ihn.

»Habe ich nicht«, antwortete er, und seine schweren Lider fielen wieder zu, er riss sie auf und fragte: »Was ist das, eine Hure?«

Die Wunde verkrustete innerhalb von zwei Tagen und wurde zu einer dunklen Vertiefung in seiner Stirn. »Nicht schlimm, Schätzchen«, sagte sie und streichelte ihn. »Das wird einen Teil deines Charmes ausmachen.«

Ihre Finger waren kühl und glatt. Er liebte es, wenn sie ihn berührte, und fragte, was Charme sei und ob er etwas mit Hure zu tun habe.

»Was für Fragen du stellen kannst, Schätzchen«, sagte sie lachend. »Wart nur, bis du groß bist, sie werden dich umschwirren wie Falter das Licht, hörst du? Wie Falter das Licht, sie werden dich keine Sekunde in Ruhe lassen.«

Es war ihm egal, wer »sie« waren, die ihn umschwirren würden, Hauptsache, ihr Finger strich über seine Stirn. Und wer wollte überhaupt, dass ihn jemand umschwirrte, ihm reichte der Junge mit den vorstehenden Zähnen, der ihm nachgelaufen war. Und warum schwirren Falter ums Licht? Wenn sie sich umbringen wollen, sollen sie sich eben umbringen, wenn nur Evas zarte Berührung an seiner Stirnwunde nicht aufhörte.

Halb acht. Der Weg, der zur Praxis führt, ist leer, das Geländer ist feucht von der Nacht, niemand wartet auf ihn. Gut, dass sie noch nicht gekommen sind, da kann er noch seine Unterlagen ordnen, die Laborberichte durchgehen, Daten in den Computer eingeben. Und vielleicht ein bisschen nachdenken. Er berührt Mama Ruths Halskette in seiner Tasche und beschleunigt seine Schritte, bevor irgendjemand kommen und ihn zur Tür begleiten kann, denn dann wäre es aus mit seiner Atempause. Atempause wovon? Du hast heute noch nichts getan und bist schon müde und erschöpft. Er hat zwei Hanteln in seinem Zimmer, er wird sie heben, wird trainieren, dann wird er sich einen starken Kaffee kochen, und wenn der erste Patient kommt, wird er in Topform sein. Aber er täuscht sich. Schon von unten sieht er die Füße der Frau vor der Praxistür, er läuft die Treppe hinauf und sieht sie auf der obersten Stufe sitzen. Sie lehnt mit dem Rücken am Geländer und liest. Licht fällt aus dem Oberlicht auf das Buch. Er erkennt sie noch nicht, sieht nur ihre Silhouette und selbst diese nicht genau, sie hat Kinn und Wange auf die linke Hand gestützt und verdeckt das Gesicht. Ich kann noch weglaufen, ich kann ins Auto steigen und bis acht Uhr allein bleiben, denkt er, geht die letzten Stufen hinauf, und sein Kopf gerät in den Lichtstrahl. Die Blätter verdunkeln sich, und sie hebt den Kopf. Iris.

»Guten Morgen. Ich bin wegen des Prednison für meinen Vater gekommen. Etwas früher, weil ich um halb neun Probe habe.«

Der Duft einer einfachen Seife steigt ihm in die Nase. Er steckt den Schlüssel ins Schloss und denkt, dieser Duft stammt von einem vernünftigen, sauberen Ort.

Sie betritt die Praxis nach ihm, steht im Wartezimmer, wartet, dass er sie zu sich ruft, und er lässt die Tür offen, macht Licht an, öffnet das Fenster und sagt: »Kommen Sie herein.« Er klickt die Datei von Schalom Schalom auf dem Computer an und verschreibt ihm Prednison.

»Übermorgen habe ich ein Konzert im Beit Ha'am, wenn Sie eine Karte wollen...« Sie öffnet den Verschluss ihrer Tasche und wühlt darin herum.

Übermorgen. Wer braucht übermorgen Konzertkarten? Von ihm aus konnte die Sonne mit einem Satz zu den Tagen nach übermorgen springen.

»Um wie viel Uhr ist das Konzert?«

»Um fünf.«

Sie legt eine zerknitterte Karte auf den Tisch, nimmt das Rezept ihres Vaters, wendet sich zum Gehen, zögert auf der Schwelle und sagt: »Doktor, Sie sehen immer aus, als würden Sie auf etwas warten.« Sie wartet nicht auf eine Antwort und geht hinaus, und ihre Schritte verklingen auf der Treppe.

Eine Frechheit, denkt er und faltet die Karte zusammen. Legt mir eine Karte für ein Konzert hin und hat sich dafür eine Karte zum Eintritt in meine Privatsphäre gekauft. Ich habe sie bevorzugt behandelt, ich habe ihr ein Rezept vor acht Uhr morgens ausgeschrieben, und dafür wirft sie mir hin, »Sie sehen immer aus...« Beim nächsten Mal werde ich ihr kein Sonderrecht mehr gewähren, ich werde kalt und förmlich sein und sie auf ihren Platz verweisen.

Auf ihren Platz verweisen? Welcher Platz ist das? Und in was für einem Verhältnis steht er zu deinem Platz? Darunter? Darüber?

Er lächelt und faltet die Karte noch einmal, bis sie ein kleiner, dicker Würfel geworden ist, und denkt, eine Frechheit, aber sie hat recht. Ich warte immer auf etwas, als stünde ich bis heute im Eingang und das Leben selbst läge noch vor mir. Er steht auf und schließt die Tür zur Praxis ab. Vor acht Uhr wird er sie nicht wieder aufmachen, er würde keinen empfangen, der zu früh käme, und diese Iris hatte sowieso schon etwas von der Zeit gestohlen, die er für sich selbst hatte haben wollen. Es bleiben ihm nur noch zwanzig Minuten. Sie hatte ihm seine Ruhe gestohlen. Er steht auf, kocht Kaffee und fängt hastig an zu trinken, seine Gedanken flitzen von einem Thema zum anderen, und schon wird an die Tür geklopft. Es ist acht, und Moskowitz tritt ein, Moskowitz mit den Herzrhythmusstörungen.

Er ist erleichtert. Das ist das Leben, es stützt die Ellenbogen auf seinen Tisch und nimmt seine zerstreuten Gedanken in Anspruch. Er hört Husten, schlurfende Schritte, unterdrückte Gespräche im Wartezimmer und ist froh, dass es dort immer voller wird. So lange er sich um diese Menschen kümmert, braucht er sich nicht mit sich selbst zu beschäftigen. Er sieht, wie Moskowitz den Kopf reckt, um sich den Schal abzubinden, und erinnert sich an den langen Hals, den er in der Nacht gesehen hat, an das Geräusch des Urins in Mama Ruths Oleander. Er legt das Stethoskop auf Moskowitz' eingesunkene Brust, fordert ihn auf, tief zu atmen, und atmet selbst tief. Er fragt, Moskowitz antwortet, dann fragt Moskowitz, und er antwortet, er schreibt ihm ein Rezept aus, und während der Mann sein Hemd zuknöpft und sich den Schal umwickelt, faltet er die Konzertkarte auseinander und streicht sie glatt. Übermorgen um vier wird das Flugzeug landen, das Die-da aus einer Entfernung von Lichtjahren zurückbringen wird, und während Die-da ihr Gepäck zusammensucht und mit dem beladenen Wagen vergeblich in der Ankunftshalle wartet, wird er im Beit Ha'am sitzen und Liedern von Schubert lauschen. Das Klavier wird ›Die schöne Müllerin‹ und ›Das Forellenquintett‹ spielen und eine sanfte österreichische Ruhe erzeugen, und wenn der letzte Ton verklingt, wird auch Die-da wieder in der Zeitblase verschwinden, die sie fünfundzwanzig Jahre lang verschluckt hatte.

Nach Moskowitz kommt Frau Gott sei uns gnädig, deren Diabetes verrücktspielt und bereits ihre Glieder und Augen zerstört. »Gott sei uns gnädig, Herr Doktor, der Zeh ist fertig, mögen Sie nie so etwas erleben, schauen Sie, Herr Doktor, schauen Sie, was aus dem Zeh geworden ist, die Schmerzen bringen mich um, Gott sei uns gnädig.« Nach ihr kommt ein erkälteter Junge mit seiner Mutter, einer jungen Frau, die an ihrer Frisur herumfummelt, während sie den Husten des Jungen und die Beschaffenheit seines Nasensekrets beschreibt. Nach ihnen kommt der Lebensmittelverkäufer, dessen Darmkrebs ihm eine Pause gönnt, bevor er erneut toben wird, und nach ihm kommt Jonathan, ein sechzehnjähriger Junge, mit dessen Augen etwas nicht stimmt.

»Ich sehe alles doppelt, Doktor Urija, als gäbe es von jedem Ding zwei, Sie zum Beispiel, Herr Doktor, ich sehe Sie, als hätten Sie vier Augen.« Der Junge trägt eine schwarze Kette um den Hals, auf seinem Kinn wächst ein erster Bartflaum, und er leidet an Akne. Adam befiehlt ihm, die Augen zu schließen und einen Fuß vor den anderen zu setzen, und der Junge schwankt und verliert das Gleichgewicht. Und als er ihn auffordert, mit dem Finger die Nase zu berühren, fährt der Finger vor dem Gesicht herum, ohne die Nase zu finden. Seine Erfahrung sagt ihm, dass die Beschwerden des Jungen und die klinischen Symptome ihn in ein Bett auf Elianes Station bringen werden. Er legt ihm die Hand auf die Schulter, die Berührung beinhaltet schon die Zukunft, und schreibt eine Überweisung zum Neurologen, empfiehlt eine Computertomographie des Kopfes. Der Junge schlägt sich auf die Knie. »Bis heute habe ich alles perfekt gesehen, ich hoffe nur, dass ich keine Brille tragen muss, ich möchte zur Marine.« Er nimmt das Papier, das Adam ihm ausgestellt hat, und fragt: »Das ist alles? Nur diese Untersuchung?« Er freut sich, dass auf dem Zettel nur eine einzige Zeile steht, dreht sich zur Tür, zögert einen Moment, greift dann nach der Klinke und geht. Woher soll er auch wissen, dass eine einzige Zeile vorhersagen kann, mit wem es zu Ende geht und mit wem nicht.

Einer nach dem anderen kommen sie herein, setzen sich, jeder mit seinen Beschwerden und Erkrankungen, und er braucht keine Uhr, um zu wissen, dass es Mittag ist. Am Morgen stand die winterliche Sonne im Praxisfenster, ihr Licht durchdrang scharf und stechend die Luft, die vom Regen gereinigt war. Jetzt steht die Sonne schon hoch am Himmel, dringt durch das Ostfenster, und ihr Licht ist weicher und schwächer. Das Ende des Winters. Die Welt ist in Ordnung, ihm bleibt nichts anderes übrig, als anzuerkennen, dass die Zufälligkeit von Krankheiten Teil dieser Ordnung ist. Die Geschwulst, die in Jonathans Gehirn wächst, und der Schlaganfall von Mama Ruth fielen auf die Welt wie Regen und Hagel. Zufällig, sie fallen mal da, mal dort. Einmal wird der eine nass, ein andermal der andere. Die Hand des Zufalls. Eine übergroße Hand, die die Welt hält, und wer zwischen den Fingern durchrutscht, der verliert eben den Halt.

Am anderen Ende der Welt geht jetzt der Sommer zu Ende. In einem anderen Teil ist Nacht. Nepal, Honolulu, Australien, Brasilien, Indien ... Eva steht jetzt an einem Terminal auf einem anderen Kontinent, vielleicht ist bei ihr Sommer, vielleicht ist es Nacht. Gott weiß, wohin es sie verschlagen hat, nachdem sie sich gegen die Ordnung der Welt aufgelehnt und sich eine eigene Ordnung nach ihrem Willen erschaffen hat. Und wie ein Tornado vom Ende der Welt kehrt sie nun plötzlich zurück. Die Stunden bis zu ihrer Ankunft werden immer weniger.

Als er vier war, ließ sie ihn bei Mama Ruth und sagte: »Punkt sieben bin ich wieder da, ich bring dir einen Mohrenkopf mit.«

»Wann ist es sieben?«, fragte er, und sie nahm seine rechte Hand, legte sie auf das Zifferblatt der Uhr, und seine Finger bedeckten den Zwischenraum von fünf und sieben.

»Siehst du, Schätzchen, wenn der Zeiger deinen Daumen erreicht, bin ich wieder da.«

Als sie um halb neun zurückkehrte, legte er seine Hand auf die Uhr und sagte: »Der Zeiger ist schon lange an der Zeit vorbei, die du versprochen hast.«

»Ach, ich habe mich einfach mit den Fingern geirrt. Gib mir mal deine andere Hand.« Sie nahm seine linke Hand, und wegen des krummen kleinen Fingers bedeckte seine Hand das Zifferblatt bis zur neun.

»Und wo ist der Mohrenkopf?«

»Ach, ich habe mich mit der Jahreszeit geirrt.« Sie schlug sich mit der flachen Hand gegen die Stirn. »Mohrenköpfe gibt es nur im Winter.«

Die Praxis leert sich. Er schließt die Tür zu, nimmt die Halskette aus der Tasche und hält sie am Fenster gegen das Licht. Diesmal glitzern die Perlen nicht, ihre Durchsichtigkeit ist verschwunden. Er steckt sie zurück in die Tasche, verlässt die Praxis, und Frau Gott sei uns gnädig hinkt ihm entgegen, hebt das Gesicht zum Himmel. »Was für einen schönen Tag hat er uns geschenkt, Gott sei uns gnädig, hoffentlich schenkt er uns auch den Frieden.« Sie steht da, freut sich über den Tag und über die Sonne, die ihre verstopften Blutgefäße am Bein erwärmt. »Sie haben recht, was für ein schöner Tag«, er bleibt kurz bei ihr stehen und denkt an den Himmel, der für bittere Urteile einen Preis verlangt, aber Erbarmen umsonst schenkt. Er setzt sich ins Auto, lässt den Motor an und fährt in die Stadt, um für Mama Ruth eine rosafarbene Bluse zu kaufen.

»Ist sie schlank, Ihre Frau?«, fragt die Verkäuferin und reibt sich die Fingernägel. »Ist sie dunkelblond oder blond? Nein, verstehen Sie, es gibt Rosa und Rosa, und nicht jede Farbe passt zu jedem.«

»Zeigen Sie mir alle, die Sie haben.«

»Kein Problem«, sie geht nach hinten und kommt kurz darauf zurück, an ihrem Mittelfinger hängen drei Kleiderbügel mit rosafarbenen Blusen. Sie hält sich eine Bluse vor die Brust, führt ihm die gewagteste, offenste und durchsichtigste der drei Blusen als Erste vor. »Diese hier ist atemberaubend, es gibt keine Frau, der sie nicht schmeichelt, sie macht sexy. Alle Achtung, dass Sie eine Bluse für Ihre Frau kaufen. Männer kaufen entweder Schmuck, oder sie sagen, hier hast du Geld, kauf dir, was du willst ... Was, die gefällt Ihnen nicht?«

Sie hält sich eine andere Bluse vor, ärmellos und mit einem Spitzenrand geschmückt. »Und die? Gefällt Ihnen die?« Mama Ruth hatte auch in ihren guten Tagen immer darauf geachtet, dass ein Stück Ärmel ihre Arme bedeckte. »Man braucht seine Achselhöhlen nicht auszustellen. Und auch der Nabel gehört nicht ins Schaufenster«, hatte sie mit Eva geschimpft, weil deren Bluse ihren kleinen Bauch freiließ. Mama Ruths Arme waren damals fest und stramm, die Muskeln füllten die Haut aus, sie hätte jede Bluse tragen können, so wie sie jede Arbeit tun konnte, graben, hacken, eine Laubhütte bauen. Sie konnte Pflöcke in die Erde schlagen und Palmzweige absägen, um die Hütte damit zu bedecken, die sie gebaut hatte. »Gott soll bloß nicht denken, dass diese Hütte für ihn ist. Nur für dich habe ich sie gemacht.« Sie ließ keine Gelegenheit aus, gegen Gott und Großvater Nachum zu polemisieren, die sich auf ihre Kosten verbündet hatten. »So wie Columbus einmal Amerika entdeckt hat, hat dein Großvater eines Tages Gott entdeckt, und von dem Tag an hatte er nichts anderes mehr im Kopf. Gott war sein Amerika.« Ganz selten einmal siegte ihre Sehnsucht nach ihm über ihren Zorn. Etwa damals, als Adam mit ihr auf der Terrasse saß, sie eine Wassermelone aßen, und Mama Ruth in das gedämpfte Licht schaute und sagte: »Dein Großvater hat mir mal eine Kette aus Wassermelonenkernen gemacht, sie war sehr schön, da kann man nichts sagen, ich habe sie immer nur am Schabbat getragen.« Das rote Melonenstück, das sie mit der Gabel aufgespießt hatte, tropfte auf ihren Ärmel. Sie wischte die Tropfen nicht ab und aß auch nicht. Danach hatte Adam heimlich viele Dutzend Melonenkerne gesammelt, weil er vorhatte, ihr genauso eine Kette zu machen, wie Nachum es getan hatte. Er trocknete die Kerne und zerbrach zwanzig Nadeln, als er sich bemühte, Löcher hineinzubohren. »Sag mal, glaubst du, ich bin Rothschild?«, schimpfte sie, als sie die zerbrochenen Nadeln im Mülleimer entdeckte. Er

gab nicht auf und ging zu der kleinen Nähstube im ersten Stock und bat Samira, die arabische Näherin, die Melonenkerne mithilfe ihrer Nähmaschine zu lochen. Samira lachte in den Stoff, den sie gerade bearbeitete. »Ein Melonenkern ist stärker als jede Nadel«, sagte sie. »Das hält keine Nadel aus.«
Die dritte Bluse, die ihm die Verkäuferin vorhält, ist kurz und flatternd, eine von der Art, die den Nabel zeigt.
»Auch diese nicht?«, fragt die Verkäuferin erstaunt.
»Sind das alle, die sie haben?« Er nimmt die Ellenbogen von der Theke.
Sie drückt ihre gepflegten Finger an die Schläfen und prüft in Gedanken alle Stapel mit Textilien, die sie hat. »Schauen Sie, ich habe noch etwas, aber wenn Sie mich fragen, passt das nicht zu einer jungen Frau, es ist was für Tanten, wenn Sie verstehen, was ich meine, es passt nicht in die heutige Zeit. Meiner Meinung nach war die erste, die ich Ihnen gezeigt habe, die beste... Nur dass Sie verstehen, wovon ich spreche, zeige ich sie Ihnen...« Sie geht zu einer Stange hinten im Laden und kommt mit einer rosafarbenen Baumwollbluse zurück, vorn mit einer Knopfleiste und langen Ärmeln sowie zwei weißen, aufgestickten Rosen auf der linken Seite. Das Rosa ist kein helles Rot, auch nicht so rosa wie Bonbons oder Zuckerwatte, es ist das Rosa vom Ende eines Tages, blass und bescheiden, der Farbton einer kraftlosen Sonne.
Sie hält die Bluse an den Schultern hoch und schwingt sie durch die Luft auf die Theke. Er schiebt die Hand in die Tasche, um seinen Geldbeutel herauszuholen, und sagt: »Diese nehme ich.«
»Wie Sie wollen.« Sie behält ihre Meinung für sich und legt die Bluse schnell und ordentlich zusammen, um sie für die Anmut und das Modische zu entschädigen, die ihr fehlen.
»Als Geschenk verpacken?« Sie legt die leeren Ärmel auf den Rücken der Bluse und verkreuzt sie wie geschnittene Ähren.

»Selbstverständlich.«
»Hören Sie, heben Sie die Quittung auf, falls sie sie trotzdem umtauschen will.«
»Sie wird sie nicht umtauschen wollen«, sagt er und tritt aus dem Laden. Die Sonne fällt auf das silberne Einwickelpapier und lässt es aufleuchten.

»Ihre Großmutter bestraft uns«, sagt Schwester Sarah, die ihn empfängt. »Sie streikt. Sie hat nichts gegessen, sie hat den ganzen Morgen höchstens eine Tasse Tee getrunken. Bestehen Sie immer noch darauf, dass wir ihr kein Beruhigungsmittel geben?« Sie geht ihm voraus und streckt die Arme nach Mama Ruths Rollstuhl aus, der mit dem Rücken zur Tür steht. Nur Mama Ruths obere Kopfhälfte ist zu sehen, ihr Körper ist in sich zusammengesunken. Die Hand der Schwester bewegt sich ihr entgegen, mit einer Geste, die sagen soll: Da, sehen Sie es selbst. Sie beugt sich zu Mama Ruths Ohr und erhebt die Stimme, als hätte Mama Ruth Schwierigkeiten, sie zu hören. »Wollen Sie etwas essen, Ruthi?«

Ruthi. Diese Verkindlichung ihres Namens reicht, seinen Widerstand zu wecken, er macht sein Kämpfergesicht. »Pass auf, Schätzchen, wenn dir jemand etwas tun will, bring deinen ganzen Zorn in deine Augen und schaue ihn an, und er wird auf der Stelle zurückweichen.« Ein Ratschlag, den ihm Eva gegeben hatte, damals, als der Stein ihn an der Stirn getroffen hatte. »Nütze einfach die grünen Augen aus, die du von mir geerbt hast, sie machen dich wild wie einen *tiger*.« Sie sprach das Wort englisch aus.

»Warum wie einen *tiger*?«, hatte Mama Ruth geschimpft, »ist ein Tiger nicht gut genug? Und wenn du es schon erwähnst, die grünen Augen sind nicht dein Verdienst, ihr habt sie beide von mir, und ich habe sie auch von irgendwoher. Meine beiden Eltern haben die Welt mit braunen Augen betrachtet und mit braunen Augen über sie geweint, so braun wie Tscholent mit Kartoffeln, der den ganzen Schabbat auf dem Herd gestanden hat.«

Mama Ruth hebt die Hand, entweder um abzuwehren oder in einem nervösen Reflex, der nichts mit Schwester Sarah zu tun hat. Aber die Schwester gibt unter dem Blick der grünen Tigeraugen sofort auf. Sie steckt die Hände in die Taschen ihres weißen Kittels. »Gut, wie Sie wollen«, stößt sie aus und verlässt das Zimmer.

»Mama Ruth, ich habe dir eine neue Bluse mitgebracht.« Er legt das silberne Päckchen auf ihre Knie. Und sie, statt zu betrachten, was auf ihrem Schoß liegt, hebt das gesunde Augenlid und schaut ihn an. Das Grün in ihren Augen ist nicht das eines englischen Tigers, auch nicht eines israelischen, noch nicht mal das einer Katze, es ist matt wie Gras im Spätsommer. Er senkt die Lider unter ihrem erbarmungswürdigen Blick und denkt, dass man nicht nur beim Anblick eines Tigers aufgibt – ein einziges Auge, in dem nur leeres Erstaunen zu sehen ist, reicht aus, um auf der Stelle in die Knie zu gehen. Er drückt den Mund auf ihre gesunde Hand. Ihre Haut ist trocken und warm, ihre Finger krümmen sich um seinen Daumen, umklammern ihn fordernd und erschlaffen nach weniger als sechzig Pulsschlägen wieder.

»Mama Ruth, ich habe dir eine neue Bluse mitgebracht.«

Ihre Faust sinkt auf das glänzende Papier, und silberne Lichtstreifen brechen nach allen Seiten auf. Er zieht ihr das Päckchen unter der Hand heraus, löst das Band, packt die Bluse aus und hält sie ausgebreitet vor sie hin, doch sie streichelt das festliche Papier und lauscht auf das knisternde Geräusch.

»Soll ich sie dir anziehen, Mama Ruth?«

Ihr Fuß schlägt gegen den Rollstuhl, und er überlegt nicht, ob das »In Ordnung, in Ordnung, wenn du sie schon gekauft hast, dann zieh sie mir eben an« heißen sollte, oder »Weißt du schon nicht mehr, wofür du dein Geld ausgeben sollst? Eine Bluse? Dummkopf, siehst du nicht, was für eine Ruine aus mir geworden ist?« Er schiebt den Wandschirm vor und zieht ihr die karierte Bluse aus, die sie heute trägt, schiebt den steifen Arm in den rosafarbenen Ärmel, löst ihren Rücken von der Lehne des Rollstuhls und zieht ihr die Bluse darüber, schiebt die gesunde Hand in den anderen Ärmel. Mama Ruth versteift sich nicht, fügt sich aber auch nicht, sie winkelt den Unterarm nicht an, hält ihm die Hand nicht von selbst hin. Er atmet schwer, knöpft die Bluse zu und bemüht sich, seine nervösen Finger zu beruhigen. All die Altersflecken, die ihre Haut übersäen, die vielen Adern und Venen, die schlaffen Brüste und die anderen Anzeichen für die Vergänglichkeit ordnet er in seinem Gehirn in das Fach »medizinisches Wissen« ein. Und doch ist er Mama Ruths Enkel. Der, der ihr eine Zeichnung aus dem Kindergarten mitgebracht hatte, der ihr Teilhaberschaft bei dem verletzten Schmetterling angeboten hatte, der am Strand hinter ihr hergelaufen war, damit die anderen ihren Hintern nicht sahen, der ihr eine rosafarbene Bluse gekauft hatte. Er streicht ihr den Kragen glatt und lächelt. Wenn sie reden könnte, hätte sie gesagt, sag mal, willst du mit Gewalt eine Kleopatra aus mir machen, bist du plötzlich Millionär geworden? Er schließt die Augen und fühlt ihre Hand auf seiner Schulter, schwer und fest, obwohl sie hilflos auf ihrem Schoß liegt, weder schwer noch fest. Er schiebt den Wandschirm zur Seite, tritt einen Schritt zurück und betrachtet sie. »Herzlichen Glückwunsch, Mama Ruth«, sagte er, schiebt den Rollstuhl zu dem Spiegel im Eingangsbereich des Heims. Die Schwestern lassen ihre Arbeit liegen, als sie das Quietschen des schnell geschobenen Rollstuhls hören, die Reinigungskräfte nehmen ihre Eimer aus dem Weg, eine philippinische Pflegerin bugsiert einen alten Mann zur Seite. »Was ist das hier, eine Autobahn?«, schimpft der

Sohn des verwirrten Alten. Mama Ruth, in ihrer neuen Bluse, wird im Trab zum Spiegel gefahren, und ihre weißen Haare wehen wie dünne Fahnen im Wind. Schwer atmend bleibt er mit dem Rollstuhl vor dem Spiegel stehen. »Schau, Mama Ruth«, sagt er und legt die Hand auf ihr Spiegelbild, und sie antwortet nicht, bis er an das Glas klopft. »Hier, Mama Ruth, da bist du.« Ihre Augen wandern zu der Frau in der rosafarbenen Bluse, die sie aus dem Spiegel anblickt. Ihre linke Hand liegt auf ihren Knien, versteinert in dem rosafarbenen Ärmel, die andere Hand betastet die Rosen, die auf ihre Brust gestickt sind, sie kratzt mit den Fingernägeln darüber und bemüht sich, sie abzuschälen.

Er schaut abwechselnd von ihr zu ihrem Spiegelbild. »Wie schön du bist, Mama Ruth«, sagt er, und schon klingt ihm ihre Stimme im Ohr, Mach mich nicht wahnsinnig, hörst du. Ein Stück altes Gerümpel, das ist es, was ich bin.

»Komm, lauschen wir den Pappeln«, sagt er, dreht den Rollstuhl zum Ausgang und fährt ihn zum hinteren Garten. Sie lässt die Rosen auf ihrer Brust nicht los, sie tastet und reibt mit den Fingern über die Stickerei. Er deutet zum Himmel, »Schau, diese Wolke«, doch sie hebt den Blick nicht zu dem dunklen Block, der sich am westlichen Horizont auftürmt. Er stellt den Rollstuhl zwischen zwei Pappeln und zieht die blaue Halskette aus der Tasche. Jetzt werde ich sie ihr zeigen, bevor die Wolke alles verdunkelt und das blaue Glitzern dämpft. Er hält sie gegen den letzten Rest Sonne. »Hier ist deine Kette.« Ihr Fuß fängt wieder an, gegen die Schiene zu klopfen, die Perlen glitzern, das bisschen Licht fängt sich in ihnen und lässt sie wie kostbare Edelsteine flimmern, und plötzlich schiebt sich eine Wolke vor die Sonne und löscht das Glitzern. Ein paar Tropfen Regen fallen herab. Er legt ihr die Kette um den Hals, und als er sie geschlossen hat, werden es immer mehr Tropfen. Mama Ruth hebt das Gesicht, gleichgültig gegen das Nieseln. Die Tropfen werden größer, fallen dichter, werden zu einem richtigen Regen. Ihr Fuß hört auf zu klopfen, sie ballt die Hand um die Kette, legt den Kopf zurück, und der Regen wäscht ihre offenen Augen.

Ihre Haare werden zu nassen einzelnen Strähnen, die rosafarbene Bluse bekommt Wasserflecken und klebt an ihrer Haut. Sie sinkt in ihrem Rollstuhl zusammen, gepeitscht vom Regen und nass, und die Pappeln werden schmaler, länger und grauer.

Auch er wird nass. Der Regen wäscht seinen Kopf, zerplatzt in Tropfen auf seiner Stirn, durchnässt seinen dünnen Mantel bis auf das Futter.

Er lacht. »Mama Ruth, das bekommen wir umsonst, sollen wir es dann nicht annehmen?« Und der Regen fällt auf seine Zähne und in seinen lachenden Mund. »Mama Ruth, der Himmel gibt dir ein Zeichen, bei meinem Leben, diese ganze Wolke ist für dich.« Er hebt die Hand und hört durch den Regen einen Aufschrei: »Bist du verrückt geworden? Was hast du denn?«

Dafi springt mit einem Satz vom Weg herüber, in der Hand einen Regenschirm, schiebt ihn zur Seite, nimmt seinen Platz am Griff des Rollstuhls ein, hält den Schirm über Mama Ruths Kopf. »Was ist los mit dir?«, schreit sie, um den Regen zu übertönen. »Fehlt ihr zum Leben denn noch eine Lungenentzündung?«

»Geh weg.« Er schiebt sie samt ihrem Schirm zur Seite und setzt Mama Ruths Kopf dem Regen aus. »Weißt du denn, was ihr zum Leben fehlt, Dafinka? Ein bisschen Leben, das ist es, was ihr fehlt, dieses Heim ist ein Wachsfigurenkabinett, es macht eine Mumie aus ihr.«

»Geh zur Seite.« Dafi stößt ihn an und fuchtelt mit ihrem aufgespannten Regenschirm, um Mama Ruth zu schützen. »Derjenige, der dir ein Arztdiplom gegeben hat, gehört in die Klapsmühle.« Sie kämpft darum, den Regenschirm zwischen Mama Ruth und den Regen zu halten.

»Wenn ich sage, geh zur Seite, dann geh zur Seite.« Er packt sie an der Schulter, der Regenschirm schlägt um, ein paar Speichen zerbrechen. Dafis Schultern sind kräftig, biegen sich zum Angriff, und er hält sie, und der Regen fließt über ihre blassen Wangen. In seinen Augen blitzt der *tiger*. »Vom Regen ist noch keiner gestorben.« Dafis Körper krümmt sich, sie dreht und wendet sich, um sich aus seinem Griff zu befreien. Nass und schwer atmend packt er sie am Arm, und sie befreit eine Hand und versetzt ihm eine kräftige Ohrfeige. Er lässt plötzlich die Hände sinken, der Tiger sieht geschlagen und erschrocken aus, und auch der Regen lässt nach.

»Idiot«, flüstert sie, nass und ganz weiß im Gesicht, »Idiot, du bist ja völlig verrückt, das ist es, was du bist. Glaubst du, sie ist ein Stück Holz? Man stellt sie in den Regen, und sie fängt an zu blühen?« Sie tritt auf den zerbrochenen Schirm, und der Regen fällt ruhig und sanft auf alle drei.

Es stimmt, ich bin ein Idiot. Ich bin ein Idiot, der glaubt, dass sie ein paar Liter Leben braucht, nachdem das verdammte Blutgerinnsel im Gehirn sie in dieses weiße Gefängnis gebracht und zu synthetischen Windeln verurteilt hat, zu lauwarmem Seifenwasser, zu kalten Berührungen mit Gummihandschuhen, zu sterilem Lächeln und zu einer flachen, kindischen Sorge um ihr Wohlergehen. Wie geht es uns heute, Ruthi? Ich bin der Idiot, der sich an sie erinnert, wie sie in ihrem Garten im Regen herumlief, sich den Kopf waschen ließ, sich Hals und Arme rieb, den Mund mit Regenwasser füllte und damit herumgurgelte, es ausspuckte und schwor, dass das Regenwasser die beste Kosmetik der Welt sei. Ich bin der Idiot, den sie einmal rief: »Komm schnell raus, es regnet, komm schon, du bist nicht aus Zucker, in diesem Wasser sind Vitamine, die Gott umsonst verteilt, sollen wir sie dann nicht annehmen?«

»Mama Ruth, geht es dir gut in diesem Regen oder nicht?«

Er beugt sich zu ihrem nassen Gesicht und schüttelt ihre Schulter. »Willst du diese Vitamine oder nicht?«

Sie sitzt zusammengesunken in ihrem Stuhl und betrachtet gleichgültig die immer dünner werdenden Wasserfäden, die senkrecht vom Himmel fallen.

»Und was ist das für eine Bluse? Hast du ihr dieses pathetische Rosa gebracht?« Dafi bohrt mit dem Fuß im nassen Sand und kickt kleine Steine durch die Luft. »Glaubst du, dass diese Tricks sie fünfzig Jahre jünger machen? Soll ich dir was sagen?« Sie nähert ihr Gesicht dem seinen. »Du hast etwas von der Verrücktheit deiner Mutter geerbt.«

»Halt den Mund«, sagt er, und Mama Ruth schlägt mit der Faust auf den Rollstuhl.

»Hast du gesehen, wie fest sie zugeschlagen hat? Ihre Enkel machen sie nervös.«

Blödsinn, denkt er. Sie ist nicht nervös wegen ihrer Enkel, sondern wegen des Wahnsinns seiner Mutter, die Dafi erwähnt hat. Aus den Enkeln kann immer noch etwas werden, aber bei Der-da ist alles verloren, da ist die Milch schon verschüttet.

In der Ferne sind erschrockene Stimmen zu hören. Drei weißgekleidete Gestalten nähern sich durch die Allee vor dem Eingang des Heims, wie weiße Jäger, zwei Schutz suchend gemeinsam unter einem Schirm, die dritte hält einen eigenen Schirm in der Hand. Die weißen Ärmel deuten auf sie, weiße Schuhe laufen in ihre Richtung, die Sohlen knirschen energisch im Kies.

»Wollen Sie sie umbringen?«, schreit Schwester Sarah. Sie senkt den Schirm wie einen Stahlhelm über Mama Ruths Kopf. Die beiden anderen, die sie zur Verstärkung mitgebracht hat, laufen weiter unter einem Schirm und bemühen sich sehr, erschüttert auszusehen.

»Man könnte glauben, dass Sie unbedingt ihren Tod wollen, Herr Doktor.« Schwester Sarah gibt ihren Schirm einem der beiden anderen, packt den Griff des Rollstuhls und dreht ihn zum Weg. Mama Ruths Fuß schlägt in schnellem Rhythmus gegen den Stuhl, und er stellt sich ihm in den Weg. »Lassen Sie den Stuhl los.« Einen Moment lang steht sie erstarrt vor ihm, dann fasst sie sich und sagt:»Ich habe die Verantwortung für diese Frau. Wenn sie an einer Lungenentzündung stirbt, bekomme ich die Vorwürfe.« Die beiden Männer stellen sich rechts und links von Schwester Sarah auf und halten ihre Schirme über sie.

»Bei Ihnen, Schwester Sarah, wird sie sterben, weil sie keinen Grund zum Leben hat. Ich bin Arzt, und ich sage Ihnen, noch niemand ist am Regen gestorben, Regen ist ein Grund zu leben. Und jetzt nehmen Sie Ihre Hände von diesem Rollstuhl.« Er blickt sie mit seinen grünen Tigeraugen an und denkt, ihr Herz ist leer, aber sie tut ihre Arbeit.

Schwester Sarah wendet sich an Dafi.»Und Sie, haben Sie gar nichts zu sagen? Schließlich ist sie auch Ihre Großmutter, oder?«

Dafi schweigt, wickelt sich in ihren Mantel und beißt sich auf die Unterlippe.

Dafi ist zu schwach, denkt er, gleich wird sie weinen. Er betrachtet sie. Die Wangen eines Mädchens, aber eine Stirn, in die das Leben schon Zeichen eingegraben hat. Vielleicht bin ich wirklich verrückt geworden.»Du bringst dauernd alles durcheinander«, hat sie früher immer zu mir gesagt, aber sie wird dieser Schwester nicht den Rücken stärken, sie wird erst nachher mit mir streiten. Der Regen hört plötzlich auf, Schwester Sarah lässt die Hände sinken.»Ich werde über diesen Vorfall berichten müssen«, sagt sie.»Ihre Großmutter ist nass bis auf die Knochen.« Sie wendet sich zum Weg.»Ich werde Bericht erstatten müssen«, wiederholt sie, und die beiden Männer machen ihre Schirme zu, bereit, ihr zu folgen, und ihre Schritte erfüllen das Wäldchen und verklingen.

Dafi fängt an zu lachen. »Woher hast du die Kette?«
Mama Ruths Daumen bewegt sich zwischen der nassen Kette und ihrem Hals vor und zurück.

»Willst du etwa sagen, das ist die Kette, die sie zu ihrem sechzigsten Geburtstag bekommen hat?« Dafi lacht, sie sieht Mama Ruths Daumen, der sich um eine Perle schließt, und wird ernst.

»Los, Dafi, hast du noch etwas zu sagen?« Er streichelt über Mama Ruths nassen Kopf, seine Hand gleitet zu ihrer Schulter, und sie bekommt eine Gänsehaut.

»Ja, Blau passt nicht zu Rosa. Diese Perlen mit der Bluse, das ist eine schreckliche Kombination.«

Der Wind wird stärker. Die Blätter der Pappeln trocknen, und ihr Rauschen erfüllt die Luft.

»Mama Ruth, die Pappeln sprechen, hörst du es?« Er greift nach dem Rollstuhl und fährt ihn zum Weg zurück. Dafi geht ernst und schweigend neben ihm her. Mama Ruth versinkt in ihrem Stuhl, ihre Haare hängen strähnig herunter, ihre Kleider kleben an ihrem Körper, sie hält die blaue Kette fest und legt den Kopf zurück auf die Lehne. Ihr Gesicht ist zu den Wipfeln gerichtet, und man sieht ihr nicht an, ob sie dem Rauschen der Bäume lauscht oder dem schweren Schweigen ihrer Enkel.

Die Angestellten des Heims wechseln Blicke, als sie nass an ihnen vorbeigehen, sie halten in ihrer Arbeit inne und schauen ihnen nach, bis sie hinter dem Wandschirm verschwunden sind. Er wechselt kein Wort mit Dafi, während sie gemeinsam Mama Ruth ausziehen, sie abtrocknen und ihr trockene Sachen anziehen. Er nimmt ihr die Kette vom Hals, Dafi kämmt sie, er zieht ihr die Strümpfe an, Dafi cremt ihr die trockenen Hände ein, und Mama Ruth lässt alles mit sich geschehen, ihr gesundes Auge folgt mal ihm, dann wieder ihr. »Wenn ihr wollt, seid ihr ein perfektes Team«, hatte sie einmal zu ihnen gesagt. »Ihr hättet schon

lange zum Mond fahren und uns dort ein Haus kaufen können, das Problem ist nur, ihr seid wie Katz und Maus.« Dann, als sie anfingen zu streiten, wer die Katze und wer die Maus war, schimpfte sie: »Wo ist der Mond und wo seid ihr? Alles, was vorläufig den Mond erreicht, ist euer Geschrei.«
Wo ist der Mond und wo bin ich?, überlegt er und geht mit Dafi durch den langen Flur zum Ausgang. Dafi unterbricht seine Überlegungen und entscheidet für sie beide. »Wollen wir in ihrem Haus noch einen Kaffee trinken?«
Wo ist der Mond und wo bin ich?, denkt er wieder und lenkt das Auto zu Mama Ruths Haus. Ich habe keine Familie gegründet. Ich habe eine Frau mit eingeschränkter Liebe geliebt, ich habe die Fassungslosigkeit nie erlebt, die zu überbordender Liebe gehört. Wieso »ich habe geliebt«?, denkt er plötzlich erschrocken, ich liebe noch immer. Dafi drückt auf den Knopf des Radios, sie wechselt den Sender, sucht Lieder, um die Stille zu übertönen. Der Radiosprecher sagt, es gebe vierzig ernstzunehmende Warnungen, und das Militär sei in Bereitschaft. Sie macht das Radio aus und sagt: »Ich halte diese Stille einfach nicht aus. Sag doch was.«
»Ich weiß nicht, was.«
Erzähle ihr doch, dass du gerade ausmisst, wo du stehst im Vergleich zum Mond. Es regnet immer noch. Orangefarbene Wolken stehen im Westen, es scheint, als brennen die Pfützen. Er biegt in Mama Ruths Straße ein und denkt, dass er zwar alles Mögliche tue, sich jedoch gleichzeitig davon distanziere. Als stünde er noch immer auf der untersten Treppenstufe und betrachtete das Leben, das an ihm vorbeigeht. Als betrachtete er jeden, der kommt oder geht, und sammelte Details über das Leben. Als sammelte er Wissen über die Tage, die ihn erwarteten, wenn er erst erwachsen wäre und das wirkliche Leben erreichen würde. Als würde er noch immer vor einem der Treppenhäuser stehen und beobachten. Als würde er nicht hineingehen und nicht hinaus. Und

überall hört er das Klirren der Kettchen an den Knöcheln der
»Nun, was träumst du, komm schon«.
»Meine Mutter hat angerufen«, sagt er.
»Was?« Dafi schlägt sich die Hand vor den Mund. »Was hast du gesagt? Sag es noch mal.«
»Du hast richtig gehört. Meine Mutter hat angerufen.« Er parkt das Auto vor Mama Ruths Haus, doch Dafi steigt nicht aus. »Ich bin erschlagen«, sagt sie. »Prost Mahlzeit, Elijahu. Plötzlich hat sie sich an dich erinnert! Was will sie von dir?«
Das Gartentor steht offen. Er erinnert sich, dass er es, als er am Morgen mit Eliane von hier weggegangen ist, geschlossen hat.
»Jemand war hier.« Er hebt eine leere Waffelpackung auf, die offenbar erst vor kurzem in die Rosen geworfen worden ist. Die Rosen sind nass, das Waffelpapier trocken. Er schaut sich um, sucht einen langen Hals zwischen den Pappeln, hinter dem Granatapfelbaum, unter dem Oleander, er geht hinauf auf die Terrasse und blickt über den Garten. Dafi folgt ihm.
»Es ist noch keine fünf Minuten her, dass er von hier verschwunden ist«, sagt sie und zerdrückt Schalen von Sonnenblumenkernen, die in einer Kuhle in der Erde eines Blumentopfs aufgehäuft sind. »Pfui Teufel, voller Spucke, schau, und auch da.« Sie deutet auf die Asche einer Zigarette, die sich selbst aufgeraucht hat und noch immer einen Rauchfaden von sich gibt. Er zerdrückt die Glut an der Wand. Vorsichtsmaßnahmen gegen Feuer, die er von dem Mann gelernt hatte, der seine Mutter Lady Adam nannte, derjenige, der mit ihr auf dem Dach geraucht, seine Zigaretten am Geländer ausgemacht und Kippen hinterlassen hatte, die so krumm waren wie sein eigener kleiner Finger. Und der seine Angewohnheit auch nicht änderte, als sie in den Container zogen, er drückte seine Zigaretten an der dünnen Wand des Containers aus und brannte damit Löcher hinein. »Bist du auf den

Kopf gefallen? Willst du uns anzünden?«, hatte Eva geschimpft und die Löcher mit zerkautem Kaugummi zugestopft. »Das ist mir eine Wand«, hatte er gesagt und die nächsten Zigaretten aus dem Fenster geworfen und dabei den Jungen beobachtet, der auf die Kippen aufpasste, damit nichts in Brand geriet. »Dein Junge ist erschrocken, Lady Adam, komm und beruhige ihn.«
»Was ist mit dir, Schätzchen? Sand kann nicht brennen, Sand löscht Feuer«, erklärte sie. Trotzdem stellte er eine Büchse voller eingesammelter Kippen unter sein Bett und hob sie bis zum Ende der Containerzeit auf.

Als Mama Ruth sie dort besuchte, sah sie die Löcher, die von den Zigaretten in die Wand gebrannt worden waren, sie sah die anderen Container, die dort standen, und sagte: »Du hast das obere Stockwerk bei mir, und du bringst den Jungen in so eine Baracke. Du willst wohl unbedingt einen Kandidaten für die Polizei aus ihm machen.« Sie betrachtete forschend die anderen Kinder aus der Gegend, Kinder von Neueinwanderern und Obdachlosen, von Menschen, die von den Behörenden aus ihren Wohnungen geklagt worden waren. Sie gab ihnen die sauren Drops, die sie in der Tasche hatte, und sagte: »Diese da haben keine Wahl. Lasst sie in diesem Loch neben dem Mar-Elias-Kloster, damit der Gott der Christen sich um sie kümmert. Der Gott der Stadtverwaltung ist beschäftigt, er hat vermutlich genug am Hals. Aber du? Du brauchst keinen Gott, du hast bei mir ein ganzes Stockwerk.«

Eva sagte, ein bisschen Gott würde keinem schaden, und außerdem werde sie nicht in irgendeinem Stockwerk wohnen, sie wolle unabhängig sein, und die Miete, die sie für diesen Container bezahle, sei lächerlich gering.

»Warte nur ab, eines Tages wirst du die echte Rechnung bezahlen müssen«, sagte Mama Ruth. »Wir werden sehen, ob du dann noch lachst, wenn du siehst, welche Probleme du mit diesem Lauser bekommen wirst.« Dabei legte sie die Hand auf seine Schulter. »Und außerdem, weißt du, dass man im Garten dieses Herrn Elias einmal eine Leiche gefunden hat?«

»Na und?«, schnaubte Eva verächtlich. »Wenn man die Geschichte dieser Stadt betrachtet, kann man überall, wo man hintritt, eine Leiche finden.«

Er hörte ihnen zu und schaute zum Kloster hinüber, wartete darauf, dass Herr Elias ans Fenster treten würde. Und er kniff die Augen zusammen, um ihn nicht zu verpassen, wenn er auf den Turm hinaufstieg, um die Glocken zu läuten.

Einmal hörte er, dass einer von draußen »Adam« rief, riss die Tür des Containers auf und fragte: »Was?«

»He, Kleiner, ich habe Lady Adam gerufen, nicht dich.« Der Mann stand im Sand, sein Körper verdeckte das Kloster, nur der Turm erhob sich über ihm, als wüchse er aus seinem Kopf.

Aufgeregt trat er auf den Mann zu und fragte: »Sind Sie Herr Elias?«

Ein lautes Lachen drang aus dem Hals des Fremden und erschütterte die Grundlage des Turms. »Du bist Spitze, Kleiner! Ich bin Jesus. Ist deine Mutter da?«

Er war ungefähr fünf, und der Mann vermutlich zwanzig, vielleicht auch vierzig. Vielleicht war er der Langhalsige aus der Ben-Jehuda-Straße 36. Vielleicht waren alle Freunde von Eva langhalsig, und vielleicht war der Hals gar nicht lang, sondern nur durch den Blick des Jungen von unten nach oben verlängert worden. Da sieht man, was die Erinnerung eines Jungen wert ist, der das Leben prüft und sich armselige Brosamen Angst und Erbarmen herauspickt.

»Ich war letzte Nacht mit Eliane hier«, sagt er, »und jemand ist aus dem Garten gelaufen, als wir kamen.«

»Wirst du sie heiraten?« Dafi lehnt an dem Pfeiler, an dem auch Eliane gestern gelehnt hatte. Doch sie sieht nicht aus wie eine Renaissancemadonna, sie bewegt das Knie und weiß nicht, was sie sagen soll. Sie schmückt den Pfeiler nicht. Ihre Stirn ist schon nicht mehr samtig, ihr Becken ist das einer Frau, die zweimal geboren hat, sie hat die Dreißig hinter sich. Aber sie schmollt und verzieht den Mund wie ein pubertierendes Mädchen. Gut möglich, dass sie im nächsten Moment anfängt zu weinen.

»Nun, wirst du sie heiraten?«

»Was spielt das jetzt für eine Rolle, Dafi? Wir haben ein wichtigeres Rätsel zu lösen.«

Ihr Mantel steht offen, sie schiebt eine Hand nach hinten, umarmt den Pfeiler hinter ihrem Rücken. Diese Bewegung wölbt ihre Brust, lässt ihre Brüste größer erscheinen und macht sie nicht älter. Sie hat zwei kleine Kinder, die selbst schon eigene Erinnerungen sammeln. Schwer zu sagen, was für eine Mutter sie in dreißig Jahren in ihren Köpfen haben. Ihr Vater wird immer Armeeuniform tragen, mit Abzeichen auf den harten Schultern. Falls er umkommt, wird er ein wichtigerer Toter sein als einer, der in seinem Bett gestorben ist, oder als einer, der von einem Müllwagen überfahren wurde. Aber er hat keinen Grund, umzukommen. Erstens ist er Offizier beim Nachrichtendienst, und Lineale und Landkarten haben noch niemanden umgebracht. Zweitens hat er keinerlei Neigung, die Welt vorzeitig zu verlassen. Wie dem auch sei, Dafi wird weinen, wenn Scha'ul umkommt, aber sie wird sich auch wieder fassen. Sie umarmt den Terrassenpfeiler und wartet auf eine Antwort. Seine Mutter hat angerufen, ein Fremder ist in den Garten eingedrungen, aber sie will wissen, ob er Eliane heiraten wird. Ihre Brust ist straff, zwei Stillperioden haben ihren Brüsten nicht geschadet. Sie vertraut ihm, einem Fremden gegenüber würde sie nicht so dastehen. Früher einmal, als dieser Garten ihr ganzer Kosmos war, war sie in sein Zimmer gekommen und hatte gesagt: »Hey, Adam, ich habe angefangen, einen Büstenhalter zu tragen«, und er hatte »Herzlichen Glückwunsch« geantwortet. »Willst du mal fühlen?« Sie drehte ihm den Rücken zu, damit er den Verschluss anfassen konnte, und er betastete den kleinen Büstenhalter, der am Rücken mit einem Häkchen geschlossen wurde, und spürte plötzlich eine Grenze, die ihn von Dafi trennte. »Das ist ziemlich toll«, sagte sie, »aber die Träger nerven.« Sie schob einen Träger hinunter, um ihm den Streifen zu zeigen, den er in ihre Haut gedrückt hatte. Es tat ihm leid um ihre wilden kleinen Brüste, die nun nicht mehr hüpfen konnten. Sie kamen ihm vor wie zwei Tierjunge, denen man Leinen angelegt hatte. »Noch ein bisschen, dann sehe ich aus wie eine Tante«, sagte sie. »Das nervt, plötzlich hört man auf, ein Kind zu sein, ohne dass man gefragt wird.«

Das weiche Licht der Abenddämmerung vergoldet ihre Wange, sie ist traurig. »Nun, wieso bleiben wir hier hängen? Komm, gehen wir rein, trinken wir Kaffee.« Sie zieht den Mantel fester um sich. Er wirft einen misstrauischen Blick über den Garten und macht die Tür auf, knipst das Licht an und sucht Spuren des Fremden im Eingangsbereich, im Wohnzimmer und in der Küche, findet aber keine. Der Wasserkessel, die schweren Porzellantassen und der Geruch des Kaffees muntern Dafi auf, sie summt etwas, gießt Kaffee in die Tassen und setzt sich ihm gegenüber auf Mama Ruths hohen Stuhl. »Schälstuhl« nannte Mama Ruth ihn, weil sie, auf ihm sitzend, Tausende von Kartoffeln geschält hatte, bevor sie Kilometer von Schalen in den Mülleimer geworfen hatte.

»Was hat deine Mutter gesagt?«, fragt Dafi und nimmt einen Schluck.

»Übermorgen kommt sie zurück.«
»Was? Ist das dein Ernst, Adam, oder machst du Witze?« Ihr Gesichtsausdruck entgleitet ihr, sie sieht aus, als stürze die Last von Evas Rückkehr auf sie. Sie versucht nicht, ihre Aufregung zu verbergen. »Du und ich, wir haben in unserer Beziehung einen Status quo, und plötzlich drängt sie sich in unser Leben, alles Mögliche könnte sich ändern.«
»Hast du auch aus genau diesem Grund Angst, dass ich Eliane heiraten könnte?«
»Ja«, gibt sie zu und schweigt. Und er denkt, vor einer Stunde habe ich sie weggestoßen, sie hat mir eine runtergehauen, sie hat mich beleidigt, wir haben uns angeschwiegen, und was ist unserem Status quo passiert? Nichts. Kein einziges Haar ist ihm ausgefallen.

Sie legt ihre Hand auf seine. »Entschuldige, ich bin wirklich blöd. Ich bin alt genug, um zu wissen, dass die Dinge nicht genau so geschehen, wie ich's mir wünsche. Pläne sind das eine, und das Leben ist etwas anderes.« Ihre Finger sind trocken, kühl und ruhelos, Finger, die acht Stunden am Tag über eine Tastatur eilen. Früher hatte sie einmal davon geträumt, eine Gärtnerei zu besitzen und Veilchen und Strelitzien zu züchten, und dann ist sie Programmiererin geworden. Und ich? Was bin ich geworden? Mechaniker des Körpers, der sich mit dem natürlichen biologischen Verschleiß beschäftigt. Ich habe davon geträumt, Filmregisseur zu werden, und geworden bin ich Arzt, einer, der Reparaturen macht. Reparaturen? Auch das nur in einem begrenzten Rahmen. Er denkt an Jonathan, den Jungen, der perfekt gesehen und davon geträumt hatte, Matrose bei einem Marinekommando zu werden, und nun gegen seinen Willen zu einem Kämpfer auf dem Festland geworden ist und dessen Feind in seinem eigenen Gehirn brütet. Dafi zieht ihre Hand zurück und trinkt einen Schluck Kaffee. »Also ab übermorgen wirst du eine Mutter haben. Freust du dich?«

»Ob ich mich freue? Plötzlich fällt eine Mutter vom Himmel, nach fünfundzwanzig Jahren.«
»Was wirst du jetzt machen?«
»Nichts. Ich werde an der Seite stehen und aufpassen, dass ich nicht verletzt werde.«
An der Seite stehen. Aufpassen. Du bringst uns zum Lachen. Lass diese intellektuellen Spitzfindigkeiten, sag ihr einfach, dass so eine Mutter, die auf einmal aus dem Nichts auftaucht, so viel taugt wie ein Loch im Kopf. Auch ohne sie hast du ein paar ungelöste Probleme am Hals, von dir aus kann das Flugzeug umkehren und sie in das Loch zurückbringen, in dem sie vor einem Vierteljahrhundert verschwunden ist. Und du, was bist du ihr schuldig? Das Leben hat dir die volle Befreiung vom Dienst an der Mutter geliefert. Lass den Flughafen und geh zu Iris' Konzert. Oder geh nicht und sei mit dir allein, egal wo.

Dafi schaut auf ihre Uhr und zum grauer werdenden Himmel. »Ich muss gleich los, der Babysitter kostet mich ein Vermögen.« Sie verzieht das Gesicht wie ein Kind, das gezwungen ist, nach Hause zu gehen, um Hausaufgaben zu machen. Sie geht zum Fenster, stützt sich mit den Ellenbogen auf und schaut zu dem Granatapfelbaum hinüber, als würden dort alle acht Enkel von Mama Ruth knien und mit ihren Füßen in der lockeren Erde der Bewässerungsmulde wühlen. Sie betrachtet die regennasse Erde, die Brennnesseln, die zwischen dem Haus und dem Baum wachsen, da, wo früher einmal Dahlien blühten, in denen sie in der Blüte ihrer Jugend gestanden und gerufen hatte: »Großmutter, komm, ich will dir was zeigen.« Mama Ruths Kopf war im Fenster erschienen, und Dafi schrie: »Großmutter, ich möchte dir jemanden vorstellen«, und schob ihren Arm unter den Arm eines hochgewachsenen Offiziers, der lächelte oder einfach das Gesicht wegen der Sonne verzog. Mama Ruth sagte: »Oho, gut, warum schreist du so? Bring deinen General ins

Haus.« Sie kochte ihm einen starken schwarzen Kaffee, wie er es wünschte, und Dafi sagte: »Er heißt Scha'ul«, und Mama Ruth fragte: »Was bedeuten die drei Eisenstücke, die er auf der Schulter hat, ist er Leutnant oder so was?« Er sagte: »Hauptmann«, und Mama Ruth entgegnete: »Auch gut, nicht so schlimm, drei ist mehr als zwei.« Damals blühte Dafi wie die Dahlien vor dem Fenster, sie bekam nichts runter, auch nicht Mama Ruths frische Brownies. Der Hauptmann hingegen aß drei Brownies und sagte: »Toll sind sie, diese Kuchen, toll«, nahm einen vierten und streckte seine langen Beine aus.

Am Abend rief Dafi an. »Nun, Großmutter, was sagst du?«, und Mama Ruth antwortete: »Ich verstehe nicht, wie dein General es schafft, so blank geputzte Schuhe zu haben. Bis heute habe ich gedacht, im Krieg gibt es Dreck und Staub.«

»Großmutter, er ist beim Nachrichtendienst, nicht auf dem Feld.«

»Beim Nachrichtendienst? Von denen haben wir schon gehört.« Mama Ruth schnaubte verächtlich. »Nachrichtendienst, Mossad, sie sind alle gleich. Bereit, bis ans Ende der Welt zu laufen, um irgendeinen Verbrecher wie diesen Vanunu zu fassen, und wenn man sie bittet, Chawale zu finden, eine Mutter von einem Kind, dann geht sie das nichts an.«

»Großmutter, das ist was anderes, Scha'ul ist beim Nachrichtendienst der Armee.«

»Das ist nichts anderes.« Mama Ruth kochte vor Wut. »Nachrichtendienst, Mossad, alle leben sie von unseren Steuergeldern. Gut, aber dein General ist ja nicht schuld daran. Er war noch ein Kind, als Die-da verschwunden ist. Aber wenn du mich fragst, Dafi, Männer, deren Schuhe so blank geputzt sind, muss man sich sehr genau anschauen, bevor man etwas entscheidet.«

Dafi war nicht überrascht. Sie wusste, wie schwer Mama Ruth jemanden akzeptierte, vor allem dann, wenn derjenige keine Zeichen der Arbeit an den Händen und Erdkrumen unter den Sohlen vorzuweisen hatte. Beim nächsten Besuch ging sie mit ihrem Offizier zuerst in den Garten und verteilte Erde von der Bewässerungsmulde des Granatapfelbaums auf seinen Schuhen. Mama Ruth machte ihnen die Tür auf, musterte ihn gründlich, schielte zu seinen Schuhen und sagte: »Oh, man muss den Granatapfelbaum gießen, ich hätte nicht gedacht, dass die Erde schon so trocken ist.« Sie bot dem General ein paar alte Schuhe von Nachum an, falls es ihm unangenehm wäre, in Schuhen herumzulaufen, deren Glanz flöten gegangen war.

Dafi verlor Gewicht, nachdem sie ihren Hauptmann kennengelernt hatte, und ihre Eltern wunderten sich nicht. Sie sagten, ein Major des Nachrichtendienstes bedeute Sicherheit für das ganze Leben, und angesichts der Lage des Landes würde man noch viele Jahre den Nachrichtendienst brauchen. Es scheine sogar, als brauche man ihn von Tag zu Tag mehr. Mama Ruth freute sich, dass sie diese Enkelin versorgt wusste. Jetzt musste man nur noch drei Nachrichtenoffizierinnen für Dafis drei Brüder finden.

Trotz der Kälte lehnt Dafi noch immer am offenen Fenster, zieht widerspenstig die Schultern hoch, sie kämpft mit sich, schlägt auf das Fensterbrett und sagt: »Es ist mir egal, heute wird Scha'ul den Babysitter ablösen.«

Und von diesem Moment an verhält sie sich wie eine Reisende, die den Sicherheitsgurt aufgemacht hat und anfängt, sich frei zu bewegen, wie eine, die Gefahren ignoriert.

»Du bist fünfunddreißig«, sagt sie, ohne sich nach ihm umzudrehen, »willst du keine Kinder? Du weißt, dass man heutzutage nicht mehr heiraten muss dafür.«

»Es ist noch nicht zu spät«, antwortet er und denkt an ein Kind von Eliane. Schließlich ist sie zurzeit die einzige Frau in seinem Leben. Wenn er ein Kind mit ihr hätte, würden sie nicht aufhören, zu streiten und zu kämpfen. Sie wird danach streben, dass ein Mensch, der ihre Gene hat, fast vollkommen ist, sie wird ihm Mozart vorspielen, sie wird ihn mit mechanischen Spielsachen umgeben, die blinken und Töne von sich geben, sie wird psychomotorische Anreize in seinem Bettchen verteilen, damit die Samenkörner seiner Intelligenz keimen und aufgehen. Sie wird Ratgeber zur vollkommenen Elternschaft lesen und dem neuen kleinen Menschen nicht erlauben, in seinem eigenen kindlichen Rhythmus die Welt zu erkunden. Aber er wird zu ihr sagen, dass die Welt außer Mozart und pädagogisch wertvollen Spielsachen und Wissen auch einfache Dinge zu bieten hat, die Weichheit einer Brust, die Rauigkeit einer Hand, Hell und Dunkel, das Ticken einer Uhr, das Knarren eines Tores, das Pfeifen eines Wasserkessels, eine Hühnerfeder...

Deine Romantik eignet sich für Literatur, wird sie widersprechen, aber sie ist nicht relevant fürs Leben. Ein Mensch, der keine Qualifikationen hat, ist in dieser Welt verloren, und Qualifikationen muss man entwickeln.

Willst du wirklich wissen, Eliane, was ein Mensch braucht? Ich sage es dir: Er braucht eine Hand, die in seiner Hand liegt und ihn nicht belügt, eine solche Hand steckt diesen Mozart und alle psychomotorischen Federn und Schienen in die Tasche. Doch Adam bezweifelt, dass Eliane ihn verstehen würde. Und Iris? Was für eine Iris?, schimpft er mit sich. Er erinnert sich an die Bemerkung, die sie sich heute Morgen in der Praxis erlaubt hatte, und schnaubt vor Zorn.

Das letzte bisschen Licht wird von der Bewässerungsmulde des Granatapfelbaumes verschluckt und verschwindet aus den Rosen und dem Oleander. Das Tor und der Pfad liegen im Schatten. Es ist kalt. Dafi schließt das Fenster nicht. Sie zieht die Schultern hoch, steht mit dem Rücken zu Adam und starrt hinaus in den dunklen Garten, als erwarte sie, dass Dafinka, das kleine Mädchen, das vor Jahren verlorengegangen war, plötzlich unter dem Granatapfelbaum auftauchen würde, sich die Erde von den Kleidern klopfen und sagen würde, hier bin ich, ich bin nirgendwo hingegangen. »Deine Mutter könnte ihren Anteil an diesem Haus fordern. Aber nein, sie hat keinen Anteil. Ihr Anteil ist auf dich übergegangen, und du und ich kämpfen dafür, dass es nicht verkauft wird«, sagt sie und sieht aus wie eine Reisende, die das Pfeifen der Lokomotive hört und sich an den letzten Waggon hängt, um den Zug noch zu erreichen. Sie hat einen Mann, sie hat zwei kleine Kinder, sie hat die Zukunft vor sich, und sie hält an der Vergangenheit fest und sucht ihre Fußabdrücke in dem nassen Sand. Als wäre die Vergangenheit ein Felsen, der sich nicht plötzlich spalten kann. Schließlich hatte er jahrelang geglaubt, das Kapitel Eva sei abgeschlossen, von der Zeit und der Seele zugedeckt, und plötzlich liegt es wieder aufgeschlagen vor ihm.

Er geht ins Wohnzimmer und zieht die Schubladen der schweren Kommode auf. Dafi folgt ihm. Die Schubladen quietschen, lassen sich schwer bewegen. Er macht sie alle auf. Mama Ruth hat ihre Unterlagen nach Rubriken geordnet, sie brachte die Papiere, die sich auf Besitz bezogen, nicht mit solchen durcheinander, die zu Körper und Seele gehörten. In der obersten Schublade hob sie Beipackzettel von Medikamenten gegen hohen Blutdruck auf, Untersuchungsergebnisse und Quittungen von der Apotheke. In der zweiten Schublade befanden sich die Papiere, die die Ursache für ihren hohen Blutdruck waren, Strom-, Wasser-, Telefon- und Gasrechnungen, und in der dritten die Belege, die bewiesen, dass dieses Haus gekauft war. Die unterste Schublade enthielt etwas, das ihn einen Seufzer ausstoßen ließ, Fotos. Mama Ruth mochte keine Alben. »Ich brauche keine Ausstellung meiner Schmerzen. Ordnung ist mir egal, ich erinnere mich genau, wer jeder ist und was wovor und was wonach passiert ist.«

Die Fotos quellen aus der Schublade, schwarz-weiße,

bunte, glänzende, manche klein wie Briefmarken, andere groß wie Postkarten. Momentaufnahmen aus dem Leben Nachums und Mama Ruths, ihrer Kinder und Enkelkinder. Das flüchtige Lächeln auf Gesichtern, bestimmt für die Ewigkeit, während die Lächelnden nicht wissen, was diese Ewigkeit für sie bereithält, und nicht auf die Idee kommen, dass ihre Unschuld im Lauf der Jahre das Herz dessen verbittern wird, der sie betrachtet und die Geschichte dann schon kennt.

Dafi kniet sich neben ihn. »Was suchst du?«

»Keine Ahnung.« Seit Jahren hatte er diese Schublade nicht mehr angefasst. Einmal hatte er gehofft, es würde ein Feuer geben oder eine Überschwemmung, und alle Fotos würden verbrennen oder sich in matschigen Brei verwandeln. Mama Ruth hatte die Schublade nur selten geöffnet. An Winterabenden, wenn krawattentragende Politkommissare im Fernsehen über Wirtschaft oder Sicherheit sprachen, machte sie manchmal das Gerät aus, holte eine Schere und sagte: »Willst du Lotto mit Fotos spielen?«

Er konnte dieses Spiel nicht ausstehen. »In Ordnung, aber nur dreimal«, sagte er und machte die Augen zu, steckte die Hand in die Schublade, wühlte in den raschelnden Fotos, vergrub seine Hand in den Bilderhaufen, packte, was ihm in die Finger fiel, zog ein Foto heraus und reichte es Mama Ruth wie ein angezündetes Streichholz, das ihm die Finger verbrannte. Er sah nie, wer es war, den sie sich dicht vor die Augen hielt. Er hörte sie sagen »Oho« und wusste nicht, zu wem sie das sagte, oder sie sagte »Nu, nu«, oder sie lachte, »Wirklich, du warst mal die Prinzessin vom Nil« oder »dieser Typ da ist auf dem Bild mehr wert als im Leben« oder »Auch so eine, ihre Unterhosen sind schmutzig, und sie steht da wie Sophia Loren«.

Er wusste nicht, welches Foto sie hielt, wenn sie tief einatmete und schwieg, bevor sie es zurückwarf, und wenn es aufgeschlagen war, schob sie die Schublade zu. Mehr als einmal hörte er die Schere schneiden und wusste nicht, wer von der Ewigkeit weggeschnitten wurde und im Abfalleimer landete, bei den Kartoffelschalen. Und Mama Ruth, nachdem sie ihren Feind aus dem Foto entfernt hatte, sagte: »Aus den Augen, aus dem Sinn«, glättete die Schnittränder und rundete die Ecken ab. »Er hat mehr Glück als Verstand«, sagte sie über den Ausgeschnittenen, von dem Körperteile auf dem Foto zurückgeblieben waren, die sie ohne chirurgischen Schaden für die anderen Fotografierten nicht hatte entfernen können.

»Unsere Großmutter hat gezielt jeden fertiggemacht, mit dem sie noch eine Rechnung offen hatte.« Dafi streckt die Hand aus und wühlt gemeinsam mit ihm, bis sie ein Foto herauszieht, aus dem etwas herausgeschnitten worden war.

»Hier, wen haben wir da? Schau mal.«

Sie legt die Hand auf seine Wange und dreht sein Gesicht zu dem Foto, das sie ihm hinhält. Ihre Finger drücken seine Wange gegen die Zähne. Er legt seine Hand auf ihre, spürt das Gewicht ihrer beider Hände an seinem Kiefer und betrachtet das Bild.

Eva in einem kurzen weißen Sommerkleid, die Locken mit einem weißen Band zusammengehalten, jemanden anlächelnd, den Mama Ruth verurteilt und herausgeschnitten hat. Nur seine Hand hat sie zurückgelassen. Hätte sie sie ebenfalls herausgeschnitten, hätte sie damit Evas Schulter verletzt. So, zähneknirschend und ohne eine andere Möglichkeit, war die Hand eines fremden Mannes auf Evas knochiger Schulter für die Ewigkeit bewahrt geblieben, die ausgebreiteten Finger auf den weißen Stoff gedrückt.

»Auf dem Bild ist sie weniger schön, als ich sie in Erinnerung habe«, sagt Dafi. »Aber sie ist sexy. Man kann verstehen, was die Männer an ihr gefunden haben. Hör mal, ich fühle deinen Puls.«

Sie zieht die Hand von seiner Wange und legt sie auf seine Brust, und er schüttelt sie ab, richtet sich auf, geht ins andere Zimmer und kommt mit dem Vergrößerungsglas zurück, das Opa Nachum für seine Briefmarken benutzt hatte. Er hält es über das Foto.

Sie lacht. »Was prüfst du da? Ob sie echt ist?«

»Dieser Mann, Dafi.«

»Was für ein Mann?«

»Der, der aus dem Foto herausgeschnitten ist, von dem nur noch die Hand da ist...«

»Was ist mit ihm?«

»Er wurde von einem Müllwagen überfahren.«

»Woher weißt du das?«

»Schau doch.«

Sie beugt den Kopf zu ihm, und beide betrachten die ausgebreiteten Finger durch das Vergrößerungsglas, das jeden Knöchel, jeden Nagel zeigt.

»Verdammt! Ein krummer kleiner Finger!«, schreit Dafi.

Sie nimmt seine linke Hand und öffnet seine Finger. »Echt, der gleiche Makel.« Sie streicht über das gebogene Fingerglied und vergleicht es mit dem auf dem Foto.

»Willst du damit sagen, dass dieser Mann... Er...« Sie streicht über den Rand seines Fingernagels und betrachtet prüfend seinen kleinen Finger, als handelte es sich um eine arme Verwandte, die plötzlich auf der Schwelle steht und die Bewohner an ihre Herkunft erinnert.

Er bricht in Lachen aus. Die alte Gibschtajn hatte recht, als sie sagte, Gott würde niemandem umsonst einen solchen Finger geben. So kennzeichnet er seine Glückskinder. Es gibt Milliarden Menschen in der Welt, und nur die Gezeichneten, die Auserwählten, werden von einem Müllwagen überfahren.

»Was gibt es da eigentlich zu lachen?«, fragt Dafi, und ihr Handy klingelt. Sie sagt »oj« und hält es an ihr Ohr. »Hi, ich bin im Haus meiner Großmutter... Ja, mach ihm den Brei warm... Ja, die Flasche mit Micky Maus, aber erst musst du ihm die Windeln wechseln... Okay... bye.« Sie macht das Handy aus und sagt: »Es war Scha'ul. Morgens findet er die Geheimnisse von Feinden heraus, und abends wäscht er einen Babypo. Dem Tag mit Khaki folgt der Abend mit Kacki.« Sie lacht, und ihr Lachen kommt ihm vor wie das Kratzen vom Verschluss ihres ersten Büstenhalters, eine Erinnerung an damals, an das, was sie voneinander getrennt hatte. Ihr Lachen rechtfertigt die Ordnung von morgens und abends, von Ehemann und Baby, von Brei und Windeln, es schützt die Ordnung und erweitert sie zugleich. Bei einem weniger aufregenden Anlass hätte er jetzt zu ihr gesagt: Hör auf zu meckern, Dafi, deine Welt ist stabil, und du maulst über ihre Stabilität. Sie sitzt schon nicht mehr neben ihm. Sie knöpft ihren Mantel zu, schaut hinaus und sagt: »Es wird dunkel.« Sie schüttelte den Kopf, fährt sich durch die Haare, die noch feucht vom Regen sind, und sagt: »Ich muss gehen. Es wäre nicht nett, Scha'ul den ganzen abendlichen Trubel allein zu überlassen.«

»Dann geh«, sagt er und fährt fort, Evas Schulter durch das Vergrößerungsglas zu betrachten, er vergrößert und verkleinert die offene Hand.

»Also ab übermorgen hast du eine Mutter. Erstaunlich«, sagt sie zum Spiegel, während sie sich kämmt und so energisch den Kopf schüttelt, dass es aussieht, als befreite sie sich von Spinnweben.

Du bist allein, Adam, sagt er zu sich. Und nicht deshalb, weil dein Vater von einem Müllauto überfahren wurde und deine Mutter dich verlassen hat und deine Großmutter einen Gehirnschlag hatte. Du bist allein, weil alle Menschen allein sind, das ist ihr Schicksal, obwohl nicht alle die Chance haben, es zu erkennen. Du hast die Chance bekommen.

»Sei mir nicht böse, Adam, dass ich in einem so dramatischen Moment abhaue.« Sie steht vor ihm und schließt den

Gürtel ihres Mantels. »Wenn es dir wichtig ist, dass ich bleibe, rufe ich Scha'ul an.«

»Du kannst ruhig gehen, meine Mutter kommt zurück, es gibt jemanden, der auf mich aufpasst«, sagt er und vergrößert den Finger auf dem Foto, bis er verschwimmt.

»Erstick doch an deinem Zynismus.« Sie beißt sich auf die Oberlippe, bindet den Gürtel fest und wendet sich zum Gehen. An der Tür bleibt sie stehen: »Ich wollte noch sagen, wenn du das nächste Mal eine Bluse für Mama Ruth kaufen willst, dann ruf mich. Die rosafarbene, die du ihr gebracht hast, ist wirklich zu pathetisch, ganz zu schweigen von der Kette, das Blau passt nicht zu Rosa...«

Sie stellt den Mantelkragen hoch und geht hinaus. Er erhebt sich, um die Tür hinter ihr abzuschließen, und sieht, wie sie mit schnellen Schritten zum Tor geht, einen Rosenzweig zur Seite schiebt, der ihr den Weg versperrt, und das Tor öffnet, zögernd, als denke sie nach und würde noch einmal zurückkommen, weil sie etwas vergessen hat. Einen Moment bleibt sie vor dem Tor stehen, und die Palmwedel werfen schaukelnde Schatten über sie. Er weiß nicht, ob sie erschrocken aussieht oder lacht. Vielleicht hat sie ein Geräusch gehört und sich an die Zigarette erinnert, die sich auf der Terrasse selbst geraucht hatte. Auch sie ist allein, denkt er. Sie hat Scha'ul und die Kinder, ihre Eltern, Assaf und Eran und Momi, aber sie ist allein. Wann hat er dieses Alleinsein entdeckt? Lange bevor er den Verschluss ihres ersten Büstenhalters berührt hat, lange bevor er die Grenze gespürt hatte, dieses »Nicht berühren«, das sie umgab. Jahrelang hatte er die Menschen danach sortiert, ob sie wussten, dass sie allein waren, oder nicht. Bucharis' Großmutter zum Beispiel sprach über Tote, über Krankheiten, über ihre Einsamkeit, aber wenn sie lachte, kam ihr Lachen aus den tiefsten Kellern ihrer Seele, und wenn Mama Ruth lachte, kam ihr Lachen von oben, aus dem Rachen. Einmal hatte er zu ihr gesagt: »Ich wünschte, du würdest lachen wie die Großmutter von Dani Bucharis«, und sie hatte geantwortet: »Nur wer ganze Tonnen von Sorgen hat, kann aus dem Bauch heraus lachen, ich habe inzwischen nicht mehr so viele Sorgen, deshalb lache ich aus dem Hals.«

Er nahm ihr das nicht ab. »Mama Ruth, das liegt nicht daran, wie viel die Sorgen wiegen, sondern am Gewicht des Alleinseins.«

Sie erhob ihre Stimme. »Also wirklich! Ich bin nicht dicker als sie! Bucharis' Großmutter wiegt auch ihre achtzig Kilo.« Sie legte sich die Hände auf den Bauch und sagte: »Gut, es kann sein, dass du recht hast. Was ich dann aber nicht verstehe, ist, wie du so dünn bist, da dein Alleinsein offenbar doch so viel wiegt. Schließlich lachst du sehr tief.«

Jeden Tag wartete sie mit dem Mittagessen auf ihn, es gab Kartoffeln, sie saß ihm gegenüber und aß mit ihm zusammen, und er machte sich die Mühe, ihr alles von der Schule zu erzählen, und sie machte sich die Mühe, ihm zuzuhören. Nur selten legte sie ihre Gabel kurz aus der Hand und berührte ihn mit einer traurigen Geste. Er wollte diese Berührung beantworten, fuhr aber fort zu essen und dachte, sie hat mich, aber sie ist allein. Er musste erst älter werden, bis er sich erklären konnte, was er damals schon empfunden hatte: Mach deinen Weg mit wem du auch willst, letztlich erreichst du einen Punkt, an dem du nur noch deine eigenen Schritte hörst. Erlaube anderen, dich zu berühren, gib dich hin, nimm Anteil, teile, aber letztlich wirst du mit dem schweren Atom deiner Seele zurückbleiben, das sich nicht mehr spalten lässt, das nur noch explodieren kann. Mama Ruths Alleinsein ist, seit sie alle Worte verloren hat, nackt und hart wie ein Knochen, von dem man alles Fleisch genagt hat.

Jetzt geht Dafi mit schnellen Schritten, als ob sie vor etwas flieht, und lässt das Tor offen. Der letzte Glanz der Abenddämmerung erlischt, der Mond, der nicht voll ist, leuchtet über den Pappeln, dünn und weiß wie ein Rosenblatt. Die Pappeln, dunkel und schwer vom Regen, schweigen, der Vorbeter der Dummen, von ihnen angesteckt, schweigt auch. Er hockt auf der Spitze des Wipfels, und über ihm gibt der silbrige Mond sein Bestes und sieht aus wie poliert. Der Rabe wiegt den Kopf hin und her, hebt seinen Schnabel zum Mond, stößt einen spitzen Schrei in den Himmel, fliegt in einer horizontalen Linie über den Hof und verschwindet.

»Ihr hättet schon lange zum Mond fahren und uns dort ein Haus kaufen können«, hatte Mama Ruth gesagt, »das Problem ist nur, ihr seid wie Katz und Maus.«

»Merke dir, auch eine Katze kann auf den Mond kommen«, hatte er geantwortet und ihr die vergoldete Katze auf der Mondsichel gezeigt, die auf ihrer ›Midnight‹-Schachtel zu sehen war.

Wo ist der Mond und wo sind wir?, darüber hatte er noch nachgedacht. Die Einzige, von der man annehmen könnte, dass sie zum Mond gekommen ist, ist meine Mutter. Vielleicht schwebt sie schwerelos zwischen den Felsen herum und beobachtet von dort die Heuschrecken auf der Erde, die es nicht wagen, das zu sein, was sie sein wollen. Sie sammelt das Sonnenlicht in einem Schmetterling aus Glas und schickt Signale an die Erdbewohner, an den Professor und den Langhalsigen, und an die himmlischen Nachbarn, an Großvater Nachum und an den, der von einem Müllauto überfahren worden ist.

Adam hält das Vergrößerungsglas dichter über das Foto, vergrößert Evas Gesicht, ein glattes, junges Gesicht, nicht besonders schön, mit einer schmalen, hohen Stirn, die Augen zu dicht beieinander, die Nase schmal und gerade, hohe Wangenknochen, volle Lippen. Sie lächelt ihr Lächeln, *existence takes care*, ein Lächeln, das die Hoffnung nur auf den Moment setzt, unbekümmert angesichts dessen, was kommen wird. Sie ist knochig, mit einem dünnen Hals und schmalen Schultern, und unter ihrem weißen Kleid zeichnen sich die kleinen Brüste ab. Vielleicht war ich schon ein mikroskopisch kleiner Fötus in ihrer Gebärmutter, als dieses Foto gemacht wurde. Man kann nicht wissen, ob das Müllauto ihn nach meiner Geburt überfuhr und für das demografische Gleichgewicht sorgte, indem es für den, der neu hinzugekommen war, einen von der Welt entfernte. Vielleicht hatte sie sich die ganze Geschichte auch nur aus den Fingern gesogen, und kein Müllauto hat irgendjemanden überfahren.

Wieder vergrößert er die Hand des Mannes, der aus dem Foto geschnitten worden war, so wie ein Tumor aus einem gesunden Körper geschnitten wird. Der kleine Finger, ein Aschenputtel, die Stiefschwester der anderen vier Finger, verneigt sich vor ihnen, demutsvoll und unterwürfig. »Ein Finger mit Charakter«, sagte Eva über seinen kleinen Finger. »Er streckt sich nicht mit allen anderen.« Und Mama Ruth entgegnete, ihrer Meinung nach würde es sich lohnen, ihn zu operieren, damit er gerade würde.

»Mutter, was ist mit dir?«, fuhr Eva sie an. »Dieser kleine Mensch da hat etwas, was kein anderer hat, und du willst ihn so machen wie alle?«

»Zum Teufel mit der Mutation«, sagte Mama Ruth. »Was, wenn er Klavierspieler werden will?«

Er zuckte mit den Schultern. »Ich werde Lokomotivführer, ich kann Klavierspielen nicht ausstehen.«

Er steckt das Bild in seine Hemdtasche, das Vergrößerungsglas in die Tasche seiner Hose und hebt den Kopf zum Fenster. Inzwischen ist es ganz dunkel geworden. »Jetzt ist also wieder ein Tag vorbei«, hatte Mama Ruth jeden Abend gesagt, wenn sie aus dem Küchenfenster hinaus in ihren dunklen Garten schaute, und verriet nicht, ob sie froh war, dass sich das Maß ihrer Tage verringerte, oder traurig. »Und, was haben wir heute gehabt?«, fragte sie wie ein Händler, der die Tageskasse macht, als müsste sie die täglichen Einnahmen abrechnen. »Ein weiteres Stück Leben, das ist es, was wir hatten«, beschloss sie die Tage, die mit alltäglichen Dingen vergangen waren, Kochen, Waschen, Bügeln. An Tagen, wenn Besuch kam oder sie ins Kino gingen, sagte sie: »Gelobt sei Gott für jeden Tag«, und fügte schnell hinzu: »Glaub ja nicht, dass ich fromm geworden bin, ich habe bisher einfach noch nichts Passenderes gefunden, was ich sagen könnte.« Sie schmeichelte Gott nicht, aber manchmal hielt sie erschrocken inne, als würde der Himmel sich für einen Augenblick öffnen und ihr seinen tadelnden Finger hinhalten. Sie sagte: »Ich hoffe nur, dass dein Großvater ihn nicht gegen uns aufhetzt.«

»Nun, was haben wir heute gehabt?«, fragt er laut und setzt sich auf ihren Schälstuhl in der Küche. Das ist es, was wir heute hatten: plötzlichen Regen, eine Ohrfeige von Dafi, ein Fingerglied, das mir sein krummes Gen vererbt hat. Außerdem Jonathan, den Jungen, der einmal perfekt gesehen hat, mit Spucke vollgesogene Kerne auf der Terrasse, zu wenig Eliane im Herzen und zu viel Mama Ruth im Kopf. Und Iris. »Gelobt sei Gott für jeden Tag«, verkündet er laut in der leeren Küche und winkt mit seinem kleinen Finger, biegt ihn nach hinten und dehnt Brust und Rippen mit einem tiefen Atemzug. Wenn jetzt eine Frau hier wäre, würde er mit ihr ins Bett gehen. Was heißt gehen, rennen. Er wirft den Kopf zurück, breitet die gestreckten Beine so weit aus, dass er fast die ganze Breite der Küche braucht. Wenn er nur den Hintern vom Stuhl hochbekäme, würde er zwischen Spülstein und Tisch schweben, zum Fenster hinaus, und dann wäre er frei. Übermorgen kommt Die-da zurück, aber er ist zu nichts verpflichtet. Er macht die Augen zu und fühlt sich leichter als Luft. Wenn er nur den Hintern hochbekäme, würde er sich über den Stuhl und die Arbeitsplatte erheben und seine Reise zum Mond beginnen. Das Telefon klingelt zweimal und hört auf. Er zieht die Beine heran und steht auf. Er hebt den Kopf zum Fenster und sieht die Gestalt eines Menschen am Tor. In der Dunkelheit glüht eine Zigarette auf.

Fünftes Kapitel

Eine Gestalt steht in der Dunkelheit am Tor. Mama Ruth hätte, statt wie er tatenlos aus dem Fenster zu schauen, die große Taschenlampe genommen und wäre zu demjenigen hinausgegangen, der am Tor steht, sie hätte ihn misstrauisch angeschaut und gefragt, was er hier suche. Sie war Expertin für das Tor, wenn es darum ging, Unannehmlichkeiten zu riechen und zu erwartende Freuden wahrzunehmen, nur aufgrund der Schwingung seiner Bewegungen, seiner Routine und Eigenheiten. Das Tor knarrte, wenn der Briefträger kam, öffnete sich wie das Löwentor für die Enkel, wurde hinter dem Rücken der Männer zugeschlagen, die die Uhren von Strom und Wasser ablasen, bewegte sich nachdenklich und langsam in den Angeln, wenn Bucharis' Großmutter hindurchging, und knirschte bei Fremden. Nur ganz selten versagte es und ging einfach auf, ohne zu knirschen oder zu quietschen, wie damals, als sie zufällig zum Fenster hinausschaute und einen Fremden zwischen den Pfosten stehen sah. Sie sagte:»Hoppla, hoppla«, und der Topf, den sie gerade spülte, rutschte ihr aus der Hand und fiel mit einem lauten Krach auf den Boden. Sie glaubte, er habe eine Nachricht zu überbringen.

Sie rief nach Adam, er sollte zusammen mit ihr zum Tor gehen.»Komm, schauen wir mal, was dieser Kerl hier zu suchen hat«, sagte sie. »Er sieht mir aus wie einer der Typen von Der-da.« Sie hatte keine Angst, allein zu ihm hinauszugehen, glaubte aber, dass ein Junge, vor allem ein so magerer Junge wie Adam, dazu fähig sei, einen Finger zwischen den Rippen eines Erwachsenen hindurchzustecken, um sein Herz zu berühren und Ehrlichkeit und Mitleid in ihm zu wecken. Die Haare des Fremden waren dicht und trocken und im Nacken zusammengebunden. Er hatte einen flachsblonden Bart, einen Silberring im Ohr, einen Metallring in der linken Augenbraue, eine abgewetzte Stofftasche über der Schulter und ein Lederarmband um das Gelenk der Hand, die er auf das Tor gelegt hatte.

Mama Ruth trat zu ihm und fragte gespannt: »Haben Sie uns etwas auszurichten?«

Er war um einen Kopf größer als sie. Er lächelte. »Nicht wirklich.«

»Reden Sie, dann entscheiden wir, ob es etwas Wirkliches ist oder nicht«, forderte sie ihn auf und legte die Hand auf Adams Schulter.

»Was wollen Sie eigentlich von mir?«, fragte der Fremde, und ein gleichgültiges Lächeln zog sich von seinem Mund zu dem dünnen Bart.

»Dass Sie erzählen, was Sie wissen.«

»Oho.« Er fing an zu lachen. »Was ich weiß? Worüber? Über Bangkok? Über Cock?«

»Schau an, ein zweiter Shakespeare«, meinte Mama Ruth indigniert. »Junger Mann, warum sind Sie hergekommen?«

»Um zu fragen, ob der erste Stock zu vermieten ist.«

»Das ist alles?« Sie trat zurück, misstrauisch und enttäuscht. »Wissen Sie etwas über ihn oder nicht?«, forschte sie mit harter Stimme.

»Über wen, über den ersten Stock? Woher soll ich etwas wissen?« Er lachte, und eine kleine Silberkugel blitzte auf seiner Zunge.

»Klugscheißer«, fuhr Mama Ruth ihn an. Der Schmuck, den er trug, bewies, dass er zur Seite von Der-da gehörte. Aber sie verstand schon, dass er nichts sagen würde. »Sagen Sie mir, weshalb Sie mich aus dem Haus gerufen haben. Um mich durcheinanderzubringen?«

Herrisch hielt sie das Tor fest, und er trat einen Schritt zurück.

»Wer hat Sie denn gerufen? Junge, kannst du deine Mutter nicht beruhigen?«

»Sie ist nicht meine Mutter, sie ist meine Großmutter.« Er betrachtete den Fremden mit großen Augen und wartete, dass die Silberkugel noch einmal auf seiner Zunge aufblitzen würde.

»Mutter, Großmutter, das ist doch egal, Hauptsache, du beruhigst sie.« Mit diesen Worten ging er davon.

»Gut, wir haben es wenigstens versucht«, sagte sie und schloss das Tor ab.

Sie verzieh sich nie, dass sie bei einer anderen Gelegenheit die Hand verpasst hatte, die einen Umschlag zwischen den Stäben des Tores hindurchgeschoben hatte. Keine Briefmarke, keine Adresse, nur verblichenes, kariertes Papier mit Evas kindlicher, runder Schrift. »Mir geht es ausgezeichnet. Bitte erlaube mir zu sein, was ich sein will. Ich weiß, dass der Junge bei Dir in den besten Händen ist, die es gibt. Deine Eva (Chawa).«

»Ihr geht es ausgezeichnet, hast du gehört? Und was ist mit uns?« Mama Ruth dampfte wie ein Dampfkochtopf. »Bitte erlaube mir«, wiederholte sie spöttisch. »Bitte erlaube mir ... Sie hat die Schule nicht abgeschlossen, aber benutzt intelligente Wörter. Einfache Sätze sind ihr schon nicht mehr gut genug. Wenn ich nur ihren Boten gesehen hätte. Den ganzen Tag habe ich das Fenster im Blick, und dann gucke ich einen Moment nicht hin ...«

»Mama Ruth, man kann ihn mithilfe seiner Fingerabdrü-

cke finden.« Adam rannte los und holte einen Pinsel, kratzte etwas Ruß von den Gasringen des Herds und strich ihn über den Umschlag, bis fettige Abdrücke zu sehen waren. Sie setzte ihre Lesebrille auf und prüfte die hellen Stellen unter dem Ruß. »Und wie sollen wir wissen, ob das von seinem Finger ist oder von meinem?«
»Er ist von ihm, Mama Ruth. Deine Finger sind dicker.«
»Woher weißt du das alles, Bandit?«
»Von einem Polizisten, der zu uns gekommen ist, nachdem jemand in unseren Container eingebrochen war.«
»Bei euch ist eingebrochen worden? Na ja, mir erzählt man ja nichts.« Sie nahm die Brille wieder ab und verstaute diese neuerliche Kränkung bei all den alten Kränkungen.
»Hat man was geklaut?«
»Nein. Der Spurensicherer hat gesagt, dass die Diebe Gold gesucht haben, und meine Mutter hatte kein Gold.«
»Was ist ein Spurensicherer?«
»Einer aus dem Labor. Meine Mutter hat ihn Spurensucher genannt, auch später, wenn er außer Dienst zu uns gekommen ist.«
»Er ist außer Dienst zu euch gekommen? Aha, ich verstehe. Hätte ich doch nicht gefragt.« Sie setzte die Brille auf, las noch einmal den Brief und sagte: »Schön von ihr, sie hat den Jungen in den besten Händen gelassen, die es gibt. Sie schreibt mir, als wäre sie von der Zwangsvollstreckungsbehörde.« Sie befeuchtete einen Finger mit Spucke, wischte ihm einen Rußfleck von der Wange und sagte: »Gut, und was bringt uns dieser Fingerabdruck?«
Ihre Spucke war warm und ihr Finger weich, aber der Fleck war nur oberflächlich und sofort verschwunden. Heimlich drückte er seine rußverschmierte Hand noch einmal an die Wange und machte sich einen neuen Fleck. »Du siehst aus wie ein Schornsteinfeger, geh, wasch dir das Gesicht«, sagte sie, und er zuckte mit den Schultern, stand aber nicht auf, um

sich zu waschen, und sie blieb schweigend und mit ernstem Gesicht neben ihm sitzen. Im Allgemeinen hielt sie sich ihre Sorgen durch Geschäftigkeit vom Leib, sie putzte, wusch und kochte. Nun, da sie ohne Arbeit war, stürzte sich das Leben auf sie. Schlagen sollte sie das Leben, kräftig, damit sie schon heute etwas von den Kosten der Zukunft abtragen könnte. Einmal hatte sie zu ihm gesagt: »Kann die Erde etwas sagen, wenn der Hagel auf sie fällt? Ach wo, sie nimmt ihn schweigend auf, schluckt ihn, trocknet und tut weiterhin das Ihre. Im Gegenteil, wenn schon, dann soll es kräftig hageln, damit der Himmel über ihr sich möglichst schnell leert.« Jetzt war ihr Schweigen lang und demütig und zeigte, dass sich eine riesige Wolke über ihr leerte. Angewidert zerknüllte sie den Umschlag und warf ihn ins Spülbecken, den »Brief« steckte sie in die Tasche, stand auf, um sich die schwarz gewordenen Hände zu waschen. Das Gesicht über das Spülbecken gebeugt, sagte sie: »Aber du bist ein gescheiter Junge.«

Abends lauschte er auf ihr rhythmisches Schnarchen und konnte nicht einschlafen. Er dachte an den Satz, den sie am Spülbecken gesagt hatte, und verstand nicht, was dieses »aber« bedeutete. Dummkopf, schimpfte er sich selbst, warum hast du ihr von dem Spurensucher erzählt, der zum Container gekommen ist, wenn du in der Schule warst? Das geht sie nichts an. Sie muss nicht wissen, dass du von der Schule heimgekommen bist und der Polizeiwagen mit den großen Buchstaben und dem Blaulicht vor dem Container parkte. Es würde sie schrecklich nervös machen, wenn sie wüsste, dass Eva wenig anhatte, wenn sie dir die Tür aufmachte und sagte: »Sag dem Spurensucher guten Tag.« Du hast ein gereiztes »Guten Tag« ausgestoßen und an ihren fröhlichen Bewegungen und in ihrem ungemachten Bett nach Spuren der letzten Stunden gesucht. Es fehlte gerade noch, dass Mama Ruth erführe, an welchen Stellen der Spuren-

sucher Eva berührte und wo nicht, und wie sie später am Fenster gestanden hatte, mit dem Nichts, das sie anhatte, und ihm ein »Ciao« nachgerufen hatte, und wie du mürrisch gesagt hast: »Dein Spurensucher ist richtig mies«, und wie sie sich zu dir umdrehte und fragte: »Warum bist du so schlecht gelaunt?«
Es spielt keine Rolle, dass du dir das nicht ausgedacht hast. Aber hast du nichts Besseres zu tun, als bei ihr Öl ins Feuer zu gießen?

Am Morgen machte er die Augen auf und erinnerte sich an das »Aber du bist ein gescheiter Junge«, sprang aus dem Bett und schlug im Lexikon die Bedeutung des Wortes »aber« nach und las dort »obwohl«, »jedoch«, »indessen« und verstand nicht, ob Mama Ruth meinte, er sei trotz seines Beleidigtseins und seiner schlechten Laune ein gescheiter Junge, oder ob sie meinte, dass es, obwohl er ihr Schwierigkeiten machte, doch ein Glück sei, dass er gescheit war.

Er musste ein paar Jahre älter werden, um zu verstehen, dass sie dort am Spülbecken gestanden und innerlich ihre Sorgen gezählt hatte, alte Sorgen von neuen subtrahiert und am Ende der langen Rechnung die Summe gezogen und gesagt hatte: »Aber du bist ein gescheiter Junge.« Als sei sie eine Kundin, der ihre Bank erklärt, dass ihr Kontostand ein unerträgliches Defizit aufweist, und sie entgegnet, aber ich habe einen Besitz, der ziemlich viel wert ist.

Er geht in Mama Ruths Zimmer und schaut hinaus zu der Gestalt am Tor. Ein Mann. Mittelgroß. Sein Mantel glänzt in der Dunkelheit, vermutlich ein Ledermantel. Schwer zu sagen, ob sein Hals gestreckt und lang ist oder ob er wegen des aufgestellten Mantelkragens nur so aussieht. Der Mann hat eine Zigarette im Mund, und alle paar Sekunden leuchtet sie auf. Das winzige Auge des Feuers öffnet sich, glüht auf, und ihr Aufleuchten lässt die nassen Rosen erglänzen.

Der Mann tritt in den Garten, auf den Pfad, der zum Haus führt. Er steigt die Stufen herauf, seine Stiefel machen ein dumpfes Geräusch, er zögert einmal, zweimal, dann drückt er auf die Klingel.

»Alle Achtung, dass Sie gekommen sind, um mir guten Abend zu sagen.« Sein Lachen entblößt seine Zähne, als ihm die Tür aufgemacht wird.

Es ist der Mann, der in der Nacht auf den Oleander gepinkelt hatte, Adam erkennt ihn an der Stimme und an seiner Gürtelschnalle.

»Kann ich ein Glas Wasser haben?«

»Ja. Warten Sie hier.«

Adam macht ihm die Tür vor der Nase zu, geht in die Küche, füllt am Wasserhahn ein Glas und geht zu ihm zurück. Der Mann lächelt in sich hinein, das Licht aus dem Flur fällt auf ihn und beleuchtet die Hand, die nach dem Glas greift. Seine Finger sind alle gerade, auch der kleine. Er trinkt langsam und trommelt zwischen jedem Schluck auf das Glas. Er trägt einen schwarzen Ledermantel, auch seine übrige Kleidung ist schwarz. Er ist nicht jung. Vermutlich schon über fünfzig.

Diesmal werde ich nicht zulassen, dass er sich mir entzieht, ich werde ihn überraschen und seine Pläne vereiteln, ich werde ihn zwingen zu bekennen, wer ihn geschickt hat und warum.

»Kennen Sie eine gewisse Lady Adam?«, fragt er schnell.

Der Fremde nimmt das Glas vom Mund und lacht laut auf. Sein Lachen bricht sich an den Wänden der Zeit und wirft ein bekanntes Echo zurück. »Ob ich eine Lady kenne? Man könnte ein ganzes Fußballstadion mit all den Ladys füllen, die ich kenne.« Er trinkt einen weiteren Schluck Wasser und wird ernst, kneift die Augen über dem Glas zusammen und betrachtet prüfend den Mann, der vor ihm steht.

»Gestern waren Sie auch hier, was suchen Sie?«, fragt Adam, und der Fremde schiebt sein Gesicht näher zu seinem, auf eine intime Art, nimmt ihn am Ärmel und sagt:»Stimmt, ich musste pinkeln. Und wo ist die schöne Frau, die gestern Nacht mit Ihnen hier war?« Er zwinkert, Adams Telefon klingelt, der Fremde lässt Adams Ärmel los.

»Doktor Urija, entschuldigen Sie, dass wir Sie stören«, sagt die Mutter des Jungen, der einmal perfekt gesehen hat.»Das Ergebnis der Computertomographie, es ist wegen der Ergebnisse...«

»Wir treffen uns in einer Viertelstunde in der Praxis«, sagt er zu ihr, streckt die Hand aus und wartet darauf, dass ihm der Fremde das Glas zurückgibt.

»Ich verstehe, dass ich die Ehre hatte, Wasser aus der Hand eines Arztes zu bekommen«, kichert der Mann und hebt das Glas wieder an die Lippen, nimmt noch einen Schluck, gibt das Glas dann zurück und verbeugt sich theatralisch.»Da kann man nichts sagen, so ein Haus, ein Doktor sollte darin wohnen. Passt nicht für einen, der vom Markt kommt.« Er schaut über Adams Schulter hinweg in das Haus.»Es war sehr angenehm, Doktor, vielleicht haben wir ja die Chance, uns noch einmal zu sehen.« Er geht zu den Stufen, dreht sich noch einmal um und sagt:»Schöne Grüße an die Doktorin. Die von letzter Nacht. Auch sie hat die Klasse des Hauses, mindestens fünf Sterne.«

Drei Gestalten warten vor der Praxis auf ihn. Eine kleine, runde Frau mit den Händen in den Manteltaschen starrt den Weg entlang, ein hochgewachsener Mann hält einen großen weißen Umschlag in der Hand und läuft hin und her, den Blick auf das Pflaster des Gehwegs gerichtet, und der Junge, dünn und größer als die beiden anderen, die Haare mit glänzendem Gel eingeschmiert, lehnt am Geländer und stößt mit der Schuhspitze gegen Kieselsteine. Jonathan. Sie bemerken ihn und drängen sich zusammen. Der Junge sagt »Hi«, der Mann schweigt und die Frau sagt: »Guten Abend, Herr Doktor, wenn man uns beim CT nicht gesagt hätte, dass es dringend ist, hätten wir nicht um diese Uhrzeit...« Er bedeutet ihnen, vorauszugehen, sie gehen hintereinander her, schweigend und mit gesenkten Köpfen, wie bei einer Beerdigung. Der Junge geht als Erster in der Reihe, geschmeidig und federnd, schwankt alle paar Schritte, stützt sich an der Wand ab, richtet sich auf, pfeift und nimmt die Hand von der Wand. Sie betreten die Praxis und setzen sich ihm gegenüber hin, der Vater legt den flachen Umschlag auf den Tisch. Der Junge beugt sich zwischen seinen Eltern vor, stützt die Ellenbogen auf die Knie, legt das Kinn in die Hand und fragt: »Wie viel Uhr ist es, Papa?«

»Viertel nach sechs«, antwortet sein Vater in einem nervösen Ton, als wolle er sagen: Ist das jetzt wichtig?

»Und wie spät ist es auf der zweiten Uhr?«

»Auf welcher zweiten?«

»Deiner zweiten. Hast du vergessen, dass ich alles doppelt sehe?« Der Junge kichert und stößt seinem Vater den Ellenbogen in die Seite.

»Hör schon auf damit«, schimpft sein Vater, und die Mutter flüstert: »Jonathan!«, und zieht an seinem Arm, und alle drei blicken nun gespannt auf die Hand des Arztes, der den Umschlag aufmacht, der ihren Kummer enthält, voller Angst vor der Katastrophe, die herausspringen und sie beißen wird wie eine Schlange. Sie betrachten das Röntgenbild, das nun in dem Lichtkasten hängt und Querschnitte des Gehirns zeigt. Ein Quadrat nach dem anderen, und jedes Quadrat ein heller Mond mit weißen Felsen und grauen Schattenflecken.

»Da sieht man, wie viel Verstand ich habe, nicht wahr? Er passt nicht auf ein einziges Bild, sie haben mehr als zehn Fotos von mir gemacht.« Der Junge kichert, und sie betrachten die Schädelaufnahmen, die in dem Lichtkasten hängen, als wären es Hieroglyphen mit einer verschlüsselten Botschaft.

Auch ein ganz junger Assistenzarzt hätte den blumenkohlförmigen Tumor gesehen, der sich im Stammhirn des Jungen entwickelte. Was werde ich ihnen sagen?, denkt Adam. Ihre Nerven sind zum Zerreißen gespannt. Bucharis hatte an dem Tag, als er erfuhr, was für eine bittere, kurze Zukunft seiner Tochter bevorstand, aus dem Rosch-Haschana-Gebet zitiert: »Wir wollen die Macht der Heiligkeit des Tages schildern, denn furchtbar ist er und erschreckend.«

»Jonathan, dir sind ein paar überflüssige Zellen im Gehirn gewachsen, die behandelt werden müssen«, sagt Adam. »Du musst ins Krankenhaus.« Er schiebt die Aufnahmen in den Umschlag zurück.

»Heißt das, ich habe einen Tumor?« Der Junge beugt sich vor und schaut ihn an, überrascht und gekränkt. »Kann es nicht sein, dass das ein Irrtum ist, Herr Doktor? Sie haben gesagt, ich soll mich nicht bewegen, aber ich habe mich ein bisschen bewegt, als sie die Aufnahmen gemacht haben, also vielleicht...« Er dreht sich zu seiner Mutter, die den Arzt mit weit aufgerissenen Augen anstarrt, die ihn anflehen zu sagen: Du hast dich bewegt? Warum hast du das nicht gleich gesagt, Jonathan, natürlich ist es ein Irrtum. Dann wendet der Junge sich zu seinem Vater, wirft ihm einen Blick zu, senkt die Augen zum Boden und schweigt. Der Vater sitzt zusammengekrümmt auf dem Stuhl, mit hängenden Schultern, und sein Magen wölbt sich vor, als hätte er den Inhalt seines Kopfs und seines Herzens aufgenommen.

»Geht es in einer Woche?« Der Junge hebt den Kopf, verliert das Gleichgewicht und hält sich am Tisch fest.

»Nein, Jonathan, die Sache muss sofort behandelt werden.« Adam legt seine Hand auf die des Jungen.

»Sei dankbar, dass man so etwas überhaupt behandeln

kann«, sagt die Mutter. »Man muss es behandeln, so schnell wie möglich.«

»Was für ein Scheiß, ich versäume ein Spiel von Hapo'el, ich habe eine Karte.« Der Junge lacht abgehackt. Sein Gesicht ist glatt und kindlich, als hätten sich die Pickel bei der schlimmen Nachricht unter die Haut zurückgezogen. Er fragt, was man mit ihm im Krankenhaus tun werde, und ob es ihn um seine Chance bei der Marine bringen werde. Die Mutter fragt, ob es weh tun werde und wie lange er im Krankenhaus bleiben müsse. Der Vater, dem das Kinn auf die Brust gesunken ist, fragt, ob es heilbar sei.

Sie sind angespannt wie Leute in einem Versteck, bei denen man plötzlich an die Tür geklopft hat. Vielleicht geht der Klopfende ja wieder weg und dringt nicht ein, um sie anzugreifen und zu zerstören. Adam kennt die Panik, die ein Klopfender verursacht, und was er anrichten kann, bevor er wieder geht, falls er überhaupt geht. Er erklärt, es sei noch zu früh, etwas zu sagen, man müsse erst untersuchen, um welche Art Tumor es sich handle, wie groß er sei und wo genau er sitze. Sie fragen nicht weiter. Das Wort Tumor ist eine giftige Schlange, aus dem Umschlag hervorgebrochen und jetzt zurückgekehrt, man muss sich beeilen, sie zu vernichten, bevor sie zubeißen kann, und inzwischen heißt der Tumor schon »diese Sache«, man muss sie behandeln, man muss sie heilen.

Er streckt die Hand nach dem Kugelschreiber aus, den er in seinem Hemd stecken hat, und berührt zufällig das zerschnittene Foto, die Erinnerung an die offene Hand auf Evas Schulter verdunkelt das Bild der drei, die schweigend vor ihm sitzen. Er massiert seine Schläfe und schreibt ihnen die Klinikeinweisung. In einer Stunde wird dieser Junge in Elianes Station ein Handtuch und einen grünen Pyjama bekommen, man wird ihm ein Territorium von zwei auf anderthalb Meter zuweisen, möbliert mit einem eisernen Bett und einem Nachttisch. Diesmal ist der Junge der Letzte in der Reihe, die sich zur Tür bewegt, sein Vater und der große Umschlag gehen voraus, und zwischen ihnen die Mutter. Eine Ecke des Umschlags sticht sie am Oberschenkel, und sie kratzt sich an der Stelle. Noch immer schweigend gehen sie die Treppe hinunter, und er denkt, ich hätte dem Vater die Hand auf die Schulter legen und ihm sagen sollen, dass er immer anrufen könne, ich hätte ihm in die Augen schauen sollen. Andererseits definieren solche Gesten genau wie Trostworte von vornherein die bevorstehende Katastrophe. Vielleicht hatte ich recht, als ich mich diesem Tumor gegenüber relativ gleichgültig verhalten habe, nicht anders, als ich es bei Durchfall und Schnupfen tun würde. Seltsam, ich habe sieben Jahre lang studiert, dazu weitere vier Jahre Facharztausbildung, ich kenne den menschlichen Körper von Grund auf, ich kann im Schlaf die Werte von Natrium und Kalium im Blut aufsagen, aber ich weiß nichts über die richtige Dosierung eines Kopfnickens, eines Blickes oder von Zeichen der Gleichgültigkeit. Und trotzdem bin ich ein Idiot, weil ich die Hand des Jungen nicht gedrückt habe, eine Minimalgeste, die jedem gebührt, der in den Kampf zieht, auch wenn er verlieren wird, wenn er in die Knie gehen oder die Hände heben wird.

Halb sechs ist es jetzt, Eliane ist noch auf der Station, er wird sie anrufen und auf die Ankunft des neuen Patienten vorbereiten. Wenigstens hat Jonathan dann jemanden, der ihn auf der ersten Station seiner Reise empfängt.

Sie ist sachlich, kurz angebunden, beschäftigt. »Gut, wo ist er? Ach so, er ist noch nicht aufgenommen? Was hast du gesagt, ein raumgreifender Prozess im Gehirn?« Sie verspricht nichts, aber er weiß, sie wird sich Jonathans annehmen, sie wird die Anamnese durchführen und alles Weitere veranlassen. Sie wird den Fall nicht aus der Hand geben. Prozesse, die die biologische Ordnung stören und durcheinanderbringen, interessieren sie. Obwohl sie sich nervös und gereizt anhört, ist ihm ihre Stimme angenehm. Er wird sie in einer Stunde noch einmal anrufen, sie werden sich treffen. Er wird mit ihr ein Glas ihres Whiskys trinken und sie nicht mit dem belasten, was er heute erlebt hat, er wird sie nicht mit der Geschichte von der rosafarbenen Bluse ermüden, von Mama Ruth, Dafi, dem Foto, dem Fremden, der einen Gruß an die Doktorin ausgerichtet hat... Schließlich ist er ein Meister darin, Menschen nicht zu ermüden. Soweit er sich erinnern kann, hat er immer darauf geachtet, seine Sorgen für sich zu behalten, hat sich bemüht, Niederlagen und Kränkungen, die er einstecken musste oder selbst verteilte, vor Mama Ruth zu verbergen. Aber sie, wie eine Indianerin, die das Ohr auf die Erde drückt um die Hufe ferner Pferde zu hören, hörte das Klopfen seines Herzens bereits, wenn er durch das Tor kam, und fragte: »Gibt es etwas, was ich wissen sollte?«

»Nein.«

»Gibt es etwas, was ich nicht wissen sollte?«

»Ja.«

»Es lohnt sich nicht, wenn du es in deinem Bauch behältst. Wie viel Platz hast du in deinem kleinen Bauch? Sonst passen die Kartoffeln nicht hinein, die ich gekocht habe.«

Er konnte dem verlockenden Duft ihres Essens nicht widerstehen, er machte Platz in seinem Bauch und erzählte ihr alles.

Nur an dem Tag, an dem die Mathematiklehrerin auf seinen Tisch geschlagen hatte, verzichtete er auf die Kartoffeln und schwieg. Die ganze Klasse hatte die Luft angehalten und das Lachen unterdrückt, als die Lehrerin auf Zehenspitzen zu seinem Tisch geschlichen war. Ihr harter Schlag hatte ihn aus seinem Dösen geweckt und seinen Kopf hochfahren lassen, er hörte das laute Gelächter der Klasse und sah die großen Schuhe der Lehrerin neben seinem Stuhl.

»Herr Adam Urija, vielleicht bist du bereit, uns zu erklären, was ein gemeinsamer Nenner ist?« Die Worte schlugen ihm entgegen wie harte Eiswürfel.

»Ein gemeinsamer Nenner? Wenn man etwas gemeinsam nennt, ein Spitzname oder so, wenn zum Beispiel alle statt Hahn auf einmal Kikeriki sagen...« Eine neue Welle von Gelächter ergriff die Klasse, sein Banknachbar krümmte sich vor Lachen und hielt sich den Bauch, das Wort »Kikeriki« flog durch die Luft wie Konfettistückchen, »Kikeriki«, »Was für ein Witz«, »Kikeriki«, übertönten den Lärm, die Worte hagelten kränkend auf ihn herab.

Der Aufschrei »Schluss!«, der tief aus seinem Bauch brach, wirkte wie der Ruf eines Raben in einem Hühnerstall voller Küken, das Lachen brach ab, wie abgeschnitten, Hüsteln und Räuspern waren zu hören, ein Mädchen sagte, die Kehle eines Jungen könne einen solchen Ton nicht hervorbringen. Dutzende von Augen begleiteten die Bewegungen seiner Schultern, als er versuchte, sich aus dem Griff der Lehrerin zu befreien. Er rannte zur Tafel und wischte jeden Buchstaben und jede Zahl weg, die darauf geschrieben waren, hustete den Kreidestaub aus, der seinen Mund füllte, schnappte eine zerbrochene Kreide und schrieb wütend und mit großen weißen Buchstaben »Seid still, ihr Dummköpfe!« darauf, und beim Ausrufezeichen zerbrach ihm die Kreide. Die Lehrerin schüttelte den Kopf und ließ die Lider bis in die Mitte der Augen sinken. Mama Ruth hätte über sie gesagt, sie sieht aus wie meine Sorgen.

Auf dem Weg zu seinem Stuhl ging er an ihrem Tisch vorbei, da klingelte es zur Pause. Die anderen umringten ihn und sangen aus vollem Halse:

Adam im Schlaf,
hat im Bauch ein Schaf,
wie heißt das Schaf?
Adam im Schlaf.

Zwei Knöpfe sprangen ab und flogen davon, als er sein Hemd vor ihnen aufriss. Die Mädchen kicherten und hielten sich die Hand vor den Mund, das Geschrei erstarb und wurde zu leisem Lachen und Flüstern, sie drängten sich dicht um ihn, und er zog sein Unterhemd bis zu den Schultern hoch, entblößte seinen Bauch und seine Rippen und schrie: »Schaut euch meinen Bauch an, was für ein Schaf soll ich da drin haben?« Wild und ganz rot im Gesicht hielt er sein Unterhemd hoch über die Rippen, sein offenes Hemd schaukelte an seinen Schultern wie Wäsche an der Leine. In der Klasse wurde es still. Er wusste nicht, ob die Tiger, die aus seinen Augen sprangen, sie so erschreckten, oder ob es der Anblick seines mageren Bauchs und seiner hervorstehenden Rippen war. Ein Mädchen hob einen Knopf vom Boden auf und legte ihn auf seinen Tisch. »Ich brauche keine Hilfe.« Er stürzte sich auf den Knopf und warf ihn aus dem offenen Fenster.

Mama Ruth war im Garten, als er nach Hause kam, sie trug einen Strohhut und hielt einen Schlauch in der Hand. Sie warf ihm unter dem Hut hervor einen Blick zu und sagte: »Ich habe das Gefühl, dass dein Bauch voll ist. Du solltest darin Platz schaffen, ich habe prima Kartoffeln gekocht.«

»Ich habe keinen Hunger.«

»Ich sehe, dass der Krieg uns zwei Knöpfe gekostet hat.« Sie bückte sich, um Unkraut herauszureißen, und schaute ihn von unten an. »Hast du die Knöpfe wenigstens mitgebracht?«

»Nein.«

Sie richtete sich auf und warf das Unkraut weg, das sie in der Hand hielt. »Ich war zwar nicht bei der Armee, aber es gibt eine Regel, dass man keine Verwundeten auf dem Schlachtfeld zurücklässt.«

Ihr Kittel spannte, und das ärgerte ihn. Man könnte noch glauben, sie wäre schwanger. Sie sollte keine Sachen tragen, die sie noch aus der Zeit hatte, als sie die Prinzessin vom Nil gewesen war, denn das war sie nicht mehr. Aber wie konnte er ihr das sagen, ohne sie zu kränken? Wenn jemand über seinen mageren Bauch sagen konnte, es wäre etwas darin, was würden sie dann über ihren Bauch sagen? So, wie sie aussah, hatte sie einen ganzen Warmwasserspeicher voller Wut darin.

»Bist du wenigstens siegreich gewesen?« Sie nahm den Hut ab und fächelte sich damit Kühlung zu.

»Ich bin wenigstens gewesen, was ich sein wollte.«

»Oho. Also auch du bist plötzlich ein Philosoph geworden. Eine Philosophin in der Familie hat mir bis jetzt gereicht, das kannst du mir glauben.«

Er ließ seinen Ranzen auf die Erde fallen, und sie warf einen Erdklumpen gegen den Granatapfelbaum. Sie wollte Hundezahngras herausreißen und stand gebückt da, mit rotem Gesicht, die Stirn fast am Boden und der Mund darüber.

»Ein Blinder würde sehen, dass dir etwas auf der Zungenspitze liegt«, sagte sie. »Los, wenn du mir etwas sagen willst, dann sag's, wenn du etwas fragen willst, dann frag's.«

»Ja. Was ist ein gemeinsamer Nenner?«

Wie dumm und feige ich war. Er erinnert sich an die Kartoffeln, die bis zum Abend auf dem Herd standen. An das Schweigen, das sich über sie beide gesenkt hatte. An die Worte, nun, Dicke, geh schon rein, die er dachte, als er auf den Moment wartete, da sie auf die Toilette ging, damit er sich vor den großen Spiegel in ihrem Zimmer stellen und seinen Bauch betrachten könnte. Und warum hatte er ihr nicht davon erzählt, wie er am Tag darauf den Verwundeten suchte, den er auf dem Schlachtfeld zurückgelassen hatte, und dass der Knopf dann aber schon auf seinem Tisch gelegen hatte?

Es ist sieben Uhr abends. Seine Patienten würden, wenn sie jetzt hier auftauchten, die hell erleuchtete Praxis sehen und sich fragen, was heute anders war als sonst. Bevor einer hereinkäme, sollte er lieber das Licht im Sprechzimmer und im Wartezimmer ausmachen. Aber er bleibt sitzen. Manchmal ist es leichter, einen Rollstuhl durch den Regen zu fahren und mit Schwester Sarah zu streiten, der Kuratorin des Wachsfigurenkabinetts, als aufzustehen und den Finger auf den Lichtschalter zu legen. Seine Beine sind so schwer, als hätten sich alle Sehnsüchte in ihnen gesammelt und sie anschwellen lassen. Ich wünschte, ich hätte damals die Kartoffeln gegessen, hätte mir nicht insgeheim gewünscht, dass sie endlich zur Toilette gehen und lange dort bleiben würde, hätte ihr gute Nacht gesagt, bevor ich mich auf das Bett warf und einschlief, mit dem Gesicht zur Wand, hätte... hätte...
Ein lautes Klopfen an der Tür vertreibt mit einem Schlag alle Hättes.

Er hat nicht gehört, dass sie die Treppe heraufgekommen ist, die Tür geöffnet hat und durch das Wartezimmer gegangen ist. Sie trägt wieder den Overall vom Laden, mit dem Aufdruck »Alles für Haus und Garten«.

»Ich weiß, dass Sie jetzt keine Patienten empfangen, aber ich habe Licht gesehen, deshalb bin ich heraufgekommen, um mich zu entschuldigen.«

»Ich empfange jetzt wirklich niemanden«, sagt er trocken und bleibt sitzen.

»Ich wollte nur sagen, dass ich mich geirrt habe in dem, was ich heute Morgen zu Ihnen gesagt habe.«

Ich werde es ihr nicht leicht machen, denkt er, sie soll die Kühle spüren, die von mir ausgeht, und kapieren, dass die Beziehung zwischen uns eine Beziehung zwischen einem Arzt und seiner Patientin ist. Punkt.

Sie steht an der Tür und tritt nicht über die Schwelle. »Ich habe gesagt, dass Sie immer aussehen, als warteten Sie auf etwas. Ich habe mich geirrt. Sie sehen aus, als warteten Sie auf nichts.«

Kaum zu glauben, dieses Mädchen ist so gerade wie ein Strommast und so einfach wie ein Stein, ich bin unfähig, auch nur ein bisschen Zorn gegen sie aufzubringen, aber auch nichts anderes. An ihr ist keine Spur Raffinesse, keine Berechnung, nichts Listiges. Der Weg von ihrem Herzen zu ihrem Mund ist kurz und gerade. Was sie mir jetzt gesagt hat, verletzt mich mehr, als das, was sie am Morgen gesagt hat, und ich bin nicht wütend. Sie hat es gesagt. Sie hat sich geirrt. Sie ist zurückgekommen. Sie hat ihre Aussage geändert. So verhält sie sich zu Kunden, wenn sie sich beim Zusammenrechnen oder beim Wechselgeld geirrt hat. So zerlegt sie einen kaputten Wasserhahn und baut ihn wieder zusammen. Ich bin bereit zu schwören, dass sie nicht in den Spiegel im Treppenhaus geschaut hat, bevor sie hergekommen ist. Ihre Haare sind wild und strähnig. Der unförmige Overall tut ihr unrecht, er verschluckt ihre Brust und ihre Hüften. Die Schultern des Overalls hängen bis unter die Riemen des Rucksacks, sie sieht aus wie ein Fallschirmspringer, der in voller Ausrüstung zum Appell antritt.

Sie will ihre Hand an den Türrahmen stützen, zieht sie zurück. Sie fürchtet, das helle Holz zu beschmutzen. »Was das Konzert betrifft, wenn es Ihnen übermorgen nicht passt, es gibt morgen eine offene Generalprobe.« Sie wendet sich zum Gehen. »Um acht.« Sie streicht sich eine Strähne aus der Stirn. Ihre Augen sind nicht verführerisch, aus ihrem Zopf hängen Haare heraus. »Entschuldigen Sie die Störung«, sagt sie und durchquert das Wartezimmer. Ihr Körper ist nach vorn gebeugt, der Rucksack klebt ihr am Rücken wie ein Höcker. Er hört, wie sie die Treppe hinuntergeht, gelassen, nicht so, als würde sie vor etwas fliehen, und nicht, als habe sie es eilig, irgendwo hinzukommen.

Ein normaler Mensch kann sich sieben Details von einem

Bild merken und es beschreiben. Mehr würde sein Auffassungsvermögen durcheinander bringen. Der Anblick von Iris liefert weniger als sieben Details. Wenn man aber versuchen würde, Eliane zu erfassen, wäre man verwirrt und es würde einem schwindlig, und wenn man schon glaubt, man habe alles erfasst, kommt ein weiteres Element zum Vorschein und bringt einen durcheinander.

Eliane. Wie gerne würde er sie jetzt in den Arm nehmen, wie gerne würde er sein stoppeliges Kinn an ihrem Hals reiben. Er wird heute Abend vor ihrem Haus auf sie warten und sie mit frischem Käsekuchen verführen. Jetzt liegt der Umschlag mit Jonathans Untersuchungsergebnissen offen vor ihr. Sie weist ihn an, die Augen zu schließen, die Hände vorzustrecken, einen Fuß vor den anderen zu setzen. Er schwankt, wackelt, der Tumor drückt auf den achten Nerv. Er stützt sich an die Wand, auf das Waschbecken und auf den Stuhl, er reißt die Augen auf und sagt, ich schaffe es nicht, dabei war ich so gut im Gleichgewicht auf dem Balken, er schaut sich um und sieht zwei Elianes.

Bevor Adam das Licht ausmacht und die Praxis abschließt, nimmt er das Vergrößerungsglas aus der Tasche und hält es über das zerschnittene Foto. Die Größe der Hand und der Winkel des Griffs auf der Schulter zeigen ihm, dass der Mann, den Mama Ruth weggeschnitten und in den Mülleimer geworfen hatte, um einen Kopf größer war als Eva, und auch ihr Kinn, das nach oben gerichtet ist, zeigt, dass der Mann, den sie anlächelt, viel größer ist als sie. Seine Hand liegt mit einem sehr geübten Griff auf ihrer Schulter, nicht wirklich zärtlich, die Finger sind ausgebreitet, locker, das krumme Glied des kleinen Fingers berührt den Rand ihrer Achselhöhle. Übermorgen um diese Zeit wird sie schon hier sein. Wie wird er sich an sieben Details von den siebentausend oder sieben Millionen, die sie hat, erinnern, um sie zu erkennen? Da er keine Wahl hat, wird er sie daran erkennen, wie verwirrt sie »Gut, was mache ich jetzt?« sagt, und an der Art, wie sie den Daumen an die Lippe drückt und mit den Zähnen in den Fingernagel beißt.

Elianes Wohnung ist dunkel, sie ist noch nicht zurück. Er lässt ihr den Parkplatz gegenüber von ihrem Haus frei und parkt zwei Häuser weiter. Der Käsekuchen, den er gekauft hat, verströmt einen warmen, verlockenden Vanilleduft. Er steigt aus und wartet unter dem Ficusbaum auf sie. Seine Anwesenheit weckt das wimmelnde Leben im Baum, Zirpen, Schnaufen, Rascheln der Zweige. Er atmet die kühle, saubere Luft ein und blickt hinüber zur Straße. Wenn sie kommt, wird er sie am Schielen ihres Renaults erkennen, der rechte Scheinwerfer leuchtet gelb, der linke eher weißlich. Der Himmel ist hoch und dunkel und winzige, blasse Sterne flimmern an ihm. Ein kalkiger, harter Mond schwebt über ihnen wie der Schädel eines uralten Gottes, mit dunklen Schattenflecken, hohlen Nasenflügeln, eingefallenen Wangen, Augenhöhlen und einer aufgerissenen Mundhöhle. Adam hält seine Uhr unter die Straßenlaterne. Viertel nach acht. Eine Viertelstunde mehr, als sie sich normalerweise zugesteht. Sie wird kommen, und während sie sich beide über den Kuchen hermachen, werden sich die aufsässigen Zellen in Jonathans Gehirn teilen und verdoppeln, sie werden auf die Nervenfasern drücken, werden den Verkehr auf den Bahnen stören, die von der Wirbelsäule zum Gehirn führen und vom Gehirn zur Wirbelsäule, sie werden die Hoffnung auf eine natürliche Funktion der Augen, der Zunge, des Skeletts zerstören. Auf dem Weg vom Bett zur Toilette wird Jonathan schwanken wie ein Schiffbrüchiger auf einem untergehenden Schiff. Die Wand der Toilette wird zur Seite sinken, als wäre Atlas, der die Welt auf den Schultern trägt, plötzlich gestolpert oder hätte seine stützende Hand weggenommen, um sich die Nase zu putzen.

Wenn Iris jetzt vorbeikäme, würde sie merken, dass sie sich ein weiteres Mal geirrt hat. Wie kann man über ihn sagen, er warte auf nichts, wenn er sich nach dem alten Renault sehnt, nach dem zitronengelben Licht des rechten Scheinwerfers und dem weißlichen des linken?

Zwei Scheinwerfer tauchen oben auf der Straße auf, aber es sind nicht die von Eliane. Sie sind genau gleich und werfen die weißen, geraden Lichtstreifen eines neuen Audis auf die Straße. Das Auto hält gegenüber von Elianes Haus, fährt genau auf den Platz, den Adam für sie freigelassen hat. Die roten Bremslichter leuchten auf, doch der Motor wird nicht abgestellt, niemand steigt aus.

Das wimmelnde Leben im Baum hat sich beruhigt, die Lebewesen haben sich an seinen Geruch und an seinen Atem gewöhnt, der Schädel des Mondes zieht vorüber. Derselbe Mond, über den er sich damals so oft geärgert und dem er eine Fratze geschnitten hatte, weil er in ihre Dachwohnung in der Ben-Jehuda 36 schien. Adam hatte sich die Augen zugehalten und Eva gebeten, das runde weiße Licht auszumachen, das über ihnen stand und sie betrachtete, und sie hatte gesagt: »Keine Angst, Schätzchen, das ist nur die Grapefruit, die Gott zum Abendessen isst, bis morgen früh hat er sie aufgegessen.« Und als der Monat zu Ende ging und der Ball immer dünner wurde, sagte sie: »Siehst du, Schätzchen, heute isst Gott eine Banane.«

Er denkt an Gottes Abendessen und wird hungrig, erinnert sich an den Käsekuchen, den er gekauft hat, und freut sich. Er lehnt sich an den Baumstamm und schaut auf seine Uhr, deren Zeiger in der Dämmerung des Ficusbaumes schwach schimmern, in diesem Moment leuchten die Scheinwerfer des Audis auf und löschen das Licht seiner Uhrzeiger. Die Beifahrertür geht auf, und Eliane steigt aus, den Arztkittel über der Schulter. Sie stützt sich auf die offene Tür, beugt sich ins Auto, richtet sich auf, wirft die Tür zu und dreht sich um. Als sie die Straße vor dem Wagen überquert, wird sie von den Scheinwerfern erfasst. Das scharfe Licht zeigt ihr Lächeln, die Hand, mit der sie dem Fahrer zum Abschied zuwinkt. Sie geht zur anderen Straßenseite, und als sie einen Fuß auf den Bürgersteig stellt, fährt das Auto los.

»Hallo, hast du Lust auf Käsekuchen?«, ruft er ihr aus dem Schatten des Ficusbaums zu, sie fährt zusammen, bleibt stehen, dreht sich suchend nach allen Seiten. Er löst sich vom Stamm, geht zu ihr hinüber und umarmt sie, ihr Körper ist hart und gespannt.

Sie lacht. »Spionierst du mir nach? Nun, die Spionage ist auch nicht mehr, was sie einmal war, früher haben Spione die Frauen mit Juwelen verführt, heute mit Käsekuchen.« Sie wird ernst. Gemeinsam steigen sie die Stufen hinauf, und ihre Schultern sind spitz und hart.

»Er hat einen Mordstumor, dieser Junge, den du uns geschickt hast«, sagt sie, als sie eintreten. Sie macht das Licht an und zieht die Schuhe mit den Absätzen aus. »Setz Wasser auf. Dein Kuchen sieht nicht schlecht aus.«

Sie geht ins Zimmer, und er hört, wie das Stethoskop, die Armreifen und das Namensschild auf ihr Nachtkästchen fallen. »Mein Auto hat den Geist aufgegeben«, ruft sie zu ihm herüber, »ich habe es nicht angekriegt. Die Batterie, der Anlasser, was weiß ich, ich habe es auf dem Klinikparkplatz stehen gelassen.«

Er will sie fragen, warum sie nicht angerufen hat, er will sagen, ich wäre gekommen und hätte dich geholt, stattdessen sagt er: »Hauptsache, du bist da.«

»Doktor Portugali hat gesehen, dass ich Probleme habe, deshalb hat er angeboten, mich zu fahren.«

»Wer ist dieser Portugali?«, fragt er und bedauert es sofort.

»Chefarzt in der Neurochirurgie, er ist gerade von einem Forschungsjahr in Boston zurückgekommen.«

Sie betritt die Küche und hat schon die weite weiße Hose

und das weite T-Shirt angezogen, darunter trägt sie nichts.
»Ich habe meinen Mechaniker angerufen, er wird morgen vorbeikommen.«

Das Wasser kocht. Er gießt für sie beide Kaffee ein, sie zerschneidet den Kuchen und leckt danach das Messer ab. »Übermorgen früh wird er operiert, dieser Junge.« Sie beißt in den Kuchen, und Krümel bleiben auf ihrer Lippe hängen.

»Wer wird ihn operieren, dieser Portugali?«

»Portugali wird die Leitung haben, es wird noch ein paar andere geben.« Sie schiebt sich ein großes Stück in den Mund. »Ich hoffe, es ist der Anlasser und nicht die Batterie, eine Batterie ist teurer, nicht wahr?« Sie spricht und isst und springt von dem kranken Gehirn zu ihrem kaputten Auto, kaut, leckt sich Krümel von den Fingern und hört nicht auf zu sprechen. Aber er kennt sie, es ist weder das erkrankte Gehirn noch das Auto, was sie beunruhigt. Er streicht über den Rand des Fotos, das in seiner Tasche steckt. Er wird ihr seine Mutter, die er hier über seinem Herzen trägt, nicht zeigen, auch nicht den krummen kleinen Finger, der die Vertiefung an ihrer Schulter berührt. Er wird ihr nichts von Mama Ruth im Regen erzählen, sie werden heute Abend nicht miteinander schlafen.

»Ich soll dir einen schönen Gruß sagen«, unterbricht er sie.

»Von wem?« Sie hebt ihr müdes Gesicht und fährt mit dem verschmierten Messer über den Rand ihres Tellers.

»Von dem Typ, der vergangene Nacht im Garten meiner Großmutter gepinkelt hat. Er hat gesagt, einen schönen Gruß an die Doktorin.«

»Herzlichen Glückwunsch.«

»Wozu?«

»Zu deinem neuen Freund.« Sie lacht, wird aber sofort wieder ernst, malt mit dem Finger in dem Quark, der auf ihrem Teller verschmiert ist, schweigt und rührt den Kuchen nicht mehr an.

»Ich bin geschafft, drei aufwendige Fälle an einem Tag, das ist *too much*.« Sie stützt den Kopf auf die Hand, sie sieht grau aus und älter als neunundzwanzig. Sie kommt ihm verführerischer vor als die fröhliche, energische Eliane von heute Morgen. Müdigkeit und die damit verbundene Nachgiebigkeit und Weichheit haben etwas Anziehendes. Die Wölbung einer Hand, die den Kopf stützt, ist einnehmender als ein Ellenbogen, der seine Spitze in die Rippen des Lebens stößt, es zur Seite schiebt, um sich den Weg frei zu machen. Es ist leicht, die Haltung eines Menschen, der müde ist, zu mögen, denkt er. Als sie heute Morgen wegging, aufrecht, mit erhobenem Kinn und energischen Schritten, hatte sie das Leben im Griff, geht zur Seite, macht mir Platz, euch das eure und mir das meine. Aber das Leben, das kein euer und mein kennt, hat ihr verziehen, es hat ihrem glatten Hals, ihrer festen Stirn und ihrem anziehenden Körper noch nicht zugesetzt.

Sie begleitet ihn zur Tür, und ihre nackten Brüste bewegen sich unter ihrem T-Shirt. »Ich bin erledigt«, sagt sie. Wofür will sie sich rechtfertigen, dass auch sie ein Mensch aus Fleisch und Blut ist, dessen Lider und Beine schwer werden? Dass sie sich mir entzogen hat, als ich aufstand, und mir nicht angeboten hat, zu bleiben?

»Wie fährst du morgen früh zur Arbeit?«

»Mit Portugali. Er fährt sowieso hier vorbei.« Sie lehnt sich an den Türrahmen. »Witzig, dieser Junge, Jonathan, er denkt noch an die Marine.«

»Überhaupt nicht witzig«, sagt er, er steht schon auf der Treppe, sie in der offenen Tür, an den Rahmen gelehnt.

»Der Kuchen war jedenfalls toll«, ruft sie ihm nach, und er macht die schwere Haustür auf und geht hinaus in die kalte Nacht.

Wäre er ein Filmregisseur, hätte er seine Heldin ans Fenster gestellt und ihr Gesicht geteilt, er hätte die eine Wange beleuchtet und die andere verdunkelt, er hätte sie mit dem beleuchteten Auge dem Mann folgen lassen, der auf die Straße trat, er hätte ihr ein halbes Lächeln gegeben, hätte die Kamera in die Dunkelheit des Ficusbaumes gerichtet und ein Licht im Baum aufblitzen lassen, als wäre ihr Lächeln im Laub des Baums hängen geblieben.

Eine frische Zigarettenkippe raucht noch auf der Terrasse von Mama Ruths Haus, das Licht in der Küche brennt, energische Stimmen dringen aus dem Haus. Er bekommt die Tür nicht auf, von innen steckt ein Schlüssel. Er klingelt und hört die Absätze einer Frau zur Tür eilen, andere Absätze folgen ihr. Einen Moment verdunkelt sich der Türgucker, jemand betrachtet ihn, dann wird die Tür weit aufgerissen, und freudige Ausrufe empfangen ihn. »Adam! Du bist es! Du siehst prima aus, endlich, alle Jubeljahre einmal, wenn es nicht Großmutters Haus gäbe... Hast du noch diese Praxis? Gehst du noch mit... Du...« Seine Cousinen Ja'ara, Anat und Jael rennen auf ihn zu. Ja'ara läuft auf ihren hohen Absätzen vom Spülbecken zum Herd und kocht ihm Kaffee, ihre Jeans sind eng, ihr Wollpullover kurz. Sie ist achtundzwanzig und hat schon einen Mann gehabt, der ihre Rundungen kannte und sie satt hatte, und seit der Scheidung wird sein Name immer mit dem Zusatz »der Spinner« ausgesprochen. Sie macht ihren blond gefärbten Pferdeschwanz auf, bindet ihn neu zusammen und betrachtete ihren Cousin prüfend, wie eine Frau einen Mann mustert. »Du siehst toll aus.« Anat zieht an ihrer Zigarette und stößt blauen Rauch aus den Nasenlöchern. Seit sie Schauspielerin ist, schminkt sie sich die Lippen in einem kräftigen Purpurrot und betrachtet die Welt mit dem verhangenen Blick einer Femme fatale. Er weiß nicht, ob es einen Mann in ihrem Leben gibt, einen oder mehrere oder gar keinen. Sie schaut ihn an, begrüßt ihn mit den Augen, hi, du, kümmere dich um die Frau dir gegenüber, sie ist nicht einfach irgendeine Frau, missachte nicht die Rauchstreifen, die aus ihren Nasenlöchern kommen, sie haben die tiefsten Stellen ihres Wesens berührt, stiegen durch ihren Lunge und ihre Luftröhre auf und verschwinden in der grauen, banalen Welt, die sie umgibt. Ihre Zwillingsschwester Jael schaut ihn nicht weiter an, sie hat das Gesicht über ein kleines Gebetbuch gebeugt. Sie spricht das Dankgebet nach dem Essen. Ein Zipfel ihres Kopftuchs fällt in ihr Gesicht und flattert über ihre Wangen. Ihr langer Jeansrock verbirgt ihre Knöchel.

»Der letzte Autobus zur Siedlung fährt bald, sie muss sich beeilen«, sagt Ja'ara, tippt sich mit einem lackierten Finger an die Stirn und deutet auf ihre Schwester. »Wer dort wohnt, muss verrückt sein.«

Jael schlägt das Gebetbuch zu und küsst den Einband, wirft erschrocken einen Blick auf ihre Uhr und nimmt ihr Glas und ihren Teller vom Tisch, sie sieht wieder freundlich aus, doch man kann ihr nicht ansehen, ob ihre Freundlichkeit aus dem Herzen kommt oder ob sie sie trägt wie einen Strumpf oder einen Mantel. Sie lächelt ihn an. Ihre Zähne sind nicht zu sehen, aber ihr Lächeln ist breit genug, um ihm ohne Worte zu sagen: Hand aufs Herz, Adam, alles, was der Ewige tat, hat er zum Guten getan, und es spielt keine Rolle, was dich jetzt bedrückt, was dich traurig und sorgenvoll macht, alles hat seine Bedeutung, und wenn der Herr der Welt dir etwas vorenthält, kannst du sicher sein, dass er weiß, was er tut, und alles, was er tut, ist zu deinem Besten.

»Wir haben uns hier getroffen, um diese beiden zu feiern«, sagt Ja'ara. »Meine Schwestern, die Zwillinge, wie du sie da siehst, haben heute Geburtstag. Fünfundzwanzig. Wären da nicht die intimen Beziehungen, die Jael mit Gott unterhält, wären wir in ein gutes Restaurant gegangen.«

»Herzlichen Glückwunsch«, sagt er und erinnert sich daran, dass kurze Zeit nach Evas Verschwinden zwei kleine, kahle Köpfe in Mama Ruths Haus aufgetaucht waren. Onkel

Hillel trug die beiden Mädchen herein, eine rechts, eine links, und sagte zu Mama Ruth:»Schau, Mutter, eine ist dir verloren gegangen, und hier hast du doppelten Ersatz.«
»Papa, wer ist verloren gegangen?«, fragte Ja'ara. Sie war damals drei. Und Hillel antwortete:»Chawale, deine Tante.«
»Sie ist nicht verloren gegangen. Sie ist weggegangen, um das zu sein, was sie sein will«, hatte Adam gesagt und die beiden kleinen roten Fratzen gehasst, die sein Onkel zu Mama Ruth gebracht hatte, als Ersatz für Eva, und sich überlegt, was man mit ihnen wohl tun würde, wenn Eva zurückkam. Im Lauf der Zeit hatte er sich beruhigt, die beiden Lebewesen, die von allen »die Zwillinge« genannt wurden, waren nicht länger der Ersatz für die verlorene Eva, Mama Ruth bekam nicht zwei für eine, sie bekam sozusagen ein Doppelwesen. Sie waren eine Einheit mit doppeltem Gesicht und doppelten Gliedmaßen, alle nannten sie »die Zwillinge«, als könnten sie nur als Einheit existieren. »Man muss die Zwillinge zudecken«, »Haben die Zwillinge schon gegessen?«, »Jemand muss die Windeln der Zwillinge wechseln.« Erst mit der Zeit wurden sie zu zwei unterschiedlichen Wesen und Anat und Jael genannt. Die Zeit bewies auch, dass Hillel keine Ahnung von Verlust hatte. Kein Mensch kommt statt eines anderen, der weggegangen ist. Wenn einer geht, kommen Fragen auf, Ächtungen, Versprechen und das Brechen von Versprechen.

Adam betrachtet die beiden Jubilarinnen, die vor fünfundzwanzig Jahren im selben Fruchtwasser geschwommen und gleich hintereinander auf die Welt gekommen waren, doch das Leben, das jede für sich gewählt hatte, hatte sie unterschiedlich gemacht. Das Kinn der einen, die ihre Hoffnung auf den Himmel lenkt und das Gesicht nach oben richtet, sieht nicht mehr aus wie das Kinn der anderen, die ihre Versprechungen und ihr Misstrauen auf den Menschen richtet und geradeaus schaut. Ganz zu schweigen von den Lippen, denen die Worte ihren Stempel aufdrücken, und das Schweigen, das durch die Lippen geht. Die Form, die Wölbung, die Weichheit und die Härte, alles ist das Ergebnis der Worte, die gesprochen oder zurückgehalten werden. Elianes Mund zum Beispiel. Alle Befehle und Anweisungen, die sie schon gegeben hat und im Laufe ihrer Karriere noch geben wird, werden ihre Lippen formen und zusammenziehen. Wenn sie in Pension geht, wird sie andere Lippen haben. Die schwindende Elastizität der Mundmuskulatur wird sie breiter und weicher machen. Und was ist mit diesem Doktor Portugali? Er ist Chefarzt, er ist der Maestro, man kann davon ausgehen, dass seine Lippen hart sind und er ein eckiges Kinn hat.

»Wir haben Großmutter heute besucht«, sagt Jael und setzt ihren Rucksack auf. »Sie hat geschlafen wie ein Baby.«

Ja'ara löst ihren blonden Zopf und sagt: »Schwester Sarah ist ganz schön wütend auf dich, sie hat gesagt, dass du Mama Ruth das Leben verkürzt.«

»Hör auf, das ist nur Geschwätz«, unterbricht Jael und bindet sich ihr Kopftuch fester.

»Geschwätz! Was bekommst du für diese Gerechtigkeit? *Room service* im Paradies?«

Anat unterbricht ihr hartnäckiges Schweigen. »Wenn das so funktioniert, dann bin ich bereit, eine Woche lang nicht zu tratschen, und falls Gott mich drängt, sogar zwei Wochen lang.«

Jael wird rot. Gott braucht eine rasche Verteidigung, und die Kräfte sind unterschiedlich verteilt. Zwei gegen eine, und der vierte schweigt.

»Mein Bus...«, sagt sie, küsst ihre Zwillingsschwester und wendet sich an ihre ältere Schwester, um sich von ihr zu verabschieden. Diese, durch ihre hohen Absätze größer, muss sich zum Küssen ein wenig herunterbeugen.

»Ist dein Bus gepanzert?« Sie legt eine Hand auf Jaels

Bauch. »Es ist deine Sache, ob du dich in Gefahr bringst, aber diese beiden, die noch keine Worte haben, tragen doch keine Schuld, oder? Ganz zu schweigen von den dreien, die zu Hause auf dich warten.« Sie streichelt den Jeansstoff, der Jaels Bauch bedeckt, und verkündet: »Sie ist schwanger, im vierten Monat, Zwillinge.«

Jaels Wangen röten sich, sie bückt sich und verbirgt ihren Bauch.

»Komm, ich bring dich zur Haltestelle«, sagt Adam, und die Röte breitet sich von Jaels Wangen über das ganze Gesicht aus. Vielleicht versteht sie, dass er eine Ausrede sucht, um der plötzlich entstanden Unruhe zu entkommen.

»Wir sind so weit voneinander entfernt, obwohl wir uns so nahe sind«, sagt sie zu ihm, als sie die Stufen hinuntergehen.

»Mein Vater ist der Bruder deiner Mutter, wir haben eine gemeinsame Großmutter, und doch sind wir wie Fremde.« Sie geht vor ihm her, mit gesenktem Kopf, und reißt einen Zweig Rosmarin ab.

Die Erde ist feucht und verströmt einen starken Geruch, die Stämme der Pappeln, sauber vom Regen, glänzen, die Wipfel strecken sich zum Mond, die Palmwedel sind schwer und schwarz vom Wasser, die frisch gewaschenen Rosen duften zart. Fast hätte er gesagt, schau, wie schön der Garten unserer Großmutter nach dem Regen ist, aber er sieht, dass sie in sich selbst versunken ist, und schweigt. Erst als sie ins Auto steigen, sagt er: »Herzlichen Glückwunsch zu den Zwillingen.«

»Wir wollen nicht voreilig sein«, sagt sie in entschiedenem Ton, legt ihren Rucksack vor sich auf den Boden und fährt ernst fort: »Einer der beiden Embryos ist nicht in Ordnung, die Ärzte wollten ihn herausnehmen, aber ich habe nicht zugestimmt. Wer bin ich, dass ich mich in die göttliche Vorsehung einmische? Nur der Ewige, gelobt sei er, entscheidet, wer leben wird und wer nicht.«

Sie legt den Sicherheitsgurt an. »Ich weiß nicht, warum ich dir das erzähle, meinen Schwestern habe ich nichts davon gesagt. Ich will kein Mitleid. Eines der beiden Kinder wird sein Leben lang Mitleid benötigen, warum soll man es ihm schon im Mutterleib schwer machen? Solange er in meinem Bauch ist, wird keiner Mitleid mit ihm haben. Du bist Arzt, deshalb bist du daran gewöhnt, das Mitleid beiseite zu schieben.«

»Ich bemühe mich«, sagt er, »aber es gelingt mir nicht immer.« Er denkt an den Brocken, den er im Hals hatte, als Jonathan flehentlich sagte: »Vielleicht ist es ein Irrtum, Herr Doktor, sie haben gesagt, ich soll mich nicht bewegen, wenn sie die Aufnahme machen, aber ich habe mich ein bisschen bewegt...«

Fünfundzwanzig ist sie und schon für drei kleine Menschen verantwortlich, die in ihrem Haus herumrennen, und für zwei Ungeborene in ihrem Bauch, und sie weiß, dass einer von beiden behindert ist. Und sie zwingt dieses behinderte Kind, das gegen seinen Willen gezeugt wurde, das schwere Kreuz ihres Gottes zu tragen. Werden seine Knochen brechen, wird sich sein Rücken spalten? Wird es sterben wollen? Man wird ihm langsam und geduldig klarmachen, dass all das der Wille Gottes ist, unseres Vaters im Himmel, Gott des Erbarmens und der Gnade und der Wahrheit.

Einmal, als er vor dem Stand mit Evas gläsernen Schmetterlingen gesessen hatte, war ein junger, dicker Mann vor ihnen stehen geblieben. Seine Zunge war schwer, er konnte nur mühsam sprechen, und Spucke lief über sein Kinn, und er streckte seinen kurzen Finger nach einem blauen Schmetterling aus. »Das da... Das da...«, schrie er und zog seine Zunge nicht in den Mund zurück. Eva nahm den blauen Schmetterling, der sich im Wind bewegte, und hielt ihn ihm hin. Er fing an zu lachen, seine geschwollene Zunge berührte die gläsernen Flügel, er schloss seine Finger um den Schmetterling und verschwand, und seine kurzen, krummen Beine stolperten, er fiel hin. Erschrocken und gebannt hatte Adam dem Jungen nachgeschaut, bis dieser um die Ecke verschwunden war, dann hatte er Eva gefragt, warum der Mund des Jungen offen gestanden und warum sie ihm den Schmetterling umsonst gegeben hatte.

»Weil er behindert ist«, antwortete sie. »Mach dir keine Sorgen, was ich ihm gegeben habe, war nicht viel wert.«

»Was ist behindert?«

»Einer, bei dem Gott für einen Moment eingeschlafen ist, als er ihn erschaffen hat, vielleicht hat man ihn auch gestört oder verwirrt.«

»Und ich?«

»Du, Schätzchen? Gott war hellwach und konzentriert, als er dich erschaffen hat.«

Er betrachtet das Profil seiner Cousine, das Kopftuch, das ihre Haare bedeckt, ihre Stirn verkürzt und sie älter aussehen lässt, er betrachtet ihr kindliches Kinn, dessen jugendliche Rundung sich gegen das Kopftuch auflehnt und ruft, he, hallo, ich bin fünfundzwanzig...

»Meine Mutter kommt übermorgen zurück«, sagt er und weiß nicht, warum er das sagt.

»So Gott will«, beeilt Jael sich hinzuzufügen, um die Zukunft zu schützen, und legt eine Hand auf die Brust.

»Entschuldige, Adam, dass ich nicht überrascht bin, eine Mutter ist eine Mutter, egal, ob sie sich hinlegt, aufsteht oder unterwegs ist. Ich habe immer geglaubt, dass deine Geschichte gut enden wird, und wenn du erlaubst, danke ich Gott in deinem Namen.«

Die Hand auf der Brust, wartet sie seine Antwort nicht ab und betet: »Wir wollen Dir danken und Deinen Ruhm erzählen für unser Leben, das in Deine Hand gegeben, und unsere Seele, die Dir anvertraut ist, und Deine Wunder, die uns täglich zuteil werden.«

»Wir haben bis heute nicht viel miteinander gesprochen«, sagt er. »Und wenn wir es schon tun, sprechen wir über unsere Sorgen.«

»Sorgen?« Sie richtet sich auf. »Eine Mutter, die zurückkommt, ist eine Sorge? Es ist eine Freude, und auch eine Zwillingsschwangerschaft ist eine Freude.« Sie ärgert sich, ohne sich zu verstellen. Vor dem Busbahnhof hält er an, sie macht sich bereit zum Aussteigen und sagt: »Ich wünsche dir, dass du es lernst, die Geschenke zu akzeptieren, die du bekommst.« Das Lächeln, das es gut meint mit allen, die auf die Welt kommen, ist auf ihr Gesicht zurückgekehrt, und es ist schwer zu sagen, ob ihr Lächeln sich auf ihren Mund beschränkt oder sich bis zu ihren Augen ausbreitet.

Sie steht auf dem Gehweg, hebt die Schultern, schiebt die Riemen des Rucksacks darüber, und die kleine Wölbung ihres Bauchs ist deutlich zu sehen. Sie schaut auf ihre Uhr, dreht sich zu dem Gebäude um, und ihre federnden Schritte kämpfen mit dem langen Jeansrock.

»Ich will dir viel Mühsal schaffen, wenn du schwanger wirst«, so war die erste Frau verflucht worden. Der Fluch hat auch diese junge Frau mit aller Wucht getroffen, und trotzdem ist ihr Schritt leicht. Sie geht, als wäre nichts, als habe das Leben ihr nicht ins Gesicht geschlagen. Bald wird sie einen Zwillingskinderwagen mit den beiden Kindern schieben, die sich jetzt noch ihre Gebärmutter teilen, das eine wird seine kleinen Ellenbogen bewegen und sie für den Existenzkampf trainieren, und das andere, schwach und weich, wird den Himmel über dem Kinderwagen betrachten, und die Vorsehung wird ihm von oben zulächeln und sagen, *c'est la vie*, Schätzchen.

Er fährt zum Haus von Mama Ruth zurück und sieht, dass die Küche dunkel ist, die Fensterläden sind geschlossen, das Licht auf der Terrasse ist gelöscht, das Tor zu. Seine beiden Cousinen haben alles abgesperrt und sind weggefahren, um, befreit von der Anwesenheit der Vetreterin Gottes, in einem guten Restaurant zu feiern. Oder vielleicht sind sie gar nicht weggegangen, vielleicht ist jemand heimlich ins Haus eingedrungen, hat sich auf sie gestürzt und ihnen etwas angetan, bevor er verschwunden ist? Das Scharnier des Fensterladens von Mama Ruths Schlafzimmer ist verbogen, ein Nagel steckt im Scharnier, im trockenen Blumentopf auf der Terrasse glühen die Reste einer ausgedrückten Zigarette. Seine beiden Cousinen sind nicht im Haus, und er weiß nicht, ob sie freiwillig weggegangen sind oder nicht. Das Geschirr, von dem sie gegessen haben, steht gespült auf dem Gitter zum Abtrocknen. Aber die Keksschachtel ist noch offen, der Deckel liegt auf der Marmorplatte, und auch ein offener Deodorantstift steht da, der Verschluss liegt auf dem Boden. Das lässt sich sowohl als Anzeichen von Schrecken und Übereilung interpretieren als auch von Schlamperei oder Faulheit. Ich könnte bei der Polizei anrufen und die Spurensicherung bestellen, damit sie die Fingerabdrücke von dem kaputten Fensterladen abnehmen, denkt er. Andererseits ist die Polizei mit der Wahrung der öffentlichen Ordnung beauftragt, sie setzt nicht leichtfertig die Spurensicherung ein. Sie haben mindestens vierzig Anzeigen vorliegen, es gibt Verkehrssünder, es gibt Politiker, die Informationen zurückhalten, es gibt, es gibt... Da gehört es sich nicht, wegen eines Fensterladenscharniers die Polizei zu behelligen, die sich um die Scharniere des Bösen kümmern muss, abgesehen davon, dass einem die Vernunft sagt, dass einer, der sich einmal am Scharnier eines Fensterladens zu schaffen gemacht und versagt hat, es noch einmal probieren wird. Adam beschließt, in dieser Nacht in Mama Ruths Haus zu schlafen, und wenn der Ein-

brecher zurückkäme, würde er sich mit der Do-it-yourself-Methode gegen ihn wehren. Er streicht über das zerschnittene Foto in seiner Tasche und fragt: »Erinnerst du dich noch an Frau Mach's-selber, die uns die Perlen und die Ammenmärchen verkauft hat?«
Natürlich erinnert er sich daran. Eva war zwischen den Tabletts mit den Perlen herumgelaufen wie Alice im Wunderland, und er hatte vor der Theke gestanden und Frau Mach's-selber mit den Augen verschlungen. Das Blau auf ihren Augenlidern hatte sich in die Falten um ihre Augen geschmiert, auch das Rot ihrer Lippen rutschte in die Furchen um ihren Mund, Perlen hingen in ihren Haaren, an ihren Ohren, um ihren Hals, von ihren Hüften, und wenn sie sich bewegte, klirrte, klimperte und glitzerte es.
»Dein Sohn lässt die Augen nicht von mir. Schade, wenn er ein Mädchen wäre, hätte ich ihn dir zu einer Königin gemacht«, sagte sie zu Eva, und er schämte sich und wurde rot, ging zum anderen Ende des Ladens und lauschte von dort dem Klirren der kupfernen und silbernen Armreifen.
»Warum eine Königin? Er wird ein König sein, er wird das sein, was er sein will«, sagte Eva, hielt sich einen Glasschmetterling vor die Brust und schaute in den Spiegel.
Er packte einen Zipfel ihres Kleids und stampfte mit dem Fuß auf. »Ich will kein König sein. Ich werde Lokomotivführer.«
»Natürlich wirst du kein König. Ein König ist ein bedauernswerter Mensch. Er ist noch nicht mal auf der Toilette allein.«
Er fragte, was das sei, bedauernswert, und die Verkäuferin sagte: »Na ja, nicht allein auf der Toilette, aber *God*, wie viel Geld, wie viel Ehre...« Und Eva sagte, bedauernswert zu sein, heiße, ein armer Mensch zu sein, und betrachtete eine Kette aus glänzenden, türkisfarbenen Steinen.
Frau Mach's-selber senkte ihre schweren Wimpern und

sagte: »Diese Farbe macht deine Augen zum Mittelmeer, was für ein Glück, dass dein Junge deine Augen geerbt hat. Auch bei ihm sind sie wie das Mittelmeer. Was für Augen hat sein Vater?«

»Atlantischer Ozean.«

»Sicher Paul Newman«, sagte Frau Mach's-selber lachend und legte sich eine Hand mit blutroten Nägeln auf die Brust.

Eva trug eine Tüte voller Perlen, Schnüre, blitzender Schnallen und Knöpfe, als sie gingen, und er ein Paket voller Wörter, deren Bedeutung er noch herausfinden musste, »bedauernswert«, »Mittelmeer«, »Atlantischer Ozean« und so etwas wie »Pol Njumen«. Eva zog ihn hinter sich her. Die neuen Perlen und die Vorstellung, was sie mit ihnen verdienen konnte, beflügelten sie. »Nun, Schätzchen, ich habe Arbeit, los, heb deine Füße. Wir müssen unseren Lebensunterhalt verdienen.«

Er trottete neben ihr her und schwieg. Wenn sie ihn am Handgelenk zog, hatte sie keine Geduld für Fragen, sie vergaß, dass seine Beine kürzer waren als ihre und dass in seine Lungen noch nicht so viel hineinpasste. Sie hörte ihn schnaufen und husten und sagte: »Produziere uns ja kein noch so kleines Asthma.« Er produzierte nichts, er verschloss seine Fragen in seinem Bauch und ließ sie bei Mama Ruth heraus. Er erzählte ihr von Frau Mach's-selber, die hundert Perlen um den Hals trug und zwanzig Farben auf dem Gesicht, und fragte: »Mama Ruth, bist du bedauerwert, weil du schon nicht mehr die Prinzessin vom Nil bist?«

»Erstens heißt es bedauernswert, und zweitens merk dir, dass ich bedauernswerter war, als ich noch die Prinzessin vom Nil war. Damals habe ich noch gedacht, dass mir das Leben etwas schuldet, und habe wer weiß was erwartet. Es ist besser, nichts zu erwarten.«

»Und was ist, wenn jemand einen Atalantischen Ozean in den Augen hat?«

»Erstens heißt es atlantisch«, sagte sie, »und wehe dem, der einen Atlantischen Ozean in die Augen bekommt, du weißt doch, wie viel Salz es im Ozean gibt? So einer kann seine Tränen verkaufen und behält noch genug Tränen für diese Welt in Reserve, und für die nächste auch.«

»Und wer ist Pol Njumen?«

»Aha, Paul Newman«, sie lächelte und atmete tief ein. »Paul Newman ist einer, bei dem Gott sich große Mühe gegeben hat, als er seine Augen machte. Schade, dass er sich das Rezept nicht aufgeschrieben hat, ich glaube nicht, dass ihm noch mal so ein Blau gelungen ist.« Sie nickte, ja, ja, und sagte: »Dieser Paul Newman ist ein Filmschauspieler. Weißt du, im Film ›Exodus‹ war das Mittelmeer im Vergleich zu seinen Augen nur so blau wie Wasser, in dem man Jeans gewaschen hat.« Sie dachte nach. »Ich sehe, dass du einen Haufen Fragen mitgebracht hast, gibt es noch etwas, was du nicht gefragt hast?«

»Ja, was ist Asthma produzieren?«

»Ich habe noch nie gehört, dass man Asthma produzieren kann. Es ist eine Krankheit, die du hoffentlich nie bekommst. Und jetzt sag mir, Bandit, woher hast du diesen Haufen Fragen?«

»Von Frau Mach's-selber.«

»Ach so, von der. Neben ihren Lippen haben sogar Rote Bete Anämie.« Sie verzog das Gesicht. »Abends kratzt sie sich mit einem Spachtel herunter, was sie sich morgens aufs Gesicht schmiert. Also, Junge, genug mit diesen Dummheiten, ich gieße jetzt den Granatapfelbaum.« Sie stand auf, strich sich den Kittel über dem Bauch glatt und ging hinaus in den Garten.

Er folgte ihr und blieb auf der Terrasse stehen, er hatte etwas, worüber er nachdenken musste. »Tränen verkaufen« und »Paul Newman« und »Anämie«. Er setzte sich auf die Stufen und dachte, wer seine Tränen verkaufen will, muss eine Flasche vollweinen und einen Zettel mit »Frisches Weinen« draufkleben.

»Siehst du den Himmel?«, rief sie vom Baum herüber. »So ein Blau, nur noch ein bisschen vollkommener, hat Paul Newman in den Augen.«

Er betrachtete das durchsichtige Blau des Himmels und rief: »Ah, ein Atalantischer Ozean.«

»Atlantischer, habe ich dir gesagt.« Ärgerlich richtete sie den Schlauch gegen den Baumstamm.

Dann ging sie ins Haus, und er blieb auf den Stufen sitzen und überlegte, dass er Eva bei ihrem Stand helfen könnte, sie würde Schmetterlinge verkaufen und er Tränen, und am Schluss hätten sie genug Geld für ein Auto. Er versuchte zu weinen, um zu sehen, wie viele Flaschen man mit einmal Weinen füllen konnte, aber die Tränen, die ihm aus den Augen liefen, waren viel weniger als das Wasser, das aus dem Putzlappen kam, wenn seine Mutter ihn auswrang. Ihm wurde kalt, die Sonne stand schon tiefer als die Baumwipfel, und der Himmel wurde rot. Mama Ruth kam heraus, um ihn zu holen, und er rief: »Schau dir dieses Rot an, der Himmel hat entzündete Augen.«

Sie zuckte mit den Schultern, hob sein Kinn und sagte: »Was kümmert mich der Himmel? Du hast eine Entzündung, sag, hast du geweint, oder was? Komm, es wird Zeit, ins Haus zu gehen.«

Er folgte ihr in die Küche, machte den Schrank unter dem Spülbecken auf und zählte drei leere Flaschen.

»Es ist besser, auf nichts zu warten«, hatte Mama Ruth immer gesagt. Dreißig Jahre waren diese Worte in der Welt herumgewandert, und heute Morgen war eine junge Frau in die Praxis gekommen und hatte sie zurückgebracht. »Sie sehen aus, als ob Sie auf nichts warten«, hatte sie gesagt, das Prednisolrezept für ihren Vater genommen und war gegangen.

Mama Ruth hatte auch gesagt, hoffentlich würde er nie wissen, was Asthma ist, und hatte sich nicht vorgestellt, dass er eines Tages so viel über Asthma wissen würde wie sie über Vorhänge. Nichts geht verloren. Die Tränen des Menschen und der Atem seines Mundes werden Teil des Wasserkreislaufs, sein Lachen schließt sich dem flachen Freudenreservoir der Welt an, und die Worte, die er gesagt hat, irren herum, bis irgendeine Iris sie ausspricht. Mama Ruth weint jetzt nicht mehr und lacht auch nicht, sie schweigt, und ihr Schweigen ist lang und wird im Archiv der Klugheit gesammelt und aufbewahrt.

Zu einer anderen Zeit und in einer anderen Stimmung wäre er nicht weniger bereit zu sagen, dass alles verloren geht, dass nichts bleibt, nichts gesammelt und nichts aufbewahrt wird.

Er tastet nach dem zerschnittenen Bild in seiner Tasche und nimmt es heraus. Das Vergrößerungsglas wirft einen blendenden Streifen auf Eva und die Hand, die auf ihrer Schulter ruht. Eine fremde Hand. Wer war der Mann, dem sie gehörte? Was hatte diese Hand berührt, in was hatte sie gewühlt? Wen hatte sie gestreichelt, wen geschlagen? Wer weiß, vielleicht hat Eliane recht, und der Typ, der auf den Oleander gepisst hat, ist von Eva geschickt und weiß etwas über die Hand und ihren Besitzer. Adam würde Eliane jetzt gerne anrufen und ihr vom Fensterladen und von dem Bild erzählen, aber sie ist totmüde, drei raumgreifende Prozesse an einem Tag, das ist *too much*. Sie schläft jetzt, und morgen bringt dieser Portugali sie zur Arbeit. Aber vielleicht schläft sie ja noch nicht. Er wählt ihre Nummer, hört das Besetztzeichen und legt auf, wartet einen Moment, wählt noch einmal, und noch immer ist besetzt. Vielleicht rufen sie aus dem Krankenhaus an, um ihr mitzuteilen, dass Jonathans Zustand sich verschlechtert hat.

Wieder wählt er. Jonathan hat vielleicht erbrochen, hat die Erinnerung verloren, das Bewusstsein.

Er wählt. Ihre Leitung ist frei, aber das Klingeln geht ins Leere. Sie ist nervös. Hat sich schlafen gelegt oder ist noch einmal weggegangen. Ins Krankenhaus? Erneut wählt er. Er lauscht lange dem Tuten in der Leitung und stellt sich vor, wie sie die Hand ausstreckt, um nach dem Hörer zu greifen. Sie stößt ihren Schmuck und das Namensschild vom Nachttisch, seufzt ein gereiztes *Shit*, dreht sich im Bett um, setzt sich auf, schüttelt die Haare zurück und sagt verschlafen und ungeduldig Hallo. Er zählt sieben Klingeltöne, dann noch weitere vier und legt auf.

»Sie warten auf nichts«, hatte Iris vor zwei Stunden zu ihm gesagt. Was würde sie jetzt sagen? Wie hässlich der Overall war, den sie trug, und der unordentliche Zopf und ihre Hände mit den Flecken. Aber heute sahen ihre Augen noch mehr als sonst wie Mispelkerne aus, braun, kalt und offen, eines Tages würde sie die Mama Ruth einer Familie sein. Ihre Einfachheit und ihre Geradheit werden ihr keine Wahl lassen. Es stimmt, er hat noch nie ein wirkliches Gespräch mit ihr geführt, aber er weiß es, sie erwartet nichts vom Leben und versucht nicht, es zu betrügen, sie akzeptiert es, wie sie ihre Körpergröße und ihre Fähigkeit zu atmen akzeptiert. Jael, seine Cousine, glaubt, dass das Leben ein Geschenk ist, für das man dem danken muss, der es einem gegeben hat. Eva verhielt sich dem Leben gegenüber, als wäre es ein weicher, geschmeidiger Teig, sie knetete ihn, biss etwas ab, verschluckte es, verzog und quetschte es, glättete und spannte es, und es antwortete ihr und wurde, was sie wollte, dass es sei. Und übermorgen werden wir wissen, ob das Leben seine Geschmeidigkeit behalten hat oder ob es bitter, hart und zäh geworden ist. Eliane verhält sich dem Leben gegenüber, als wäre es ein Passant, der ihr im Weg steht, sie erwartet, mit dem Auto mitgenommen zu werden, und die Bewegung ihrer Ellenbogen schubst jeden, der stört, zur Seite.

Wäre er nicht der Arzt von Iris und ihrem Vater Schalom Schalom, würde er sie jetzt anrufen und zugeben, dass er Sehnsucht nach ihrer klaren, einfachen Stimme hat, dass er ein Kontra für den verdrehten und verrückten vergangenen Tag braucht. Sie ist vernünftig, sie würde keinen romantischen Unterton suchen, wo es keinen gab, sie würde von alleine verstehen, dass er einen vernünftigen und gleichwertigen Gesprächspartner braucht. Sie ist keine, die in den Worten herumwühlt und etwas anderes heraushört. Blödsinn, es gibt kein Gespräch, das nicht auch Unausgesprochenes enthält. Und trotzdem, wenn Iris jetzt hier wäre, würde er ihr von der Rückkehr seiner Mutter und seiner Unschlüssigkeit, ob er sie am Flughafen empfangen solle oder nicht, erzählen. Iris würde ihre klare Meinung aussprechen, ohne egoistische Erwägungen, sie würde sich nicht um Haus und Garten sorgen, nicht um den Status quo. Aber was ist mit ihm los, noch nie hat er irgendeinen Menschen in seine Entscheidungen einbezogen, er hat sie immer allein getroffen und allein die Folgen getragen, und plötzlich braucht er die Meinung einer Frau, mit der ihn nichts anderes verbindet als die kranken Bronchien ihres Vaters. Monatelang hatte er sich mit der Frage herumgeschlagen, ob er Medizin studieren sollte, und mit keinem Menschen darüber gesprochen, auch nicht mit Mama Ruth. Eines Tages hatte er sie dann in der Küche überrascht und ihr ein Formular hingehalten. »Mama Ruth, lies mal.« Sie hatte sich die Hände abgewischt, ihm das Formular aus der Hand genommen, es weit von ihren Augen weg gehalten und gelesen, man freue sich mitteilen zu können, dass er bei der medizinischen Fakultät angenommen worden sei.

»Du hast deinen Plan also aufgegeben und wirst kein Lokomotivführer.« Sie gab ihm das Formular zurück. »Gut, du wirst also immer deinen Lebensunterhalt verdienen. Gerade jetzt ist mein Cholesterin gestiegen, bis du Arzt bist, werde ich schon mit dem Blutdruck zu tun haben, und, so Gott will, auch mit dem Herzen.« Sie holte einen halbtrockenen Wein, goss zwei einfache Gläser voll, sagte: »Prost!«, trank alles mit einem Schluck aus und sagte: »Gut, und was mache ich mit all den Flaschen, die ich dir aufgehoben habe für die Tränen?« Am Abend legte sie ihre blaue Halskette an und sagte: »Deine zukünftige Patientin lädt dich ins Kino ein«, und sie gingen in den Film ›Die Zeitung von übermorgen‹.

Er erinnert sich an den Film, in dem die Leute ihr Schicksal schon kannten, bevor es sich ereignete, und denkt, wenn ich heute eine Zeitung von übermorgen kaufen könnte, würde ich vielleicht die Überschrift finden: »Wiedersehen von Mutter und Sohn nach fünfundzwanzig Jahren« oder: »Sohn weigert sich, seine Mutter zu treffen, die ihn vor fünfundzwanzig Jahren verlassen hatte« oder vielleicht: »Mutter und Sohn trafen sich nach fünfundzwanzig Jahren, und als sie den Flughafen verließen, wurden sie von einem Müllauto überfahren«. Oder: »Tod einer Frau, die ihren Sohn fünfundzwanzig Jahre lang nicht gesehen hatte, bei der Landung in Tel Aviv«. Das tröstende oder bittere Schicksal der Leinwandhelden entscheidet sich, bevor der Zuschauer die Karte gekauft hat, während das wirkliche Leben anders ist, es ist ein Film, der seine Helden verspottet, ihnen das Ende vorenthält und ihnen keine Zeitung von übermorgen präsentiert.

Er sitzt in der erleuchteten Küche. Alle anderen Zimmer und auch der Eingangsbereich sind dunkel. Im Garten schleichen Katzenpfoten über das Laub, der Himmel, der durch das Küchenfenster zu sehen ist, ist fahl, eine Wolke bedeckt die Grapefruit Gottes. Er macht den Schrank auf und findet eine Flasche Kognak, entkorkt sie, sagt mit lauter, tiefer Stimme: »Prost, Adam!«, setzt die Flasche an den Mund und trinkt, und etwas durchsichtige Flüssigkeit läuft aus seinem Mundwinkel, fließt über seinen Hals und glänzt wie Schweiß.

Eliane hätte das Brennende jetzt weggeleckt, hätte sich Kognak über die Brüste gegossen und ihn eingeladen, davon zu trinken, und er hätte seine Lippen auf ihre Brüste gedrückt, die Flüssigkeit aufgesaugt und hätte... Aber Eliane nimmt das Telefon nicht ab, sie liegt auf dem Bauch und schläft, und morgen früh wird Doktor Portugali sie zur Arbeit fahren. Und Iris? Wieso Iris? Nur die Einsamkeit ist schuld, dass du dich nach Iris sehnst. Er nimmt noch einen Schluck und wählt die Nummer von Schalom Schalom, hört es einmal klingeln und legt auf. Er fährt sich durch die Haare und beschimpft sich selbst, du bist niedergeschlagen, na und, es geht dir nicht schlechter als Millionen anderen Menschen, das Maß der Sorgen, das du dir bis jetzt eingehandelt hast, rechtfertigt nicht die Menge Kognak, die du getrunken hast. Er legt den Kopf zurück und hebt die Flasche an den Mund, trinkt weiter, und der Kognak fließt durch seine Kehle, brennt in seiner Speiseröhre, rutscht in seinen Magen, schickt Alkohol ins Gehirn und vernebelt es. Noch einen Schluck, dann reicht's, sagt er und nimmt noch drei und wählt mit zitternden Fingern Bucharis' Nummer. »Ich bin im Haus meiner Großmutter, hast du Lust zu kommen?« Seine Stimme ist ihm selbst fremd, heiser und wild. Er verkorkt die Flasche und weiß, dass Bucharis kommen wird. Sein Kragen ist mit Kognak bekleckert, der Boden fleckig und klebrig, aber er macht sich nicht daran, diesen Zustand Bucharis zu Ehren zu ändern. So scharf Bucharis ist, was Geldanlagen und Börsengeschäfte betrifft, so naiv ist er in den Dingen des Lebens. Es ist nicht fair, ihn zu hintergehen. Wenn er kommt, wird er zu ihm sagen, Bucharis, dein Freund, der anständige Arzt, ist betrunken. Glaubst du es nicht? Halte deine Nase an meinen Mund, los, rieche an dem stinkenden Arzt. Adam lacht, steht zwischen Spülbecken und Schrank, reißt den Mund auf und verkündet: »Ich, Adam Urija, Sohn von Eva und Krummfinger, entzünde dieses Leuchtfeuer zu Ehren des Müllautos, zu

Ehren des Maestros der Station, zu Ehren verbogener Fensterläden, zu Ehren von geschädigten Embryonen und zu Ehren des Staates Israel.« Er zündet ein Streichholz an und hört es an der Tür klopfen. Mit weichen Beinen geht er zur Tür, öffnet sie und muss sich am Pfosten abstützen. Bucharis füllt den Türrahmen. »Was ist mit dir?«
»Was soll schon mit mir sein? Komm rein.« Er tippt mit dem Finger auf Bucharis' Bauch. »Junge, du bist alt geworden. Woher hast du diesen Bauch? Und was ist mit dem Doppelkinn, das du dir wachsen lässt?« Er greift nach dem Kinn, Bucharis' schwere Hand stößt ihn ins Haus.
»Was willst du von mir, schau dich doch selbst an, du bist betrunken.« Bucharis folgt ihm und macht die Tür zu, schiebt ihn vorsichtig weiter, bis sie sich in der Küche gegenübersitzen.
»Ich darf dich nicht verärgern, Bucharis, du bist viel größer und breiter als ich.« Adam lacht. »Kennst du vielleicht einen gewissen Doktor Portugali?«
»Nein, wer ist das?«
»Ein Schädelsäger. Einer, der mir ein paar Nägel in den Kopf schlagen und mein beschissenes Gehirn reparieren kann.«
»Das kann ich auch.« Bucharis steht auf und befiehlt: »Komm, halte deinen Kopf unter den Wasserhahn.« Er schiebt Adams Kopf ins Spülbecken und dreht den Hahn auf. Ein Strahl kaltes Wasser läuft über die Haare, die Ohren, den Nacken, in die Nasenlöcher und den Mund. Adam fängt an zu zittern, hält eine Wange unter das Wasser, dreht den Kopf und hält auch die andere in den Strahl. Die Kälte dringt ihm unter die Kopfhaut und vertreibt den Nebel. Er füllt ein paarmal den Mund mit Wasser und spuckt es aus. Dann dreht er den Hahn zu, zieht seinen Kopf aus dem Spülbecken und schüttelt ihn. Wassertropfen spritzen von seinem Gesicht und seinen Haaren auf Bucharis' Mantel, auf die Arbeitsfläche und auf den Fußboden.

»Wie du siehst, Bucharis, hast du kein Monopol auf das Elend.« Er nimmt ein Küchenhandtuch und wickelt es sich um den Kopf. »Obwohl ich zugebe, dass ich weniger dafür bezahlt habe, ich habe Rabatt bekommen, ich musste keine achtjährige Tochter begraben, um völlig fertig zu sein.« Er stößt auf, und Alkoholdunst strömt aus seinem Mund.

Bucharis schweigt, er schaut ihn nur an und trommelt mit den Fingern auf den Tisch. Er dreht sich zur Arbeitsfläche um, nimmt den elektrischen Wasserkocher und füllt ihn. »Ein starker Kaffee, und du hörst auf mit dem Selbstmitleid«, sagt er, sucht in Mama Ruths Schränken und findet den Kaffee. Seine Stimme ist leise, sie kommt nicht aus der Kehle, sondern von einem tieferen, wärmeren Ort. Adam wartet, dass Bucharis noch etwas sagt, aber dieser schweigt und beschäftigt sich mit dem Kaffee, mit dem Rücken zu ihm. Er ist so alt wie ich, denkt Adam, er hat hängende Schultern, und sein Rücken krümmt sich unter dem Kummer, sein Nacken ist alt, knochig und schwer. Seltsam, ich sehe ihn jede Woche, und bis ich getrunken habe, habe ich nicht gesehen, wie auffällig die Zeichen sind, die das Leben ihm verpasst hat. Das ist der Junge, mit dem ich auf dem Hof mit Felgen gespielt habe, zu dem seine Großmutter gesagt hat: »Komm essen, Süßer, wie willst du ein Mann werden, wenn du nichts isst?« Und er aß und wuchs und wurde ein Mann und bekam eine süße Tochter, die es nicht schaffte, zu essen und zu wachsen.

Bucharis stellt starken, bitteren Kaffe auf den Tisch, setzt sich, rührt in seiner Tasse und fragt: »Was ist los, Adam?«

Er will sagen, nichts, doch er sagt: »Vor Jahren hast du mich etwas gefragt, und endlich habe ich die Antwort.«

»Ich erinnere mich nicht mehr, was ich gefragt habe.«

»Wann meine Mutter zurückkommt.«

Bucharis' Augen heben sich vom Kaffee und blicken ihn mit der Geduld und der Weisheit an, die er von seiner Großmutter geerbt hat.

»Übermorgen«, sagt Adam.
Bucharis schweigt. So ist er. Seine Gehirnzellen arbeiten langsam und gründlich, und sein Mund wartet, bis sie fertig sind, er eilt ihnen nicht voraus. »Das ist es, was dich durcheinanderbringt?«, fragt er schließlich.
»Ich weiß es nicht.« Adam erzählt ihm von Eliane, die heute Abend müde und verschlossen gewesen ist. »Ich weiß nicht, warum. Wenn ich niedergeschlagen bin, zieht es mich zu einer Frau.«
»Darauf brauchst du kein Patent anzumelden«, sagt Bucharis. »Das hast du nicht erfunden. Mir ist es in der traurigsten Nacht meines Lebens passiert. Als meine Kleine schon fast nicht mehr atmen konnte.« Er legt die Hand um die Tasse und erzählt, dass er im Krankenhaus am Bett seiner Tochter gesessen und beobachtet hat, wie sich ihre kleine Brust hob und senkte. Das Mädchen atmete schwer und schwitzte. Und plötzlich sagte sie: »Papa, vielleicht...«, und schaffte es nicht, den Satz zu Ende zu bringen. Er beugte sich zu ihren Lippen. »Vielleicht was, vielleicht was?« Die Lippen waren aufgesprungen und trocken. Er tauchte ein Handtuch in Wasser, benetzte ihren Mund und flehte: »Vielleicht was? Vielleicht was?«, und merkte nicht, dass die Schwester hereinkam, es fiel ihm erst auf, als er ihre Hand sah, die sich an der Haltevorrichtung über seinem Kopf zu schaffen machte, um den Infusionsbeutel zu wechseln. Ihr Rücken spannte sich über ihm, und er bewegte sich nicht. Die Lippen des Mädchens zuckten, die Worte zitterten in ihrem Mund und kämpften, um herauszukommen. Das Deodorant der Schwester drang in seine Nase, sie befestigte einen durchsichtigen Schlauch am Arm des Mädchens und berührte mit ihrem Bein einen Moment lang seines. Er bewegte sich nicht, die Vene seiner Tochter war verstopft, die Schwester sagte »oj« und spritzte ihr eine durchsichtige Flüssigkeit, streckte die Hand nach dem Beutel aus und da-

bei streifte ihr Schritt seinen Ellenbogen, und sein Glied erwachte und erhob sich.
»Können Sie mir helfen?«, fragte sie. Sie hielt den Arm des Mädchens und bat ihn, die Schraube an der Halterung zu lösen und die Aufhängung höherzuschieben. Er stand auf, und seine Schulter streifte die Brust der Schwester. Er löste die Schraube, drehte sich zur Seite und setzte sich auf den Stuhl, der dort stand. Er versuchte, seinen Körper zu beruhigen, aber seine Augen rebellierten und wanderten zum Po der Schwester, die sich über seine Tochter beugte.

»Sie war nicht schön oder so, Adam, glaub mir, sie war vollkommen normal, auch nicht sehr jung, meine Frau stand ihr in nichts nach.« Bucharis senkt die Augen zum Kaffee, als könnte er darin etwas lesen. »Das soll einer verstehen. Meine Tochter sagte wieder: ›Papa, vielleicht . . .‹ Das war das Letzte, was sie sagte, und ich versuchte, ihr die Worte aus dem Mund zu saugen, ich war wie verrückt, ich wusste nicht, wie ich es anstellen sollte. ›Vielleicht was, vielleicht was?‹, sagte ich zu ihr, ich rief es, ich flehte sie an, und während der ganzen Zeit reagierte mein Körper anders, er kümmerte sich nicht um mich. Wie soll man das verstehen?«

Mama Ruth hätte gesagt: Eins von beiden, entweder Derda oben im Himmel lacht über uns, oder er macht gerade Pause und trinkt eine Tasse Tee.

Bucharis schiebt seine Tasse weg und greift nach seinem Mantel, um zu gehen. »Woher kommt sie, deine Mutter?«

Adam hebt die Schultern, »Keine Ahnung«, und steht ebenfalls auf, um ihn hinauszubegleiten. Der Garten ist dunkel, ein feiner Regen fällt. Er macht ihm das Tor auf, und Bucharis sagt: »Pass auf dich auf.« Er strafft die Schultern, schlägt den Kragen hoch und geht los.

Adam hätte ihn gerne umarmt, aber eine Umarmung wäre für Bucharis wie ein neuer Schuh, aufregend, schön und nicht bequem. Einmal hatten sie sich in die Daumen gestochen, hatten ihr Blut gemischt und einander ewige Freundschaft geschworen. Ewig, kichert er. Nur der Himmel ist ewig. Immer wird er dich von oben betrachten. Nein, das stimmt nicht. Nicht nur der Himmel ist ewig, auch die schreckliche Zeit zwischen einem Wort, das darum kämpft, ausgesprochen zu werden, und seiner Niederlage ist ewig. Papa, vielleicht...

Er steht noch eine Weile vor dem Tor, sucht nach einem Zeichen des Mondes zwischen den dichten Wolkenbergen und findet es nicht. Noch nicht halb elf, und Gott hat seine Grapefruit schon gegessen. Tief atmet er die kalte Nachtluft ein, reibt mit dem Finger über den zerschnittenen Rand des Fotos in seiner Tasche und lehnt sich an den nassen Torpfosten. In einundvierzig Stunden wird sie zurückkommen, er schiebt den Rand des Fotos zwischen seinen Nagel und die Fingerkuppe. Dieses Tor hatte die dünnen Beine getragen, die vor dreißig Jahren hinaufgeklettert waren, und die kleine Brust, die sich über seinen Rand hinaus auf die Straße lehnte, um zu sehen, ob sie zurückkam, nachdem sich das »In zwei Stunden bin ich wieder da« auf vier oder fünf Stunden ausgedehnt hatte.

»Schätzchen«, sagt er laut zu sich, und eine bekannte Gürtelschnalle taucht vor ihm auf und glänzt in der Dunkelheit.

»Ich habe gewusst, dass wir uns wiedersehen«, lacht der Besitzer der Schnalle und zieht an seiner Zigarette. »Und wenn Sie mich fragen, das ist noch nicht das letzte Mal, Doktor.«

»Sie haben Ihren Nagel im Fensterladen vergessen«, sagt er und macht eine Kinnbewegung zu Mama Ruths Zimmer.

»Was für einen Nagel? Sie haben sie nicht alle, Doktor, gehen Sie unter die Dusche.« Der Fremde lacht abermals, wirft die brennende Zigarette auf die nasse Straße, schlägt seinen Mantelkragen hoch, sagt etwas vor sich hin und geht, und nach wenigen Schritten dreht er sich um, ruft: »Einen schönen Gruß an die Doktorin«, und zündet sich eine neue Zigarette an.

Dieser Typ ist weniger interessant als alle anderen Dinge, die mich beschäftigen, denkt Adam und schaut ihm nach, bis die Dunkelheit ihn verschluckt. Er hört das Telefon in Mama Ruths Küche klingeln und bleibt stehen, an den Torpfosten gelehnt, gähnt und atmet den Alkoholdunst aus, der aus seinem Magen aufsteigt. Ich muss acht Stunden herumbringen, bis der neue Tag anfängt, und an diesem neuen Tag wird man Jonathans Schädel öffnen, im Gehirn des gesunden Embryos von Jael werden sich neue Windungen bilden, und der Kranke wird sich dem Tag des Erbarmens nähern, das Ensemble des Nachbarschaftschors wird ›Das Forellenquintett‹ und ›Die schöne Müllerin‹ üben, Eliane wird mit Doktor Portugali zur Arbeit fahren.

»Es gibt dicke Sorgen und dünne Sorgen«, hatte Mama Ruth gesagt, als er über einen geplatzten Ball weinte. »Heb dir deine Tränen lieber für die dicken Sorgen auf. Die dünnen braucht man nur wegzupusten.«

»Ein geplatzter Ball ist eine dicke Sorge«, antwortete er und weinte weiter.

»Also wirklich, wie dick denn?«

»Dicker als du.«

»Wenn das so ist, dann musst du wirklich noch ein paar Stunden jammern.«

Wenn Mama Ruth Sorgen hatte, die sehr viel wogen, holte sie das große Fahrrad, das sie von Nachum geerbt hatte, aus dem Schuppen, sagte, sie habe vor, etwas für ihre Nerven zu tun, hob ein schweres Bein über die Stange und setzte sich auf den Sattel, die Reifen drückten sich unter ihrem Gewicht zusammen, erholten sich und rollten die Straße hinunter. Nach einer Stunde oder mehr kehrte sie zurück, rot im Gesicht und mit wilden Haaren. »Gut, dass dein Opa mir das Rad zurückgelassen hat, weißt du, was es heißt, einen Karton voller Sorgen zu Fuß zu schleppen?«

Er friert. Sein Hemd ist nass vom Wasser, das Bucharis über seinen betrunkenen Kopf gegossen hatte, wieder klingelt das Telefon, ein Nachtvogel tschilpt im Wipfel einer Pappel und pustet seine Sorgen weg. Der Himmel ist schwarz und leer, noch nicht mal ein Glitzern ist zu sehen.

»Dann gibt es eben keinen Mond«, verkündet er und schleppt sich zum Haus. Das Telefon klingelt zum dritten Mal. Er geht ran und hört eine atmende, bedrohliche Stille. Er schnauft verächtlich und klappt das Handy zu.

Sechstes Kapitel

Er macht die Augen auf und weiß nicht, ob der neue Tag schon begonnen hat. Er hat wie ein Stein geschlafen, nur eine Schlammlawine oder ein Tritt hätten ihn von seinem Platz bewegen können. Der Fensterladen von Mama Ruths Zimmer geht nicht auf, er muss erst den Nagel entfernen, der in dem Scharnier steckt. Er geht in die Küche und sieht, dass die Nacht sich schon verabschiedet, sie faltet sich an den östlichen Rändern zusammen und kündet den blassen Tag an. Über den Pappeln ist der Himmel noch dunkel. Adam wäscht sich nicht das Gesicht und streckt sich nicht, um die sanfte Verschlafenheit nicht zu verlieren. Er geht zurück ins Bett, das seine Wärme noch bewahrt hat, und schließt die Augen, und alle Gestalten, die ihn am Vorabend bedrängt haben, ziehen noch einmal an ihm vorbei. Jonathan winkt mit einer Karte für das Spiel des Hapo'el, Anat stößt blauen Rauch aus den Nasenlöchern, Ja'ara tippelt auf ihren hohen Absätzen, Iris singt, Schalom Schalom hustet. An der Spitze des Zugs geht der unförmige Bucharis, die Nachhut bildet Jaels beschädigter Embryo. Klein und nackt läuft er auf krummen Beinchen hinter seinem Bruder her und kann ihn nicht einholen.

Adam wirft die Decke von sich und murmelt: »*Shit*, der Mensch vergiftet seinen Kopf mit Alkohol, geht allein schlafen und wacht mit einem ganzen Gefolge im Bett auf.« Mama Ruth ärgerte sich immer über diejenigen, die sie im Traum bedrängten. »Wenn er mich besuchen will, soll er durch die Tür kommen und ja nicht meinen Schlaf ausnutzen und sich durch die Nasenlöcher einschleichen«, hatte sie gesagt, und Adam hatte ihr geraten zu niesen, dann würde sie diesen Besuch wieder loswerden, erschrocken, weil ihre Wangen, wenn sie aus wilden Träumen aufwachte, eingefallen waren wie die einer alten Frau. Einmal, als sie von Eva geträumt hatte, sprang sie aus dem Bett und rief: »Dass sie sich nachts in mein Gehirn schleicht, ist schlimm genug, aber dass sie noch deinen Spurensucher mitbringt, ist wirklich eine Frechheit. Weißt du, wie verrückt sie mich gemacht haben? Kein Wunder, dass ich den Tag mit einer Kopfschmerztablette beginnen muss.« Er sah, mit welchem Schwung sie aus dem Bett sprang und mit welcher Kraft sie die Decke von sich warf, wie sie den Fensterladen aufstieß und sich abreagierte, sie war noch weit davon entfernt, eine alte Frau zu sein.

Er springt zornig aus dem Bett, stößt den Fensterladen auf. Doch der Fensterladen geht nicht auf. Adam erinnert sich an den Nagel im Scharnier und denkt an den Mann, der in den Oleander gepinkelt und zu ihm gesagt hatte, er solle die Doktorin grüßen, und als er sich an die Grüße erinnert, denkt er an die Doktorin, die wegen ihrer Batterie oder wegen ihres Anlassers von einem anderen im Auto mitgenommen werden muss. Er denkt an sie, und ihm passiert das, was Bucharis geschehen war, als die Krankenschwester sich über ihn gestreckt hatte, mit ihrem Schritt und allem, und er denkt, schau an, ich reagiere noch immer ganz gesund, die Lust und das Begehren, die Probleme, die mich heute Morgen schon bedrängt haben, die Fensterläden und Nägel, die über mich hergefallen sind, sind dünne Sorgen, und was für dünne!, wirklich nur Haut und Knochen. Er streckt die Arme aus, wirft sie in die Luft, rudert mit ihnen wie ein Kraulschwimmer und geht in die Küche. Im Fenster zeigt sich ein grauer Morgen. Gott hat auf dem Boden des Himmels eine Grapefruitschale liegen lassen. Eine durchsichtige, leere Mondschale schwebt über den Pappeln. Die abgestreifte Haut des Mondes beleuchtet jetzt die westliche Hemisphäre der Welt, den Kontinent, den Eva bald verlassen wird, irgendwo in einer Hütte oder einer Herberge packt sie jetzt ihre Kleider ein, und der Mond beleuchtet ihre lialfarbenen Ohrringe und ihre vergoldete Gürtelschnalle, warum hast du Angst, Schätzchen, der Mond schaut jede Nacht herunter... Nein. Er hat keine Angst. Die plötzliche Lust auf Eliane hat einen Schalter in seinem Körper angeknipst, ein Zeichen des Lebens, es gibt einen Grund, für den es sich zu leben lohnt. Der Tag ist noch jung. Die Welt ist voll mit den Schritten gesunder Beine. Doch die schweren Schritte von Bucharis werden vom gesunden Lärm verschluckt, auch die winzigen Schritte des behinderten Kindes.

Adam zieht sich das Hemd an, das er gestern getragen hat. Der Kragen ist noch feucht vom Kognak und vom Wasser, unter das ihn Bucharis gehalten hatte. Er fährt mit dem Finger über das Foto seiner Mutter in der Tasche. Morgen kommt sie zurück. Er muss sich noch nicht gleich entscheiden, ob er sie abholt oder nicht. Die Entscheidung wird letztlich von seiner Stimmung abhängen, vom Wetter, von einem Wort, das gesagt oder nicht gesagt wird. Über dreißig Stunden bleiben ihm noch, alles zu bedenken. Und dann hängt schließlich doch alles von einer plötzlichen Laune ab, ganz unabhängig von Überlegungen, so wie es mit Mama Ruth war, die eine Woche lang wegen der kleinen Schneiderei im ersten Stock nachgedacht hatte. Sie überlegte, ob sie eine Näherin anstellen oder allein weitermachen solle, und wer konnte ihr versprechen, dass diese neue Näherin etwas von ihrer Arbeit verstand und fleißig und ehrlich war. Mama Ruth hängte Zettel im Lebensmittelgeschäft und in der Wäscherei auf und setzte eine kleine Anzeige ins Lokalblatt: »Erfahrene Vorhangnäherin gesucht«. Erfahrene Näherinnen riefen an und wurden zu einem Vorstellungsgespräch gebeten. Mama Ruth befragte sie im ersten Stock, zwischen dem Nähgarn und den langen Stoffballen, lehnte eine nach der anderen ab, und am Schluss blieben zwei übrig, Schoschana und Johanna, zwischen denen sie schwankte. Adam hoffte, sie würde Johanna nehmen, weil ihm dieser Name gefiel. Sie machte sich eine Liste mit den Vorzügen und Nachteilen der beiden Frauen, verglich und überlegte, fügte etwas hinzu, strich etwas weg, und dann klopfte eine Näherin an die Tür im ersten Stock, die nicht angerufen hatte und nicht eingeladen worden war. Mama Ruth sagte: »Ich habe schon eine, nicht nötig.« Die Näherin stand in der Tür und sagte, sie habe zwar nicht angerufen, aber sie sei erfahren, sie habe in einer Büstenhalterschneiderei von Triumph gearbeitet und ... Die Näherin sprach, und Mama Ruth schaute zum Fenster und sah den ersten Granatapfel des Jahres, und vor lauter Überraschung änderte sie ihre Meinung und fragte: »Wann kannst du anfangen?«

»Jetzt gleich«, antwortete die Näherin.

Mama Ruth gab ihr eine Schere, erklärte ihr die alte Nähmaschine und sagte: »Gut, dann fang an.« Damit drehte sie sich um und betrachtete den Granatapfel, der wie eine grünliche Erdnuss aussah und noch der einzige war. Sie hörte die Nadel durch den Stoff rattern, erinnerte sich an die Näherin und fragte: »Wie heißt du?«

Die Näherin biss einen Faden mit den Zähnen ab und sagte: »Samira.«

Später sagte Mama Ruth zu ihm: »Siehst du, der Blumenkohl, den wir auf den Schultern tragen, hält sich für wer weiß wie gescheit, macht alle möglichen Pläne und Überlegungen, was sich lohnt und was nicht, und dann, schwups, taucht plötzlich ein Granatapfel auf, und die ganze Denkerei war umsonst. Auch meine Ehe mit deinem Großvater Nachum ist wegen so einem Schwups zustande gekommen. Es gab keine großen Überlegungen, aber das ist eine andere Geschichte.«

Samira wusste nicht, dass sie wegen einer kleinen, unreifen Frucht angestellt worden war und nur darum ihren Lebensunterhalt verdienen konnte.

Er schaut aus dem Fenster. Der neue Tag hat schon begonnen, und er braucht nicht zu überlegen, was er bringen würde und wem. Wer weiß schon, welcher Tannenzapfen reif wird und gegen das Fenster des Generals schlägt, der Flugzeuge in die Luft schickt und den Schützen befielt, ihre Gewehre zu laden. Solche kleinen Launen führen dazu, dass Menschen ihr Leben behalten oder verlieren. Wie viele Bedürftige werden heute durch die Absperrung gelassen, weil ein Soldat von zu Hause Waffeln bekommen hat, wie viele Kranke werden an der Absperrung zurückgehalten wegen der Blase am Zeh eines anderen Soldaten. Er denkt an Johanna, die er wegen ihres Namens geliebt hatte, und hofft, dass für sie irgendwoanders ein Granatapfel gewachsen ist, schließlich sind es die zufälligen Schwups, die über das Schicksal eines Soldaten oder einer Näherin entscheiden.

Zu Ehren seiner neuen Lebenslust wird er sich heute Morgen schwarzen Kaffe kochen und sich nicht mit Nescafé begnügen. Er häuft Kaffee auf einen Löffel und verschüttet ein wenig. Er rührt den kochenden Kaffee, atmet den bitteren Duft ein, wartet, bis er etwas abgekühlt ist, und fährt mit dem Finger über den gemahlenen Kaffee auf dem Tisch und zeichnet vier verbundene Ringe. Er trinkt einen Schluck, betrachtet die vier Ringe, sagt »Audi« und bläst mit einem Ausatmen alle vier Ringe vom Tisch. Vier solche Ringe sind auf das Auto von Doktor Portugali gelötet und auf alle Audis der ganzen Welt. Portugali. Ein Name, der zu einem Schwups passt, der einem den Kaffee bitter macht und den Vormittag versaut. Blödsinn, nichts macht den Kaffe bitter und versaut den Vormittag. Und wenn er plötzlich keine Lust mehr hat und die Hälfte des Kaffees stehen lässt, liegt das daran, dass er es eilig hat. Er will an seiner Wohnung vorbeifahren, um das Hemd zu wechseln, er will das Foto aus der Tasche des gebrauchten Hemdes in die des sauberen stecken und rechtzeitig in der Praxis sein. Er spült das Geschirr, das er zum Kaffeekochen benutzt hat, seift es ein, wäscht es ab, mit den Augen zum Fenster. Die Mondschale steht über der Palme, verlassen und überflüssig. Ein Sonnenstrahl tastet über die Stämme der Pappeln und über die Terrassenstufen, niedriger als die Baumwipfel und die oberen Ränder der Pfeiler. »Das Küchenfenster ist das Auge des Hauses«, hatte Mama Ruth einmal gesagt. »Von ihm aus sieht man den Himmel und die Erde und alles, was dazwischen ist, aber man muss wissen, wie man schaut.« Er hatte nicht verstanden, wie man anders schauen könnte, als man es tat. Er betrachtet den Himmel durch die gelben Glasflügel des verletzten Schmetterlings und sieht einen grünen Himmel, nun, und das war genau das, was Eva ihm versprochen hatte. »Du, Schätzchen, wirst sehen, was du sehen willst, du wirst sein, was du sein willst...« Und nun sieht er, was er geworden ist.

Trotz der frühen Stunde warten bereits vier Patienten auf ihn. Drei sitzen auf dem Steinmäuerchen, fest in ihre Mäntel gewickelt, und eine Frau läuft mit knarrenden Stiefeln auf und ab. Sie folgen ihm schweigend, ohne Eile, sie wissen, wer vor wem an der Reihe ist, wer nur wegen eines Rezeptes kommt und wer für eine Frage von einer halben Minute. Die Frau wird sagen: »Klar, aus der halben Minute wird immer eine halbe Stunde, aber von mir aus, gehen Sie vor mir rein.«

Es ist noch nicht acht, ihm bleiben noch zwölf Minuten, bis er sie hereinbitten wird. Er macht seine Tür zu und wählt die Nummer von Elianes Wohnung, überlegt es sich anders und legt auf. Warum sollte er sie anrufen, sie sitzt jetzt schon in Portugalis Auto, auf dem Weg zum Krankenhaus, und wenn er sie auf dem Handy anrufen würde, was sollte er ihr sagen, heute Morgen hatte ich Lust auf dich? Oder sie fragen, wie es ihr geht? Sinnlos, denn bei jeder Antwort wird sie daran denken, dass Portugali neben ihr mithört. Sie wird fragen, wie geht's?, und er wird sagen, alles in Ordnung, und du? Auch bei mir ist alles in Ordnung. Wo bist du, bei der Arbeit? Ja. Und du? Unterwegs. Und sonst? In Ordnung. Und bei dir?... Der Mund wird so reden, und das Herz wird rufen, hör auf, hör auf. Er verzichtet auf den Anruf. Er wird sie am Nachmittag sehen, wenn er Jonathan besucht, nachdem Portugali diesem das Hirn aufgemacht, zwischen den Membranen gesucht, etwas entfernt und wieder zugenäht haben wird.

»Ich habe eine kurze Frage wegen der Tabletten für den Zucker«, sagt der Patient, dem die Frau eine halbe Minute gespendet hat. Sie steht schon in der Tür und will herein.

»Diese Tabletten, Herr Doktor, schaden sie der Freude am Leben?« Er schielt zu der Frau hinüber.

»Freude? Welche Freude meinen Sie?«

Der Patient kichert verlegen und schaut zu der Frau in der Tür. »Vielleicht könnten Sie uns eine halbe Minute allein lassen?«

»Eine halbe Minute? Ich hab's gewusst, Schwindler sterben nicht aus, nur...« Die Frau schimpft und schließt die Tür, und der Patient beugt sich vor und sagt leise: »Die Freude mit einer Frau, Doktor, seit ich diese Tabletten nehme, klappt die Sache nicht mehr. Es funktioniert nicht.«

»Das liegt nicht an den Tabletten, das liegt am Zucker«, sagt Adam.

Die Frau klopft an die Tür, öffnet sie einen Spaltbreit und fragt: »Ist das bei Ihnen eine halbe Minute?«

»Schon gut, schon gut, noch eine Sekunde. Aber gibt es dafür eine Behandlung, Herr Doktor?«

»Ja.«

Die Frau schiebt die Tür weiter auf. »Hören Sie, man gibt Ihnen den kleinen Finger, und Sie nehmen die ganze Hand.«

»In Ordnung, in Ordnung, was sind das für Leute, kein bisschen Geduld, macht diese Sekunde Sie etwa reich? In Ordnung, kommen Sie rein, Sie brauchen mir keinen Gefallen zu tun.« Der Mann dreht sich um, bleibt einen Moment an der Tür stehen, er ist einen Kopf größer als die Frau. »Also, es gibt eine Behandlung, Herr Doktor? Gut, dann komme ich irgendwann in dieser Woche noch einmal.« Er bleibt noch einen Moment stehen, dann geht er und vergisst, die Tür zu schließen. Vielleicht ist er so versunken in die Hoffnung auf eine Wiederherstellung seiner Freude oder in das Bedauern über das widerwillige Wohlwollen der Frau.

Die Frau und alle anderen, die nach ihr hereinkommen und wieder gehen, legen ihre schmerzenden Glieder auf das Krepppapier der Liege, machen den Mund auf, winkeln das Knie an, atmen tief, ziehen das Hemd aus, zeigen einen Fuß oder eine Brust vor, je nach Bedarf. Das Papier zerknittert unter ihnen. Der Arzt berührt schmerzendes Fleisch, lauscht, betastet, drückt und lässt los, sagt, was war und was nicht war, und sie stehen auf, knöpfen sich die Bluse zu oder ziehen Reißverschlüsse hoch, schließen Gürtel oder binden Schnürsenkel, und er schreibt ihnen Rezepte für Medikamente aus, Überweisungen für Untersuchungen oder für Röntgenaufnahmen oder Angaben für eine Diät.

Nein, diese Zusammenfassung ist nicht richtig. Wer es so ausdrücken will, kann es tun. Eliane zum Beispiel. Er hat ihr schon mehr als einmal gesagt, dass die Last, die auf dem Krepppapier liegt, viel schwerer wiegt als das, was Fleisch, Blut und Knochen wiegen, denn sie enthält zusätzlich das Gewicht von Verwirrung, Angst, Hoffnung und anderen Erzeugnissen der Seele.

»Du versuchst den Beruf aufzupeppen«, hatte sie geantwortet, »letztlich sind wir Techniker der biologischen Maschine. Wer zu den Spitzentechnikern gehören will, arbeitet in einer Klinik, und wer Standardarbeiter sein will, geht in eine Allgemeinpraxis. Versuche nicht, deine Entscheidung zu einer Berufung hochzustilisieren oder so. Du bist noch am Anfang deines Weges, du wirst schon noch sehen, welche Menschen dir gegenübersitzen. Im Laufe der Zeit wirst du nur noch ihre Hämorriden sehen, ihre entzündeten Rachen, ihre abgenutzten Knorpel, und daran wirst du hängenbleiben. In einem Krankenhaus kommst du jedenfalls weiter, du beschäftigst dich mit Forschung, mit Geräten, mit geistigen Aufgaben, debattierst mit Kollegen. Machst Fortschritte.«

Er hatte stundenlang mit ihr diskutiert, mit ihr gestritten, versucht, ihr ihren Irrtum nachzuweisen, und am Schluss war sie bei ihrer Meinung geblieben und er bei seiner.

Weiterkommen. Wohin? Wer bestimmte, dass die Identifizierung der Abweichung eines Neurons im Gehirn Fortschritt und Weiterkommen bedeutete und die Identifizierung von Angst oder Erleichterung in den Mundwinkeln oder im Rachen hieß, auf der Stelle zu treten?

Nach vier Stunden leert sich das Wartezimmer. Er packt zusammen, macht den Computer und das Licht aus, schließt die Praxis ab und schaut auf die Uhr. Er wird Eliane anrufen und sie fragen, ob Jonathan die Operation schon hinter sich hat, was sie gefunden haben, was sie herausgenommen haben. Er wird ihr vorschlagen, zusammen in der Cafeteria des Krankenhauses zu Mittag zu essen. Aber ihr Telefon verkündet, die Inhaberin des Anschlusses sei vorübergehend nicht erreichbar, sagt aber nicht, ob die Inhaberin des Anschlusses Patienten untersucht, sich mit Gehirnforschung beschäftigt, mit Kollegen debattiert oder auf der Toilette ist. Adam schließt die Praxis ab und fährt zur Klinik. Einen Moment lang bleibt er bei den anderen stehen, die auf den Aufzug warten und dessen Kommen auf dem Täfelchen mit dem roten Pfeil im Auge behalten. Der Pfeil ändert seine Richtung und die Farbe, die Aufzugtür geht auf, spuckt die Herunterkommenden aus und verschluckt die Hinauffahrenden. Doch bevor der Metallkäfig sich schließt und mit den in ihm Gefangenen nach oben fährt, dreht Adam sich zum Treppenhaus um und geht zu Fuß hinauf zum achten Stock. Er sagt sich, wenn er noch ein Dutzend Stockwerke mehr hochsteigen müsste, würde er es mit derselben Leichtigkeit schaffen. Seine Beinmuskeln haben die Übung des fünfjährigen Jungen bewahrt, der die vielen Stufen in der Ben-Jehuda 36 hinaufgelaufen war, und hunderte von anderen Treppen, die seine Mutter geputzt hatte. Und nicht nur die Muskeln, auch seine Sinne haben die Fähigkeit bewahrt, Dinge zu erraten und herauszufinden. Zum Beispiel, wer die Parfümwolke verströmt, die aus dem zweiten Stock kommt und im dritten verschwunden ist, eine ältere Frau, die Aufzügen misstraut und auf ihren geschwollenen Beinen von Stock zu Stock kriecht? Oder das junge Mädchen, das immer zwei Stufen auf einmal nimmt? Von wem stammt die Schmutzspur auf den Stufen? Wer hat das Geländer im achten Stock mit einer fettigen Hand angefasst? Was hat getropft und eingetrocknete Flecken auf der Treppe hinterlassen? Blut? Kakao?

Fragen dieser Art hatten sein kleines Gehirn beschäftigt, wenn er auf der Schwelle saß und darauf wartete, dass der Schrubber seiner Mutter die letzte Stufe erreichte. Er rührte in zusammengedrückten Zigarettenkippen herum, manche bis zum Filter abgeraucht, manche nur zur Hälfte, und dachte sich haarsträubende Geschichten über die unbekannten Raucher aus, gab jeder Zigarette Lippen, Gesicht und Mimik, erfand Seeräuber, Schiffbrüchige und Verbrecher, Polizisten und Diebe. Eva sah, wie er gedankenverloren mit den Kippen spielte und das Leben der unbekannten Raucher erforschte, und sagte: »Du rührst diesen Dreck nicht mehr an, Schätzchen, der Teufel weiß, welcher Mistkerl sie geraucht und mit seiner Spucke verdreckt hat.«

»Schätzchen«, sagt er halblaut zu sich, kommt im achten Stock an und macht die Tür auf, die zum Flur der Neurologie führt. Er berührt das Bild in seiner Tasche und denkt, nie habe ich »Mama« gesagt, wenn ich nachts in den Garten ging oder wenn ein Hund mich angegriffen hat, statt sie zu rufen, habe ich den verletzten Schmetterling angefasst, den sie mir geschenkt hat. Jetzt ist es nicht dunkel, und es gibt auch keinen Hund, aber dieser Flur hat etwas an sich, was ein »Mama« rechtfertigen würde. Ich besuche einen Jungen, der mal perfekt gesehen hat, und ich bin bereit zu wetten, dass dieser Junge einen Moment, bevor man ihm den Schädel aufgesägt hat, »Mama« rief.

Ein Essenswagen steht im Flur, aus dem Edelstahlgeschirr steigt der Duft von Hühnersuppe und gekochten Kartoffeln auf, ein Mädchen vom Zivildienst sammelt Tabletts vom Mittagessen ein, kippt Reste weg und schiebt die Tabletts in die Schienen des Wagens. Er geht bis zum Ende des Flurs, zur Intensivstation der Neurologie, wo Frischoperierte so lange bleiben, bis es ihnen besser geht oder bis sich herausstellt, dass es für immer vorbei ist.

An der Schwesterntheke bleibt er stehen. »Ich bin der Arzt des Jungen, der heute operiert wurde, Jonathan.«

»Er wurde heute nicht operiert«, unterbricht ihn die Schwester und hebt den Blick nicht von den Papieren, in die sie vertieft ist.

»Er wurde heute nicht operiert?«, fragt Adam, und sie schweigt, ein Schweigen, das wohl heißt: Das habe ich doch gerade gesagt, warum fragen Sie dann noch mal?
»Wo liegt er?«
»Zimmer acht.«
»Und Doktor Eliane?«
»Was ist mit ihr?«, fragt die Schwester, und ihr Gesicht sagt: Sehen Sie nicht, dass ich zu tun habe?
»Ist sie auf der Station?«, fragt er und denkt, eine solche Schwester hat vermutlich mehr als einen Schwups, der ihr den Tag verbittert.
»Sie ist in einer Besprechung«, antwortet sie und hebt den Blick, sieht ihn, fährt sich mit der Hand durch die Haare und schiebt eine Locke hinters Ohr. »Sie sind jetzt alle bei dieser Besprechung, in Zimmer zwei. Möchten Sie, dass ich sie rufe?«
»Nein, wir werden sie nicht stören«, sagt er und sieht, wie die Verlegenheit ihre Locke hinter dem Ohr hervorrutschen und über die Wange fallen lässt. Sie bedauert ihre Unfreundlichkeit, sie möchte mir helfen und etwas für mich tun, denkt er, ich könnte es ihr leichter machen, etwas fragen, ihr die Möglichkeit geben, sich besser zu fühlen, aber ich verteile keine Wohltaten, und außerdem habe ich nichts mehr zu fragen.
»Und Portugali, ist er auch bei der Sitzung?« Die Frage rutscht ihm heraus, ohne dass er es gewollt hat.
»Professor Portugali? Natürlich, er leitet die Sitzung«, antwortet sie bereitwillig.
Professor. Er hat also schon einen Professorentitel, dieser Portugali, er ist schon aufgestiegen. Adam bedankt sich bei der Schwester und geht zu Zimmer acht. Professor. Sein erster Professor war einer, der einen bunten Morgenrock über seinem haarigen Bauch trug. Als er heranwuchs, lernte er andere Professoren kennen, viele von ihnen sind seine Lehrer

gewesen, ihre Kittel waren alle weiß, und von ihren Bäuchen darunter hatte er keine Ahnung.

Zwei von drei Betten in Zimmer acht sind leer. Die Betttücher sind unordentlich, die Kissen zerdrückt, Getränkeflaschen stehen auf den Nachttischen. Im dritten Bett, dem am Fenster, liegt ein Junge mit einem rasierten Kopf. Er hat die Augen geschlossen, Kopfhörer in den Ohren, sein Daumen klopft im Takt der Musik, die er hört, auf das Bettgestell. Ein Infusionsbeutel tropft in seine Ader.

Also haben sie ihn schon rasiert. Sein Schädel ist nackt und bereit.

Adam berührt den Arm des Jungen und sagt: »Jonathan.« Er öffnet die Augen, blinzelt, öffnet sie wieder. »Ah, Doktor Urija. Ich glaube es nicht. Sie sind zu mir gekommen?« Jonathan lächelt, zieht sich die Kopfhörer von den Ohren und streicht sich über den kahlen Schädel. »Sehen Sie, Herr Doktor, sie bereiten mich für die Flotte vor. In der Kriegsmarine gibt es keinen Einzigen, der keine Glatze hat.« Er kichert. »Keinen Einzigen. Das hilft beim Tauchen. Dort ist ein Stuhl, Herr Doktor, schade, meine Eltern sind schon lange weg. Wenn sie gewusst hätten, dass Sie kommen... Doktor, die Glatze ist eine Kleinigkeit im Vergleich mit dem, was sie mit mir machen werden.«

Adam stellt den Stuhl dicht neben das Bett und fragt, für wann die Operation geplant sei.

»Das hängt von dem Ödem ab, das ich im Gehirn habe. Sie warten, dass es abnimmt, vielleicht morgen. Ich kriege etwas dagegen.« Er deutet auf den Infusionsbeutel. »Mir ist es egal. Nur die Sache mit dem Gleichgewicht stört mich. Ich kann nicht gehen, wo es keine Wand gibt. Wenn ich mich nicht an der Wand abstützen kann, falle ich hin. Zum Beispiel bin ich gestern zur Toilette gegangen, und wenn mein Bettnachbar nicht gewesen wäre, wäre ich gefallen. Er hat gesehen, wie ich geschwankt habe, und hat mich im letzten Moment festgehalten. Seither haben sie mir ein Gitter um das Bett gemacht, aber ich lasse es immer runter, ich will nicht, dass sie ein Baby aus mir machen.« Er lächelt bitter, spürt die Hand des Arztes auf seiner Schulter und wird ernst. Er hat schon gelernt, dass das Leben nicht verschwenderisch mit solchen Gesten umgeht, keine Hand berührt die andere, wenn sie nicht einen tiefen und berechtigten Grund dafür hat.

»Kann ich Sie etwas fragen, Herr Doktor?« Jonathan hebt den Kopf vom Kissen, betrachtet die Hand auf seiner Schulter und legt den Kopf zurück. »Ist Ihr kleiner Finger wirklich krumm? Oder liegt es an meiner beschissenen Sehkraft, dass ich ihn krumm sehe?«

»Du siehst ausgezeichnet, er ist krumm.« Adam streckt die linke Hand aus und bewegt sie.

»Ich hatte plötzlich Angst, dass ich nicht nur doppelt sehe, sondern auch anfange, alles krumm zu sehen.« Jonathan lächelt und will noch etwas sagen, aber Stimmen nähern sich dem Zimmer und bringen ihn zum Schweigen. Er und auch der Arzt drehen sich zur Tür.

Dieser violette Pullover steht ihr gut, denkt Adam, als er Eliane in der Tür auftauchen sieht, und der Mann ist zweifellos der Professor, der sie in seinem Auto mitgenommen hat. Und sein Kinn ist kantig und stark, wie ich gedacht habe. Fähig, einen Schädel zu spalten.

»Hi«, sagt sie, wechselt zu einem formellen Ton und stellt ihm ihren Begleiter vor. »Professor Portugali, unser Chefarzt.« Sie wendet ihm das Gesicht zu. »Und das ist Doktor Adam Urija, der Hausarzt des jungen Mannes.« Sie hat den Unterschied deutlich gemacht, Chefarzt und Hausarzt des jungen Mannes. Die beiden Ärzte nicken einander höflich zu, und Portugali fragt: »Und der junge Mann, was ist mit ihm? Hat man ihm das Dexamethoson gegeben, das ich angeordnet habe?« Die Haare des Professors sind grau und dicht, voll, zur Seite gekämmt, die Stirn ist hoch und breit. Adam betrachtet die langen Kerben um den Mund des Professors und fragt sich, ob das Kinn und die Kiefer sich seinem Rang angepasst haben oder ob Portugali auch so aussähe, wenn er Schreiner oder Müllfahrer geworden wäre.

»Wenn es keine Überraschungen gibt, bist du der Erste morgen früh. Ich wünsche dir, dass du dich gut fühlst«, sagt der Professor, dreht sich um und bedeutet Eliane, vorauszugehen.

»Ich fühle mich gut«, sagt der Junge zu dem Arzt, der ihm schon den Rücken zugedreht hat. »Es ist nur die Sache mit meinen Augen und mit dem Gleichgewicht, Herr Doktor. Abgesehen von diesen beiden Dingen geht es mir super.«

»Genau wegen dieser beiden Dinge bist du hier«, sagt Eliane. Sie wechselt mit dem Hausarzt des Jungen einen Blick, den man vertraut nennen könnte, und der Arzt fragt: »Haben Sie ein paar Minuten Zeit für mich, Frau Doktor?«

»Ja, in einer Viertelstunde, in Zimmer drei.«

Nachdem der Professor und seine Assistentin gegangen sind, sagt der Junge: »Sie ist ziemlich hart, diese Frau Doktor. Aber mein Vater hat gesagt, sie ist nicht hart, sie ist eine, die etwas von ihrer Arbeit versteht. Gestern hat sie sich mit dem Patienten in Bett eins angelegt, mit dem, der mich gestützt hat, als ich beinahe gefallen wäre. Er hat sich mit ihr gestritten wegen seiner Medikamente. Er hat sie angeschrien, und sie hat ihm geantwortet wie ein Mann. Meinem Vater hat das gefallen, er hat gesagt, man merkt ihr an, dass sie was von ihrer Arbeit versteht.« Er berührt den Infusionsschlauch und sagt: »Es ist mir egal, was sie mit mir machen, Hauptsache, ich kann hinterher wieder mitten durch den Flur laufen, nicht an die Wand gedrückt wie eine Eidechse.«

Diese Sicherheit passt zu seinem Alter, er hat noch nicht genug Enttäuschungen erlebt, um zu zweifeln oder misstrauisch zu sein. Adam betrachtet den nackten Schädel des Jungen, die Glatze, die sein Gesicht kleiner und erwachsener erscheinen lässt. Als ich zwölf war, habe ich auch alles geglaubt, ich hatte keine Zweifel, dass Eva auf dem Weg nach Hause ist, dass es sich nur um Stunden handelt oder höchstens um Tage, bis sie durch das Tor treten und lachend rufen würde, ich habe mich ein bisschen verspätet, Schätzchen, aber da bin ich. Als ich sechzehn war, glaubte ich, nichts auf der Welt könnte Mama Ruths kräftigem Körper schaden. Aber wenn man fünfunddreißig ist, gibt es nicht mehr viele Dinge, deren man sicher ist, man hat schon gelernt, dass das Leben launisch ist und man nicht sagen kann, wann es Hoffnungen zunichte macht und auf deine Kosten lacht. Er sieht das traurige Gesicht des Jungen und die neuen Pubertätspickel, die auf seinem Kinn sprießen, und sagt: »Was hast du mit der Karte fürs Fußballspiel von Hapo'el gemacht?«

»Ich habe sie meinem Bruder gegeben, ich schaue mir das Spiel auf Video an, mein Vater nimmt es für mich auf.« Jonathan lächelt. Der Gedanke an das Spiel macht ihm Freude.

»Hapo'el wird das Spiel mit links schaffen«, sagt er, und von der Tür her sind rollende Räder zu hören, und jemand fragt: »Welches Spiel?«

»Gegen Maccabi.«

Mit einem weißen Verband um den Kopf tritt der Patient von Bett eins ein und zieht einen Infusionsständer hinter sich her, der mit seiner Vene verbunden ist. »Das hängt davon ab, wen sie ins Tor stellen«, sagt er und setzt sich auf sein Bett.

Ich kann wieder gehen, denkt Adam, Jonathan ist nicht allein, er hat jemanden, der ihn stützt, wenn er auf dem Weg zur Toilette schwankt, er hat jemanden, mit dem er sich wegen der Chancen von Hapo'el streiten kann, der für Maccabi ist.

Er legt die Hand auf den Arm des Jungen und fühlt seine Wärme durch den Stoff. »Wir sehen uns nach der Operation«, verspricht er und denkt, Mama Ruth würde jetzt sagen, man muss Gott bitten, er soll kein großer Held auf Kosten von

Kindern sein. Wenn er zerstören will, soll er es tun, aber warum ausgerechnet die schönste Frucht seines Werkes? Das ist es, was sie zu Bucharis gesagt hatte, als es dessen Tochter so schlecht ging, bis nur noch Gott sie hätte retten können. »Danke für den Besuch, Herr Doktor.« Jonathan hebt die Augen zu ihm und bemüht sich, den Blick zu fokussieren. Adam drückt seinen Arm, steht auf und geht zur Tür, dort dreht er sich noch einmal um, hebt die linke Hand und streckt vier gerade und einen krummen Finger aus. »Ich halte morgen die Daumen«, sagt er.

»Für wen?«, fragt der Junge, jetzt ernst.

»Für Hapo'el«, antwortet Adam und verlässt schweren Schrittes und gebeugt das Zimmer, als habe sich eine Faser von Jonathans Pyjama in seinen Schuhen verheddert und würde ihn zum Straucheln bringen.

Eliane steht mit dem Rücken zur Tür, versunken in die Röntgenaufnahmen von Gehirnen, die auf dem Lichtkasten hängen. Er stellt sich hinter sie, und sie merkt es nicht, bis er ihr in den Nacken bläst und ihre Haare teilt. Sie tritt einen Schritt vor und dreht sich um. »Du hast mich erschreckt.«

»Das Violett steht dir, Frau Doktor.« Er schiebt sein Gesicht zu ihrer Wange, sie stößt ihn zurück und wirft einen Blick zur offenen Tür.

»Wir sind an einem öffentlichen Ort«, sagt sie.

»Na und? Diese Öffentlichkeit hat schon schlimmere Sachen gesehen.« Er zieht sie an sich und küsst sie auf den Mund. Ihre Lippen sind kalt und hart. Die Falte zwischen ihren Augenbrauen wird schärfer und tiefer. »Was hältst du von einem Mittagessen in der Cafeteria?«

Sie legt die Hand auf den Bauch. »Ich bin voll. Ein Assistent hat Tiramisu zur Besprechung mitgebracht, und du kennst mich ja . . .«

»Und was ist mit einer Tasse Kaffee?«

Sie ist nicht interessiert, aber sie weiß nicht, wie sie ihm das sagen soll, sie sucht nach einem Ausweg, Arbeit, ein dringender Fall, eine Sitzung, Kopfschmerzen… Ein Wunder, dass die Welt nicht weiß ist von den vielen weißen Lügen, die jede Minute ausgesprochen werden. Eine Frau klopft an die offene Tür und wendet sich an Eliane. »Entschuldigen Sie, Frau Doktor, ich bin die Frau von Schmulewitsch aus Zimmer fünf. Darf er schon etwas trinken?«

Schmulewitschs Frau ist sich nicht bewusst, dass sie eine weiße Lüge verhindert, die der Frau Doktor schon auf der Zunge lag, und dass sie, wäre sie zu einem anderen Zeitpunkt gekommen, wohl kaum so herzlich behandelt worden wäre.

»Nein, er beherrscht seine Schluckmuskeln nicht, aber das ist kein Grund zur Sorge, er trocknet nicht aus, er bekommt Flüssigkeit durch die Vene.« Der berufsmäßige Ausdruck kehrt auf Elianes Gesicht zurück und verdrängt alles andere.

»Vielen Dank, Frau Doktor. Man tut hier wirklich sehr viel für ihn.« Die Frau lächelt das unterwürfige Lächeln der Abhängigen und kehrt zu ihrem Mann zurück. Eliane, selbst bedürftig, nutzt die Chance, die sich ihr bietet. »Dein Patient hat wirklich einen Mordstumor im Gehirn, spricht er noch vernünftig?«

»Er schweigt auch vernünftig«, antwortet er und tut, als verzichte er auf den Kaffee oder habe es sogar schon vergessen, jedenfalls erwähnt er die Einladung in die Cafeteria nicht mehr. Stattdessen fragt er sie, wie es mit ihrem Auto weitergehe. Sie sagt, der Mechaniker sei dagewesen, habe sich den Wagen angeschaut und dann abgeschleppt, in einer Stunde wolle er anrufen und sagen, was war und wie viel es kosten würde.

Er sieht die Begeisterung, mit der sie über den Mechaniker spricht, und denkt, sie braucht das kaputte Fahrzeug, um Zeit zu gewinnen, ihr Mund spricht von Anlasser und Batterie, und ihr Kopf überlegt fieberhaft, wie sie dem überflüssigen Kaffeetrinken mit ihm entkommen kann. Wenn sie Glück hat, wird sie zu einem Notfall gerufen und ist ihn los. Und ich? Ich interessiere mich für ihren alten Renault und tue so, als hätte ich ihr nie einen Kaffee vorgeschlagen. Zwei armselige Lügner, denkt er und kichert in sich hinein, und ihr Redeschwall bricht ab. »Warum lachst du?«, fragt sie.

»Weil es lächerlich ist.«

»Was ist lächerlich?«

»Du und ich. Zwei Feiglinge. Du fliehst zur Werkstatt und ich lasse es zu, weil es mir angenehmer ist, etwas über den Mechaniker zu hören, als von dir, dass du keine Lust hast, mit mir Kaffee zu trinken.«

»Gut, dann machen wir es kurz.« Ihr Gesicht ist angespannt, sie weicht seinem Blick aus. »Es ist nicht so, dass ich keine Lust habe, aber...«

»Ohne aber. Ich kenne dich, meine Liebe, und ich habe keine Klagen.«

Sie schweigt beschämt, aber ihr ist anzusehen, dass sie erleichtert ist. Diese Mischung aus Erleichterung und Beschämung ist ihm nicht fremd. Mama Ruth hatte ihn einmal gefragt: »Wo warst du bis jetzt?«, und er hatte versucht, sie von sich abzulenken und ihr deshalb von einem Hund erzählt, der sich auf den Briefträger gestürzt hatte. »Hörst du, Mama Ruth, der Hund ist auf ihn losgestürzt und hat ihm die Stromrechnung von irgendjemandem aus der Hand gerissen, und dann stand er da, den Brief zwischen den Zähnen.« Mama Ruth fragte, von welchem Monat die Rechnung gewesen sei und welche Adresse auf dem Umschlag gestanden habe, und je mehr Details er von dem Angriff des Hundes erzählte und umso mehr er die Panik des Briefträgers übertrieb, umso weniger fragte sie, und als er einen Moment schwieg, um Luft zu holen, fragte sie: »Wo warst du bis jetzt?«

»Bei Boas, einem Jungen aus meiner Klasse«, log er, und seine Ohren glühten. Er versuchte dem soeben gestorbenen Briefträger neues Leben einzuhauchen. »Mama Ruth, du kannst dir nicht vorstellen, wie er gerannt ist, die Briefe in seiner Tasche sind hochgehüpft...« Aber Mama Ruths Gesicht zeigte, dass sie dem Schicksal des Briefträgers gegenüber gleichgültig war und nicht wissen wollte, ob der Hund ihn erwischt und gebissen hatte und statt seiner die Briefe ausgeteilt hatte. Sie interessierte sich nur für eine Sache, nämlich dafür, dass er bei keinem Boas gewesen war und sie anlog. Der Hund konnte bis morgen Briefe zerreißen, Mama Ruth ablenken konnte er nicht. »Wo warst du bis jetzt?«, fragte sie zum dritten Mal.

»Im Kino«, gab er zu. »Ich bin in einen schon laufenden Film gegangen. Ich habe mich unter Leute gemischt, die auf der Toilette waren, und der Kartenabreißer hat nicht gemerkt, dass ich keine Karte habe.« Auf einmal fühlte er sich erleichtert. Sie wird mit mir schimpfen, dachte er, sie wird gereizt sein, worauf wartet sie denn, sie soll mich schon strafen. Ihre Finger trommelten auf den Tisch, und plötzlich ballte sie die Hand zur Faust und schlug auf den Tisch, als wäre er ein armseliger Lügner, dann stand sie auf und ging hinaus in den Garten, nahm das Fahrrad und fuhr los. Sie hätte das Fahrrad nicht benutzt, wenn ihr das Paket Sorgen nicht zu schwer gewesen wäre. Wie viel wog seine blöde Lüge eigentlich, so viel wie ein Sack Mehl? Wie sechs Kartoffeln?

Eine Stunde später kam sie verschwitzt und schwer atmend zurück, lehnte das Fahrrad an die Wand und sagte: »Die Rechnung, die dieser Hund geschnappt hat, war unsere Stromrechnung. Ich habe ihn getroffen, er war auf dem Weg zur Bank, um sie zu bezahlen.«

»Hier, ich zeige dir etwas«, sagt er, zieht das zerschnittene Foto aus der Tasche und hält es Eliane hin.
»Wer ist diese schöne Frau?« Sie hält das Bild vor den Lichtkasten und betrachtet das Foto, wie sie zuvor die Aufnahmen des zerschnittenen Schädels betrachtet hat.
»Das sind meine Eltern.«
»Ich sehe nur eine Frau. Deine Mutter?«
»Ja. Und die Hand auf ihrer Schulter, das ist mein Vater.«
»Hör mal, deine Mutter ist wirklich toll.« Eliane betrachtet die Gestalt. »Sie hat dir eine großartige Wirbelsäule vererbt. Abgesehen von dem geraden Rücken siehst du ihr aber überhaupt nicht ähnlich.«
»Und was sagst du über meinen Vater?«
»Jemand hat ihn vermutlich nicht leiden können und aus dem Foto entfernt.« Sie fährt mit ihrem langen Finger über die Schnittkante, hält das Foto vor die Neonlichtfläche und lacht. »Da hast du wirklich tolle Sachen geerbt, die gerade Wirbelsäule von ihr, den krummen Finger von ihm. Du bist reich, Doktor, man wird von dir noch Erbschaftssteuer verlangen.«
»Sie bekommen die Spitze vom Fingernagel.«
Eliane gibt ihm das Bild zurück und fragt, ob er seine Mutter abholen werde. »Mal sehen«, sagt er und hat auf der Stelle genug von den flachen, nichtssagenden Sätzen, die sie wechseln, alles nur Geplänkel. Schade, dass es keinen Gehirnscanner gibt, der die richtigen Worte aus den grauen Zellen herauslesen kann.
Er steckt das Foto ein. »Ich gehe«, sagt er und geht durch die offene Tür. »Warte einen Moment, nur eine Sekunde...«, hört er sie hinter sich rufen und antwortet ihr nicht. Er geht an Zimmer acht vorbei, ohne hineinzuschauen. Er hört Räder über den Boden rollen, vermutlich hilft jemand einem anderen auf dem Weg zur Toilette. Jonathans Welt kam ins Wanken. Sein Schädel war rasiert zu Ehren der Militärflotte

oder zu Ehren des Schlachtmessers, das Eintauchen wird glatt und der Abgrund tief sein, und aus der Tiefe wird er rufen, und vielleicht werden sich Ohren für sein Flehen öffnen. Oder auch nicht. Adam geht hinunter zur Cafeteria, kauft sich einen Milchkaffee und setzt sich mitten in den Raum, an einen Tisch, von dem man sehen kann, wer hereinkommt und wer hinausgeht, und weil er lange genug dasitzt, sieht er den violetten Pulli und das kantige Kinn hereinkommen. Sie hat nicht gelogen, was das Tiramisu betraf, sie ist wirklich satt. Der Professor lädt sich sein Tablett voll, während sie sich mit einer Flasche Mineralwasser begnügt. Sie bezahlen, blicken sich in der Cafeteria um und wählen einen Tisch am äußeren Rand, und auf der Linie zwischen dem Mittelpunkt der Cafeteria und ihrem äußeren Rand treffen sich die Blicke der Frau Doktor mit denen des Hausarztes. Ihre Mineralwasserflasche schwankt einen Moment auf dem Tablett, dann steht sie wieder ruhig, und Eliane auch. Sie stößt den Professor leicht mit dem Ellenbogen an, dass er ihr folgen solle, und geht entschlossen auf Adams Tisch zu.

»Können wir uns zu dir setzen, Doktor Urija?« Sie zieht mit ihrer freien Hand einen Stuhl herbei. »Ich bin mir nicht sicher, ob der Professor von deiner Einladung begeistert ist«, antwortet er, lehnt sich zurück, eine Hand über die Brust auf die andere Schulter gelegt, die Beine nach vorn gestreckt.

Der Professor ist tatsächlich nicht begeistert. Er schaut ungeduldig in die Suppe, die auf seinem Tablett dampft, und fragt, warum sie sich dazusetzen sollten, es gebe doch genug freie Plätze, und abgesehen davon sehe es aus, als sei der Doktor schon mit dem Essen fertig, warum sollten ihn zwei, die noch nicht angefangen haben, nun aufhalten? Professor Portugali, der daran gewöhnt ist, zu schneiden und harte Entscheidungen zu treffen, dreht sich zu einem anderen Tisch um und stellt sein beladenes Tablett darauf, und sie

folgt ihm und stellt ihre Wasserflasche ihm gegenüber, sagt etwas und kommt zum Tisch des Hausarztes zurück.
»Es ist nicht so, wie du denkst, Adam, ich will es dir erklären.« Sie setzt sich ihm gegenüber, mit eckigen Schultern, den Kopf nach hinten gelehnt.
Er zieht seine vorgestreckten Beine zurück und lauscht dem, was zu hören er erwartet hatte, sie hätten einen komplizierten Fall auf der Station, die Ärzte hätten dazu unterschiedliche Meinungen, sie hätten keine Sekunde freie Zeit, um die Dinge zu besprechen, sie seien auf die Idee gekommen, die Mittagspause dazu zu nutzen...
Adam hebt die Hand und bedeutet ihr aufzuhören und fühlt, dass er vor allem Mitleid mit ihr empfindet. Es ist traurig zu sehen, wie sie sich dreht und wendet, man kann fast sehen, wie ihre Halsschlagader sich krümmt. Er kennt sie, morgen oder in einer Woche würde sie sich verachten, und wozu das alles?
»Ich muss gehen.« Er nimmt seine Hand von der Schulter, steht auf und wundert sich, dass er fast gelassen ist. Die Frau, die ich mag, sogar liebe, hat mich fallen gelassen und ist mit einem anderen in die Cafeteria gegangen, von mir aus kann es sein, wie es will. Wenn mir etwas Sorgen macht, dann ist es meine stumpfe Seele, das Wühlen in mir selbst, um so etwas wie Kränkung, Wut, Eifersucht zu entdecken. Denn alles, was ich finde, ist eine trockene Höhle. Er betrachtet Elianes weißen Hals, die bläuliche Ader, die sich in ganzer Länge daran entlangschlängelt, ihre Salzfässchen, den tiefen Einschnitt zwischen ihren Brüsten, und hat Lust, sie zu umarmen, zu küssen, mit ihr zu schlafen. Ja, auch jetzt. Und er freut sich. Nicht alles ist ausgetrocknet, die Lust lebt noch, sie kann mich noch zerstören, und es ist besser, dass ich jetzt gehe. Ich habe Lust, also lebe ich. Endlich eine Botschaft. Er steht auf, und die Autoschlüssel in seiner Tasche klimpern, er sieht, wie Portugali Salz in seine Suppe streut und einen prü-

fenden Blick über seinen Teller schickt. So sind Männer. Er prüft mich. Er vergleicht sich mit mir, und sein Gesicht sagt, dass der Vergleich zu seinen Gunsten ausfällt.
»Triff keine voreiligen Entscheidungen, Adam«, sagt sie, »heute ist nicht dein Tag.« Nervös trommelt sie mit den Fingern auf die Membran des Stethoskops, das sie um den Hals hängen hat. »Du bist nicht gerade vernünftig, einen Tag vor dem Rendezvous mit deiner Mutter.« Sie erhebt sich, steht ihm gegenüber, und der Duft nach Desinfektionsseife steigt von ihren Händen auf.
»Habe ich dir schon gesagt, wie gut dir das Violett steht?«, fragt er, nimmt die Autoschlüssel aus der Tasche, dreht sie in der Luft und geht zwischen den Tischen hindurch nach draußen. Auf dem Parkplatz schaut er hinunter in das grüne Tal, das sich vor dem Krankenhaus erstreckt, und denkt: Ich brauche für meine Sorgen kein Fahrrad. Meine Päckchen kann ich in meiner Hemdtasche tragen, zusammen mit einem Stift und dem zerschnittenen Foto.

An dem Tag, als er die Geschichte mit dem Postboten und dem Hund erzählt hatte, kam Mama Ruth von ihrer »Befreiungsfahrt« zurück, lehnte das Fahrrad an die Wand und sagte: »Was für ein Glück, dass dein Großvater mir das Rad hinterlassen hat.« Er biss sich auf die Lippe und wusste, dass seine blöde Lüge mindestens so schwer gewesen war wie eine Wassermelone. Sie betrachtete sein niedergeschlagenes Gesicht und sagte: »Falls dein Hund das nächste Mal vorhat, sich auf den Kartenabreißer des Kinos zu stürzen und ihm eine Karte abzunehmen, dann sag ihm, er soll doch gleich zwei nehmen.«
Damals hatte er sie geliebt, er wollte etwas für sie tun und wusste nicht, was, er bückte sich und nahm die Wäscheklammer weg, die ihr Hosenbein zusammenhielt, zog den kurzen Strumpf hoch, den sie trug, und glättete ihre Hose, damit sie den Strumpf bedeckte.

»Und der Film, in den du dich reingeschmuggelt hast, war er gut?« Sie legte eine Hand auf seinen Kopf und wühlte in seinen Haaren.

»Beschissen.«

»Was für ein Jammer, eine Lüge für einen beschissenen Film zu vergeuden. Weißt du was? Jeder Mensch hat eine bestimmte Anzahl von Lügen, die ihm zustehen. Wer all seine Lügen vergeudet, ist verloren. Man hört auf, ihm zu glauben.«

Er erschrak. »Und wie viele Lügen stehen mir zu?«

»Das weiß man nicht. An dem Tag, an dem man aufhört, dir zu glauben, weißt du, wie viele Lügen du gehabt hast. Willst du einen guten Rat umsonst? Stell dir immer vor, du hättest nur noch eine Lüge, dann wäre dein Anteil aufgebraucht.«

Er erschrak noch mehr. Er würde noch ein paar Lügen in seinem Leben brauchen, das war klar. Und wie sollte er wissen, was als Lüge galt und was nicht? So oft sagte er zu ihr: »Du bist schön, Mama Ruth.« War das eine Lüge oder keine? Und was war, wenn sie ihn fragte: »Warum bist du so schlecht gelaunt, ist etwas passiert?«, und er dann seinen verletzten Schmetterling in seiner Hosentasche rieb und sagte: »Nichts, mir tut der Kopf weh«, aber der Kopf ihm nicht wehtat. Eine Lüge oder nicht? Und die Male, wenn er die Wahrheit in seinem Bauch bewahrte oder sie nur zur Hälfte aufdeckte, oder wenn er so tat, als höre er ihr zu und in Wirklichkeit an etwas ganz anderes dachte, oder wenn er zu Bucharis sagte: »Das verrate ich nicht«, wenn dieser ihn fragte, wann seine Mutter zurückkäme. Eines war sicher, Mama Ruth hatte ihr Kontingent an Lügen nicht verbraucht. Sie sagte die Wahrheit, auch wenn diese Wahrheit brannte wie eine Wunde.

Seit eineinhalb Jahren ist Mama Ruth nun stumm, sie hat noch einen Riesenvorrat an Lügen übrig, der sich aber leider nicht an andere weitergeben lässt. Er betrachtet das Tal zu seinen Füßen. Auf dem Hang blühen schon die Mandelbäume, weiße Kraniche fliegen mit nach Süden gereckten Hälsen über das Tal hinweg. Die Mondsichel ist ein trockener Fleck auf dem Tisch des Himmels. Er könnte Mama Ruths Rollstuhl vor dieses Tal stellen, vor dieses Blühen, das sich am Hang entzündete. Sie ist fähig zu weinen, wenn sie so etwas sieht, obwohl sie sonst überhaupt nicht viel weint, nur bei guten Dingen, oder bei den schlechten, die Gott macht. Über Dinge, die Menschen machen, flucht sie oder knirscht mit den Zähnen. Morgen kommt Chawale, Die-da, Eva oder wie sie sich auch immer nennt, zurück, und er hat keine Ahnung, ob Mama Ruth weinen oder mit den Zähnen knirschen wird, denn er weiß noch nicht, ob Eva wegen Gott zurückkommt oder wegen der Menschen.

Er strafft seine Schultern, streckt die Arme zur Seite, dreht den Hals, reißt den Mund auf, atmet tief die kühle Luft ein und denkt, ich müsste jetzt traurig sein, aber ich bin froh. Alle Fakten sprechen gegen mich, die Frau, die ich liebe, trinkt in dem Gebäude, das sich hinter mir erhebt, Mineralwasser in Gesellschaft eines anderen Mannes, wilde Zellen wuchern in Jonathans Gehirn, gestern war ich betrunken, der Fensterladen von Mama Ruth hat sich verbogen, ich habe in einer Schublade die Hand meines Vaters gefunden, meine Mutter kommt zurück, und trotz alledem weite ich meine Brust, vergrößere den Abstand zwischen den Rippen, recke den Hals länger, und wenn ich mich noch ein bisschen mehr anstrenge, fliege ich wie ein Kranich. Der Mann, der den Abfall zusammenfegt, geht vorsichtig um mich herum, er sieht meine Hand nach oben winken und denkt, dass ich bete, er versucht mich nicht zu stören, er betrachtet mich aus einer Wolke von Staub, die er zusammenfegt, und entfernt sich ehrerbietig.

Er winkt dem Straßenkehrer zu, und dieser senkt den Kopf zu dem Haufen Abfall und kehrt eifrig weiter. Er hebt die winkende Hand weiter in den Himmel und lacht, was für ein Idiot bin ich doch, was heißt da ehrerbietig, dieser Arbeiter hält mich für verrückt, deshalb läuft er weg. Dichte Schäfchenwolken bedecken den Himmel und verdunkeln das Tal. Die Mandelbäume stechen hell davon ab, die weißen Blüten strahlen festlich und fremd in dem dämmrigen Tal. Morgen kommt Lady Adam zurück. Bevor sie ging, gab sie ihm einen zerbrechlichen Schmetterling. Wer hat gezählt, wie oft seine kleinen Daumen den Schmetterling gestreichelt haben, wie oft er durch ihn den Mond betrachtet hat? Die Flügel sind vom vielen Benutzen abgewetzt und blass geworden. Was wird sie ihm mitbringen, wenn sie morgen kommt? Einen Mohrenkopf. Wie er sie kennt, wird sie sich vor den Kopf schlagen und sagen: Oh, der Mohrenkopf, ich habe ihn auf dem Flughafen in Brasilien vergessen, oder in Rom, Paris, Barcelona... Wie schade, Schätzchen, es war ein Mohrenkopf mit einer rosa Füllung. So rosa wie das Kleid, das ich mal hatte, erinnerst du dich? So war die Füllung. Aber das ist nicht schlimm, Schätzchen, wenn du unbedingt einen willst, mach einfach die Augen zu und stelle dir vor, du isst einen Mohrenkopf. Soll er ihr etwa erzählen, wie oft er die Augen zugemacht hat, wie er seine bittere Spucke runtergeschluckt hat und wie die süße Füllung, die sie ihm versprochen hatte, in seinem Mund sauer wurde und ihm die Kehle verbrannte?

Wenn du den Geschmack von Mohrenkopf nicht gespürt hast, Schätzchen, dann hast du es vermutlich nicht genug gewollt.

Streng dich an, Dummkopf, schimpfte er mit sich, mach die Augen zu, wie es sich gehört. Und er kniff mit aller Kraft die Augen zu und hatte Angst, dass sie ihm vor lauter Zukneifen ins Gehirn rutschen und die Augenhöhlen leer zurückbleiben würden. Mama Ruth ging die Wände hoch vor

Wut. »Wenn du etwas unbedingt willst«, unterbrach sie ihn spöttisch. »Was für ein Blödsinn! Ich will unbedingt eine Million Dollar haben und zwanzig Jahre alt sein, nun, und was habe ich davon, von diesem Wollen? Nichts hoch vier.« Er verstand, warum sie eine Million Dollar wollte, aber nicht, warum sie zwanzig Jahre alt sein wollte. »Mama Ruth, du warst doch schon mal zwanzig, warum willst du es noch einmal sein?«

»Um zwei, drei Fehler in meinem Leben zu vermeiden und um einiges zu reparieren.«

Heute wird er ihr das zerschnittene Foto zeigen. Jetzt schläft sie. Schwester Sarah lässt ihre Schutzbefohlenen zwischen zwei und vier schlafen. Und während die Schutzbefohlenen neue Kraft für das nachmittägliche Starren schöpfen, schreiben die Schwestern ihre Berichte, füllen die Medikamente und die Bettwäsche in den Schränken auf, trinken Kaffee, schielen zum Fenster und warten darauf, dass sich am Himmel die Anzeichen der Dämmerung zeigen, denn dann werden sie ihre Schutzbefohlenen der nächsten Schicht übergeben und selbst hinausgehen ins Leben. Er macht ihnen keine Vorwürfe. Jeden Tag aufs Neue sind sie gezwungen mit anzusehen, wie runzlig das Leben ist, nachdem man es gelebt hat, und wie hohl und armselig die letzte Zeitspanne verläuft. Wer könnte ihnen Vorwürfe machen, dass sie von hier weg zum Einkaufszentrum laufen und sich einen neuen Pullover oder ein Eis kaufen oder eine Karte fürs Kino. Irgendetwas Neues, Duftendes, Brot, Unterhosen, etwas »für die Frau«, etwas, das beweist, dass sie ihre Zukunft noch vor sich haben. Einen kurzen Trost für jene, die jeden Tag die Ruinen der Vergangenheit füttern und waschen müssen.

Wie ist er nur auf eine so blöde Idee gekommen? Mama Ruth ist keine Ruine, und sie gehört nicht zur Vergangenheit. Sie ist ein Mensch, dem eine Ader im Gehirn geplatzt ist. Er

ist wütend auf sich und dreht sich zu seinem Auto, um einzusteigen, da klingelt sein Telefon.
»Was machst du heute Abend?« Dafis Stimme klingt ruhig und besänftigend.
»Ich gehe ins Konzert.«
Wie ist er jetzt darauf gekommen? Bis zu diesem Moment hatte er kein Konzert im Kopf. Wer erinnert sich an Iris' öffentliche Chorprobe, wer hat überhaupt vor, dort hinzugehen?
»Konzert?« Dafi lacht. »Das ist es, was du tun wirst, bevor dein Dasein als Waisenkind zu Ende geht?«
»Hast du einen besseren Vorschlag?«
»Ja. Komm zu uns. Assaf und Momi kommen auch. Das wird bestimmt nett.«
Assaf und Momi. Es dauert einen Moment, bis es ihm einfällt, Assaf und Momi sind Dafis Brüder, seine Cousins, die er nicht mehr gesehen hat, seit Mama Ruth ins Heim gekommen ist. Er braucht weniger als eine Sekunde, um zu kapieren, dass sie ihm nicht gefehlt haben. Dafi hat gesagt, es werde bestimmt nett werden. Die Leute sagen »nett«, um ein erträgliches oder unverbindliches Beisammensein zu beschreiben. Scha'ul, Dafis Offizier, wird sicher auch da sein, und wenn Scha'ul da ist, redet man über Dinge, über die in den Zeitungen geschrieben wird, Militär, besetzte Gebiete, Zerstörungen, Vereitelungen von Terroranschlägen, das Töten von Terroristen. Über Dinge, die nicht in der Zeitung stehen, wird nicht gesprochen. Scha'ul schweigt über Dinge, über die es geboten ist zu schweigen. Seine Augenbrauen heben sich bis zum Rand seiner Stirn, und er lächelt das sichere Lächeln eines Agenten von der Spionageabwehr, das so viel bedeutet wie: Es tut mir leid, dass ich euch an den sensiblen Kenntnissen, die ich habe, nicht teilhaben lassen kann, ihr würdet in die Luft gehen, wenn ihr wüsstet, dass . . .
Adam würde heute zu Dafi gehen, wenn er mit ihr und

ihren kleinen Kindern allein wäre. Gern würde er dem Babygeschrei lauschen, dem bedeutungslosen Gebrabbel, das aus der Kehle kommt und nicht aus dem Gehirn, dem Weinen aus dem Bauch. Kleine Menschen, die vor allem von ihrem Instinkt geleitet werden.

»Mal sehen, vielleicht komme ich nach dem Konzert auf einen Sprung vorbei«, sagt er und denkt, was für ein Genie derjenige doch gewesen ist, der die Formulierungen »mal sehen« und »vielleicht« erfunden hatte, Versprechen und Ablehnung in einem Atemzug. Eva hätte die zehn Jahre ihres Mutterseins nicht überstanden ohne »mal sehen« und »vielleicht«. Glaubst du, wir werden genug Geld für ein Auto haben, wenn du all diese Schmetterlinge verkaufst? Mal sehen, vielleicht. Kannst du mir ein Fahrrad kaufen? Mal sehen, vielleicht. Wirst du mal heiraten? Mal sehen, vielleicht. Zum Glück war ihr kleiner Kunde naiv und unschuldig genug, um ihr all die Malsehens und Vielleichts abzukaufen, die sie großzügig verstreute. Dafis Babys geht es gut, weil sie diese Worte vorläufig noch nicht brauchen, man muss ihnen nichts versprechen und wird nicht angeklagt, ein Versprechen gebrochen zu haben. Auch Mama Ruth und die anderen Bewohner des Heims brauchen diese Worte nicht mehr, aber im Unterschied zu den Babys haben sie die gehaltenen und nicht gehaltenen Versprechen schon hinter sich. Aber auch sie werden, wie Dafis Zwillinge, von einem leeren Bauch gesteuert, von Schmerzen, vom Hunger nach Liebe. Und um ihren letzten Hunger zu stillen, reicht es, ihre Hand zu halten oder ihnen langsam den geschrumpften Kopf zu streicheln.

Dafi lacht. »Es kann sein, dass Eran auch kommt, meine Brüder haben Sehnsucht nach mir.«

Das versteht er gut. Wenn ich eine Schwester wie Dafi hätte, denkt er, würde ich sie alle zwei Tage besuchen, ich würde sie einmal am Tag anrufen, ich würde zu ihr sagen,

Dafi, dein Lachen ist gerade nur aus dem Mund gekommen, dein Herz hat nicht mitgelacht. Wenn sie könnte, würde sie Scha'ul mit ihren Brüdern und den Babys zu Hause lassen und mit ihm ins Konzert gehen. Wenn die Männer mit der Armee und mit Vereitelungen anfangen, bekommt Dafi Kopfschmerzen. Momi streitet mit Assaf und verkündet, dass ihnen kein einziges Sandkorn zusteht, bevor sie ihre Waffen nicht bis zur letzten Kugel abgegeben haben, kein einziges Sandkorn... Und Dafi serviert Rugelach und Böreks, die Momi beruhigen und von seinem Terrorgerede abbringen sollen, damit Assaf nicht mit seinen Gegenargumenten anfängt und Scha'ul nicht sein gewisses Lächeln lächelt.

»Du kommst also?«

»Mal sehen, vielleicht.«

Eine Offensive von Cousins. Er hat sie über anderthalb Jahre nicht mehr gesehen. Und plötzlich fällt das ganze Parlament über dich her, das sich früher an den Samstagen unter Mama Ruths Granatapfelbaum versammelt hat, all jene, mit denen du zusammen in der Bewässerungsgrube herumgelaufen bist, während über euch die reifenden Granatäpfel in den Himmel wuchsen, der auch keine Grenzen kannte. Damals hast du noch davon geträumt, Filme zu machen, wie sie die Welt noch nicht gesehen hat, und deine Träume waren so real und so wertlos wie der Sand, der an deinen Schuhen klebte.

Der Straßenkehrer fuchtelt mit seinem Besen, um einen Hund zu vertreiben, der an einem Abfallhaufen schnüffelt. Der Hund weicht zur Seite und bleibt vor dem erhobenen Besen stehen, als überlegte er, ob er den Mann angreifen oder nachgeben solle, was willst du von mir, du lebst von deinem Besen, und ich lebe vom Abfall, jeder tut das, wozu er bestimmt ist. Aber der Straßenkehrer ist nicht zu einem Gespräch aufgelegt, er schwenkt den Besen, bürstet die Luft, und der Hund reißt das Maul auf, um zu bellen, überlegt es sich anders, schließt das Maul und läuft davon.

Eine Szene, die ich als Symbol für die Existenz benutzen würde, wäre ich Regisseur geworden, denkt er. Damals, als er davon träumte, hatte er aufmerksam auch die abgedroschensten Details der menschlichen Existenz beobachtet: eine Hand, die Unterhosen an eine Wäscheleine hängte oder aus einem Fenster winkte, ein Schal, der im Wind flatterte, ein weinendes Kind, eine Zigarette, die einen Finger versengte. Diese Details existierten nicht für sich selbst, sondern waren ein Symbol für etwas anderes, als käme Leben zustande, um sein eigenes Symbol zu sein. Als brauche das Leben Symbole für sich selbst. Aber seit er Arzt geworden war, benutzte das Leben keine Symbole mehr. Ein geschädigter Embryo im Bauch einer Frau oder eine wuchernde Zelle im Gehirn eines jungen Mannes waren keine Symbole, für nichts.

Er bückt sich, hebt einen Kiesel auf, wirft ihn hoch und lauscht auf das Zischen in der Luft über dem Tal. Hätte dieser Stein ein Gehirn, hätte er sich über die Hand gewundert, die ihn geworfen hat, warum hatte sie ihn unter allen anderen Steinen ausgewählt, warum hatte sie ihn hochgehoben und mit Gewalt freigelassen, warum hatte sie den einen vom Boden genommen und den anderen liegen gelassen. Adam war zehn gewesen, als Mama Ruth zu ihrem jährlichen Besuch bei Großvater Nachum auf den Friedhof ging. Sie hob einen Stein auf, legte ihn auf den Grabstein und sagte zu Adam: »Such dir einen eigenen Stein und lege ihn hin.« Er fand einen winzigen Stein und legte ihn auf den Grabstein, und als Mama Ruth sich umdrehte, nahm er den Stein vom Grab, legte ihn wieder auf den Boden und murmelte: »Du tust mir leid.«

»Ich brauche dir nicht leid zu tun«, fuhr Mama Ruth ihn an.

»Nicht du, der Stein. Es gefällt ihm bestimmt nicht, auf ein Grab gelegt zu werden.«

»Mach dir keine Sorgen um den Stein. Er wird nicht lange dort liegen. Die Totengräber fegen die Grabsteine sauber und legen die Steine wieder auf den Boden, damit sie wiederverwendet werden können. Schau nur, glaubst du, dass es hier genug Steine für die vielen Toten gibt, die hier liegen?«

Er dachte über die Steine nach, deren Schicksal es war, von einem Toten zum nächsten zu wandern, hob seinen kleinen Stein wieder auf und nahm ihn mit hinaus aus dem Friedhof.

Am Abend sagte Mama Ruth: »Du bist der erste Mensch, den ich kennengelernt habe, der Mitleid mit Steinen hat.«

Er freute sich. »Du bist der erste Mensch«, das war nicht etwas, was man zu einem Kind sagt, das waren Worte, die ein Erwachsener zu einem anderen Erwachsenen sagt.

Die Wolken fliegen über das Tal und verteilen sich wie eine erschrockene Herde, stoßen in südlicher Richtung und werden gestoßen, und Licht fällt wie ein Wasserfall auf die blühenden Mandelbäume am Berghang. Adam betastet das zerschnittene Foto in seiner Tasche. Manchmal räumt er den verletzten Schmetterling von einer Tasche in die nächste, genau wie seinen Personalausweis. Eliane sagt dann: »Der arme Schmetterling weiß nicht, dass er die Aufgabe hat, deine Mutter zu verkörpern.« Und gelegentlich schiebt sie ihre Hand in seine Hosentasche und sagt: »Komm, schauen wir mal, wie deine Mutter sich heute fühlt«, dann streichelt sie den Schmetterling in seiner Hosentasche, und ihre langen Finger berühren durch das Hosenfutter seinen Schritt. Eliane. Wieder verspürt er Lust. Er hätte jetzt gern ihre zehn Finger in den Hosentaschen, damit sie das Hosenfutter streicheln und den Reißverschluss öffnen würde, damit sie beide sich auf den Hang werfen und ihre Kleider im dichten Gras verstecken würden.

Er steigt ins Auto, startet den Motor und braust davon. Der Straßenkehrer lässt seinen Besen sinken und schaut ihm nach, der Hund, der am Rand des Geländes schläft, hebt den Kopf, spitzt die Ohren und bellt.

»Sie müssen hier unterschreiben.« Schwester Sarah legt die Vollmacht vor ihn auf den Tisch, betrachtet ihn gespannt, und er unterschreibt sofort. »Kaum zu glauben«, sagt sie.

»Was?«

»Dass Sie unterschrieben haben, ohne zu diskutieren.« Sie lächelt kurz, lehnt sich zurück, lässt die Hände sinken, als wären sie plötzlich leer. Man sieht ihr an, dass sie zum Kampf gerüstet war, sie war bereit, das Geschütz »Vorschriften, wie ein Kranker auf einer Spazierfahrt außerhalb des Heims zu behandeln ist« auf ihn abzufeuern, sie war bereit zu streiten und ihm zu drohen, dass das Heim außerhalb des Geländes keine Verantwortung für das Schicksal des Patienten übernehme, dass, wer jemanden nach eigenem Ermessen hinausbringe, das Heim von der Verantwortung für sofortige oder später auftretende Schäden, die dem alten Menschen daraus entstehen könnten, befreie. Aber Adam ist Arzt, deswegen sind ihm solche Vorgänge vertraut, und er unterschreibt das Formular.

Er lächelt, und auch Schwester Sarah lächelt, aber sie lässt ihr Lächeln nicht frei, bricht es sofort ab. Doch trotz allem scheint hinter der Schwester Sarah eine vernünftigere und empfindsamere Sarah zu stecken.

»Freuen Sie sich, dass die Angelegenheit ohne Kampf zu Ende geht, oder bedauern Sie es?«

Sie wird rot und wühlt in den Papieren auf dem Tisch. »Natürlich freue ich mich.« Sie ist an Fragen, die ihren Gemütszustand betreffen, nicht gewöhnt. Sie ist weder jung noch alt, denkt er, nicht schön und nicht hässlich, sie hat weder etwas Anziehendes noch etwas Abstoßendes an sich.

Und plötzlich reißt etwas auf in der gestärkten Fassade von »Schwester Sarah«, und durch den Riss ist eine Person aus Fleisch und Blut zu erkennen. Er schaut die Generalin der Schlaganfallabteilung an, will etwas Besänftigendes zu ihr sagen und weiß nicht, was.

»Sorgen Sie dafür, dass ihre Großmutter ihr Aldomin nimmt, wenn Sie sie mitnehmen«, sagt sie schnell, um die Öffnung zu schließen und ihre Position wiederherzustellen. Er bedankt sich bei ihr und hat keine Ahnung, wofür er sich bedankt. Aber das kümmert ihn nicht, an einem Dank ist noch niemand gestorben. Er verlässt den Eingangsbereich und hört seine Schritte hinter sich durch den Flur hallen, auf dem Weg zu Mama Ruths Zimmer.

Sie sitzt in ihrem Bett, das hochgestellt ist, mit einem verwunderten Blick in dem offenen Auge. Nur Gott weiß, was ihr Gehirn von dem, was ihre Augen weitergeben, überhaupt aufnimmt. Was gibt es schon zu staunen in diesem Zimmer, in dem kaum etwas anderes zu sehen ist als ganz banale Dachbalken, weiße Wände, grüne Trennwände, im Fenster ein grauer Himmel in der Größe eines Unterhemds an der Wäscheleine und verblasste Sonnenblumen von van Gogh an der Wand? Was nimmt ein Augennerv auf, der einen Schlag abbekommen und sich gekrümmt hat, in dem das Licht sich zwischen Krümmungen bricht und verdoppelt, und der Sonnenblumen aufblitzen und gelbe Blitze schießen lässt?

»Mama Ruth, da bin ich.« Er tritt auf der Seite ihres gesunden Auges an sie heran und küsst ihre Wange. Sie zieht ihre Hand vom Bettgitter und streicht über seinen Ärmel.

»Komm, Mama Ruth, wir machen einen Ausflug.«

»Komm, Junge, wir machen einen Ausflug«, hatte sie damals zu ihm gesagt, als er noch zwischen fünfzehn und zwanzig Kilogramm gewogen hatte, und hatte ihn auf den Gepäckträger des Fahrrads gehoben. Er hatte die Arme um sie gelegt und sich an ihr festgehalten, ihre Hüften verstärkten die Bewegung an seiner kleinen Brust, die breite Fläche ihres orangefarbenen Pullovers fuhr ihm voraus. »Mit diesem orangefarbenen Pullover sehen wir aus wie Straßenarbeiter«, sagte sie, »kein Wunder, dass die Autofahrer auf uns achten und uns vorbeilassen.« Nach einiger Zeit kaufte sie Schutzhelme für sie beide und sagte, jetzt sähen sie aus wie ein Seniorstraßenarbeiter und sein kleiner Juniorassistent. Der Helm belastete seinen kleinen Kopf und erschwerte es ihm, seine Wange an ihren Rücken zu drücken, aber in dem Moment, als er ihren doppelten Schatten neben ihnen herfahren sah, übernahm er die Verantwortung eines Copiloten, er warnte plötzliche Gegner, die ihnen in den Weg traten, Hunde, Katzen, Wagen und Tretroller.

»Erinnerst du dich, dass wir mit dem Fahrrad gefahren sind, wenn du einen Ausflug machen wolltest?«, sagt er jetzt zu ihr.

Ihr Gesicht zeigt nicht, ob sie sich an die Radtouren erinnert, auch nicht, ob sie Lust zu einem Ausflug hat. Ihre Hand wandert von seinem Ärmel hinauf zu seinem Gesicht, fährt über seinen Unterkiefer, über seinen Mund und ruht einen Moment lang auf seiner Wange, zitternd und nicht fest. Er küsst die Finger und legt ihre Hand zurück auf das Bettgitter. Er mischt ihr Aldomin in Apfelmus und füttert sie, und sie schluckt. Er sucht in ihrem Schrank und zieht ihr die rosafarbene Bluse an, die nach dem gestrigen Regen getrocknet ist, er zieht ihr Strümpfe an und erschrickt über ihre dünnen Beine, die geschwundenen Muskeln. Die Schuhe sind ihr zu groß, die Krümmung des gelähmten Fußes passt nicht zur Ausbuchtung des Schuhs. Er verzichtet auf die Schuhe und zieht ihr drei Paar dicke Socken an. Dann legt er ihr noch die blaue Perlenkette um, kämmt sie, zieht ihr den Mantel und einen grauen Schal an. Sie lässt sich das alles ruhig gefallen und verfolgt mit ihrem gesunden Auge, was er tut.

»So, Mädchen, sind wir fertig? Gehen wir nach Hause?«, fragt ein eingefallener Alter von seinem Rollstuhl aus und dreht den Kopf nach Mama Ruth, als sie in Mantel und Schal an ihm vorbeigeschoben wird. Der Rollstuhl fährt an der Theke von Schwester Sarah vorbei, Adam sagt ihr auf Wiedersehen, und sie antwortet mit einem Murmeln und betrachtet den Stuhl, der nach draußen rollt, als sammle sie erste Eindrücke eines kommenden Unheils.

Der Gärtner des Heimes legt den Rechen zur Seite und hilft, Mama Ruth vom Rollstuhl ins Auto zu heben, den Stuhl zusammenzuklappen und im Kofferraum zu verstauen. Den Zwanziger, den er dafür bekommt, steckt er in die Tasche seines Overalls und sagt: »Sie möge gesund sein. Gott soll uns bewahren, dass es uns nicht auch mal so geht.«

Mama Ruth ist aufgeregt, ihr gesunder Fuß schlägt gegen den Boden des Autos, ihre Augen, das gesunde und auch das kranke, starren durch die Windschutzscheibe, und ihr Gesicht sagt, nun, Junge, fahr schon, worauf wartest du, lass uns losfahren. Er öffnet das Fenster, um Luft und Wind hereinzulassen, startet den Motor, fährt los und sagt, er wolle sie zuerst zu den Mandelbäumen bringen, dann würden sie weitersehen. Er überlegt, wie er sie, wenn sie erst im Tal wären, allein aus dem Auto heraus- und danach wieder hineinbekommen würde, und beschließt, nach der Methode »Wenn du es unbedingt willst, Schätzchen, musst du dir bloß einbilden, du wärst Herkules, dann schaffst du es auch« vorzugehen.

Und er schafft es. Hätte der verletzte Schmetterling so viel Willen aufgebracht wie er, wäre er längst gesund. Adam hebt Mama Ruth hoch und trägt sie, wie man ein kleines Kind trägt, vom Auto zum Rollstuhl, und fragt sich, ob dies Kräfte sind, von denen er nichts gewusst hat, oder ob es daran liegt, dass sie seit dem »Vorfall« viel Gewicht verloren hat. Aber vielleicht war es auch ihr Vertrauen in ihn, sie legt ihren gesunden Arm um seinen Hals und hält sich mit dem Griff einer Lebenden fest, die sich selbst halten kann. Er schiebt den Rollstuhl zum Rand des Hanges und hält ihn vor den blühenden Mandelbäumen an. Ihr gesunder Fuß mit den drei Strümpfen, den sie hebt, drängt vorwärts, als wolle er sich vom Körper lösen, der ihn festhält, und in die Weite des Tals entkommen, das sich unten erstreckt. Ihr Fuß winkt durch die Luft über dem Tal, ihre Hand umfasst die Lehne. Sie versucht aufzustehen, kämpft gegen ihre gelähmte Hälfte, die schwer und leblos auf dem Stuhl bleibt.

»Mama Ruth, schau mal.« Er will sie auf die Schönheit der Mandelblüte hinweisen und pflückt ihr einen Zweig. Sie zieht die Schultern hoch, als wolle sie sagen: Hör mal, glaubst du, dass man mich so billig einkaufen kann? Hast du vergessen, dass mich kein Gericht der Welt von einem einmal gefassten Entschluss abbringt? Er erschrickt. Er kennt sie. Sie bringt es fertig, das Gericht zu besiegen, das sie zur Bettlägerigkeit verdammt hat, sie kann von ihrem Rollstuhl aufstehen und davongehen, sie weiß nicht, dass ihre Muskeln degeneriert sind, dass ihr Blutdruck steigen wird, dass sie keine Schuhe trägt. Sie wird nicht leicht aufgeben, schließlich ist auch sie mit dem Wenn-du-etwas-unbedingt-willst-Virus infiziert. Ihre Dickköpfigkeit hatte Eva nicht von ungefähr.

Mama Ruth atmet schwer und schwitzt, und er steht zwischen ihr und dem Tal und sagt: »Mama Ruth, es geht nicht, deine Beine haben das Laufen verlernt.« Dreimal sagt er es, bis sie aufgibt, den widerspenstigen Fuß zurückzieht und leer und verwirrt aussieht, und in diese Leere hinein platzt das zerschnittene Foto.

»Mama Ruth, hier ist Die-da.« Er hält ihr das Foto von Eva im weißen Kleid und mit dem weißen Band, das ihre Locken zusammenhält, hin, mit dem Lächeln, das dem Mann galt, der aus dem Foto geschnitten ist, dem Mann mit dem krummen kleinen Finger.

Mama Ruth betrachtet das Foto, ihre Lippen öffnen sich, ihr Mund geht auf, schreit »Wa...« und bleibt offen stehen. »Wa.« Das ist alles, was sie herausbrachte. Sie wollte schimpfen, »Warum?«, aber es ging nicht. Das »rum« ist zwischen Zunge und Gaumen hängengeblieben, nur das »Wa« ist herausgesprüht wie Spucke und hat das Foto getroffen. »Morgen kommt sie zurück, Mama Ruth, hörst du mich? Morgen kommt Die-da zurück.« Er drückt ihr das Foto zwischen Daumen und Zeigefinger und hebt ihre Hand vor das Gesicht. Dabei weiß er nicht, ob das Wort morgen ihr etwas bedeutet. Was passiert überhaupt in einem beschädigten Gehirn mit der Zeit? Erstarrt sie? Zerbricht sie in kleine Stücke? Löst sie sich auf? Aber er lässt nicht locker, er will unbedingt wissen, ob sie das, was er ihr mitteilt, versteht oder nicht. »Morgen kommt sie zurück, hörst du mich?«, schreit er und hebt ihre Hand mit dem Foto dicht vor ihr Gesicht und bewegt ihre Finger wild hin und her. »Um vier. Sie kommt morgen um vier, hörst du mich? Antworte schon, hörst du? Gib Antwort! Sitz nicht da wie eine Mumie.« Er wedelt mit ihrer Hand, packt sie an der Schulter und schüttelt sie. »Nun, gib schon Antwort, ich spreche mit dir. Hörst du mich? Kapierst du überhaupt etwas? Antworte, los, antworte!« Er schreit ihr ins Ohr und erschrickt. Was willst du von ihr, du Idiot, ist bei dir die Sicherung durchgebrannt, oder was? Erwartest du wirklich, dass sie dir antwortet? Du hast ihr Schweigen von anderthalb Jahren aufgebrochen und nichts anderes herausbekommen als ein armseliges »Wa«. Was hat dich gepackt?
»Ich bitte dich um Entschuldigung, Mama Ruth.« Er legt ihre Hand auf die Lehne zurück und wischt ihr mit einem Zipfel ihres Schals über die Stirn. »Entschuldige, ich weiß nicht, was in mich gefahren ist.« Er legt das Foto auf ihre Knie und setzt sich schwer auf die Erde, armselig und geschlagen.

Sie ist wach und ruhig, ihre Finger gleiten über das Foto auf ihren Knien, als versuchte sie, die Zahl eines Glückloses herauszurubbeln. Das schabende Geräusch ihrer Finger dröhnt in seinen Ohren, am liebsten würde er aufspringen und brüllen: Genug!, aber er sagt keinen Ton. Hör nicht hin, befiehlt er sich, ignoriere es, lass dieses Geräusch in tausenden von Geräuschen aufgehen, die die Welt in diesem Moment hervorbringt, Motorengeräusche, Staubsaugerbrummen, Hämmern, Weinen und Lachen, Schreien und Husten, Türenknarren und Zähneknirschen. Was macht es schon, soll sie Eva doch wegrubbeln, mit ihren Nägeln zerkratzen, soll sie Chawale zerreißen, zerschneiden, zerfetzen. Du weißt schließlich nicht erst seit heute, dass es, wenn es jemanden gibt, der einen verrückt machen kann, der Mensch ist, der einem am nächsten steht. Zweihundert alte Frauen können Fotos zerkratzen, ohne dass du es überhaupt hörst. Aber ein Kratzer von Mama Ruth, und du wirst zu einem einzigen riesigen Ohr. Er zupft die Blüten von dem Zweig, den er für sie gepflückt hat, und singt »Die Mandeln blühen«. Er singt laut, um das Geräusch ihrer Fingernägel zu übertönen, aber je lauter er singt, umso lauter wird das Kratzen. »Die Vögel vom Dach«, singt er aus voller Kehle, »verkünden das Fest«, schreit er, »Tu-be-Schewat ist da, das Fest der Bäume, Tu-be-Schewat.« Sie erschrickt, hebt die Hand, und ihre erschrockene Bewegung fegt das Foto von ihren Knien, der Wind ergreift es, weht es zum Hang und in die Luft über dem Tal. Seine papierne Mutter sinkt ganz langsam nieder und ist verschwunden.

Soll doch das Foto zum Teufel gehen. Hauptsache, dieses verrückte Kratzen ihrer Finger hört auf. Er atmet tief ein. Mama Ruth betrachtet das Foto, als erwarte sie, es würde gleich ein paar Kunststücke in der Luft vollführen und wieder auf ihren Knien landen.

»Mama Ruth, das Foto ist doch egal. Morgen kommt Die-da persönlich zurück«, sagt er, und ihr Blick verliert sich in der Weite über dem Tal.

Du hast nichts gelernt, denkt er gereizt, gar nichts. Du hast sie aus dem Museum der Geisteskranken geholt, um ihr die Mandelblüte zu zeigen. Was hattest du es dann so eilig, ihr dieses Foto in die Hand zu drücken? Warum musstest du sie aufregen, sie auf die Probe stellen, ihr eine Unterrichtsstunde in Verstehen verpassen? Es wird Zeit, dass du dich mit den Tatsachen abfindest, ihr Gehirn ist am Ende. Punkt. Gönne ihr die Mandelbäume und die frische Luft umsonst. Was ist, bist du ein Naturschützer, dass du für jedes Stückchen Himmel, das du ihr zeigst, etwas verlangst?

Er nimmt ihre Hand, die kalt und hart ist. Er reibt sie zwischen seinen Händen, sie wird wärmer, aber nicht weicher. Er fragt: »Willst du jetzt gehen, Mama Ruth?«, und die Hand erschlafft, zieht sich aus seiner und legt sich auf die Lehne des Rollstuhls, mit einem Griff, der bedeutet: Los, gehen wir, ich bin bereit.

Er fährt mit ihr zum Auto und hebt sie hinein, so wie er sie vorher herausgehoben hat. Auch diesmal verfügt er über herkulische Kräfte. Sie dreht ihre gesunde Hälfte zum Tal, betrachtet die Leere, und als sie die Straße hinauffahren, dreht sie auf ihrem Sitz den Kopf nach hinten, ihre gesunde Hand liegt in ihrem gelähmten Schoß, ihre Füße mit den drei Paar Strümpfen stehen dicht nebeneinander, das gesunde Auge ist offen. Das orangefarbene Licht des frühen Abends fällt auf die blaue Kette und auf den Kragen ihrer rosafarbenen Bluse. Soll er sie jetzt wirklich in das Heim zurückbringen, zu den muffigen Gerüchen von Püree, Urin und Desinfektionsmittel, zur fleißigen Sachlichkeit der Schwestern, zu dem schweigenden Anstarren der Fenster? Er verringert die Geschwindigkeit, blinkt, dreht das Lenkrad und fährt zurück. Das Heim läuft nicht davon. Er wird sie nicht vor Einbruch der Dunkelheit zurückbringen, er wird diesen Tag noch ausnutzen. Mama Ruth reagiert nicht auf den Richtungswechsel, sie sitzt da, wie sie die ganze Zeit schon gesessen hat, und betrachtet das Orange des Himmels. Sie reagiert auch nicht, als er vor dem Tor ihres Hauses anhält. Herkules hat ihm zweimal beigestanden, es gibt keinen Grund, warum er es nicht ein drittes Mal tun sollte. Adam stellt den Rollstuhl neben die Autotür und hebt Mama Ruth von ihrem Sitz hinein. Das Tor quietscht überrascht, ein kurzes, schrilles Quietschen. Mama Ruths Gesicht ist dem Garten zugewandt, dem Granatapfelbaum, dem Haus, sie greift nach ihrer blauen Halskette und betrachtet den Wipfel der Palme, die im Wind schwankt. Er fährt den Rollstuhl in den Garten, die Räder zerdrücken die Rosenzweige, die über den Pfad hängen. In diesem Garten gibt es keine Pflanze, auf der man, wenn man den Staub abwischt, nicht ihre Fingerabdrücke finden würde. Wenn dieser Pfad ein Herz hätte, würde er sich jetzt vor ihr verbeugen. Alles Leben zum Haus hin oder vom Haus weg ist über diese Steine gegangen. All die Male, als seine Schuhe den Pfad entlangliefen, wenn er atemlos zu Mama Ruth rannte, um ihr etwas zu erzählen oder sie etwas zu fragen, um sich zu versichern, dass sie da war. Und all die Male, die seine Sohlen sich über den Pfad schleppten und sich weigerten, vorwärtszukommen, wenn er ihr seine Niederlagen verschweigen wollte und auf ihre Frage »Was ist passiert?« log und mit »Nichts« antwortete. Und all die Male, die vier gute Schuhe nebeneinander hergingen, auf dem Weg zum Kino oder zurück, mit leichtem oder schwerem Schritt, je nachdem, wie der Film gewesen war. Und die Male, als große Schuhe hier entlanggingen, gefolgt von kleinen, und am Tor stehenblieben, um von dort die Straße zu beobachten, um auf Die-da zu warten. Über diesen Pfad war Eva mit ihren braun gebrannten Beinen gegangen, als sie loszog, um das zu sein, was sie sein wollte, und nicht zurückgekommen. Er hörte ihre leichten Sandalen die Treppe hinuntergehen, den

Pfad entlangeilen und hinaus auf die Straße, wo sie verklangen. Aber ein Pfad ist nur ein Pfad, ein wertloser Kalksteinstreifen ohne jeden Verstand, unfähig, sich zu erinnern, beleidigt zu sein oder Sehnsucht zu spüren, im Regen wird er nass und die Sonne trocknet ihn, und es ist ganz egal, dass man Die-da fünfundzwanzig Jahre nicht gesehen hat, dass man ihre Schritte nicht die Treppe heraufsteigen gehört hat.

»Mama Ruth, weißt du, wo wir sind?«, fragt er und bedauert es sogleich. Sie ist kein Baby und nicht zurückgeblieben. Warum stellt er sie auf die Probe? Und wenn sie es weiß, macht es sie oder ihn glücklicher?

Ihr Blick ist wach, gleitet zum Haus, zum Himmel, der über dem Dach hängt und immer röter wird, zu den Pfeilern mit den Friesen. Ihre Hand, die vorhin über das Bild gekratzt hatte, reibt nun die Perlen um ihren Hals. Er fährt sie zu den beiden Pappeln, hält zwischen den Bäumen an, und ein spitzer, scharfer Schrei kommt aus den Wipfeln und erschreckt sie. Sie stößt ein lautes, schweres »Wa« aus und zieht hilfesuchend an der Kette. Die Kette reißt, die Perlen fliegen durch die Luft und fallen zu ihren Füßen nieder. Ihre gesunde Hälfte zittert. Das gesunde Auge hebt sich zu diesem Schrei, die gesunde Hand hebt sich drohend gegen den Schreier, der schwarze Flügel ausbreitet, auf dem Hausdach landet und den Schnabel gegen den Himmel aufreißt. Beide Hälften ihres Gesichts, die gesunde und die kranke, werden blass. Sie tastet über den Sitz des Rollstuhls, ihr Blick gleitet über die ganze Länge einer Pappel, vom Wipfel über den Stamm, sie streckt eine magere Hand aus, um diesen zu berühren. Adam schiebt ihren Rollstuhl näher heran, sie berührt die perlmuttartige, weißliche Rinde und bricht in Tränen aus. Eineinhalb Jahre lang hatte dieses Weinen in ihren Augenhöhlen festgesteckt, und jetzt braucht nur ein Rabe zu schreien, und schon bricht es in Strömen aus ihr hervor. Ein abgerissener Ton aus der Kehle des Vorbeters der Dummen hat sie zu sich nach Hause gebracht, hat das geschafft, was all seine schwerfälligen und angestrengten Versuche nicht erreicht hatten. Sie weint aus beiden Augen und einer zerbrochenen Kehle. Sie nimmt die Hand vom Baum, wischt sich mit dem Mantelärmel über die Nase und schluchzt, und ihr Gesicht wird lebendig, faltig, verzerrt sich, zittert, wird nass. Einmal hatte er sich das Knie aufgeschlagen und angefangen zu weinen. Sie hatte gesagt, Tränen seien der Saft der Sorgen, und nur wer wirkliche Sorgen habe, könne wirklich weinen. Sie konnte Leute nicht ausstehen, die mühsam ein paar armselige Tropfen aus ihren Sorgen drückten. Eine schwere Sorge fließe aus sich selbst heraus, und salzige Tränen seien wie das Meer. »Mach keine große Affäre aus deinem Knie«, sagte sie und hatte recht. Er probierte seine Tränen, und sie waren schal wie Spucke. Aber an dem Tag, an dem Dafi ihn einen Bastard nannte, schmeckten seine Tränen wie eine versalzene Hühnersuppe.

Mama Ruth sitzt zusammengesunken in ihrem Stuhl, ihre Blicke gleiten über den Garten, von den Pappeln zum Granatapfelbaum, dann zum Oleander und den Rosen. Sie unterdrückt ihre lauten Schluchzer, als schäme sie sich vor ihren alten Bekannten. Sie weint still, mit großen Tränen. Die blauen Augen der Perlen glänzen im letzten Abendlicht und blinzeln ihr von der Erde aus zu. Adam lässt sie weinen, er stört sie nicht, er kennt sie. Wenn sie könnte, würde sie jetzt sagen: Einen Menschen, dessen Bauch aufgerissen ist und dem die Eingeweide heraushängen, muss man in Ruhe lassen, das Letzte, was er jetzt braucht, ist, dass man sich um ihn kümmert und Heile-heile macht. Er wischt ihr nicht das Gesicht ab, er spricht nicht, er berührt sie nicht, und obwohl es kühl wird, wickelt er ihr nicht den Schal um den Hals. Das Licht zieht sich vom Dach zurück, die Perlenaugen verlöschen, die Rabenjungen schreien in den Kiefern neben dem Zaun. Sein Telefon klingelt, und sie reckt den Kopf, als sei sie gespannt, ob es ein Anruf von Der-da ist. Er sieht auf dem Display Elianes Nummer und drückt das Gespräch weg. Nichts, was nicht hierher gehört, soll sich in das einmischen, was hier geschieht. Er hebt Mama Ruths gelähmten Fuß, der heruntergerutscht ist, und erschrickt. Der Fuß ist wie ein kalter Marmorblock. »Du hast übertrieben«, schimpft er sich laut, knöpft ihren Mantel zu und bindet ihr den Schal um den Hals, er reibt ihre Füße mit den drei Paar Strümpfen und sagt: »Mama Ruth, gehen wir?« Die Pappeln rauschen. Sie hebt ihr nasses Gesicht zu den Wipfeln und wird von Schluckauf und Weinen geschüttelt. Käme jetzt der Vorbeter der Dummen und würde mit seinem Schrei die Luft über dem Garten aufreißen, würden sich in ihrem Gehirn die letzten Pfropfen lösen, und sie würde anfangen zu sprechen, so wie sie vorhin angefangen hatte zu weinen. Nur ein einziger scharfer Schrei würde reichen. Aber die Nachkommen des Raben gehen vor, sie melden sich in den Wipfeln der Kiefern und fordern ihr Recht.

Bevor sie den Garten verlassen, wirft er einen Blick zum Fenster ihres Zimmers. Der Nagel, der im Scharnier gesteckt hatte, ist verschwunden, der Laden hängt schief herunter, ohne das Fenster zu bedecken. Morgen kommt Eva zurück. Sie sollte ihren Spurensucher herbringen, damit er die Fingerabdrücke nimmt.

Mama Ruth ist jetzt schwerer als vorher, Herkules ist müde. Er versucht sie hochzuheben, einmal und noch einmal, aber jedes Mal sinkt sie in den Sitz zurück.

»Brauchen Sie Hilfe, Doktor?« Ein Mann taucht vor ihm auf, seine Zähne und seine Gürtelschnalle blitzen in der Dämmerung.

»Ja«, antwortet Adam. Es ist nicht die Zeit für ein ehrenhaftes Schweigen. Mama Ruth ist steif vor Kälte, sie muss ins

Heim zurückgebracht werden, bevor dort das große Geschrei anfängt. Der Mann zertritt seine Zigarette und sagt: »Ich die Beine, Sie den Kopf.« Er schiebt die Hände unter Mama Ruths Oberschenkel. »Nehmen Sie sie an den Schultern«, sagt er, »keine Angst, ich lasse sie nicht fallen.« Mama Ruth wird vom Rollstuhl auf den Autositz gehoben. Sie ist weich und riecht säuerlich, nach Weinen.

»Ich glaube es nicht. Ich habe gedacht, man hat sie schon nach oben geholt«, sagt der Mann und streicht sich das Hemd und die Ärmel glatt, zündet sich eine Zigarette an, tritt einen Schritt zurück und betrachtet Mama Ruth. »Sie hat sehr abgenommen, aber sie ist es.«

»Was haben Sie mit ihr zu tun?« Adam kann sich nicht beherrschen, er muss diese Frage stellen, während er den Rollstuhl zusammenklappt und ihren Sicherheitsgurt schließt.

»Ich mit ihr? Was glauben Sie?« Der Mann lacht. »Mit ihr habe ich nichts zu tun, aber mit ihrer Tochter.« Er stößt Rauchwolken aus den Nasenlöchern. »Eine alte Schuld.« Er klopft mit den Fingern auf die Gürtelschnalle. »Bald werden wir für die andere Welt an der Reihe sein, und ihre Schuld ist nicht zurückgezahlt.«

»Was schuldet sie Ihnen?«, fragt Adam und lässt den Motor an.

»Was sie mir schuldet? Viel, nicht nur Geld. Und bei mir gibt es keine Verjährung.« Der Mann lacht in sich hinein. »Schuld ist Schuld. Fahren Sie, die Alte schläft Ihnen im Auto ein.« Er deutet auf Mama Ruth.

Er irrt sich. Mama Ruth schläft nicht ein und ist auch nicht beeindruckt von den Händen, die sie vom Rollstuhl ins Auto gehoben haben. Sie weint weiter. Sie stößt schnelle Schluchzer aus und drückt den Zipfel ihres Schals. Vielleicht ist ihr im Gehirn der Regler für die Tränen kaputtgegangen, und ihr Weinen würde nicht aufhören, bis alle Flüssigkeit, die sie im Körper hat, aus ihren Augen geflossen wäre. Schließlich kennt dieser gemeine Terrorist, den man Schlaganfall nennt, keine Grenze. Adam schaltet die Scheinwerfer ein. Der Mann springt zur Seite und breitet die Arme aus, als wolle er sagen: Fahre, mein Freund, der Weg ist frei.

»Los, wir fahren«, sagt er und lenkt das Auto zur Straße, und die Gestalt des Gläubigers im Rückspiegel wird kleiner. »Siehst du, Mama Ruth, nichts geht verloren. Das Haus, die Bäume, die Raben, die Tränen, alles bleibt. Auch die Schulden. Auch Chawale. Morgen kommt sie zurück. Hörst du? Morgen kommt Chawale zurück.« Er legt ihr eine Hand auf die Schulter und hat es nicht eilig, sie wieder zum Lenkrad zu bringen. Und wirklich, was soll man sagen, nichts ist ihr verloren gegangen, sieht man vom Sprechen ab, vom zerschnittenen Foto und von den blauen Perlen. Und es spielt keine Rolle, ob die Generation der früheren Raben bei ihren Vätern versammelt worden ist und ob die neuen Dummen nicht wissen, wer Mama Ruth ist, Hauptsache, sie haben den Schrei geerbt. Das Telefon klingelt. Wieder ist Elianes Nummer auf dem Display und wieder sagt er sich, was nicht hierher gehört, soll sich jetzt nicht einmischen. Er verdrängt den Gedanken an sie oder an Portugali, nimmt Mama Ruths Hand, hält sie fest und lenkt nur mit seiner Linken, bis sie das Heim erreichen. Dort braucht er keinen Herkules mehr, der Wachmann am Tor hilft ihm, Mama Ruth von einem Sitz auf den anderen zu heben.

Ob sie das Gebäude erkennt oder nicht, in dem Moment, in dem sie es riecht, weiß sie, wo sie ist, und sinkt in ihrem Rollstuhl zusammen. Ihr Gesicht sagt: Das dubiose Glück dieses Ortes kenne ich schon, hier kann mir nichts Neues widerfahren. Und trotzdem zeigt sie die Gelassenheit eines Menschen, der nach Hause zurückkommt, auch wenn das Haus nicht mehr ist als ein Bett und ein Wandschirm.

Die Schwestern haben ihr ein Tablett mit ihrem Abendessen aufgehoben. Adam füttert sie, dann zieht er sie aus, wäscht sie, kleidet sie für die Nacht an, und sie macht es ihm nicht schwer, überlässt sich ihm mit einer Ergebenheit, die sagt: Gut, ich werde dir keine Schwierigkeiten machen, ich habe verstanden, dass die Situation jetzt so ist. Nachdem er sie ins Bett gebracht hat, sitzt er neben ihr und schweigt. Sie ist klug, und sie weiß, wann man etwas sagt, nur weil man nichts zu sagen hat. Sie schaut ihn mit einem vom Weinen geröteten Auge an, einem Blick, der sagt: Du hast dein Tagwerk getan, Junge, du kannst gehen, verwöhne mich nicht zu sehr, es fehlt noch, dass ich mich daran gewöhne. Er zieht ihren Ärmel über das Handgelenk und steht auf, prüft das Bettgitter und sagt: »Ich gehe jetzt.« Er ist schon an der Tür, da geht er noch einmal zurück, zieht den Schmetterling aus seiner Tasche und fragt: »Mama Ruth, erinnerst du dich an ihn?«

Sie hebt die Hand, um die gläsernen Flügel zu berühren. Die gesunde Hälfte ihres Gesichts verzieht sich, der Mund öffnet sich, um ihr gesundes Auge zeigen sich Falten, aus ihrem Mund kommt ein abgerissenes Brummen. Er beugt sich zu ihr, und etwas Bitteres steigt in seiner Kehle auf. »Lach ruhig, Mama Ruth, lache, das Leben ist ein einziges großes Gelächter.« Er nimmt seinen Schmetterling und geht hinaus, durchquert den Flur mit großen Schritten, damit niemand sieht, dass er weint.

Er steckt den Schmetterling in die Tasche und erinnert sich an Elianes Finger. Er bleibt vor seinem Auto stehen, schüttelt den Kopf, reckt den Hals und dehnt die Brust. Das Leben ist ein großes Gelächter. Was heißt da groß, riesenhaft, am Schluss stirbt man vor Lachen, es zerreißt einen, man zerbricht. Eliane hat ihm zwei Nachrichten auf der Mailbox hinterlassen. »Ich bin's. Ruf mich an, sobald du kannst.« Er wird sie nicht sofort anrufen, sie wird sich doch nur bemühen zu erklären, zu erhellen, wegzuwischen, und er braucht

Ruhe. Man soll ihn in Ruhe lassen. Niemand soll mit ihm sprechen oder von ihm Verständnis und Toleranz oder so etwas verlangen. Wenn er es könnte, würde er jetzt auffliegen und durch die Lüfte schweben. Früher wollte er die Schöpfung verbessern, sich Flügel wachsen lassen, er hat Mama Ruth gebeten, ihm Hühnerflügel zu kochen und gespannt auf die Fähigkeit zu fliegen gewartet. Mama Ruth, die sah, wie er mit ausgebreiteten Armen auf dem Bett hüpfte, sagte: »Warte nicht auf Wunder, es wird dir nicht viel bringen, dass du Flügel gegessen hast, sie waren von einem gefrorenen Huhn, im besten Fall kriegst du ein Gackern aus der Kehle.« Und sie fügte hinzu: »Und wenn schon fliegen, dann wie ein Adler, nicht wie ein Huhn. Gott hat die Flügel an die Hühner vergeudet, die blöden Tiere kommen noch nicht mal einen halben Meter in die Luft.«

Er erzählte ihr nicht, dass er noch am selben Tag zur Fleischabteilung im Supermarkt gegangen war und gefragt hatte, ob sie Adlerflügel hätten. Der Metzger hatte sein Messer mitten in der Bewegung angehalten. »Was ist mit dir, Junge? Adler? Die sind unrein. Weiß deine Mutter das nicht?«

Seine Mutter. Wie sollte er dem Metzger erklären, was seine Mutter wusste und was nicht.

Morgen kommt sie zurück, und er erwartet sie nicht. Er erwartet gar nichts. Er sehnt sich nach einer Leere, die noch nicht mal der Schlaf versprechen kann, denn die Träume entziehen sich seiner Herrschaft. Nur Musik. Eine mäßige Musik, lauwarm, beruhigend, nichts Grandioses. Nichts Aufwühlendes. Er wird zur öffentlichen Probe von Iris gehen, es ist ihm egal, was sie spielen und was sie singen, er wird ein leeres Gefäß sein, die Klänge werden in ihn eindringen und für eine Stunde seine Gedanken an die Vorgänge des vergangenen Tages zum Schweigen bringen, und auch an jene, die ihn morgen erwarten.

Er sinkt auf den gepolsterten Stuhl in der letzten Reihe, die Chance ist gering, dass Iris ihn bemerkt. Zwei Sitze von ihm entfernt setzt sich ein junges Mädchen hin, aber er hat kein Interesse, mit irgendjemandem zu sprechen. Vor ihm sitzt eine alte Frau und stellt ihr Hörgerät ein. Langsam füllen sich die Plätze mit Musikliebhabern oder solchen, die eine Pause von etwas anderem suchen. Vier Reihen Sänger und Sängerinnen nehmen ihren Platz auf der Bühne ein. Iris steht wegen ihrer Größe in der vierten Reihe. Sie trägt ein einfaches bordeauxrotes Kleid. Sie sticht in ihrer Erscheinung nicht heraus, sie singt kein Solo, sie reckt den Hals beim Singen und macht den Mund weit auf. Auch die anderen singen auf diese Art, sie unterscheidet sich kein bisschen von ihnen. Sie lächelt nicht und singt mit dem Ernst eines gründlichen, genauen Menschen. Mit derselben Ernsthaftigkeit, mit der sie Wasserhähne zusammensetzt, Glühbirnen einschraubt und Schalom Schalom pflegt. Sie tut, was sie tut, und kümmert sich nicht darum, ob die Welt davon beeindruckt ist.

»Sie sind trotzdem gekommen«, sagt sie, als sie sich nach dem Konzert in der Schlange vor dem Ausgang treffen. »Wir hatten schon bessere Proben, heute war es schwach.«

»Stimmt«, sagt er und denkt, was spielt es für eine Rolle, dass es schwach war, ich habe bekommen, was ich wollte, eine Pause. »Möchten Sie etwas trinken?«

»Ja«, sagt sie sofort. »Ich bin nach anderthalb Stunden mit offenem Mund völlig ausgetrocknet.«

Ich bringe mich nicht in irgendeine Gefahr, denkt er, für sie ist dieses »Möchten Sie etwas trinken?« nicht mehr als etwas zu trinken. Iris nimmt die Worte in ihrer einfachen Bedeutung. Sie werden etwas trinken und sich über Musik unterhalten, über Wasserhähne, über Asthma. Hauptsache, er ist nicht mit sich allein.

Sie überqueren die Straße, betreten ein langes, schmales

Café und finden einen freien Tisch in der Ecke. Sie bestellt heißen Kakao und er einen starken Espresso.

»Haben Sie eine Mutter?«, fragt er. »Ich sehe immer nur Sie und Ihren Vater.«

»Sie haben sich scheiden lassen, als ich vierzehn war. Meine Mutter hat sich in einen anderen verliebt.«

Die Kellnerin stellt dampfend heißen Kakao mit Schlagsahne vor Iris auf den Tisch und Espresso vor ihn, lächelt ein Kellnerinnenlächeln und sagt: »Lassen Sie es sich schmecken.«

Er kippt den Inhalt eines Zuckertütchens in seinen Espresso. »Haben Sie Kontakt zu ihr?«

»Zu meiner Mutter? Ja. Ich bin bei meinem Vater geblieben, weil er der Verlierer bei dieser Geschichte war, aber ich habe sie verstanden. Mein Vater ist kein einfacher Mensch.«

Sie nimmt einen Schluck, und es bleibt ein Kakaorand auf ihrer Oberlippe zurück.

»Sie haben einen Kakaoschnurrbart«, sagt er, und obwohl sie sich über den Mund wischt, bleibt noch etwas Kakao zurück.

»Erlauben Sie.« Er fährt mit dem Finger über ihre Lippe und wischt die Spur weg.

Sie wird rot. »Danke.«

Das hätte ich nicht tun sollen, denkt er, und nicht wegen ihr. Meinetwegen. Warum habe ich die Lippen dieser Frau berührt, die weich und warm sind von heißem Kakao? Am Nachmittag hatte er Eliane geküsst, und ihm war, als sei seither ein Monat vergangen. Ihre Lippen waren kühl und hart gewesen. Zwei Nachrichten hatte sie hinterlassen, aber er hat sie nicht angerufen.

»Und bei Ihnen? War bei Ihnen zu Hause alles normal?«, fragt sie. »Ich meine, Vater und Mutter und das alles?«

Er denkt, wie rein ihr Gesicht ist, sie ist nicht schön, aber sie hat etwas Klares an sich. »Bei mir ist das Gegenteil passiert. Nachdem meine Mutter verschwunden ist, hatte ich ein normales Zuhause.«

»Verschwunden ist«, wiederholt sie und rührt mit dem Löffel in ihrem Kakao. Sie wird nicht weiterfragen. Wenn er es erzählen will, wird er es erzählen, wenn nicht, wird sie sein Schweigen achten. »Ich verstehe nicht viel von den Menschen, aber Sie sehen aus wie einer, der etwas zu erzählen hat.«

»Sie verstehen doch etwas von Menschen«, sagt er und denkt, ich werde jetzt nicht im Schrott meiner Vergangenheit wühlen und ihr alles erzählen, ich bin nicht mit ihr hierher gekommen, um schlafende Hunde zu wecken. Er hat ihr vorgeschlagen, noch etwas zu trinken, weil er Lust hat, ihre klare Stimme zu hören. Er legt beide Hände auf den Tisch, und sie fragt, ob sein kleiner Finger von einem Unfall krumm sei oder einfach so.

»Einfach so.«

»Haben Sie nicht daran gedacht, ihn operieren zu lassen?«

»Um Gottes willen, nein. Dieser Finger ist ein echtes Erbstück. Wie viele derartige Finger hat Gott in seinem Vorrat?«

Sie lacht, und er betrachtet sie und denkt, wenn sie weitere Kakaospuren auf der Lippe hätte, würde ich sie mit Vergnügen mit meinem kleinen Finger wegwischen.

»Gehen wir?«, fragt er.

Sie will ihren Anteil bezahlen, gibt aber nach, steht auf, streicht sich das bordeauxrote Kleid glatt und nimmt ihre Tasche.

»Haben Sie keinen Mantel? Ist Ihnen nicht kalt?«, fragt er, als sie auf die Straße treten.

»Nein. Mir ist warm vom Kakao, den ich getrunken habe.«

»Apropos Kakao, Sie sind rot geworden, als ich Ihnen Ihren Schnurrbart von den Lippen gewischt habe.«

»Stimmt, es hat mich überrascht.« Sie lächelt, schiebt die Hände in die tiefen Taschen ihres Kleides und bleibt an der

Haltestelle stehen. »Von hier habe ich einen Bus nach Hause.« Sie legt den Kopf in den Nacken und liest die Nummern, die auf dem Dach des Häuschens angegeben sind.

»Einen Bus? Ich bringe Sie nach Hause, es ist meine Richtung.« Er lügt. Sie kommt ihm einsam vor, ohne Mantel, und außerdem ist er selbst auch einsam.

Der Sicherheitsgurt spannt sich über ihrer Brust, teilt ihre Brüste und betont sie. Ich würde sie jetzt küssen, wenn sie einverstanden wäre, denkt er, schaut vor sich auf die Straße und fragt: »Würden Sie erschrecken, wenn ich Ihnen einen Kuss geben würde?«

»Ich wäre überrascht. Zwischen uns gibt es nichts Romantisches, also warum ...«

»Würden Sie sich wehren?«

»Theoretisch vermutlich ja.« Sie richtet sich auf, löst ihren Rücken von der Lehne und starrt vor sich auf die Straße.

Sie ist sehr angespannt, denkt er. Als sie in die Praxis kam, hat sie ihre Bluse ausgezogen, und ich habe das Stethoskop auf ihre Brust gelegt, und sie hat nichts in mir geweckt, nicht das geringste Interesse. Was macht sie jetzt so anziehend und was macht mich so bedürftig? Ich bin doch nicht derart einsam, und trotzdem würde ich sie gern umarmen. Vielleicht sehnt auch sie sich nach einer flüchtigen Berührung, nach einer Nähe, die man weder auf die Vergangenheit noch auf die Zukunft ausdehnen muss.

»Und nicht theoretisch?«, fragt er und hält in der Straße an, in der sie wohnt.

»Ich weiß es nicht.«

Wie aufrichtig sie ist, er betrachtet sie im dämmrigen Auto und nimmt ihre Hand, die Hand, die Wasserhähne zerlegt und zusammensetzt, eine saubere, geschrubbte Hand mit kurz geschnittenen Nägeln. Sie zieht ihre Hand nicht zurück, und er fragt sich, ob sie ihm auch die zweite Hand geben oder sich wehren würde.

»Ich mache es Ihnen leicht«, sagt sie, zieht seine Hand zu ihrem Mund, küsst sie. Dann küsst sie seinen kleinen Finger extra. Er legt seinen Mund auf ihren Handrücken, riecht ihren fremden Duft und bekommt Lust, ihren Mund zu küssen, ihren Hals, ihre Brüste, doch er lässt sie plötzlich los und sagt: »Lassen wir es so, wie es ist.«

Sie hängt sich die Tasche über die Schulter, macht die Autotür auf und sagt: »Was mich betrifft, hat diese Minute nichts zu sagen, es hat sich nichts geändert. Sie sind unser Hausarzt, und ich bin die Tochter von Schalom Schalom.« Sie steigt aus, blickt noch einmal zu ihm ins Auto und lächelt, bevor sie sich umdreht und auf das Haus zugeht, in dem sie wohnt. Adam wartet, bis sie im Treppenhaus verschwunden ist.

Plötzlich denkt er an Jaels Zwillingsschwangerschaft, an die beiden Embryos auf ihrem Weg in die Welt, an den behinderten, der sein Leben lang der Beweis für den tiefen Glauben seiner Mutter sein wird. Er wird vielleicht noch nicht einmal fähig sein, mit ihr abzurechnen, warum sie ihn nicht rechtzeitig aus dem Rennen entfernt und an die Ziellinie gesetzt hat.

Und ich, konnte ich etwa mit meiner Mutter abrechnen? Sie hat mir ihr verlogenes »Schätzchen« zu einem überhöhten Preis angeboten, und ich kaufte ihr alle Schätzchen ab, als wären sie ein fester Beweis für Mutterliebe, für warme Arme, die sich einmal für mich öffnen würden, für das Spiel »Wer kommt zu Mama?«, das mich dazu bringen würde, auf meinen kleinen Beinen zu ihrem geliebten Schoß zu rennen.

»Es ist, als wärst du ein Waisenkind, weil deine Mutter für immer abgehauen ist«, hatte Dafi einmal zu ihm gesagt, und dann hatte sie Mama Ruth gefragt, warum seine Mutter ihn gebort hatte, wenn sie ihn gar nicht wollte.

»Es heißt nicht gebort, es heißt geboren«, antwortete Mama Ruth und ließ es dabei bewenden.

Wie gerne würde er jetzt zu Dafi gehen, er wäre sogar bereit gewesen, Scha'uls gelehrte Vorträge anzuhören, auch alle möglichen Bemerkungen über das Militär, das Land, die Regierung und über jeden, über den heute etwas in der Zeitung gestanden hatte, aber als er an die Geduld denkt, die er für seine drei Cousins aufbringen müsste, ruft er Dafi an und sagt, er werde nicht mehr kommen.
»Schade«, sagt Dafi.
»Wer ist am Telefon, der Doktor?«, hört er Scha'ul im Hintergrund fragen. »Eure Tante kommt morgen zurück, was sagt ihr dazu?« Scha'ul wendet sich offenbar an die Gäste, und Momi oder Assaf oder Eran fragt: »Was für eine Tante?«
»Möchtest du, dass ich dir morgen bei irgendetwas helfe?«, fragt Dafi.
Er lacht: »Helfen? Hängt davon ab, mit wie vielen Koffern sie ankommt. Hör mal, Dafi, ihre Rückkehr ist ihre private Angelegenheit, ich habe damit überhaupt nichts zu tun. Ich bin dein Cousin, ich bin Hausarzt, ich bin der Enkel von Mama Ruth, und all das wird bleiben, wie es ist.«
»Wenn ich jetzt allein wäre, wärst du gekommen?«
»Ich wäre gerannt.«
»Was soll ich machen?«, seufzt sie. »Wie war das Konzert? Warst du dort? Ruhig, seid ruhig, ihr weckt noch die Kinder.« Sie beschimpft die lauter werdenden Stimmen, vergisst, was sie gefragt hat, und wendet sich ihren häuslichen Sorgen zu.

Sie wird den Großen mit Rugelach den Mund stopfen, damit sie die Kleinen nicht aufwecken, sie wird ihren General schimpfen, du hast sie geweckt, jetzt geh auch zu ihnen. Später, im Bett, wird sie sich an ihn schmiegen, sie wird sich in seinen warmen Schoß drücken und denken, mal besser, mal weniger gut, so ist das Leben.

Mama Ruth hatte einmal zu ihm gesagt: »Siehst du diese Pappel? Das Leben ist wie ihre Blätter, manchmal glänzen sie, manchmal sind sie matt. Es hängt vom Wind ab.« Und wie sind sie heute? Ein heftiger Wind bewegt sie, einen Moment glänzen sie, im nächsten sind sie stumpf, einen Moment sind sie silbern und zeigen ihre schimmernde Glätte, im nächsten kommt der Sturm und dreht ihre matte Seite nach oben. Er fragt sich, ob seine Stimmung glänzend oder matt sein wird, wenn er jetzt Eliane anruft. Nein, er wird sie nicht anrufen, er wird an ihrem Haus vorbeifahren und sehen, ob bei ihr noch Licht brennt.

Ihre Wohnung ist dunkel. Der kleine Renault parkt vor dem Haus. Heißt das, dass sie schläft? Dass sie im Auto eines anderen irgendwohin gefahren ist? Vielleicht träumt sie jetzt von dem Ödem, das sich im Kopf eines ihrer Patienten bildet, oder vielleicht wischt ihr gerade jemand Kakao von den Lippen, und sie küsst seinen kleinen Finger. Wer kann das wissen. Er wird der Welt ihren Lauf lassen, früher oder später wird er es erfahren. Er fährt zu Mama Ruths Haus. Wenn dieser Mann wieder auftaucht, wird er ihn fragen, was er will. Adam wird nicht lockerlassen, bis er herausbekommt, welche Schuld Eva nicht bezahlt hat. Aber was geht ihn das eigentlich an, in achtzehn Stunden wird sie da sein, soll sie sich doch selbst um ihre Schulden kümmern. Er war zehn, als sie ihn verließ, das Gesetz belangt zehnjährige Kinder nicht wegen Schulden, Zehnjährige müssen nicht für betrügerische Wechsel ihrer Eltern bürgen. Obwohl nach dem, was man im Radio hört, zehnjährige Kinder schon zu allem Möglichen fähig sind, auch dazu, sich einen Gürtel mit Dynamit um den glatten Bauch zu binden und die eigenen Gliedmaßen zu zerfetzen, zum Schaden dieser Welt und zum angeblichen Nutzen der zukünftigen.
Der Gläubiger taucht nicht auf, und er hat auch keine

frischen Zeichen im Garten oder auf der Terrasse hinterlassen.

Adam setzt sich auf die oberste Terrassenstufe und lauscht auf die Atemzüge des Gartens, auf das Leben, das sich in die Baumwipfel zurückgezogen hat. Die Rabenküken schlafen, ihre Federn wachsen und werden härter, ihr Geschrei reift in ihren Kehlen, in diesem Moment vollendet sich im Schlund eines Rabenkükens der Schrei, der die Nervenbahnen im Gehirn eines alten Menschen erschüttern wird, der die Blockaden in seinen Augen lösen und ihm die Tränen zurückbringen wird. Gottes Grapefruit schwebt abnehmend am Himmel, Gottes Zähne haben am Rand Bissspuren hinterlassen, ein schwaches Licht fällt auf die Rosen und auf den Oleander. Die feuchte Erde hat die Spuren von Mama Ruths Rollstuhl bewahrt. Adam lehnt sich an den steinernen Pfeiler und denkt, ich gehe morgen nicht zur Ankunftshalle. Soll sie doch vergeblich warten. Auch ich habe auf sie gewartet. Ein alter Zorn ergreift ihn. An seinem fünften Geburtstag hatte er in einem weißen Hemd am Tor des Kindergartens gestanden, einen Kranz aus Chrysanthemen auf dem Kopf, und darauf gewartet, dass sie zu seinem Fest kommen würde. Die Kindergärtnerin sagte, in ihrer ganzen Karriere sei ihr noch nie solch eine Mutter untergekommen. Er zog sich die Chrysanthemen vom Kopf, warf sie in den Sandkasten und sagte zu der Kindergärtnerin: »Du darfst nichts Schlechtes über sie sagen.«

Am Nachmittag holte Eva ihn vom Kindergarten ab, sie sah sein weißes Hemd und schlug sich gegen die Stirn: »Oh, Schätzchen, dein Geburtstag. Ich habe ihn ganz vergessen, vermutlich wegen meiner Migräne.«

»Du sollst nicht Schätzchen zu mir sagen.« Er stampfte im Sand auf und begrub die Chrysanthemen. Dann ging er hinter ihr her, achtete auf ihre Schritte und ließ nicht locker, auch als sie zur Toilette ging. Er stand hinter der Tür und lauschte, wie sie den Reißverschluss aufzog, er lauschte dem Plätschern ihres Urins, dem Rauschen der Wasserspülung, er sah, wie sie die Türklinke drückte, und beruhigte sich erst, als sie in voller Größe aus der Toilette kam und sagte: »Du bist eine Nervensäge, hast du etwa gedacht, ich steige durchs Fenster und verschwinde?«

»Ja«, sagte er, »du bist dünn, du passt ohne weiteres durch das Toilettenfenster.«

Und da es schon um Migräne und Kopfschmerzen geht, morgen wird er zu dem gehen, dessen Schädel man gleich in der Frühe aufsägen wird.

Er legt sich die Hand auf die Stirn, die vor dreißig Jahren mit Chrysanthemen geschmückt gewesen ist, lehnt den Kopf an den Pfeiler, schließt die Augen, döst einen Moment und erschrickt, er reißt die Augen auf und springt auf die Füße. Eine fremde Hand hat sich auf seine Schulter gelegt. Zähne und eine Gürtelschnalle blitzen vor ihm auf, ein heiseres Lachen bläst ihm Rauch ins Gesicht. »Schlafen Sie ruhig, ich bin nicht hergekommen, um Sie zu stören.«

Adam fasst sich sofort. »Was suchen Sie hier? Was schuldet sie Ihnen?«

»Wer, die Tochter der Alten? Lassen Sie doch. Um die Wahrheit zu sagen, als ich heute die Alte sah, sagte ich mir ›Gelobt seist du, Ewiger, der die Toten belebt.‹ Ich war sicher, sie wäre schon längst da oben. Sind Sie ihr Sohn?«

»Wessen Sohn?«

»Von der Alten.«

»Ja.« Er schiebt die Hand von seiner Schulter.

»Hören Sie, ich habe sie geliebt, die Tochter von der Alten«, sagt der Fremde und setzt sich rechts neben ihm auf die Treppenstufe. »Sie hatte einen kleinen Jungen. Um die Wahrheit zu sagen, er konnte mich nicht leiden, ihr Junge, und mir war es egal. Ich wollte sie heiraten, und auch sie wollte es.« Er steckt sich eine Zigarette an, nimmt einen Zug und stößt Rauch durch die Nasenlöcher aus. »Aber es gibt niemanden auf der Welt, der sich erlauben würde, mich so reinzulegen, wie sie es getan hat. Sie hat gesagt, sie fährt ins Ausland, um den Jungen bei seinem Vater unterzubringen, damit er bei ihm aufwächst und wir ihn los sind. Ich habe ihr Geld für den Flug gegeben, und bis heute habe ich nichts mehr von ihr gehört.« Er schlägt mit den Fingernägeln auf seine Gürtelschnalle.

»Fünf Mal bin ich gekommen und habe die Alte gefragt, ob sie weiß, wo sie ist, und die Alte hat mich weggejagt. ›Tritt mir nicht auf die Hühneraugen‹, hat sie mich angeschrien. Am Schluss bin ich losgezogen, um sie zu suchen.« Er schnippt die halb gerauchte Zigarette in die Rosen. Ein Funke sprüht auf und erlischt im Tau.

»Am Schluss habe ich gar nicht geheiratet, weder sie noch eine andere. Heute ist sie bestimmt schon Schrott. Sie interessiert mich nicht mehr, aber das Geld will ich zurück. Aus Prinzip. Ich will von niemandem was haben, aber ein Prinzip ist ein Prinzip. Was sie mir im Guten nicht gegeben hat, werde ich mir mit Gewalt von ihr nehmen. Das ist es, was ich hier suche, haben Sie verstanden, Doktor?« Er zündet sich eine neue Zigarette an, und das Streichholz beleuchtet seinen Mund. Er spuckt einen Tabakkrümel aus und nimmt einen Zug.

»Und ich schwöre Ihnen, ich gebe keine Ruhe, bis ich ins Haus ihrer Mutter komme und mir nehme, was mir zusteht.«

»Kommen Sie, gehen wir hinein, und Sie nehmen sich, worauf Sie Anspruch haben.« Adam steht auf und zieht den Schlüssel aus der Tasche.

»Ist das Ihr Ernst, Doktor? In dieser Familie sind alle verrückt.«

Adam macht die Tür auf und gibt dem Mann ein Zeichen, vorzugehen, knipst das Licht im Flur an und sagt: »Das Haus steht Ihnen zur Verfügung.«

»Kann ich einen Aschenbecher haben?«, fragt der Fremde, und zum ersten Mal sieht Adam sein Gesicht in vollem Licht. Der Mann ist älter und faltiger, als er gedacht hat. Er drängt ihn. »Los, gehen Sie durch die Zimmer. Nehmen Sie sich, was Sie wollen.« Der Mann drückt seine Zigarette im Aschenbecher aus und rührt sich nicht.

»Ich bin kein Wurm«, sagt er. »Ich bin hergekommen, um ihr eine Ohrfeige zu geben, um ihr das Geld mit Gewalt abzunehmen. Das ist es, was ich will, verstehen Sie? Ich will keine milden Gaben. Ich bin kein Bettler. Ich werde sie kränken durch dieses Haus, das ist meine Ohrfeige, verstehen Sie, Doktor?« Er stellt den Aschenbecher auf den Küchentisch. »Sie sind ihr Bruder, wissen Sie etwas über sie oder nicht?«

Adam reibt sich die Wange. »Ich weiß nichts.« Die Augen des Fremden heften sich auf die Hand, die über die Stoppeln auf der Wange reibt.

»Was für ein beschissenes Erbe habt ihr, Doktor, auch ihr Junge hatte einen krummen Finger.« Er kichert. »Finger sind mein Spezialgebiet, ich war Experte für Fingerabdrücke.«

Adam zieht seine Hand nicht zurück, er fährt fort, seine Stoppeln zu kratzen, und denkt: Was für ein beschissener Spurensucher, nimmt mir ab, was ich sage, ist nicht misstrauisch, forscht nicht nach, kommt überhaupt nicht auf die Idee, dass ich der blasse, weinerliche Sohn bin, der ihm vor dreißig Jahren ein saures Gesicht gezogen hat, der zwischen ihm und Eva stand, dessen kleine Faust ihr Kleid festhielt und der sich hinterherziehen ließ. Er hält mich für älter, als ich bin, und in gewisser Weise verstehe ich ihn. Ich hatte schon ein bestimmtes Alter erreicht, als ich zehn war.

»Wir fangen an, uns anzufreunden, was, Doktor?« Der Fremde lächelt und entblößt dabei seine Zähne. »Mit Gottes Hilfe werden wir uns wiedersehen.« Er geht zur Tür, die Treppe hinunter und über den Pfad, und der Kies knirscht unter seinen Sohlen, er macht das Tor auf und schließt es hinter sich.

Adam steht in der Haustür, betrachtet den dunklen Garten und denkt, wenn Finger neidisch sein könnten, würden sie jetzt den kleinen Finger hassen. Der kleine Finger genießt die größte Aufmerksamkeit. Der Junge, der einmal perfekt gesehen hat, hat sich heute nach ihm erkundigt, die Sängerin, die Wasserhähne verkauft, hat ihn geküsst, und jetzt ist er dem Spurensucher von Lady Adam aufgefallen.

Er lässt die Tür offen, geht zurück, setzt sich auf die Stufe und denkt an die kleine Betrügerin, die ihn geboren hat, die Schmetterlinge und Glasperlen verkaufte, die aber das große Geld durch ihre Lügen gemacht hatte. Der Wind hat heute ihr Foto fortgetragen und Gott weiß wohin geweht. Vielleicht war das ein läuterndes Ereignis. Vielleicht hat der Wind es im Hof des Klosters unten im Tal fallen gelassen. Die Nonnen zeigen sich nun gegenseitig das Foto, sie beäugen prüfend ihre Mitschwestern, versuchen vergeblich zu erraten, welche von ihnen dieses Andenken an ihre alte Welt unter den Laken versteckt und jetzt beim Lüften der Bettwäsche verloren hat.

Bis zum Schlafengehen würden die Nonnen die männliche Hand betrachten, die in Evas Halsgrube liegt, jedes Fingerglied, jeden Fingernagel, und am Sonntag, in der Kirche, würden sie unter gesenkten Lidern hervor die Finger der Priester und der Ministranten betrachten.

Eine Katze läuft über den Pfad und verschwindet mit einem Satz in den Rosen, ein Geschöpf in den Baumwipfeln erschrickt und beruhigt sich wieder. Die Katze kommt zurück und nähert sich der Terrasse mit misstrauischen, langsamen Schritten.

»Komm, Schätzchen«, ruft er sie, und die Katze erstarrt und hält inne.

»Komm, Schätzchen«, ruft er noch einmal, und die Katze

schleicht schnurrend und demütig auf ihn zu. Er streichelt ihr glattes Fell und flüstert in die kleinen Ohren: »Dummkopf, man nennt dich Schätzchen, und du kommst. Beim nächsten Mal sollst du keinem Schätzchen glauben, hast du verstanden?«

Die Katze richtet die Ohren und die Schnurrhaare in die Höhe, reißt das Maul auf, gähnt und legt sich neben ihn.

Siebentes Kapitel

In 480 Minuten wird sie ankommen. Soll sie doch. Ein winziger metallener Punkt fliegt durch die dünne Luft und bringt seine Vergangenheit zu ihm. Wer hat darum gebeten? Wer hat es gewollt? Wer braucht es? Adam schließt die Praxis auf, öffnet die Fenster, und der Raum füllt sich mit Licht. Der neue Tag bricht herein, und er denkt, was für ein Glück, dass ich gesund und stark bin und sie nicht brauche.
Und wenn er sie brauchen würde? Nur Gott weiß, ob sie ihm Rückenmark spenden würde, falls er an Leukämie oder einer unheilbaren Anämie erkranken würde. Angenommen, die Zeitungen würden weltweit einen Aufruf an seine biologische Mutter veröffentlichen, damit sie sein Leben rette. Wie er sie kennt, würde sie sich mit einer vier Zentimeter kleinen Nachricht an ihn wenden, irgendwo auf einer mittleren Seite der ›New York Times‹ oder der ›Washington Post‹: »Wenn du unbedingt gesund werden willst, Schätzchen, mach die Augen zu und denke, dass du gesund bist, und du wirst sehen, dass du gesund wirst.« Dann würde er sein Gehirn, das sich hinter seinen geschlossenen Augen befindet, zwingen, seine Millionen Neuronen bereitzustellen und zu arbeiten, und er würde die Leukozyten unterdrücken, die in ihm wuchern, er würde die Augen fest zusammenpressen

und seinen Hämoglobinspiegel erhöhen, er würde mehr Blutplättchen produzieren, das Blut gerinnen lassen, das von den Schleimhäuten und aus den Nasenlöchern tropfte, er würde die blauen Flecken von seinen Beinen wischen und würde das Innere seiner Knochen anweisen, so viel Knochenmark wie möglich hervorzubringen, und am Ende würde er sich eine Aufschrift auf sein T-Shirt drucken lassen: »Ich bin gesund geworden, auch du kannst es schaffen.«

»Ihr Sohn braucht Eisen«, hatte einmal der Kinderarzt zu Eva gesagt. »Er ist blass.«

»Von wegen blass, Herr Doktor. Er ist nicht blass, er ist erschrocken. Wenn er einen Arzt sieht, wird er immer ganz weiß.«

»Ich war überhaupt nicht erschrocken«, sagte Adam, nachdem sie die Praxis verlassen hatten. »Kauf mir Eisen.«

»Was für Eisen, spinnst du? Trink ein Glas Granatapfelsaft bei Mama Ruth, und du hast genug Eisen für ein Jahr.«

Er dachte an das Eisen von Zäunen, von Gerüsten, von Gewehren, er wollte ein Stück richtiges Eisen, eine viereckige Platte oder eine Kugel, die stärker zuschlagen könnte als seine Hand, die immer noch weich und nachgiebig war wie ein Badeschwamm.

Auch Moskowitz braucht Eisen. Adam betrachtet das Gesicht des Mannes, der eintritt, sich schwerfällig zur Tür umdreht, sie vorsichtig zumacht und die Hand langsam von der Klinke nimmt. Seine Wangen sind gelblichgrau wie eine vertrocknete Zitrone.

»Ich bin nicht ich selbst, Herr Doktor«, sagt er schwer atmend und legt seine trockenen Hände auf die Papiere, die er mitgebracht hat. »Das ist nicht Moskowitz, der jetzt hier sitzt. Das ist ein Putzlappen. Ich steige eine Treppe hoch und bekomme keine Luft. Ich hechle wie ein Hund und bekomme keine Luft.«

Da sitzt ein Mann, bei dem die meisten Arterien rund um das Herz schon verstopft sind. Auch er ist zwischen den Beinen einer Frau hervorgekommen, auch er hat bei seiner Geburt ein dünnes Weinen ausgestoßen und mit lilafarbenen Fäustchen gefuchtelt, und jemand hat ihn gewaschen und angezogen und versorgt, mitleidig, liebevoll, gleichgültig oder wie auch immer. Als seine Mutter darüber nachdachte, was die Zukunft ihrem Baby bringen würde, hatte sie sich keine Atemnot vorgestellt, keine Probleme beim Erklimmen von drei Treppenstufen. Mütter machen sich keine Sorgen darüber, was ihrem Baby in sechzig Jahren passieren wird, sie kommen nicht auf die Idee, dass dieses geliebte rosige Geschöpf eines Tages welk und faltig werden wird, dass es schwer Luft bekommen, husten, ins Taschentuch spucken, sich mit einem Putzlappen vergleichen wird.

In sechzig Jahren? Das ist zum Lachen, denkt er. Meine Mutter hat sich mit einem Sechstel dieser Zeit begnügt, ihre Fürsorge hat noch nicht einmal für meine ersten zehn Lebensjahre gereicht.

»Sie wird verrückt werden, wenn sie erfährt, dass du Arzt geworden bist«, hatte Eliane heute Morgen gesagt, vor vier Stunden, während sie ihren Büstenhalter zuhakte.

»Der Beruf eines Menschen hat sie nie beeindruckt«, hatte er geantwortet. »Für sie waren alle gleich, ein Arzt, ein Bäcker, ein Kartenabreißer im Kino.« Er betrachtete Elianes feingliedrige Finger, die schon seit siebzehn Jahren Tag für Tag hinter ihren Rücken griffen und den kleinen Verschluss über ihren mittleren Wirbeln zumachten. Und obwohl der Büstenhalter schon geschlossen war, trug sie noch keine Bluse, sie setzte sich neben ihn aufs Bett und sagte: »Soll ich dir was sagen? Ich kann eine Frau verstehen, die sich nicht an einen einzigen Mann und eine einzige Adresse binden will. Sie hatte sehr großen Hunger.«

Eliane spricht aus ihrem eigenen Hunger heraus, dachte er. Nur wer unter Hunger leidet, versteht den Hunger von anderen. Während sie dasaß, in ihrer fliederfarbenen Unterwäsche aus Microfaser, berührte sie seine Rippen. Er lag im Bett, auf dem Rücken, die Arme hinter dem Kopf verschränkt, und fragte sich, ob dieser Portugali ihren glatten Hintern schon einmal nackt gesehen hatte. Er zog eine Hand hinter dem Nacken hervor und schob sie unter ihren Schenkel, nach oben zu ihrem Hinterteil und überlegte, warum sie sich ihm hingegeben hatte, wie sie es im Morgengrauen getan hatte. Wild und stürmisch. Eine Taktik ihres »Was wird aus uns«? Hatte sie ihm eine Lust übergestülpt, die ein anderer entzündet hatte? Versuchte sie, ihr unruhiges Gewissen zu besänftigen?

»Was hast du gesagt, sie hatte einen sehr großen Hunger? Sie hatte ihren Jungen satt, sehr satt. Zehn Jahre, und es stand ihr bis hier.« Er deutete auf seinen Hals. »Aber wenn du Lust hast, über Frauen zu sprechen, deren Hunger sie davon abhält, sich an einen einzigen Mann zu binden, bitte. Ich bin ganz Ohr.« Er rieb seinen Handrücken an der kühlen Rundung ihrer Hüfte.

»Dein Zynismus nützt gar nichts. Hör zu, Adam, du hast den Verdacht, dass ich mit Portugali etwas habe, stimmt's?« Sie erhob sich, stand zornig vor ihm. »Und weißt du was? Du hast recht. Ich bin gestern Abend mit ihm in ein Restaurant gegangen. Er hat mich geküsst. Wir haben nicht miteinander geschlafen. Ich habe ihm nichts versprochen.«

»Wenn das so ist, sind wir quitt. Auch mich hat gestern Abend eine Frau geküsst, wir haben nicht miteinander geschlafen, ich habe ihr nichts versprochen.«

»Wer? Deine Großmutter?« Eliane lächelte bitter. In der Dunkelheit zeigte sich eine Naht, ein Streifen blasses Licht drang durch den Rollladen und beleuchtete sie zur Hälfte, eine Schulter, eine Brust, eine Hüfte. Kein Wunder, dass dies alles Portugali gefällt. Er sieht sie auf der Station, in ihrem weißen Arztkittel, der offene Kittel flattert, Ehrgeiz strafft ihren Rücken, streckt ihre Glieder, spannt ihren Hals, bringt ihr silbernes Stethoskop auf ihrer Brust zum Pendeln, und da ist auch noch die Falte der Anstrengung zwischen ihren Augenbrauen, die bedeutet: Ich bin aufmerksam, etwas nagt an mir, stört mich. Ich zerbreche mir den Kopf wegen des Kranken in Zimmer vier oder über mein kaputtes Auto oder über meinen Freund, der sich zu nichts verpflichtet, und er hat eine Mutter und eine Großmutter und ein Haus, das nicht gerade wenig wert ist. Und ich habe meine Facharztprüfung am Hals und die Lumbalpunktion der dicken Patientin aus Zimmer drei vor mir, und Gott weiß, wie ich durch die dicke Fettschicht stechen und genau den Zwischenraum zwischen den Wirbeln treffen soll, und ich habe einen jungen Körper und Sehnsüchte... Und das Gewirr ihrer Probleme verleiht ihr einen nachdenklichen, ergreifenden Ausdruck, besorgt und anziehend. Man kann einem Mann keine Schuld geben, wenn er von diesem Ausdruck dazu gereizt wird, nach den Schätzen ihrer Seele zu suchen, in ihre Tiefen zu tauchen, das Geheimnis ihrer Existenz berühren zu wollen.

Nun stand sie da, in Unterwäsche, entspannt, mit hängenden Schultern, den Rücken gebeugt, und diese Haltung sagte: So, ich habe das meine getan, ich habe dir genau gesagt, was mit mir ist und was nicht. Der Ball ist jetzt bei dir, entscheide, ob du die Angelegenheit in die Hand nimmst oder den Schauplatz Portugali überlässt.

Adam hatte Lust auf sie, sie tat ihm leid, er war wütend auf sie, dass sie ihm ausgerechnet heute die Pistole auf die Brust setzte, entweder du oder jemand anderer.

»Schön, dass deine Großmutter noch küsst.« Sie schaute in den Spiegel neben ihrem Bett und schüttelte ihre Haare. »Das ist das Wunder bei einem Gehirnschlag, dem einen beschert er Tränen, dem anderen Gähnen, dem dritten Küsse.«

Sie prüfte ihr Spiegelbild. Vor einer Viertelstunde hatte er ihre Lippen geküsst und nicht gewusst, dass er vielleicht Portugalis getrockneten Speichel berührte. Jetzt, bei ihrem Zwiegespräch mit dem Spiegel, waren ihre Lippen vorgeschoben, offen, weich, feucht. Er streckte die Hand aus, um sie neben sich zu ziehen, über sich oder unter sich, aber sie berührte seine Hand nur flüchtig. Das Licht, das durch den Rollladen drang, fiel auf ihren Nabel, wurde von den Falten zwischen ihren Augenbrauen verschluckt. So warm und weich war sie gewesen, als er um vier Uhr morgens in ihr Bett kroch. Um Viertel vor vier hatte er sie angerufen, und halb im Schlaf hatte sie gesagt: »In Ordnung, du kannst kommen«.

Die Zeit bis Viertel vor vier hatte er auf den Stufen vor Mama Ruths Haus verbracht. Nachdem der Oleanderpinkler gegangen war, war er auf den kalten Steinen sitzengeblieben, neben sich die Katze. Ein graues, armseliges Geschöpf, das sich jemanden gesucht hatte, um sich anzuschmiegen. Er zählte in die dreieckigen Ohren des Tieres alle Punkte auf, die dafür und dagegen sprachen, dass er seine Mutter vom Flughafen abholte, und die Katze hörte zu und äußerte keine Meinung. »Also, was sagst du, Schätzchen?«, fragte er sie, und die Katze schwieg. »Sehr gut, du hast etwas gelernt. Nie, hörst du, Katze, nie darfst du auf das Schätzchen reinfallen, hast du mich verstanden?« Dann schliefen sie beide ein. Die schneidende Kälte weckte ihn, sein Kopf war feucht. Die Katze stand da und leckte sich den Tau von ihrem nassen Fell, erschrak vor dem erleuchteten Display seines Handys und sprang die Stufen hinunter. Elianes »Hallo« kam erst nach dem siebten Klingelton und war dumpf und verschlafen. »In Ordnung, du kannst kommen«, sagte sie, noch halb im Schlaf. Obwohl er einen Schlüssel zu ihrer Wohnung besitzt, ist er nie ohne sie hineingegangen oder ohne sie um Erlaubnis gefragt zu haben.

Er war um vier Uhr bei ihr angekommen, und schon um fünf nach vier hatte er gewusst, dass er einen schweren Fehler begangen hatte, dass das Crescendo ihres Sturms, der Sturm ihrer Sinne und ihrer Wildheit, das Finale ihrer Beziehung zu ihm war. Sie war aufs Ganze gegangen. Sie wollte ihm ein Supererlebnis verschaffen, das ihn so erschüttern sollte, dass er sich immer an sie erinnern würde, ihn mit Schuld überschwemmen würde, mit Sehnsucht und Reue. Ob er es wollte oder nicht, sie würde die Frau sein, an der er alle anderen Frauen, die er in Zukunft träfe, messen wird.

Ihr war kalt geworden, sie hatte die Arme um sich gelegt, die Schultern hoch- und den Hals eingezogen, sich aber noch nicht angekleidet. Er sah ihren gebeugten Kopf, den zwischen die Schultern gesunkenen Hals, die Arme, die sie gegen ihre Rippen und die Brüste drückte, ihre nackten, zusammengepressten Knie und dachte, sie zieht sich zusammen wie eine, die ihre Sachen in einem Zimmer zusammensucht, das sie verlassen wird. Kaum vorzustellen, dass dieser Schädelknacker sie vor ein paar Stunden geküsst hat. Er hat ihre Lippen geteilt, seine fleischige Zunge hineingeschoben, und sie hat den Mund für ihn geöffnet, damit er eindringen konnte.

Adam war ganz heiß geworden. Er glühte, trat die Decke weg und lag nackt da, und wie man alten Geruch erkennt, der einem plötzlich in die Nase schlägt, erkannte er das Gefühl der Eifersucht und schwitzte.

So wie jetzt, mit aller Kraft, hatte er seine Milchzähne zusammengepresst, wenn er von der Schule zurückkam und der Renault des Spurensuchers vor dem Container parkte, und seine Kiefermuskeln hatten sich erst entspannt, wenn der Renault in der Staubwolke verschwunden war, die er bei seiner Abfahrt aufwirbelte. Adams kleine Zähne hatten in seinem Mund geknirscht, wenn der Spurensucher seine Mutter küsste, bevor er ging, und wenn sie am Fenster stand und ihm ein süßes »Ciao« nachrief.

Er war aus Elianes Bett gesprungen und hatte seine Kleider vom Stuhl genommen. »Gut, ciao.«

»Was heißt ciao?«, fragte sie und schob ihren Hals zwischen den Schultern hervor.

»Ich gehe.« Er zog die Unterhose an und hasste sich selbst. Er hasste die Eifersucht, die ihm die Kiefermuskeln verkrampfte, er hasste den Spurensucher, er hasste Portugali, er hasste die Welt, in der es kein ruhiges Fleckchen gab, auf das nicht plötzlich ein Schatten fiel.

»Was ist los?«, fragte Eliane und packte ihn am Ärmel. »Ist es die Ankunft deiner Mutter, die dich so verrückt macht, oder was?«

»Die Ankunft meiner Mutter ist nicht gerade eine Beruhigungspille, aber das ist es nicht.« Er zog seinen Ärmel aus ihrem Griff und wischte sich über die verschwitzte Stirn. »Weißt du was? Setz dich einen Moment, ich möchte dir genau sagen, was los ist.«

Sie blieb in ihrer Unterwäsche stehen, bewegte sich aus dem blendenden Licht, das durch den Rollladen fiel, lehnte sich an die Wand und gab ihm ein Zeichen mit dem Kinn, er solle anfangen zu sprechen. Er setzte sich auf das Bett, Hemd und Hose offen, und sagte: »Ich gebe zu, Portugalis Kuss hat mich nicht gerade erfreut. Ein Kuss ist immer etwas Schönes, aber der Kuss des Maestros der Station zwei Monate vor der Facharztprüfung, das ist nicht nur schön, das ist nützlich.«

Sie unterbrach ihn. »Wenn es das ist, was dir zu Kopf gestiegen ist, dann musst du jetzt auf die Knie fallen und um Entschuldigung bitten.« Sie löste sich von der Wand und deutete auf den Boden, wo er sich hinknien sollte, dabei zerschnitt ihre Hand den Lichtstreifen. »Kapierst du überhaupt, was du gerade gesagt hast?«

»Warte einen Moment, hör es dir bis zum Schluss an. Alles verstehe ich, nur nicht, warum du ein paar Jahre damit vergeudet hast, mir zuzulächeln. Nicht dass ich so eine schlechte Meinung von mir hätte, verstehe mich nicht falsch, ich habe ein paar Vorzüge, aber sie sind für den, der alles realistisch sieht, nicht viel wert. Du weißt doch, dass deine Beziehung zu mir dir nicht gerade besonders viel Status und Glanz verspricht. Ich bin Allgemeinarzt in einem weniger vornehmen Viertel. Einer, der nichts anderes anstrebt als das. Und du? Alle Schädel, die du aufsägen wirst, jede Nadel, die du zwischen Wirbel stichst, jeder Tumor, den du irgendeinem Jonathan herausnimmst, bringt dich auf der Karriereleiter eine Stufe höher. Ich kenne dich, du bist eine Streberin. Ich werde Jonathans genähten Schädel behandeln und seinen geknickten Eltern Mut zusprechen und da bleiben, wo ich bin. Das ist nichts Neues. Wenn wir uns umarmen, bin ich damit beschäftigt, dass es mir angenehm ist, und du denkst, gut und schön, aber wohin führt das? Weißt du was, meine seltsame Mutter hat mir trotzdem etwas vererbt. Jedes Stück Leben so zu nehmen, wie es ist, und zum Teufel mit der Frage, ob es mit irgendeiner Zukunft zu tun hat. Meine Mutter gehörte zu jenen, die genießen, die das Kneten des Teiges genossen haben, sie gehörte nicht zu denen, die fragen, welches Brot daraus gebacken wird. Aber warum sage ich gehörte? Sie lebt noch. Heute wird sie mir den Beweis liefern. Zurück zu uns beiden. Hör zu, ich weiß nicht, ob wir am Schluss ein Einheitsbrot bekommen oder einen geflochtenen Hefezopf oder nur ein einfaches Brötchen. Aber eines ist sicher, mit diesem Portugali wird es nicht einfach sein, also entscheide dich.« Er stand auf und zog den Reißverschluss seiner Hose hoch, und sie stieß ihn zurück auf das Bett. »Ich soll mich entscheiden!« Sie pochte mit dem Finger gegen ihr Brustbein. Er hörte, wie schnell ihr Atem ging, und dachte, was für ein Dummkopf bin ich doch. Was will ich von ihr, dass sie so sein soll wie ich? Und wenn sie so ist wie ich und ihr momentanes, zielloses Abenteuer mit dem Professor improvisiert, sage ich zu ihr, entscheide dich. Sie beugte sich über ihn, und er roch ihren säuerlichen Mundgeruch, als sie sagte, nur weil seine Mutter heute zurückkomme, werde sie ihm Kredit gewähren, sonst hätte sie ihn jetzt die Treppe hinuntergeworfen. Ihr anzudichten, sie würde Portugali mit ihrem Körper bestechen wollen und ihm die Lippen für eine Facharztprüfung hinhalten, für eine beschissene Facharztprüfung. »Kapierst du, was du da gesagt hast?« Sie hob ihre Stimme, beugte sich zu ihm und warf ihm einen gekränkten Blick zu. Und nein, sie wird diese Geschichte nicht akzeptieren, mit dem Stück Leben, das man nehmen solle, wie es ist. All diese Stücke Leben hängen aneinander und verbinden sich zu einem Film, dem Film des Lebens. Und sie wird nicht zulassen, dass er diesen Film, in dem sie die Hauptrolle spielt, allein schreibt, sie will mit ihm die Handlung planen und produzieren, damit das, was ihr passiert, größer sein wird als das Leben. Und bitte, er soll ihr doch sagen, was daran so schlimm ist? Was ist schlimm daran, wenn jemand seine Zukunft planen will, wenn er seine Sehnsüchte erfüllen will, weiterkommen. Ja, weiterkommen will. Wei-ter-kom-men, warum hat er solche Schwierigkeiten mit diesem Wort? Es ist das, was die meisten Menschen wollen. Weiterkommen. Und sie, sie hat eine Theorie zu all seinen Stücken Leben, zu der Verachtung, die er für jede Zukunftsplanung hat, zu seiner Zerstückelung des Seins. Seine seltsame Mutter, die Heldin, die plötzlich zurückkommt, *out of the blue*, ist es, die seinen Glauben an die Zukunft zerstört hat. Jede Knoblauchschale wiegt schwerer als die Versprechen, die sie ihm gegeben hat. Ich kaufe dir, ich bringe dir, ich gehe für einen Moment weg, ich komme gleich wieder, und sie hat nichts gekauft, hat nichts gebracht, ist fünfundzwanzig Jahre lang nicht wiedergekommen. Sie hat die nächste Minute lächerlich gemacht, hat aus der Zukunft eine einzige große Lüge gemacht. Und er merkte, dass Eliane, trotz der Dämmerung im Zimmer, sein zynisches Grinsen genau sehen konnte, sie wusste, was er sich jetzt sagte, alles billige Psychologie. Sollte er es doch sagen.

Aber einen Moment, er sollte jetzt nicht aufstehen, er sollte sie aussprechen lassen, nach den kränkenden Worten, die er ihr an den Kopf geworfen hatte, hatte sie es verdient, aussprechen zu dürfen, und sie hatte noch ein paar Dinge, die sie ihm sagen wollte. Erstens zu diesem Kuss mit Portugali, und er möge ihr verzeihen, dass sie von einem Thema zum nächsten springt, das ist nicht zu ändern, sie ist auf eine solche Szene um vier Uhr morgens nicht vorbereitet, er möge also in seiner Güte übersehen, dass ihre Worte nicht geordnet sind. Was also den Kuss angeht, sie versteht nicht, wie er ihr solche beschissenen Absichten unterstellen kann, sie zu verdächtigen, sie habe einen Kuss für das Bestehen der Prüfung verkauft. Um die Wahrheit zu sagen, sie könnte sich jetzt auf die Pose der Gekränkten zurückziehen und schweigen, bis er sich entschuldigt und um Verzeihung bittet, aber wie sie schon gesagt hat, sie geht davon aus, dass die plötzliche Ankunft seiner Mutter ihm zu Kopf gestiegen ist. Jedenfalls ist es so, solche Küsse passieren eben, und es ist nicht immer möglich oder notwendig, sie zu erklären. Wo Männer und Frauen zusammentreffen, kann ihn oder sie ein hormoneller Schub treffen, und es gibt Anziehung und Abneigung, und die ganze Geschichte ist einmalig und unbedeutend.

»Und glaub mir, Adam, wenn er mich über diesen blöden Kuss hinaus angezogen hätte, hätte ich mir meine Schritte sehr genau überlegt. Du kennst mich, ich bin ein besonnener Mensch. Die Geliebte des verheirateten Chefarztes zu sein, hätte alle Aktien gefährdet, die ich gesammelt habe. Und *touch wood*, ich habe welche gesammelt. Du grinst wieder. Warum? Weil ich gesagt habe, ich sei ein besonnener Mensch? Von mir aus kannst du lachen, aber hör mir bis zum Ende zu. So besonnen ich auch bin, es ist nicht anständig, aus mir eine berechnende Maschine zu machen, die stur ihre Bahn verfolgt. Eine, die in Wirbelsäulen sticht und auf Köpfe tritt, in denen Tumore wachsen, um vorwärtszukommen. Verstehst du eigentlich, was für ein Ungeheuer du aus mir machst? Lass mich dir etwas ein für alle Mal erklären: Du hast kein Monopol auf Weltschmerz. Die Jonathans dieser Welt rühren auch andere Herzen, nicht nur deines. Ich habe diesen Beruf gewählt, um sie zu retten. Du hast dich dafür entschieden, sie in ihrer Verzweiflung zu begleiten. Jeder hat seine eigene Wahl getroffen. Du musst mir zustimmen, dass unser Beitrag, wenn es uns gelingt, den Tumor zu entfernen, für diesen Jungen nicht geringer ist als deiner. Und wenn es uns nicht gelingt, werden wir schuld sein, niemand wird uns das Wissen und die Anstrengung, die wir eingesetzt haben, abnehmen, und wir werden dadurch nicht im Geringsten vorwärtskommen. Du hingegen wirst immer geschützt zwischen den Wänden deiner Praxis sitzen, immer wird man zu dir kommen und sich bei dir über das Versagen deiner Kollegen beklagen, du wirst ihre Klagemauer sein, du wirst ihnen Schmerzmittel verschreiben, du wirst ihnen die Hand auf die Schulter legen. Aber du weißt so gut wie ich, auch wenn sie dich unendlich schätzen, wird das dem Tumor gleichgültig sein, er wird davon nicht weggehen, es wird nicht den geringsten Eindruck auf ihn machen, kein bisschen.«

Sie unterbrach ihren Wortschwall, holte Luft und ging von einer Seite des Zimmers zur anderen, zerschnitt dabei den Lichtstreifen, der durch den Rollladen fiel, trat gegen das pralle Lederkissen, das auf dem Boden lag, und setzte sich darauf, und der Lichtstreifen fiel auf ihren Kopf und eine blasse Wange. Das Bild rührte ihn, trotzdem empfand er kein Mitleid mit ihr.

»Wie hast du es genannt, einen hormonellen Schub?« Adam lehnte sich zurück, stützte sich mit den Ellenbogen auf das Bett. »Nun, auch mir ist gestern so etwas passiert. Der

Kuss, von dem ich dir erzählt habe, war nicht von meiner Großmutter. Eine andere Frau hat ihn mir gegeben.« Sie schürzte die Lippen in herausfordernder Gleichgültigkeit. »Wer? Hat sich eine deiner Patientinnen in dich verliebt?«

»Nein, eine Verkäuferin in einem Geschäft für Baubedarf, und sie hat sich nicht in mich verliebt, sie hatte einen hormonellen Schub, wie du es nennst. Ich ziehe es vor, es eine momentane Schwäche zu nennen.« Und um zu verhindern, dass Elianes Phantasie sich überschlug und sie sich vorstellte, wie die Verkäuferin ihre rosafarbene Zunge unter seine schob, sagte er: »Sie hat mir einen Kuss auf die Hand gegeben, und ich ihr einen Kuss auf ihre Hand, unsere Lippen haben einander nicht berührt.«

Eliane sprang von dem Sitzkissen hoch, schnappte ihre Bluse von der Stuhllehne, zog sie wütend an und sagte, dieser keusche, beherrschte Kuss sei ein Zeichen für etwas Tieferes in seiner Beziehung zu dieser Dame, das sei keine »momentane Schwäche« und keine billige Lust. »Dass ihr euch nicht wirklich geküsst habt, gibt der Sache mehr Gewicht. Wenn ich eifersüchtig wäre, würde mich dieser halbe Kuss verrückt machen. Wo hast du sie kennengelernt?«

»Sie hat mir einen Türstopper verkauft.«

»Einen Türstopper«, sagte sie trocken, schlüpfte schnell in ihre Hose, zog den Reißverschluss hoch, schloss den Gürtel und schaute auf ihre Uhr. »Erst halb sechs?«, fragte sie erstaunt, zog den Gürtel wieder aus, sank auf das Sitzkissen und sagte, sie sei schon nicht mehr sicher, dass es die Ankunft seiner Mutter sei, die ihn durcheinanderbringe. Die Geschichte mit der Verkäuferin beweise, dass er zurechnungsfähig sei. Eines sei sicher, seine Mutter habe ihm noch etwas anderes vererbt als diese »Stücke Leben«, die Missachtung des Berufes eines Menschen, Arzt, Bäcker oder Nägelverkäuferin, für ihn sei alles gleich. Es sei denn, diese junge Frau, die

ihren Lebensunterhalt dadurch verdiene, dass sie Schrauben und Klobecken verkaufe, besitze eine gewinnende Persönlichkeit oder andere außergewöhnliche Qualitäten, so etwas habe es immer gegeben. Eliane zog den Rollladen hoch, kam zu ihm und stieß ihn auf das Bett zurück. »Sag, wie sind wir in dieses beschissene Gespräch geraten? Normale Leute schlafen um diese Uhrzeit. Rutsch, mach mir Platz neben dir, ich habe nie geglaubt, dass ein dummer Kuss sich zu so einer Affäre aufblasen kann.«
»Der ganze Platz gehört dir.« Er stand auf und überließ ihr das Bett. »Ich gehe. Ich kann nicht mehr schlafen. Ich brauche frische Luft, in zweieinhalb Stunden mache ich die Praxis auf.«

Moskowitz sitzt schon fünf Minuten vor ihm und wühlt in seinen Taschen, er sucht den Befund des Herzzentrums und leert seine Plastiktüte aus. »Herr Doktor, ich bin sicher, dass ich ihn mitgebracht habe.« Er ist der erste der vier Patienten, die an diesem Morgen schon vor der Praxis auf ihn gewartet haben. Der Inhalt seiner Tüte liegt verstreut auf dem Tisch, Cordiltabletten, alte Unterlagen von der Krankenkasse, ein Geldbeutel, eine Busfahrkarte, ein kleiner Kamm. Ein grüner Apfel rollt über den Tisch und stößt gegen den Computer. Nun, mach Eliane klar, dass es für dich Vorwärtskommen bedeutet, wenn du dich beherrschst, dass du einen Mann nicht drängst, der mühsam in seinen Sachen herumwühlt, auch wenn du weißt, dass die Untersuchung im Herzzentrum nichts besser und nichts schlechter gemacht hat. Sein Herz ist am Ende. Beidseitige Herzinsuffizienz. Du siehst die blaue Verfärbung seiner Fingernägel, seiner Lippen, aber du achtest seinen hartnäckigen Wunsch, einen Beweis für seinen Zustand vorzuweisen. »Das kann nicht sein, Herr Doktor, dass ich ausgerechnet das wichtigste Papier nicht finde. Entschuldigen Sie, dass ich Sie aufhalte, Herr Doktor... Aber ich bin sicher...« Moskowitz atmet schwer, und die Adern an seinem Hals schwellen an.

»Das ist nicht schlimm, Herr Moskowitz«, sagt Adam. »Das Herzzentrum kann uns nichts Neues berichten.« Moskowitz sucht in seiner Hemdtasche, dann räumt er die Sachen in seine Tüte zurück, den Apfel, den Kamm, die Karte, die Tabletten, und schüttelt den Kopf, er verstehe nicht, wie...

Siehst du, Eliane, weiterzukommen bedeutet, gelassen die Schweißperlen in dem verfallenen Gesicht dir gegenüber zu betrachten, die Verzweiflung, die sich auf ihm ausbreitet. Schließlich sammelt Moskowitz so sorgfältig die Beweise gegen sein Herz. Einen Tag vor dem Besuch beim Hausarzt legt er sie schon in die Plastiktüte vom Supermarkt, überlegt sich die Reihenfolge seiner Beschwerden, und wenn es dann so weit ist, ist das wichtigste Papier, der Schlüssel zu seinem abgenutzten Herzen, verschwunden.

»Nein«, sagte er, »ich bin noch nicht senil, Herr Doktor, und dass ich es jetzt nicht finde, ist nicht, weil mein Gehirn nicht genug Sauerstoff bekommt. So sicher ich bin, dass ich Moskowitz heiße, so sicher bin ich, dass ich das Papier mitgebracht habe.«

Und er hat recht. Nachdem er seine Sachen in die Tüte zurückgepackt hat, liegen nur noch die Papiere da, die er gleich nach seinem Eintritt auf den Tisch gelegt hat, und das oberste der drei ist vom Herzzentrum. »Entschuldigen Sie, Herr Doktor, dass ich so ein Durcheinander gemacht habe«, sagt er und senkt den Blick auf seine Fingernägel.

»Das macht nichts, so etwas passiert«, sagt Adam zu dem verlegenen Gesicht, das seinem Blick ausweicht, und fährt in Gedanken fort, mit Eliane zu diskutieren. Siehst du, meine Liebe, das heißt weiterkommen. Dem Trieb zu befehlen, Ruhe zu geben. Ihn zu zügeln. Sich zu beherrschen und nicht zu sagen, gehen Sie hinaus, und suchen Sie erst einmal

Ihre Papiere zusammen, bevor Sie hereinkommen. Oder: Herr Moskowitz, sparen wir uns die Zeit, ich habe noch andere Patienten außer Ihnen, und dieses Stück Papier rettet Sie nicht, Ihr Herz ist am Ende. Weiterzukommen bedeutet, anzuerkennen, dass du es leider nicht in der Hand hast, sein Herz zu retten, aber seine Ehre kannst du ihm bewahren. Er wird auf seinen geschwollenen Beinen mühevoll und langsam die Praxis verlassen, man muss ihn nicht auch noch mit seiner verlorenen Ehre belasten. Und dass du es weißt, Doktor Eliane, weiterzukommen heißt, ihn zu fragen, was machen Sie den ganzen Tag, Herr Moskowitz?, auch wenn seine Antwort keine Auskunft über seine Insuffizienz enthält. Und wie geht es Ihrer Frau, Herr Moskowitz, und wovon leben Sie? Das, Frau Doktor, das ist die Karriereleiter deines ehrgeizarmen Liebhabers Doktor Adam Urija. Und versteh mich nicht falsch, ich achte und schätze diejenigen, die Tumore herausoperieren und Rückenmarkspunktionen durchführen und auf Portugalis Karriereleiter aufsteigen. Die Welt braucht sie, aber ich glaube, sie braucht auch mich. Und jetzt, was hat dieser Moskowitz getan, dass ich mein Stethoskop auf seine Brust lege und, statt auf die Töne seines abgenutzten Herzens zu lauschen, mit dir streite, während seine Augen mich angstvoll anschauen? »Was ist los, Herr Doktor, dass Sie so lange... Ist etwas Schlimmes mit meinem Herzen, Herr Doktor?«

Adam beruhigt ihn, der Zustand seines Herzens sei nicht besser und nicht schlechter als vor einer Woche, er fordert ihn auf aufzustehen und sich auf die Liege zu setzen, er horcht auf die rasselnden Atemzüge und verschreibt ein entwässerndes Medikament. Moskowitz faltet seine Papiere zusammen und schiebt sie schwer atmend in die Plastiktüte vom Supermarkt, und inzwischen schreibt Adam ihm seine Handynummer auf und sagt: »Wenn es ein Problem gibt, Herr Moskowitz, können Sie mich jederzeit anrufen«, und denkt, warum soll er mich jederzeit anrufen, jetzt habe ich übertrieben, ich wollte die Frau Doktor beeindrucken. Aber als er die offenen Schnürsenkel seines Patienten sieht, die Strümpfe, die über die geschwollenen Knöchel gerutscht sind, sagt er noch einmal: »Jederzeit, Herr Moskowitz.«

Es ist schon über dreißig Jahre her, und er hat noch nicht aufgehört, sich über die Beine der Menschen zu wundern. Diesen Tick aus der Zeit der nassen Treppenstufen hat er nicht verloren. Dutzende, hunderte, vielleicht tausende Schuhe, die in das schmutzige Wasser traten, das seine Mutter aufwischte, und jeder Schuh erzählte seine eigene Geschichte: Der gehört einem Räuber, dieser einem Polizisten, einem Soldaten, einer Stewardess, einem Arzt, dem Professor, dem Jungen, der einen Vater hatte, der Frau, die einen Mann hatte, einem Armen, einem Alten, einem Verdächtigen ... Einmal hatte er zu Eva gesagt, er sei sicher, dass ihr Professor ein Dieb sei, seine Sohlen würden keine Spuren hinterlassen, und man würde nicht hören, wenn er die Treppe herunterkam. Eva hatte gelacht. »Ein Dieb? Der?«, hatte sie gesagt. »Das Einzige, was der klauen kann, sind dumme Vergnügungen. Am Schluss wirst du noch Orthopäde oder Schuster werden. Was wäre dir denn lieber?«

»Detektiv«, antwortete er und fragte, was dumme Vergnügungen seien.

»Das ist ein netter Blödsinn, wie ein Kuss, der eine kurze Zeit Spaß macht und lange traurig.«

Er verstand nichts, aber sie warf den Lappen auf die Treppe, stampfte wütend mit den Füßen auf, um das Wasser zu entfernen und zu signalisieren, dass die Fragestunde zu Ende war.

Der nächste Patient trägt blaue Arbeitskleidung, hustet und hält ihm das Röntgenbild seiner Lunge hin, das er auf Adams Anweisung hin hat machen lassen. Der Lichtkasten flackert unter der Aufnahme und geht wieder aus. »Durchgebrannt«, sagt der Mann und hustet unterdrückt. Die weißen Herde auf seinem betroffenen Lungenflügel sind auch im Tageslicht zu erkennen.

»Lungenentzündung«, sagt Adam. »Sie brauchen Antibiotika und fünf Tage Bettruhe.«

»Fünf Tage?«, sagt der Mann erschrocken. »Das geht nicht. Ich bin selbständig, ich repariere Waschmaschinen, ich habe dringende Aufträge, wenn ich nicht komme, rufen die Leute einen anderen Handwerker.«

»Ihre Entzündung ist ernst, wenn es zu Komplikationen kommt, müssen Sie ins Krankenhaus«, sagt Adam und schraubt die durchgebrannte Birne aus dem Lichtkasten.

»Ist es so schlimm, Doktor? Das glaube ich nicht.« Der Mann nimmt das Rezept und die Krankschreibung. »Wiedersehen, Doktor. Fünf Tage, verdammt...«, murmelt er vor sich hin und verlässt das Sprechzimmer.

Adam empfängt noch die beiden anderen, dann hängt er das Schild »Bin gleich wieder da« an die Tür, nimmt die durchgebrannte Birne und geht zu »Alles für Haus und Garten«.

»Wollen Sie genau die gleiche?«, fragt der junge Verkäufer hinter der Theke, nimmt die durchgebrannte Birne in seine knochige Hand und betrachtet sie prüfend.

»Iris, haben wir solche?«, ruft er nach hinten, hebt die Birne über den Kopf und sagt: »Einen Moment bitte. Brauchen Sie sonst noch etwas?« Er zieht an seiner Zigarette und kratzt mit seinem Taschenmesser etwas verkrusteten Klebstoff von der Theke. Er konzentriert sich auf seine Beschäftigung und achtet nicht mehr auf den Kunden, nachdem er ihm mitgeteilt hat, dass seine Kollegin hinter den Regalen und Leitern beschäftigt ist und jeden Moment auftauchen wird.

»Chesi, hast du vergessen, was wir ausgemacht haben? Es ist das letzte Mal, dass ich...« Ihre Stimme dringt zwischen den Kisten hervor, und das Gesicht des Jungen rötet sich. »*Shit*«, sagt er, wirft die Zigarette durch die Ladentür auf den Sandplatz, schüttelt die Dose mit dem Raumspray und sprüht Duft in die Luft. »Hör auf«, ruft sie, »vergifte die Luft nicht noch mehr, als du sie mit deiner blöden Zi...« Ihre Stimme bricht, als sie den Arzt sieht. In einer groben Arbeitshose mit vielen Taschen kommt sie durch einen kleinen Gang mit vielen Haken an den Wänden. Mit ihren schmutzigen Fingern zupft sie sich Haare, die sich aus ihrem Zopf gelöst haben, vom Hals.

Sie nimmt die Birne in die Hand und betrachtet sie. »Solch eine Birne haben wir morgen, wenn die neue Ware kommt.« Sie ist verlegen, denkt er, ich bin einfach reingeplatzt, als sie Nägel, Schrauben und Wasserhähne aufgeräumt hat. Der graue Fleck in der ausgebrannten Birne rettet sie vor Worten und Blicken. Meine Mutter hatte recht, es gibt Küsse, die ein kurzes Vergnügen und lange Traurigkeit bringen. Auch Eliane hatte recht, ein Kuss, der sich auf die Fingerspitzen beschränkt, ist ehrerbietig. Wäre ich ein Filmregisseur, würde ich die Kamera zwischen Iris' klarem Gesicht, der ausgebrannten Birne und ihren schmutzigen Fingern hin und her wandern lassen und es dem Zuschauer überlassen, ob er versteht oder nicht.

»Wie geht es Ihrem Vater?«, fragt er und denkt, ich weiß genau, wie es Schalom Schalom geht, aber ich werfe ihr einen Rettungsring zu. Doch sie hat es nicht eilig, sich daran festzuhalten.

»Normal«, sagt sie und schaut ihn mit kühlen Mispelkernaugen an. »Es tut mir leid, dass die gestrige Probe schwach war. Heute Abend findet das richtige Konzert statt, falls es Sie interessiert.«

Wie sollst du ihr erzählen, dass an diesem Abend eine

Mutter in dein Leben platzen wird, die keiner gerufen hat, dass du bereit wärst, einen Stabhochsprung zu machen und diesen Tag zu überspringen, selbst wenn du dir dabei beide Beine brechen müsstest.»Vermutlich bin ich beschäftigt«, sagt er. Mit Vergnügen hätte er sich auf einen gepolsterten Stuhl mitten im Saal gesetzt und sein Gehirn den Klängen überlassen, damit sie jedes Gefühl und jeden Einfall übertönen. Sein zweiter Gedanke war, warum er es denn nicht tun sollte. Er schuldet der Frau nichts, die um Punkt vier Uhr ihren schlanken oder dicken Fuß auf die Erde ihres Heimatlandes setzen wird. Der Frau, die mit achtzehn mit einem krummfingrigen Mann geschlafen hatte, aus Gedankenlosigkeit schwanger geworden war und mit der gleichen Gedankenlosigkeit einen Sohn geboren hatte. Zehn Jahre lang hatte sie sich beherrscht, bis sie ihn aus ihrem Leben warf. Und weitere fünfundzwanzig Jahre hatte es gedauert, bis sie bei der Auskunft anrief, um herauszufinden, ob es ihn gab, und ihm eine Nachricht hinterließ.

Iris' Augen ruhen auf ihm, ein offener, kluger, direkter Blick. Das Taschenmesser des Gehilfen knarrt, er pfeift. Iris sagt:»Falls Sie diese Birne dringend brauchen, in der Jaffostraße gibt es noch ein Geschäft...« So ist sie. Konzert. Birne. Ich bin die Tochter von Schalom Schalom, und Sie sind unser Hausarzt. Einfach so. Als gäbe es keine Windungen in dem, was Leben heißt. Als gäbe es keine schlammigen Nebenflüsse, keine Schatten, keine Strudel und Abgründe, keine Höhen und Tiefen, kein Untergehen, keine Hoffnung, keine Ruhe und kein Wasserrauschen, keine Ebbe und keine Flut. So ist Iris. Sie trägt ein T-Shirt mit dem Aufdruck »Alles für Haus und Garten«, ihr Zopf ist nachlässig geflochten und geht auf. Wie gerne würde er ihr Kakao von den Lippen wischen. Das Geschäft läuft träge um diese Uhrzeit, nur das Pfeifen des Gehilfen und das Schaben seines Taschenmessers füllen den Laden, und der blendende Widerschein der Sonne von den Alu-

miniumtöpfen, die an Wandhaken hängen, die quietschenden Bremsen eines Lastwagens und eine Frau, die hereinkommt und ein Edelstahlsieb für das Spülbecken verlangt. Der Gehilfe geht los, um ein Edelstahlsieb zu holen. Sie stehen einander gegenüber, und er denkt, es ist nicht anständig, alles, was gestern Abend nicht passiert ist, auf die Birne eines Lichtkastens zu schieben, und er fragt sie: »Und wie geht es Ihnen?«
»Gut«, sagt sie und wird rot. Ihr Blick verhärtet sich, und wäre nicht der Gehilfe gewesen, der zur Theke zurückkommt, hätte sie bestimmt gesagt: Was gestern Abend war, hat nichts zu bedeuten, es hat sich nichts geändert, ich bin die Tochter von Schalom Schalom, und Sie sind unser Hausarzt. Falls sie einmal Kinder bekommt, werden die bestimmt glauben, das Leben sei so gerade wie ein Strommast und so durchsichtig wie Wasser. Sie wird bestimmt nie jemanden Schätzchen nennen. Falls sie Kinder bekommt? Natürlich wird sie welche bekommen. Sie ist dafür geschaffen, sie ist wie... Er erinnert sich an Mama Ruth, die sich über den Wind wunderte, der ihr Chawale aus den Händen gerissen und über das Tal geweht hatte. Der Mensch hält sich an nichts fest, und dieses Nichts wird ihm aus der Hand gerissen und wird zu Etwas.

Zwei Frauen erwarten ihn, als er von »Alles für Haus und Garten« zurückkommt. Sie haben keine Röntgenbilder, und er braucht keine Birne. Es hat Zeit bis morgen. Nachdem er eine mit einem Medikament gegen hohen Blutdruck versorgt hat und bei der zweiten die geschwollenen Gelenke an Armen und Beinen betrachtet und sie sofort zu einer Blutsenkung geschickt hat, taucht eine dritte Frau auf. Dafi.
»Ich wollte mal nachsehen, wie es dem verlassenen Jungen geht.« Sie setzt sich ihm gegenüber auf den Patientenstuhl. »Heute verlierst du also deinen privilegierten Status als be-

dauernswertes Kind. Kaum hast du dich daran gewöhnt, auch an die Vorteile, schwups, kommt deine Im-Stich-Lasserin zurück. Warum hat sie es plötzlich so eilig?«

Es ist nicht meinetwegen, dass Dafi so zynisch ist, denkt er, es ist ihretwegen. Sie liegt im Streit mit sich selbst. Sie dampft wie ein Dampfkochtopf.

»Nun, Dafi, wie geht's?«

»Heute sprechen wir über dich.«

»Okay. Wenn wir über mich sprechen: Heute bedrücken mich drei Dinge. Erstens meine Mutter, die zurückkommt, ohne dass jemand sie gerufen hat. Zweitens ein Patient, dem man gerade den Schädel öffnet. Und drittens du.«

Sie hat sich zu stark geschminkt, denkt er, das dunkle Rot krümmt ihre Wangenknochen, das leuchtende Lila, das sie sich auf die Lider aufgetragen hat, verleiht ihren Augen einen erstaunten Ausdruck, das Make-up verdeckt ihre einfache Anmut. Wie schade. Sie ist heute nicht zur Arbeit gegangen, wenn sie sich erlauben kann, um diese Uhrzeit bei ihm zu sitzen.

»Darf ich raten, Dafi?«

»Was raten?«

»Was dich umtreibt.«

Sie antwortet nicht, sie knetet einen bunten Stoffball, mit dem die kleinen Patienten spielen, die zu ihm in die Praxis kommen. Dafi wirft ihn in die Luft und fängt ihn wieder auf.

»Eine Schwangerschaft?«

»Ein Knoten in der Brust.« Sie wirft den Ball in die Luft. »Scha'ul hat ihn entdeckt. Was sagst du dazu, er hat meine Brust gestreichelt und ihn entdeckt. Da sieht man mal wieder, wie gut es ist, wenn man einen Mann vom Nachrichtendienst heiratet.« Sie beschäftigt sich mit dem Ball und sieht nicht, wie sich sein Adamsapfel nach oben und nach unten bewegt.

»Wenn du wüsstest, was für eine Panik ihn ergriffen hat. Er hat heute Nacht mit einem Freund geredet, einem Chirurgen, und heute Morgen hat dieser Chirurg in den Knoten gestochen und eine Gewebeprobe entnommen. Das ist schon was. Der Nachrichtendienst warnt, die Armee funktioniert.« Sie steht auf und geht zum Waschbecken, wäscht sich die Hände und sagt:»Und ich habe schon Mitleid mit mir gehabt. Ich habe gedacht, es wäre interessant, die Ordnung auf den Kopf zu stellen und vor Mama Ruth zu sterben. Und als ich darüber nachdachte, was man bei der Beerdigungsrede für wunderbare Sachen über mich erzählen würde, rief der Chirurg an und sagte mit einer vertraulichen Stimme, ›Hallo, Dafna?‹, als würde er mich schon seit dem Kindergarten kennen. ›Ich habe eine gute Nachricht, es ist ein gutartiger Fettknoten, sowohl nach dem Augenschein als auch nach der ersten pathologischen Untersuchung. In einer Woche gibt es eine endgültige Antwort, aber du kannst dich schon beruhigen. Ich bin überzeugt, dass das Ergebnis uns nicht überraschen wird.«

»Du Hexe, warum hast du das nicht gleich gesagt?« Er stürzt auf sie zu.»Du hast mich fast umgebracht.« Er steht hinter ihr und sieht ihr rotes Lächeln im Spiegel.

»Und du, warum hast du mir nicht gesagt, dass ich aussehe wie eine Nutte? Ich habe mich zu Ehren meines nahen Todes geschminkt, und mein Tod hat sich vor mir geekelt und sich zurückgezogen.« Sie beugt das Gesicht über das Becken, nimmt die Seife und reibt sich damit die Wangen und die Lider ab, spült die Farben ins Becken. Die Seife brennt ihr in den Augen. Sie trocknet sie ab und schaut ihn mit geröteten Augen an.

»Nun?«

»Was, nun?« Sie schüttelt sich Wassertropfen aus den Haaren.

»Nun, warum freust du dich nicht?« Er steht vor ihr und sieht, wie eng und tief ausgeschnitten die Bluse ist, die sie zu Ehren des Knotens angezogen hat, sie hat ihre Brust aufs

Großartigste hergerichtet, nach dem Motto: Esst und trinkt, meine Brüste, denn morgen werdet ihr sterben. In der Nacht hatte der General sie gestreichelt. Gestreichelt und geknetet, bis er »es« entdeckte. Und was für ein Gedanke, dass sie einmal, bevor es den General in ihrem Leben gegeben hatte, zu Adam ins Zimmer gekommen war und ihn eingeladen hatte, die Träger ihres ersten Büstenhalters zu berühren, und er hatte es getan und war zurückgewichen vor der Grenze, die sich plötzlich zwischen ihnen aufgetan hatte.

»Warum ich mich nicht freue? Man packt mich am Schopf und schleudert mich herum, bis ich vor Angst fast sterbe, und plötzlich wirft man mich auf den Boden und sagt, nun, freu dich, warum freust du dich nicht?« Sie hebt ihre feuchten Hände zu den Haaren und sagt, es sei seltsam, ihr naher Tod habe sie gar nicht besonders erschüttert. Es stimme ja, es sei ein bisschen früh, jetzt schon zu sterben, aber wenn sie sich das Leben betrachte, habe sie das Gefühl, die wichtigen Dinge seien ihr schon passiert. »Und wenn du mich fragst, dieser Gedanke hat mich mehr erschreckt als der an den Tod, und die Tatsache, dass der Tod plötzlich auf der Bildfläche erschienen ist, ändert nichts an meiner Auffassung vom Leben. Was ist daran so erfreulich? Nicht dass es mir schlecht geht, aber berauschend geht's mir auch nicht. Das Leben ist in Ordnung, aber nicht mehr als das. Das weißt du. Meine große Liebe habe ich schon erlebt, ebenso Geburten, ich weiß, wie es ist, Mutter von zwei süßen Kindern zu sein, aber weißt du, sie werden wachsen und die Verantwortung wird abnehmen und immer weniger bedrückend werden, und bis ich mich umdrehe, pubertieren sie schon und bekommen Akne. Verstehst du, all das ist mir durch den Kopf gegangen, als ich dachte, ich würde sterben. Und glaub mir, diese oberflächliche Skizze meines zukünftigen Lebens hat mich mehr erschreckt als mein Tod.«

Ihr Gesicht, gereinigt von der Schminke, und ihre ausge-

schnittene Bluse sind rührend, beschämen all die ermüdenden »Alles in Ordnung« der Menschen, schreien der flachen, gleichgültigen Welt ein »Ersticken sollst du« entgegen.
»Du hast Glück, dass du noch auf nichts festgelegt bist. Keine Frau, kein Haus, keine Kinder, auch den Beruf kannst du noch wechseln, wenn du willst. Dein Leben ist in jede Richtung offen, dir kann noch alles Mögliche passieren.«
Wäre er ein New-Age-Anhänger, würde er jetzt klischeehafte Trostworte finden, tritt in Kontakt mit deinem Inneren, Frieden beginnt in dir, denke positiv, liebe dich selbst, und die Welt wird es dir doppelt zurückgeben, spüre, dass du eine reine, strahlende Zelle im Gewebe dieser wunderbaren Schöpfung bist, dass du ein integraler Bestandteil der kosmischen Galaxie und großartig bist... und so weiter. Aber er ist Arzt und für den Körper zuständig, und alles, was er weiß, ist, dass sich die biologische Maschine im Lauf der Jahre abnutzt und nichts sie retten kann. Er überlegt, ob es etwas gäbe, womit er ihren Geist wieder aufrichten könnte, und sie senkt den Kopf zu ihrem Ausschnitt. »Ich sehe wirklich wie eine Nutte aus, Mama Ruth hätte gesagt, du hast vergessen, dich anzuziehen. Sie hätte mir ein Küchenhandtuch zugeworfen oder etwas anderes und gesagt, hier, Püppchen, deck deine Dingerchen zu, sie können einem ja leid tun, bestimmt ist ihnen kalt.« Sie lacht, und das Telefon klingelt. Er lauscht und sagt: »Ich komme.«
»Sie haben es nicht geschafft, alles zu entfernen«, sagt er laut, sucht seine Sachen zusammen, und Dafi schaut ihn fragend an, was haben sie nicht entfernt, wem?
»Eine Geschwulst im Kopf«, sagt er, und sie zuckt zusammen. Sie begleitet ihn zu seinem Auto und sagt: »Wie blöd bin ich doch. Du hättest mir eine Ohrfeige geben und sagen sollen, du spinnst ja, du bist verwöhnt, das Höchste, was das Leben dir bieten kann, ist, dir deinen Gesundheitszustand zu erhalten, bedanke dich die ganze Zeit dafür, dass dir keine

Geschwülste im Kopf oder am Arsch wachsen, alles andere liegt nur an dir.«

Er kennt sie, tausend Wörter liegen ihr auf der Zunge, aber sie zieht es vor, sie nicht auszusprechen. Er steigt ins Auto, und sie bleibt auf dem Gehweg stehen, klimpert mit ihren Autoschlüsseln und senkt die Augen zu ihrem Schatten, als habe sie zum ersten Mal entdeckt, dass sie ihn überallhin mitzieht. Sie lächelt bitter. »Der Mensch kann in der Welt herumwandern wie der größte Angeber, aber sein Schatten bleibt immer flach auf dem Boden liegen. Ist dir das schon mal aufgefallen?«

Ein abgerissenes Stück Zeitung flattert auf dem Gehweg auf, schlägt gegen ihr Bein, sinkt auf die Straße und wird vom Fahrtwind der Autos auf die andere Seite geweht. Dafi schaut ihm nach, als habe sie kapiert, dass diese Stücke der Existenz, Schatten, Wind, ein abgerissenes Stück Zeitung, ein Straßenkehrer, die müden Hände eines Arbeiters, der sich auf den Besenstiel stützt, das Leben ausmachen. Es ist so, wie Mama Ruth gesagt hatte: An einem Tag glitzert es, am nächsten ist es matt.

»Willst du, dass ich dich zum Flughafen begleite?«, schreit sie, um den Lärm eines Autobusses zu übertönen.

»Nein, ich komme schon zurecht.« Er lässt den Motor an.

»Viel Erfolg.« Ihr Ruf geht im Zischen der Bremsen des Busses unter, der an der Haltestelle stehen bleibt. Adam fährt los und sieht nicht mehr, ob Dafi noch einen Moment innehält und den Wert ihres Lebens einschätzt oder ob sie ihre Brüste berührt und sagt, ich bin davongekommen, der Knoten ist gutartig, danke, lieber Körper, für den Status quo.

»Mama Ruth, hast du nie berühmt werden wollen?«, hatte sie einmal gefragt.

»Ich? Nein, Gott behüte!« Mama Ruth hatte angewidert das Gesicht verzogen. »Wie viele Frauen können schon die

Königin von England sein oder Edith Piaf oder Marilyn Monroe oder Golda Meir? Fünf? Zwölf? Zwanzig? Alle anderen kaufen auf dem Markt ihre Tomaten und fahren mit dem Autobus. Und merk dir, Dafi, wenn die Königin von England überfahren wird, dann prüfen die Schwestern im Krankenhaus, von welcher Firma ihre Unterhosen sind und ob sie sauber sind, und wenn ich überfahren werde, dann machen die Krankenschwestern einfach das, was getan werden muss.«

»Viel Erfolg«, hat Dafi ihm zugerufen. Daran denkt er, als er die Stufen zum Krankenhaus hinaufsteigt. Was meinte sie damit, dass meine Mutter die Mohrenköpfe nicht vergisst, die sie mir versprochen hat? Dass sie zu mir sagt, oh, Schätzchen, ich habe mich ein bisschen verspätet, aber komm, machen wir keine Affäre daraus, was sind schon fünfundzwanzig Jahre, gar nichts, ein Augenzwinkern der Ewigkeit.

Im achten Stock findet die ermüdende mittägliche Routine statt, Essensreste auf Tellern, die noch nicht eingesammelt wurden, die Schwestern trinken Suppe aus einer Tasse, die Kranken schleichen zur Toilette, eine Putzfrau wischt mit einem abgewetzten Lappen über das Fenster, eine alte ehrenamtliche Helferin fährt einen Wagen mit Süßigkeiten und Zeitungen durch den Gang, eine rote Überschrift verkündet, dass über das Flüchtlingslager Balata in Nablus Ausgangssperre verhängt worden sei. Adam geht durch den langen Gang und sieht einen Mann und eine Frau, die sich an die Wand der neurochirurgischen Intensivstation lehnen, und denkt, wenn dieser Gang ein Seismograph für Angst und Schrecken wäre, wären diese beiden die zitternden Zeiger. Sie bemerken ihn und lösen sich von der Wand, die Frau hört auf, das große Brötchen zu essen, das sie in der Hand hält, der Mann lehnt sich wieder an die Wand. Sie nimmt das Brötchen in die linke Hand, wischt sich die rechte an ihrem Rock ab und streckt sie ihm entgegen. »Guten Tag, Doktor Urija, entschuldigen Sie, dass ich ... Seit gestern Abend habe ich keinen Bissen runterbekommen ...«

Adam drückt ihre Hand, die vom Brötchen ein bisschen fettig ist. »Essen Sie, Sie müssen essen«, sagt er, drückt auch die Hand des Mannes und denkt, sie wird essen und essen, sie wird das Loch stopfen, das die Angst in ihren Bauch reißt. Je mehr sich Jonathans Zustand verschlechtert, umso mehr wird ihr Gewicht steigen.

»Die Ärzte haben gesagt, er wird ein Problem mit der linken Hand und dem linken Bein haben und mit dem Gesichtsmuskel«, sagt der Mann, und die Frau nimmt das Brötchen wieder in die rechte Hand und sagt: »Es wäre eine Katastrophe für Joni, zu hinken. Fußball ist sein Leben.« Sie beißt in das Brötchen. »Aber Hauptsache, wir haben es jetzt hinter uns.«

»Die Hauptsache haben wir noch vor uns«, murmelt der Mann und drückt den Rücken an die Wand.

»Du siehst immer nur schwarz«, schimpft die Frau. »Und was ist, wenn die Ärzte sich irren? Verlass dich auf Joni, er ist ein Dickkopf, das weißt du doch ....« Sie schaut ihren Mann an, liest etwas in seinem Gesicht und schweigt. Die alte Frau mit dem Süßigkeitenwagen bleibt vor ihnen stehen. »Eine Zeitung? Schokolade?« Der Mann hebt die Hand und lässt sie wieder sinken, zum Zeichen dafür, dass er kein Interesse habe. Die Alte wirft ihnen einen müden, mitleidigen Blick zu. »Nun gut, Sie haben jetzt keinen Kopf dafür.« Damit schiebt sie ihren Wagen weiter und stößt fast mit dem Professor und der Frau Doktor zusammen, die ihr entgegenkommen.

Eliane wendet sich an ihn. »Hi, Adam«, sagt sie mit demonstrativer Intimität. Der Mann und die Frau sind überrascht, dass die Ärztin den Hausarzt ihres Sohnes kennt und vielleicht sogar mit ihm befreundet ist. Bedeutete dies doch, dass die Front, die für Jonathan tätig ist, eine breite, solide Basis hat, ein Ausgleich für die kühle Haltung des Professors und seine Wortkargheit. Der Professor geizt auch jetzt mit seiner Zeit, er bleibt nicht stehen, er nickt der Frau mit dem Brötchen und dem schwarzseherischen Mann kurz zu, macht die Tür zur Intensivstation auf und schließt sie hinter sich.

Die Frau wendet sich an Eliane:»Frau Doktor, sind Sie sicher, was das Hinken betrifft?« Sie lässt das angebissene Brötchen sinken.»Das wird ein Schock für ihn sein.«
»Wir sind nur Menschen, wir sind bei gar nichts sicher«, sagt Eliane.»Aber wir sollten uns nicht im Flur darüber unterhalten. Ich werde Sie später zu einem ausführlichen Gespräch rufen lassen und Ihnen alles erklären.«

»Siehst du, sie sind nicht sicher«, sagt die Frau zu ihrem Mann, und er nickt, ja, ja, und sein Gesicht sagt nein, nein, und beide richten sich gespannt auf, als die Ärztin Doktor Urija, ihren Hausarzt, einlädt, seinen Patienten anzuschauen.

Adam betritt mit Eliane das Allerheiligste der Station, den Ort, an dem man sich intensiv um den seidenen Faden kümmert, an dem das Leben hängt, die letzte Schutzzone. Wer hier verliert, landet im Bereich Gottes. Er denkt an die Frau, die draußen steht. Sie wird jetzt das Brötchen verschlingen, sie wird ihre Zähne in den Dienst ihrer Nerven stellen, sie wird beißen und schlucken, und ihr Mund, in dem Teigreste am Gaumen kleben, wird sagen, wieso denn Hinken, unser Joni ist stark, Sie kennen ihn nicht... Sie wird reden und reden, um die Angst in ihren Eingeweiden zum Schweigen zu bringen, aber wenn die Angst sich erst mal ausbreitet, wird sie immer dicker und fetter, denn Angst ist hartnäckig und lässt sich nicht verdauen und ausscheiden.

Außer einem Streifen geschwollener, blasser Wange ist von Jonathan nicht viel zu sehen, er schläft, ein dicker Verband verbirgt seinen Kopf, Gaze bedeckt seine Augen, in seinem Mund steckt ein Schlauch, aus einer Traube von Infusionen tropft es in seine Arme, die ans Bett gebunden sind, ein Laken mit dem Logo des Krankenhauses bedeckt ihn vom Hals bis zu den Knöcheln. Sein Fuß mit der unterbrochenen

Nervenbahn liegt zur Seite gedreht, der andere zittert mit eingezogenen Zehen. Der Professor wirft einen raschen Blick auf die grünlichen Monitore und auf den Patienten und sagt: »Der Tumor hat ins gesamte Gehirn gestreut, ich gebe ihm drei Monate, nicht mehr.«

Portugalis Kollege im Himmel, der jedem Geschöpf sein Leben zuteilt, hört von oben zu und sagt zu seinen Engeln, was für ein Geizhals er ist, dieser Professor, warum gibt er ihm keine vier Monate, geht ihm das von der Rechnung ab?

Eliane steht zwischen dem Professor und dem Hausarzt und sagt zu Adam: »Vergiss, was ich heute Nacht zu dir gesagt habe, ich beneide dich nicht, ab jetzt wirst du für ihre Hölle zuständig sein.«

Die Formulierung »heute Nacht« war für Portugalis Ohren bestimmt. Was kann man sagen, die List des Lebens erschrickt vor nichts, sie lebt einen Atemzug von einem genähten Schädel entfernt.

Heute Nacht. Soll dieser Portugali ruhig wissen, dass sie ihre Nächte mit einem anderen teilt, zweitens soll der Hausarzt verstehen, dass der dumme Kuss ein Hormonschub war. Reine Biochemie. Und drittens meint sie jedes Wort ernst, das sie gesagt hat, sie ist wirklich überzeugt, dass das, was den Jungen erwartet, die Hölle ist, und sie beneidet den Arzt nicht, der ihn dorthin begleitet. Der Junge krümmt sich, das Laken über seiner Brust hebt und senkt sich, er dreht die rechte Hand, um sie aus der Halterung zu befreien, die linke bleibt wie versteinert liegen, wie die Hand, die nach einem Schlaganfall unbrauchbar geworden ist. Eliane berührt ihn, um ihn zu beruhigen, sie streichelt an der Stelle über das Laken, unter der sich Jonathans Schulter abhebt, und lässt ihre Hand zu seiner gleiten, ergreift sie, stößt ein »*Shit*« aus, und ihr Gesicht wird plötzlich weich. Sie schluckt und drückt die Hand des Jungen. Portugali lässt sich von den Gefühlen seiner Assistentin nicht anstecken, er dreht sich zum nächsten

Patienten um und vertieft sich in die Krankenkarte, die an dessen Bett hängt. Vielleicht hört er nicht, was die Assistentin dem Hausarzt zuflüstert: »Du musst dich entschuldigen, Adam. Dafür, dass du gesagt hast, ich würde über Schädel gehen, um nach oben zu kommen...«
Er kennt sie, er weiß, dass ihre Selbstbeherrschung zusammenbricht. Mitleid, Kränkung, Hilflosigkeit und der Teufel weiß, was noch, mischen sich in ihrer Brust. Das armselige »*Shit*«, das sie ausgestoßen hat, war nur ein Echo ihres inneren Aufruhrs.

Und er? Als platze seine Brust nicht auch. Was hat er dort nicht alles, Dafis gutartigen Knoten, Jonathans unheilbaren Tumor, Flughafen oder nicht, Iris' Konzert oder nicht, Eliane oder nicht, auch wenn er zugeben muss, dass ihr plötzlich weich gewordenes Gesicht und die Hand, die die Hand des Jungen hält, die Waagschale zu ihren Gunsten bewegen. Er legt seine Hand auf ihre Schulter, spürt das leichte Zittern, das ihr über den Rücken läuft, und denkt, gut, dass sie noch weinen kann.

Einmal, als er sechs oder sieben war, hatte er gesehen, wie der Renault Express des Spurensuchers ankam, er hatte gegen die Wand getreten und war hinausgerannt. Ganz allein saß er später auf der Stufe des Containers und schaute zum Kloster hinüber. Er sah einen Vogel auf der Turmspitze und hatte Angst, dass Herr Elias anfangen würde zu läuten, der Vogel erschrecken könnte, dieser ohnmächtig werden und zu Tode stürzen würde. Es tat ihm so leid um den Vogel, den das Schicksal erwartete, ohnmächtig zu werden und mit zerschmetterten Gliedern auf dem Steinboden des Klosters zu landen, und viele Gedanken an Angst und Schrecken, an Ohnmacht und Zerschmettern schossen ihm durch den Kopf, bis Eva und der Spurensucher die Containertür aufmachten. Der Spurensucher beugte sich zu ihm und sagte: »Lady Adam, dein Junge weint.«

Sie berührte seine Wange, wischte ihre Finger an ihrem Kleid ab und sagte: »Was für schöne Tränen. Große. Gut, dass er noch weinen kann.«

»Du übertreibst«, sagte der Spurensucher und beugte sich über ihn. Seine schwere Hand fuhr über die Haare des Jungen, und Adam zog den Kopf zwischen die Schultern. »Du kannst weinen, Schätzchen, bei Menschen, die nicht weinen, sind die Türen zur Seele verschlossen.« Eva beugte sich ebenfalls zu ihm hinunter, doch er hielt sich die Ohren zu und hörte nichts. Er sah, wie sich ihre Lippen bewegten, und machte die Augen zu.

»Ich kann nicht länger bleiben«, sagt Eliane. Der Professor wartet darauf, dass sie ihn begleitet, dass sie Verbände abnimmt, Fäden zieht, mit Hämmerchen auf Knie schlägt und Reflexe hervorruft. Vorsichtig zieht sie ihre Hand von der Hand Jonathans, die sich im Gurt, mit dem sie am Bett befestigt ist, bewegt.

»Ruf an«, sagt sie mit einem flehenden Unterton in der Stimme. »Wirst du sie heute abholen?« Sie steht schon neben dem Professor, der ihre Frage nicht überhören kann. Macht nichts, er soll's ruhig hören.

»Ich habe mich noch nicht entschieden«, antwortet Adam. Er steht nun allein neben dem Bett des Jungen und denkt an den Mann und die Frau hinter der Tür, deren Nerven zum Zerreißen gespannt sind, er weiß, dass sie zu ihm eilen werden, sobald er den Raum verlässt, und was kann er ihnen sagen, dass er nur einen Streifen geschwollener Wange gesehen hat? Dass Hinken das kleinste Problem ist, wenn es um ihren Sohn geht? Dass Portugali ihm höchstens drei Monate gibt? Er betrachtet den schlafenden Jungen und denkt, dass die Narkose, deren Wirkung bald nachlassen wird, ihm zum letzten Mal Ruhe gönnt. Wenn er aufwacht, wird er feststellen müssen, dass der Albtraum in ihm atmet.

Das helle Fenster spiegelt sich in den vier Augen, die an ihm hängen, als er den Flur betritt. Er sagt, ihr Sohn schlafe ruhig und werde bestens versorgt. Er könne ihnen nichts über den medizinischen Befund sagen, dazu sei er nicht befugt. Nur die Ärzte, die Jonathan operiert haben, könnten über die Operation und deren Ergebnisse sprechen. Ihre Augen hängen weiter an ihm, obwohl er aufgehört hat zu reden. Die Frau fasst sich zuerst. »Doktor Urija, können Sie uns wenigstens etwas über das Hinken sagen?«

Der Mann lehnt sich wieder an die Wand und murmelt: »Ich bin bereit, das Hinken zu akzeptieren, wenn man mir verspricht, dass das alles ist.«

»Warum bist du nur so pessimistisch?«, fährt die Frau ihn an und wendet sich wieder an den Arzt, vielleicht liegt ihm ja ein tröstendes Wort auf der Zunge.

»Wir bleiben in Verbindung«, sagt Adam und gibt ihr die Hand. Dann drückt er lange und fest die Hand des Mannes.

Er weiß nicht, ob sie ihm nachschauen oder ob sie sich gegenseitig anschauen, als er sich umdreht und geht. Er denkt an die trockene Berufsethik, die sich zwischen sie und die Wahrheit gestellt hat, und fragt sich, ob er anders hätte handeln können. Wenn er zu ihnen gesagt hätte, was ihr für ihn tun könnt, ist, ihm jeden Tag und jede Stunde zu zeigen, wie sehr ihr ihn liebt, hätten sie sofort verstanden, dass die Tage, die ihrem Sohn blieben, gezählt waren. Er sagt »Shit« und geht die Treppen hinunter. Das »Shit« war ein weiches Echo von Elianes »Shit« und gesellte sich zu allen »Shits«, die in diesem Moment auf der ganzen Welt gesagt wurden. Im Käfig der Rippen der Menschen klopfen Herzen. Wer kann schon wissen, in welchem Moment etwas explodiert oder zusammenstößt, ein armseliges »Shit« und noch eines und noch eines werden ins All gebrüllt, in dem schon Millionen von *Shits* herumirren. Vielleicht passiert es gerade dem Mann, der an der Haltestelle der Linie 27 steht, eine zusammengefaltete Zeitung unter dem Arm, oder der Frau, die mit einem Strauß Blumen in der Hand aus dem Taxi steigt, vielleicht auch dem Taxifahrer und Iris, vielleicht auch Eva, die jetzt in einem Flugzeug sitzt, und vielleicht sogar Jael, in deren Bauch zwei Embryos herumtoben, dass sie ein »Warum gerade ich?« ausstoßen, das so gut ist wie ein klar ausgesprochenes »*Shit*«.

Die Mandelbäume am Hang blühen immer noch, in den Felsspalten an der Grenze zum Krankenhaus senken Zyklamen ihre Köpfe. Er schaut sich um, stellt fest, dass kein Mensch in der Nähe ist, bückt sich und pflückt einen Strauß Zyklamen, die per Gesetz vor Dieben wie ihm geschützt werden. Das Gesetz hatte nichts von Mama Ruth gehört und wusste nicht, was Zyklamen den Felsen in ihrem Herzen bedeuten können. Wenn es wüsste, ließe es Ausnahmen zu. »Es würde deiner Mutter nicht schaden, wenn sie etwas von der Zyklame lernen würde«, hatte Mama Ruth einmal gesagt. »Sie ist bescheiden, pünktlich, tut ruhig, was zu tun ist, verspricht nichts und hält den ganzen Winter durch. Und sie senkt den Kopf.«

Er erzählte Mama Ruth, dass Eva genau das Gegenteil gesagt hatte, dass man den Kopf heben und mit gerecktem Hals gehen solle, damit die Luft leicht nach innen dringen könne.

»Also wirklich«, antwortete Mama Ruth aufgebracht, »ich kenne einige Menschen, die die Nase nicht hoch erhoben tragen und trotzdem ausgezeichnet atmen.«

Sie sitzt in ihrem Rollstuhl in einer Reihe von sechs Rollstühlen, die vor das Fenster gestellt worden sind. Alle sind sie an ihre Stühle festgebunden. Vom Ende des Flurs aus kann man ihre nach vorn gesunkenen Köpfe sehen. Er sieht sie und denkt, wie dem auch sei, niemand kann diese gebeugten Nacken beschuldigen, dass sie ihre Nasen in die Luft recken. Ein junges Mädchen steht neben einem der Rollstühle. Ihr fröhlicher Gruß, den sie ihm zuruft, hört sich an wie, ach, endlich mal ein normaler Mensch. »Mein Großvater«, sagt sie mit einer Kopfbewegung zu einem alten, dösenden Mann im Rollstuhl. Adam nickt ihr höflich zu und legt Mama Ruth die Hand auf die Schulter. Sie ist wach. Ihre Augen sind auf das Fenster gerichtet, sie betrachtet die Rasenfläche hinter dem Weg und den Pappelhain. Er küsst sie auf die Stirn und legt ihr den Strauß Zyklamen auf das Essenstablett an ihrem Rollstuhl. Ihr gesundes Auge wendet sich ihm zu, offen und heiter.

»Ihre Mutter?«, fragt das Mädchen, und er schüttelt den Kopf.

»Großmutter?«

Er hat eine Stunde mit Mama Ruth, es sei denn, er verzichtet auf den Flughafen, aber er hat sich noch nicht entschieden, und von dieser Stunde will er nichts wegen eines jungen Mädchens verlieren. Bei einer anderen Gelegenheit wäre er freundlich zu ihr gewesen. Sie ist hübsch und sehr lebendig. Mama Ruth schiebt ihre gesunde Hand zu den Zyklamen, ihre krummen Finger berühren die Stängel. Sie hebt die Augen zu ihm und sagt: »Wa.«

»Sie will Wasser für die Blumen«, sagt das Mädchen. »Im Zimmer meines Großvaters gibt es eine Vase, ich hole sie.« Sie kommt mit einer einfachen Glasvase zurück, füllt sie zur Hälfte mit Wasser. Mama Ruth versucht, die Stängel in die Vase zu stecken. Ihre Hand zittert. Sie kämpft mit den unregelmäßig langen Stängeln, bis sie aufgibt und sie fallenlässt, ihr Fuß klopft nervös an den Stuhl. Sie drückt ein Blütenblatt und rollt es, wie um sich zu versichern, ob es auch echt sei. Einmal hatte sie zu ihm gesagt: »Nur Toten bringt man Plastikblumen, sie riechen nicht, sie rühren einen nicht, sie klagen nicht. Solange ich lebe, will ich nur atmende Blumen im Haus haben, später sollen sie mir bringen, was sie wollen, sie werden keine halbe Klage von mir hören.«

»Wie viel haben Sie für diesen Strauß bezahlt?«, fragt das junge Mädchen.

»Zwanzig Schekel«, sagt er und dreht Mama Ruths Rollstuhl zum Flur.

»Zwanzig Schekel? Das ist ziemlich billig.«

»Ich habe Rabatt bekommen«, sagt er. Ein Glück, dass seine Mutter ihm die Fähigkeit zum Lügen vererbt hatte. Ich habe nur noch eine halbe Stunde, denkt er, es wird Zeit, dass ich mir Mama Ruths Meinung anhöre. Er schiebt ihren Stuhl Richtung Ausgang, und Mama Ruth umklammert die schmale Vase.

»Gehen Sie schon?« Das Mädchen zeigt offen seine Enttäuschung. »Opa, willst du auch ein bisschen spazierengehen?«

Es dauert nicht lange, und schon knirschen die Räder des Alten hinter Mama Ruths Rollstuhl. Sie erreichen die Pappeln, und er dreht sich zu dem Mädchen um. »Ich muss mit meiner Großmutter etwas Persönliches besprechen, entschuldigen Sie uns bitte.«

Das Mädchen lächelt ein halbes Lächeln, und die Sonne zündet grünliche, fröhliche Blitze in ihren Augen. Er wäre gern freundlicher zu ihr gewesen, hätte sich nach ihrem Namen erkundigt, nach ihrem Beruf. »Gut, ich wünsche Ihnen ein angenehmes Gespräch«, sagt sie lachend, und ihr Gesichtsausdruck sagt, das können Sie Ihrer Großmutter erzählen, dass ein erschöpfter alter Mensch noch in der Lage ist, ein klares Gespräch zu führen. Adam schiebt Mama Ruths Rollstuhl zum Rand des Hains, das junge Mädchen stützt die Arme auf den Rollstuhl seines Großvaters, schaut ihnen nach, und die Sonne beleuchtet sein zweifelndes Lächeln und seinen weißen Hals.

Adam kauert sich neben den Rollstuhl, sein Gesicht auf gleicher Höhe mit ihrem. Er sieht ihre Hand, die sich um die Vase krampft. »Mama Ruth, heute kommt Die-da zurück. Was meinst du, soll ich zum Flughafen fahren und sie abholen, oder nicht?« Er hat Geduld. Die Frage braucht Zeit, sie muss einen gewundenen Weg zurücklegen, sie wird von Verkalkungen und Stauungen aufgehalten, aber sie wird ankommen, auch die Antwort wird kommen, abgehackt, stolpernd und durch die angestrengten Windungen des Gehirns hinkend wird sie kommen. Mama Ruth sitzt da, starr, wie versteinert, und er kniet bewegungslos neben ihr, um sie nicht durch seine Bewegungen abzulenken. Es vergeht eine Minute, sie nimmt die Hand von den Blumen und schaut ihn durchdringend an. Speichel läuft aus der gelähmten Hälfte ihres Mundes, er wischt ihn nicht ab, er will sie jetzt nicht stören, der Speichel kann warten. Ihr Mund öffnet sich, aber kein Ton kommt heraus, die Worte bleiben in ihrem Gehirn stecken, gelangen nicht zu ihrem Mund. Sie hat nur eine Silbe zu sagen, aber er kennt sie, sie wird sich äußern. Er kennt sich auch selbst, er wird nicht aufgeben, bis er weiß, was sie ihm sagen will, ja, geh zum Flughafen, oder nein, wieso solltest du hingehen.

»Mama Ruth, beruhige dich, ich gehe nicht weg, bis ich weiß, was du mir sagen willst.« Er könnte eine Blüte der Zyklamen abreißen und zählen, abwechselnd ja und nein, aber das würde Mama Ruth nervös machen. Die-da ist es nicht wert, dass man für sie eine Blume zerrupft, eine gehorsame, bescheidene Blume wie diese. Adam nimmt die Hand seiner Großmutter und sagt: »Mama Ruth, drücke meine Finger, wenn du willst, dass ich hinfahre und Die-da abhole.« Ihre trockene Hand liegt entspannt und leblos in seiner. »Und jetzt drücke fest, wenn du nicht willst, dass ich hinfahre.« Die Anweisungen des Gehirns erreichen die Muskeln ihrer Hand in tollen Sprüngen, ihre Finger zucken und verschlingen sich mit seinen Fingern, zittern, halten seine Hand fest wie eine Zange.

Ihre Antwort ist eindeutig. Mama Ruth ist die Jeanne d'Arc der Gerechtigkeit. Sie wird für die Sehnsüchte und die Seufzer des Herzens streiten, sie wird die Lippen verziehen und keine Ungerechtigkeit verzeihen und nicht ruhen, bis aus Ungerechtigkeit Gerechtigkeit wird. Von ihr aus soll Die-da, die aufstand und ohne Abschied ging, die das Herz ihres Kindes brach, sich um sich selbst kümmern und aus eigener Kraft zurückkommen. Sie, die sich verhalten hat, als gäbe es niemanden außer ihr, als wäre sie allein auf der Welt, soll auch in der Ankunftshalle allein sein.

Adam wischt Mama Ruth den Speichel von Mund und Kinn. Es ist halb drei. In neunzig Minuten wird Eva landen, sie wird sich zur Ankunftshalle bewegen und unter all den Gesichtern von Männern, die dort auf die Fluggäste warten, das Gesicht ihres Jungen suchen. Die Pappeln rauschen, aber Mama Ruth hört nicht zu, ihre Hand zittert, und ihr gesundes Auge lässt ihn nicht los. Er verdächtigt sie, eifersüchtig zu sein, dass sie fürchtet, Chawale würde ihn nach all den Jahren für sich haben wollen. Aber er kennt sie. Wenn sie könnte, würde sie jetzt sagen, ich habe gesagt, was ich zu sagen habe, und jetzt tu du, was du für richtig hältst. Lass nicht andere für dich entscheiden. Als er ein Kind war, musste er sich entscheiden zwischen einem Kurs für Karate und einem Kurs für Flöte, weil sie nicht beide bezahlen konnte. »Und, Mama Ruth, was lohnt sich mehr?«, hatte er sie in der Küche gefragt.

»Wenn du Karate machst«, sagte sie, »wirst du dich prima mit anderen hauen können, deine Feinde werden die Hände heben und anfangen zu weinen. Wenn du Flöte lernst, wirst du sehen, dass auch ein Stück Holz mit ein paar Löchern darin die Menschen zum Weinen bringen kann. Wenn du Karate lernst, wirst du einen schwarzen Gürtel und viel Ehre gewinnen. Auch für Flöte bekommst du Ehre, aber vermutlich weniger. Also entscheide dich, es ist ganz allein deine Sache, du kochst dir den Brei, und du wirst ihn essen.«

Der Brei, den er sich kochte, war Karate, und sehr bald hatte er schal geschmeckt. Ich brauche ihren schwarzen

Gürtel nicht, hatte er gedacht, wenn jemand mich schlägt, kann er was erleben. Er tauschte Karate gegen Flöte, aber auch dieser Brei schmeckte ihm nicht. Er lernte Noten zu lesen und einige Lieder zu spielen, ›Hier im Land der Väter‹ und die Nationalhymne, aber seine Flötenlehrerin und ihre Wohnung rochen nach gebratenen Zwiebeln. Dieser Geruch kam auch aus ihrem Mund und ihren Nasenlöchern, und wenn sie ihm etwas demonstrierte, verströmte auch die Flöte den Geruch von Zwiebeln. Er versuchte zu spielen und durch den Mund zu atmen und erstickte fast. Als er zu Hause war, sagte er: »Ich gehe nicht mehr hin«, und verschnürte die Bänder der Stoffhülle, die Mama Ruth für die Flöte genäht hatte. »Schade«, sagte Mama Ruth bedauernd. »Es heißt, die Stimme der Flöte ist ein Faden, der sich von der Seele gelöst hat. Aber es ist allein deine Angelegenheit.«

Die lange Zeit, die vergangen ist, hat die Nationalhymne nicht vom Zwiebelgeruch befreit. Bis heute, bei offiziellen Anlässen, wenn er die Hatikva singen muss, atmet er durch den Mund, und vor »Land Zion und Jerusalem« muss er zweimal niesen.

Er betrachtet die alte Hand, die seine hält. Wie hart und verschrumpelt sie geworden ist, seit sie sich bemüht hatte, ihn für das zu entschädigen, was ihm das Leben genommen hatte, und all ihre Kraft zusammengerafft hatte. Einen Tag umarmte sie ihn, zwei Tage überließ sie ihn sich selbst und sagte: »Eines Tages wirst du dem Leben gegenüberstehen, ohne Mama Ruth, wenn du dann kein *Mensch* bist, wird das Leben dich lächerlich machen. Es wird dich um den kleinen Finger wickeln, ich kenne das. Es fehlt nur noch, dass sein kleiner Finger so krumm ist wie deiner.«

Er schiebt den Rollstuhl zurück. Der Pappelhain ist leer, der Alte und seine Enkelin sind verschwunden. Bevor Adam sich von Mama Ruth verabschiedet, sagt er: »Mama Ruth, du und ich, das ist wie Finger und Fingernagel, nichts kann sich zwischen uns drängen. Gar nichts.« Sie ist müde und gleichgültig und schaut ihn mit einem leeren Blick an, und sobald sie ins Bett gebracht worden ist, schläft sie ein. Er hofft, dass die letzten Worte, die er zu ihr gesagt hat, die ersten sein würden, an die sie sich beim Aufwachen erinnert. Er betrachtet sie und beschließt, dass er, was Evas Empfang betrifft, ihren Willen akzeptieren würde, aber nicht ganz.

Es ist zwei Minuten vor vier, als er die Ankunftshalle des Flughafens betritt.

An der elektronischen Tafel flackern drei Anflüge, aus London, aus München, aus New York. Adam lehnt sich nicht mit den anderen über das Absperrgitter zwischen den Ankommenden und ihren Abholern, dank seiner Körpergröße kann er die Ankommenden von weiter hinten sehen. Doch er achtet darauf, nicht aufzufallen. Er verbirgt die Hand mit dem krummen kleinen Finger in der Tasche und reibt den verletzten Schmetterling, den sie ihm gegeben hatte, bevor sich ihre Spur verlor. Er betrachtet die Wartenden, sieht, wie sie sich auf ihre Lieben stürzen und ihnen, mit einem Ballon oder einer Blume in den Händen oder mit Tränen in den Augen oder auch mit leeren Händen um den Hals fallen. Es gibt auch Leute, auf die niemand wartet, sie schieben ihre Gepäckwagen direkt zum Ausgang. Sie ist nicht unter ihnen. Auch nicht unter jenen, die ratlos herumschauen und auf jemanden warten, der versprochen hatte zu kommen, aber noch nicht aufgetaucht ist. Die Reihe der Ankommenden lichtet sich, die letzten kommen vereinzelt heraus, schieben ihre Gepäckstücke vor sich her. Auch die Abholer werden weniger, und es ist schon gar nicht mehr so leicht, von ihnen verschluckt zu werden.

Eine Frau wendet sich mit schwerem amerikanischen Akzent an ihn. »*Excuse me please*, gehören Sie zur Familie Feinerman?« Sie schiebt einen Wagen mit zwei großen Koffern.

Er steckt schnell seine Hand in die Tasche. »Gestern haben sie gesagt, dass sie mich abholen, ich habe gedacht, dass Sie vielleicht... *Sorry*...« Ihre Blicke huschen unter dem Schirm ihrer Touristenmütze, die sie trägt, hervor und suchen irgendeinen Feinerman, der nicht gekommen ist. »*Maybe outside*«, murmelt sie und schiebt ihren Wagen zum Ausgang.

Seine Uhr zeigt vier Uhr fünfundvierzig, und auf der Tafel sind keine Verspätungen angezeigt. Eva war nicht unter den Ankommenden. Er hätte sie erkannt, auch wenn sie dicker geworden wäre oder kleiner, wenn ihr ein Buckel gewachsen wäre oder eine Warze auf der Nase, oder wenn sie sich die Haare abrasiert hätte oder sich das Gesicht hätte operieren lassen, ganz egal, die Art, wie sie ihren Daumen in den Mund gesteckt hätte, als wolle sie sagen: Nun, und was tun wir jetzt?, hätte ihr kein Chirurg nehmen können. Vielleicht haben die Typen von der Drogenfahndung sie zurückgehalten? Vielleicht wartet sie noch darauf, dass ihre Koffer auf dem Gepäckband ankommen. Vielleicht ist sie auf der Toilette, korrigiert ihr Aussehen, füllt die Ritzen der Zeit mit Makeup, siehst du, Schätzchen, ich habe dir versprochen, dass es nicht lange dauert, bis ich zurückkomme, und da bin ich, meine Haut ist noch jung und glatt.

Eine neue Welle von Abholern sammelt sich vor dem Geländer, das Flimmern der Vier-Uhr-Maschinen erlischt auf dem Bildschirm.

Sie ist also nicht gekommen. Och, Schätzchen, das ist mir einfach entfallen, ich weiß nicht, wie ich vergessen konnte, dir Bescheid zu geben, dass ich eine billigere Möglichkeit gefunden habe, ich komme morgen mit einer Chartermaschine...

Er lacht laut auf und unterdrückt sein Lachen schnell, er gibt zu, dass er nicht wütend auf sie ist und nicht das geringste Rachegefühl empfindet. Nicht weil er ein so guter Mensch ist, aber die Zeit hat seine Gefühle abgekühlt und hat sie saftlos gemacht. Warum sollte er wütend auf sie sein? Auch sie ist allein. Egal, ob sie mit jemandem zusammen ist oder nicht, sie ist allein wie alle, sie ist allein geboren und wird allein sterben, auch wenn sie sich Tricks überlegt, versucht, diesen Kampf ums Leben zu bestehen, es zu genießen und ein bisschen für sich herauszuholen. Wie alle. Manchmal kann er sie als Kuriosum betrachten, dann wieder ist sie ein Stein am Rand eines dunklen Lochs. Ein Stein, über den er stolpert. Er hasst sie nicht, aber er liebt sie auch nicht. Er ist ihr Sohn, das ist eine biologische Tatsache. Einmal hatte diese Tatsache Ängste und Enttäuschungen in ihm geweckt, aber auch einige magere Freuden, doch dieses verrückte Suchen, dieses »Wisse, woher du kommst«, hat sich schon lange gelegt. Er nimmt an, dass ihn dieses Thema nicht mehr beschäftigt, als es bei anderen Menschen der Fall ist. Jahrelang ist sie nicht dagewesen und hat ihm in keiner Hinsicht gefehlt, und deshalb hätte er sich ihr nicht zu erkennen gegeben, wenn sie gekommen wäre.

Er ist erleichtert. Er hat das Seine getan. Jetzt ist er frei, zum Konzert zu gehen, zu Eliane, ins Kino, zu Dafi, zu Bucharis. Glücklich über die wiedererlangte Freiheit hebt er beide Arme, schlägt sie sich um die Schultern und zieht sie nach hinten, und da klingelt sein Telefon. Er hält das Handy ans Ohr, und mit der anderen Hand fährt er fort, die Finger in die Schultern zu drücken. Dafi kann ihre Ungeduld nicht beherrschen, sie muss auf der Stelle erfahren, was los ist.

»Frag nicht«, schreit er ins Telefon, um den Lärm in der Halle zu übertönen, »meine Mutter und ich hören nicht auf, uns zu küssen und zu weinen.« Dafi lacht. »Wen willst du reinlegen, Doktor, was ist los, hat ihr Flugzeug Verspätung? Hat sie es sich anders überlegt?«

»Ich kann dich kaum verstehen«, schreit er und dreht sich um, um den Abstand zur Menge zu vergrößern, und erstarrt. Eva steht drei Schritte von ihm entfernt. Die Position ihres

Wagens zeigt, dass sie aus der Cafeteria gekommen ist. Sie hat nur einen einzigen mittelgroßen Koffer. Kein violettes Glitzern begleitet ihre Bewegungen, sie trägt die lilafarbenen Perlen nicht.

»Du lieber Gott, wie groß du geworden bist«, sagt sie und wagt nicht, sich ihm zu nähern. »Ich habe deinen kleinen Finger gesehen, als du dich an der Schulter gekratzt hast, da wusste ich, dass du es bist.«

Er nimmt das Handy vom Ohr und drückt Dafis Hallogeschrei weg. Er schiebt die Hand mit dem kleinen Finger in die Tasche und hält ihr die andere nicht hin. Er sieht, wie dünn sie ist, knochig, mit langem, gerecktem Hals, ihr Gesicht ist gesprungenes Porzellan, aber eine dünne, durchsichtige Lasur hält die Sprünge zusammen und bewahrt seine Vollkommenheit. Sie stehen einander gegenüber, und er denkt, die Kräfte sind ungleich verteilt, sie erschrickt und staunt über den Mann, zu dem ich geworden bin, und ich sehe die Schäden, die die Zeit angerichtet hat. Er weiß nicht, was er sagen soll, und ist wütend, weil er nicht aufgepasst hat, weil er seinen Aussichtsposten gegenüber der Cafeteria preisgegeben hat. Es gibt keine vernünftige Erklärung dafür, dass sie aus dieser Richtung gekommen ist. Die Seiten des Koffers sind eingedrückt, und es sind keine jener Zettel zu sehen, die normalerweise am Flughafen an Gepäckstücken befestigt werden. Sie hat sie vermutlich abgerissen, damit er nicht erfährt, woher sie kommt. Er streckt die Hand nach dem Koffer aus, hebt ihn hoch und stellt ihn sofort wieder ab. Er ist so leicht wie ein Koffer, der mit zusammengeknülltem Zeitungspapier ausgestopft wurde.

»Du bist nirgendwo hingefahren und von nirgendwo zurückgekommen«, sagt er.

»Stimmt. Hätte ich gewusst, dass du das so schnell merkst, hätte ich mir etwas anderes ausgedacht.«

Sie ist noch ganz die alte. Nach all der Zeit ist es, als wäre kein Tag vergangen. Sie hatte gedacht, sie würde hier den kleinen, mageren Dummkopf treffen, der ihr alles abnahm, den knochigen, naiven Tölpel, der ihr all ihre Übertreibungen und Lügen abkaufte.

»Du hast dich nicht verändert«, sagt er.

»Du dich schon.«

Wer hätte das gedacht, fünfundzwanzig Jahre war sie unter den fünf Millionen Menschen, die hier leben, auf einem Gebiet, das vom äußersten nördlichen Punkt zum südlichsten nur fünfhundert Kilometer lang ist. Sie sprach dieselbe Sprache, sah nachts denselben Mond, wurde vom selben Regen nass, aß Brot von der Bäckerei Angel, hörte Chaim Javin um neun und Witzthum um Mitternacht. Sie steht einen Schritt von mir entfernt, und ich habe ihr nicht die Hand gegeben, und sie wagt es nicht, mir ihre zu reichen. Dieses geblümte Kleid hat sie vor einem Vierteljahrhundert getragen, die gelben Blumen waren damals gelber. Vielleicht ist sie so arm, dass sie sich in all den Jahren keine neue Garderobe kaufen konnte. Oder sie hat sich ein altes Kleid aufgehoben, um es bei diesem historischen Treffen anzuziehen, um so das Damals mit dem Heute zu verbinden. Ihre Brüste sind klein geblieben, ihr Hals ist schon nicht mehr glatt, das Kinn noch fest, sie hat kein weiches Doppelkinn bekommen. Der Wagen mit dem leeren Koffer steht zwischen ihm und ihr, sie knabbert an ihrem Daumen, als wollte sie sagen: Gut, und was machen wir jetzt?, und er fragt: »Hast du Durst? Hast du Hunger? Willst du einen Mohrenkopf?«

»Danke, ich habe gerade etwas getrunken. Der Mohrenkopf soll mich treffen, nicht wahr?«

»Keine Ahnung.«

»Komm, gehen wir irgendwohin, wo wir uns unterhalten können.« Sie hebt den leeren Koffer hoch und stößt den Wagen mit ihrem Sollen-mich-doch-alle-am-Arsch-lecken-Tritt zur Seite.

Er sagt auf dem ganzen Weg vom Flughafen zum Haus von Mama Ruth kein Wort, und auch sie gibt keinen Ton von sich. Im Radio kommt monotone gregorianische Musik. Er schaut auf die Straße und denkt, diese Frau, die rechts neben mir im Auto sitzt, ist im mittleren Alter, ihre Hände sind faltig und mit braunen Pigmentflecken übersät, zwischen den Fingern hat sie braune Flecken vom Nikotin, sie riecht nicht nach Zigaretten, aber ich kann mir nur schwer vorstellen, dass sie aufgehört hat zu rauchen. Vierundfünfzig ist sie, in gewisser Weise noch immer anziehend, die Zeit hat nicht übertrieben, sie hätte ihrem Aussehen mehr schaden können. Früher schien sie ihm größer und muskulöser. Sie hat ihn geboren und zehn Jahre lang mehr schlecht als recht aufgezogen, er hasst sie nicht. Was dann? Liebt er sie? Nein, auch das nicht. Empfindet er Mitleid? Wut? Gleichgültigkeit? Kränkung? Wäre er bereit, sie zu küssen? Nein. Küssen? Auf gar keinen Fall. Vor allem ist er als Bevollmächtigter von Mama Ruth gekommen, um deren Schuld einzutreiben. Wer einem anderen Menschen das Herz bricht und tut, als wäre es nur ein zerbrochener Teller, schuldet eine Erklärung.

»Ich weiß, dass du Arzt geworden bist«, sagt Eva, als sie in die bekannte Straße einbiegen. »Ich weiß auch, dass Mama Ruth im Heim ist.« Zumindest tut sie nicht so, als wüsste sie nichts. Wer hat es ihr erzählt? Was weiß sie noch? Er fragt nichts und parkt das Auto vor dem Tor.

»Interessant, du wolltest einmal Drachenflieger oder Lokomotivführer werden.« Er hört so etwas wie Enttäuschung in ihrer Stimme. Er meint zu hören, ohne dass sie es ausspricht: Warum bist du nicht deinem Herzen gefolgt? Du hättest Lokomotiven fahren oder Drachen fliegen lassen können, du hättest bunte Papiervorhänge in der Luft ausbreiten können...

Sie beugt sich zur Windschutzscheibe und betrachtet die Pappeln. »Wie sie gewachsen sind. Du bist auch gewachsen.

Ich habe mir nicht vorgestellt, dass du so groß geworden bist.« Sie hängt sich ihre Handtasche über die Schulter, steigt aus und betrachtet das Haus. »Du brauchst mich nicht zu verdächtigen, dass ich wegen dieses Hauses gekommen bin. Ich will keinen Schekel davon. Es macht mich depressiv. Die Bäume sind so alt, die Rosen sind alt, sie haben kein Blut, schau nur, Moos an jedem Stein. Bei so viel Alter wird mir übel. Hier ist alles, wie es einmal war, nur noch viel verstaubter. Dieser Ort ist krank. Bitte, Adam, setzen wir uns auf die Terrasse.«

Zum ersten Mal nennt sie ihn bei seinem Namen. Sie will das Haus nicht betreten und setzt sich mit dem Rücken zur Tür und dem Gesicht zum Pfad und zum Tor, legt ihre Handtasche auf den Tisch und bittet, er solle sie einen Moment entschuldigen. Sie geht in den hinteren Garten, kauert sich zwischen die dichten Oleanderbüsche und entleert sich dort. Er trommelt auf den Tisch und pfeift laut, um das Plätschern ihres Urins auf die Blätter zu übertönen. »Wäre interessant, ob mich der Oleander erkannt hat«, sagt sie, als sie zurückkommt. »Tausende Male habe ich dort hingemacht.«

Nun beginnt sie ihre Vorstellung. Die Bühne gehört ihr, denkt er, sie hat sich dieses Solo bestellt, also bitte, dann soll sie es inszenieren und spielen.

»Ich hole Kaffee«, sagt er, geht in Mama Ruths Küche, und bis das Wasser kocht, betrachtet er ihren Rücken. Sie sitzt auf dem Stuhlrand, ihre Knie zittern nervös, sie wühlt in ihrer Tasche, zieht ein Päckchen Tabletten hervor und schluckt eine, dann nimmt sie eine Zigarette aus einer Schachtel Marlboro und steckt sie sich mit hastigen Bewegungen an, der Wind weht ihre dunkelblonden Locken auf. Er fragt sich, ob sie die Haare färbt, er erinnert sich nicht, ob ihre Haare braun oder rot oder dunkelblond waren, vielleicht hat sie ja alle diese Farben gehabt. Sie nimmt den Blumentopf, aus dem der Oleanderpinkler einen Aschenbecher gemacht hat, vom Mäuerchen, lässt Asche hineinfallen und schaut zu, wie er ein Tablett mit zwei dampfenden Tassen auf den Tisch stellt. »Ich erinnere mich an diese Tassen«, sagt sie mit Abscheu in der Stimme. »Alles hier ist alt, uralt, alles zerfällt. Kaum zu glauben, nichts hat sich geändert. Ich halte das sehr schlecht aus.« Sie zieht an ihrer Zigarette, hustet und stößt Rauch aus.

»Du hast mich nichts gefragt, interessiert dich nichts?«, fragt sie. Zum ersten Mal richtet sie ihre grünen Tigeraugen auf ihn, müde, hungrige und durchdringende Augen. Es fehlt ihnen das wilde Funkeln, an das er sich erinnert. Er ballt die Fäuste. Endlich spürt er den Zorn, auf den er gewartet hat. Sie kommt zu ihm, nachdem ihre Batterien leer sind, ihren Leichtsinn, ihre Kraft und ihre Wildheit hat sie großzügig an andere verteilt, und nun, da sie erschöpft und leer ist, hat sie angerufen und verkündet, dass sie zurückkommt. Er verspürt nicht das geringste Mitleid mit ihr. Soll sie doch ihre hin und her flitzenden Tiger zurückpfeifen, sie berühren ihn nicht mehr. Eliane hat recht gehabt, wenn Eva Hilfe braucht, soll sie sich doch an ihre Freunde wenden.

»Du hast das Treffen initiiert.« Er wendet den Blick ab und schaut über den Garten. Im Sand blitzt etwas Blaues auf. Später wird er die Perlen von Mama Ruths Kette suchen, die sie gestern abgerissen hat.

»Hör zu, Adam, ich bin nicht gekommen, um mich zu entschuldigen. Übrigens, wie willst du, dass ich dich nenne, Adam oder Urija?«

»Wie du willst. Nur nicht Schätzchen.«

»Ja, ich erinnere mich, wie dich das Schätzchen genervt hat. Ich finde diesen Ausdruck eigentlich süß. So intim. Aber was soll man machen, es ist eine Frage des Geschmacks. Na ja, egal. Also, wie ich gesagt habe, ich bin nicht gekommen, um mich zu entschuldigen. Ich bin gekommen, um etwas zu erklären. Ein Mensch muss sich nicht dafür entschuldigen, dass er atmet, und für mich war das Aufstehen und Weggehen genauso selbstverständlich wie atmen. Ich kenne dich nicht genug, um zu wissen, was dein Gesicht sagt, ich weiß nicht, ob du spottest oder dich langweilst oder ob du immer so aussiehst, ob du immer zur Seite schaust, wenn man mit dir spricht. Gut. Siehst du die Bäume dort? Seit man sie in diesen Garten gepflanzt hat, werden sie, bis man sie herausreißt, dort stehen, sie bewegen sich nicht vom Fleck, sie wachsen ihrem Tod entgegen. Diese Erstarrung hat mich wahnsinnig gemacht. Wenn mich in diesem Haus überhaupt etwas gerettet hat, dann waren es die Raben, die wie verrückt hier herumflogen, die stritten, schrien, sich paarten. Sie haben gelebt. Mama Ruth hat sie gehasst, und ich habe sie versorgt, ich habe sie mit Brot und mit Körnern gefüttert, nur damit sie dablieben. Sie waren das Einzige, das sich hier bewegte, sie blieben keine Sekunde ruhig, um jedes Korn machten sie Theater. Ich betrachtete ihr Leben und das Leben in diesem Haus und hatte das Gefühl, das ist es, ich habe genug von diesem Haus, von diesem Leben, und der Gedanke, dass Menschen geboren werden und man ihnen nur eine Fahrkarte in die Hand drückt, eine einfache Fahrt, machte mich ganz verrückt, ein direkter Zug von der Geburt zum Tod, ohne Zwischenaufenthalt. Ich war zwölf, da wusste ich schon, dass ich diese geraden Gleise, die alle ins Nichts führen, verbiegen würde. Ich würde sterben, wenn ich auf meinem Weg keine Kurven und keine Zickzackwege hätte. Wer diesen geraden Weg gehen will und bereit ist, das Ende bitter, ausgelaugt und krank zu erreichen, soll es von mir aus machen. Aber nicht ich. Und glaube jetzt nicht, dass ich dem Thema ausweiche, es hängt damit zusammen, du wirst es gleich sehen. Als ich in der achten Klasse war, flehte ich Mama Ruth an, mich eine Klasse wiederholen zu lassen, ich wollte ihnen beweisen, dass ich Mut habe. Dass ich auf dieses Laufband pfeife, das die Leute von einer Klasse zur nächsten bringt und sie ins Leben wirft, wenn sie ausgepresst sind wie eine Orange. Du kannst dir vorstellen, dass sie mich nicht die Klasse wiederholen ließen, also fing ich an zu rauchen und mit Blusen herumzulaufen, die bis zum Nabel offen waren. Ich genoss es, wenn die Leute über mich sprachen, wenn sie mit dem Finger auf mich zeigten. Man gab mir alle möglichen Namen, und ich hörte auf, mich darüber zu ärgern, ich gewöhnte mich daran. Und dann begann die Sache mit den Jungs. Von dem Moment an, als sie mich entdeckten und ich sie, konnte ich nicht damit aufhören. Mit sechzehn wusste ich schon sehr viel, ich machte reichlich Erfahrungen. Ich hatte nicht nur einen Freund, ich hatte dutzende. Ich brauchte immer mehr davon, ich war ausgehungert und wollte mich an nichts binden, an niemanden. Eine Bindung wäre mein Ende gewesen, ich wäre wie diese Bäume, und ich, wie du verstanden hast, brauche *action*, Bewegung, Krach. Warum trinkst du nichts? Ich sehe dir an, dass du willst, dass ich es kurz mache, ich verwirre dich, oder was?«

»Sprich weiter«, sagt er und denkt: Ich werde es ihr nicht leicht machen. Von mir aus soll sie ihre Verteidigungsrede halten, aber ich werde ihr nur mein Pokerface zeigen. Eine späte Rache an der, die mir die Tränen abwischte und nicht fragte, warum ich weine, die mich schimpfte, »Nun, lach schon, lass dieses saure Gesicht«, und sich nicht damit aufhielt herauszufinden, was mich bedrückte. Und wenn mein Schweigen sie verrückt macht, dann soll sie eben verrückt werden. Hätte ich eine Racheliste, würde ich einen Posten abhaken.

»Du denkst bestimmt an Mama Ruth, wie sie unter mir gelitten hat. Sie hat wirklich gelitten. Aber ich bin gekommen, um über mich zu sprechen. Ihre Seite hast du bestimmt dein Leben lang gehört, und ich erwarte nicht, dass du den Schiedsrichter spielst. Es gibt nichts zu beurteilen. Sie ist ihren Weg gegangen und ich meinen. Ich sehe dir an, dass du nicht zustimmst, aber bitte, versuche jetzt zuzuhören. Wenn du nicht allergisch gegen dieses Wort wärst, würde ich sagen, hör zu, Schätzchen. Seltsam, dass du bis heute diesen Tick nicht verloren hast, dass du bei dem Wort Schätzchen einen dicken Hals bekommst, und dabei hast du schon den Hals eines Mannes. Als du sechs, sieben warst, war dein Hals so weich, ganz glatt und weiß wie das Bauchfell eines Kaninchens, und jedes Mal, wenn ich dich Schätzchen genannt habe, ist dir eine dicke lila Ader am Hals geschwollen, hat gezittert und sich zusammengezogen. Na ja, das spielt keine Rolle, kehren wir zu mir zurück. Das Lernen hat mich nie interessiert. Alles, was sie einem beibrachten, nahm dem Leben den Saft. Das Laufband zum Erwachsensein, Militär, Universität, Beruf, Karriere, Pension, Altersheim, Friedhof. Ich sah, wohin es führen würde, und sagte mir, du nimmst dein Leben in die Hand und steigst aus. Ich habe eine Verrückte aus mir gemacht. Ich ging zum Einberufungsbüro in zerrissenen Shorts, sodass man meinen halben Hintern gesehen hat. Ich hatte mir acht Ketten um den Hals gehängt und mir Drachen auf die Hände gemalt. Die Soldatinnen sahen mich und verließen den Raum, um zu lachen. Eine kam zurück, um mich zu interviewen, sie fragte, was ich beim Militär tun wolle. Ich sagte, ich möchte ein Rabe sein.

›Was soll das heißen?‹, fragte sie.

›Was Sie hören. Ich möchte fliegen, schreien und mich paaren.‹ Sie brachte einen Psychologen oder so etwas, und er sagte: ›Diese Tricks sind uns nichts Neues, viele Leute machen hier Theater, um vom Dienst befreit zu werden.‹

Ich stand auf, breitete die Arme aus, als würde ich fliegen, ging mit meinem Gesicht ganz nah an seines und fragte: ›Willst du dich vielleicht mit mir paaren? Mir ein paar kleine Raben machen?‹

Er rutschte mit seinem Stuhl zurück und schrie mich an: ›Setz dich‹, und ich schrie zurück: ›Kra-kra-kra...‹ Und als ich mich umdrehte, sah ich drei Soldaten. Sie drückten von draußen die Köpfe gegen das Fenstergitter, sie lachten, und ich sagte zu ihnen: ›Vielleicht will zufällig einer von euch sich mit mir paaren?‹

Der Psychologe oder was er war jagte die Soldaten weg und bei dieser Gelegenheit auch mich, und ich bekam eine Befreiung von der Armee wegen Untauglichkeit. Ich war siebzehneinhalb. Ich lernte nichts. Ich arbeitete nichts. Ich hatte Freunde, und ich rauchte, auch Gras und andere Sachen. Aber ich konnte auf mich aufpassen. Ich wurde nicht drogenabhängig, und ich wurde nicht schwanger. Ich sagte mir, Süße, wenn du dein Leben zurechtbiegen willst, musst du gesund und bei klarem Verstand sein. Schaffst du das nicht, bist du nur noch eine Marionette. Kaum zu glauben, ich war wirklich noch ein Kind und konnte mir schon solche Sachen sagen. Ich trug keinen Büstenhalter, ich hatte fast keine Brüste. Du bist Arzt, also kann man mit dir über den Körper sprechen. Meine Brüder, der ältere und der jüngere, deine Onkel Amos und Hillel, schämten sich für mich. Sie sagten zu deinem Großvater, er soll mir nicht einen Schekel geben, denn wenn ich kein Geld hätte, würde ich auf allen vieren zum Futtertrog zurückgekrochen kommen. So nannten sie es, Futtertrog. Was für ein schreckliches Wort. Mein Vater hatte Angst, wenn er mir kein Geld gäbe, würde ich es mir auf Wegen besorgen, an die er nicht einmal denken wollte, deshalb gab er mir manchmal etwas und manchmal nicht. Das heißt, er gab mir ein bisschen und sagte: ›Nicht heute, später, ich habe kein Bargeld‹, und so weiter. – Musst du auf die Toilette oder so? Nein? Du siehst aus, als würdest du dich unbehaglich fühlen. Gut, wie dem auch sei, es brannte in mir, wegzufliegen von diesem Haus. Jeden Nachmittag, ungefähr um diese Uhrzeit, befiel mich eine Depression. Die Pappeln warfen graue Schatten auf den Garten, alles hier war so schlecht gelaunt, so depressiv, man hätte meinen können, der Garten wäre krank, dass eine Katastrophe in der Luft hängt, dass Gott wütend ist. Die Raben schrien wie verrückt, als würde im nächsten Moment die Welt untergehen. Sie fühlten sich wie ich. Ich dachte, ich muss sterben. Ich fand ein armseliges Zimmer in der Jaffostraße, für hundert Dollar, ich nahm meine Sachen und zog dorthin. Ich bin sicher, dass du jetzt unbedingt wissen willst, wie das für Mama Ruth war, ich werde dir sagen, wie es für sie war. Aber ich habe nicht vor, über sie zu sprechen. Sie ist sie, und ich bin ich. Natürlich hatte ich kein Geld, um das Zimmer zu bezahlen, also habe ich Treppen geputzt, ich habe in Restaurants Geschirr gespült, ich habe Autos gewaschen. Ich hatte Hände wie eine Waschfrau, faltig, die Haut ist abgegangen, eklig, aber ich war glücklich. Na ja, sagen wir mal, glücklich ist ein bisschen übertrieben, aber alles in allem ging es mir ziemlich gut. Im Restaurant bekam ich Essen, das Trinkgeld reichte mir für Zigaretten und für die anderen Sachen, die ich rauchte, und ich hatte so viele Freunde, wie ich wollte. Nie habe ich daran gedacht, was morgen sein würde. Was sollte schon sein? Es würde immer schmutzige Treppenhäuser und schmutzige Autos und schmutziges Geschirr geben. Du denkst jetzt bestimmt, was für eine Verrückte. Stimmt, ich war verrückt, aber nicht so sehr, wie du jetzt denkst. Tatsache ist, bei all meinen Partys vergaß ich nie, dass hier im Haus zwei Menschen lebten, die meinetwegen nachts nicht schlafen konnten. Also habe ich sie immer wieder mal besucht, und wenn sie sauer waren, nun, dann waren sie eben sauer. Ich habe es mir nicht zu Herzen genommen. Dein Großvater fing damals seine Affäre mit Gott an, was deine Großmutter ganz verrückt gemacht hat. Übrigens, habe ich dir schon gesagt, dass du die Schultern eines Mannes hast? Und wenn ich das sagen darf, es sind nicht nur die Schultern, ich kann mir vorstellen, dass... Gut, spielt keine Rolle, also wenn du die Nase voll hast oder zur Toilette willst oder etwas anderes, dann...«

»Hör schon auf mit deiner Toilette!« Er schlägt mit der Faust auf den Tisch. »Die Zeiten von ›Musst du Pipi, Schätzchen‹ sind vorbei. Alle fünf Minuten ›Nun mach schon, lass alles raus, bevor was passiert. Ich habe keine tausend Hosen, die ich dir wechseln kann, nun, geht es immer noch nicht?‹ Die ganze Macht, die du über mich hattest, hat dir nicht gereicht, du brauchtest auch noch die Herrschaft über meine Blase.«

»Also wirklich, jetzt übertreib mal nicht. Ich hatte doch nur Angst, dass dir ein Malheur passiert und dass du dann nass bist und stinkst. Aber warte, wir sind noch nicht bei dir angekommen.« Sie lächelt gezwungen, und er denkt, von wegen Pokerface, wenn sie noch einmal die Toilette erwähnt, steige ich auf diesen Tisch und pinkle in hohem Bogen das ganze Pipi raus, das ich ihr damals nicht gepinkelt habe.

Sie hustet kurz und sagt: »Wo war ich? Ach ja, die Geschichte meines Vaters mit Gott. Ich habe ihn sogar verstanden, man hat ihm angesehen, dass er dieses Leben satt hatte. Dass ihn diese dauernde Langeweile umbrachte, dass er in irgendein Abenteuer flüchten wollte, also flüchtete er zu Gott. Was ist schlecht daran, er hätte auch in ein Pub oder zu einer Hure gehen können, oder er hätte aufs Dach steigen und Kikeriki schreien können, aber er hat eben die Synagoge gewählt. Mama Ruth sagte: ›Im Alter wird er ein Angsthase, er fürchtet, dass man im Himmel mit einer Peitsche auf ihn wartet...‹ Sie hat nicht kapiert, dass er keine Angst hatte, sondern erstickte, dass dieses Leben zu einem Strick um seinen Hals geworden war, den er zerreißen musste, um atmen zu können. Ich bin sicher, es hätte ihr besser gefallen, wenn er zu einer Hure gegangen wäre. Zu einer Hure geht man, erledigt seine Sache und kommt zurück, aber Gott ist ein *fulltime job*. Apropos Schultern... Gut, ich will dich nicht wieder nervös machen. Es war, wie ich sage, sie waren hier, und ich war dort. Sie wussten sehr gut, dass ich keine Nonne war und keine Jungfrau, und deshalb fielen sie nicht vom Stuhl, als ich eines Tages zu ihnen kam und sagte: ›Ihr sollt wissen, dass ich schwanger bin, im fünften Monat, vielleicht sogar im sechsten.‹

Dein Großvater hatte Angst, dass Gott von ihm enttäuscht wäre, und Mama Ruth hatte Angst, das arme Kind könnte noch unglücklicher werden als ich. Die Schoah war ein Kindergartenfest im Vergleich zu dem, was hier passiert ist. Dein Großvater hat sich an den Kopf gefasst und gefragt: ›Bist du sicher?‹

Verstehst du, ich hatte kaum Bauch, und meine Brüste waren wie Walnüsse. Ich habe ausgesehen wie ein Kind. Ich wunderte mich ja selbst. Ich musste lachen. Meine Periode war nie pünktlich gewesen, ich habe mich nie darum gekümmert. Du bist Arzt, solche Dinge bringen dich nicht in Verlegenheit. Auch wenn es aussieht, als wärst du nicht gerade begeistert davon. Gut, macht nichts. Mama Ruth fragte, ob der junge Mann, der mir das angetan hatte, die Verantwortung übernehmen würde, und ich sagte, nein. Ich habe ihr nicht gesagt, dass es drei Männer gab, die in Frage kamen, und dass ich keine Ahnung hatte, wer von ihnen der Vater war. Den einen habe ich geliebt, beim zweiten habe ich gearbeitet, und mit dem dritten hatte ich nur meinen Spaß. Wie dem auch sei. Meine Eltern hatten nicht viel Zeit zum Trauern, keine zwei Monate später bekam ich Wehen und ging ins Krankenhaus, und in weniger als einer Stunde warst du auf der Welt. Du warst eine Frühgeburt und hast ausgesehen wie ein Taubenküken, durchsichtig, lila, faltig, mit schrecklichen Fingerchen, dünn wie Nähfäden. Noch bevor man die Nabelschnur durchgeschnitten hatte, sah ich deinen kleinen Finger und wusste, wer von den dreien dich gemacht hatte. Soweit ich weiß, ist er vor fünf, sechs Jahren gestorben, er war ungefähr zwanzig Jahre älter als ich. An Krebs, so wie alle.«

»Er ist nicht von einem Müllauto überfahren worden?«
»Das habe ich dir damals erzählt? Nun, du hattest so viele seltsame Fragen, so komische Phantasievorstellungen, ich wollte nicht, dass du dir irgendetwas Unmögliches einbildest. Er wusste überhaupt nicht, dass es dich gibt. Was ist? Warum regst du dich auf?«
»Warum ich mich aufrege? Das fragst du noch? Ehrlich, ich werde es nie verstehen. Warum hast du ihm den beschämendsten Tod ausgesucht, den es gibt? Warum hast du mir einen Vater erfunden, der auch als Toter nicht mehr wert war als eine faule Kartoffel? Was hast du befürchtet? Dass dein vaterloser Bastard die Nase hochhebt, wenn er hört, dass sein Vater gestorben ist wie jeder andere Mensch auch? Dass er vielleicht ein paar Komplexe weniger hat? Ein bisschen weniger verloren ist? Und du hast dir damals, zu Ehren dieser erfreulichen Nachricht, auch noch ein festliches gelbes Kleid angezogen, als wolltest du mir mitteilen, der Frühling ist gekommen. Ich hätte am liebsten dein Kleid in Streifen gerissen, wie Makkaroni. Ich wollte mit dem langen Schlauch nach dir spritzen, wie Mama Ruth nach den Raben gespritzt hat.«

Eva schließt die Augen und verzieht das Gesicht, als hätte sie etwas gestochen, ein Dorn oder eine Nadel, sie legt ihre knochige Faust auf den Mund, und er reibt seine Hand, in der damals die Dornen von den Rosen gesteckt hatten, und denkt: ein Dorn gegen den anderen, eine Nadel gegen die andere... und ist wütend auf sich selbst. Warum versteifst du dich jetzt auf den armseligen Toten, der dich gemacht hat? Sie ist gekommen, um von dir einen Persilschein zu kriegen, und statt dass du die Luke zumachst, feilschst du mit ihr, eine Handvoll Vater, zwei Kilo Lügen, ein halbes Pfund Schmerz, und wie du sie kennst, wird sie es am Schluss noch schaffen, Ratenzahlungen oder eine Schuldentilgung zu erreichen oder sogar, dass du ihr etwas schuldest...

»Schau an, wer hätte gedacht, dass du alles genau umgekehrt verstehst. Du müsstest mir dankbar sein, und stattdessen bist du wütend. Ich wollte dir das Leben leichter machen, ich wollte dich von den Gedanken an ihn befreien. Wenn ich gesagt hätte, er wäre im Krieg umgekommen, hättest du von morgens bis abends nur an ihn und seinen Tod gedacht, ich habe gedacht, es wäre so am einfachsten für dich...«

»Das sind doch nur Märchen. Du hast nicht gedacht, das wäre am einfachsten für mich, du hast gedacht, es wäre am einfachsten für dich.«

»Okay, ich habe gedacht, es wäre am einfachsten für uns beide, wenn du aufhören würdest, nach ihm zu fragen. Aber wenn du es wissen willst, dann kann ich dir nur sagen, dass er ein großer, schweigsamer Mann war. Er war Glasbläser, und ich habe die Schmetterlinge und Glasperlen verkauft, die er gemacht hat, und ab und zu habe ich ihm umsonst ein bisschen Vergnügen geschenkt. Er war nicht verheiratet und hungrig auf eine Frau. Und er hat mich nie um etwas gebeten, deshalb war es leicht für mich, großzügig zu ihm zu sein. Jedes Mal, wenn wir miteinander geschlafen hatten, sagte er ›Vielen Dank‹, setzte sich an seinen Tisch und blies weiter Glas. Er wusste, dass ich es aus Freundlichkeit getan hatte und nicht aus Lust. Nun, ausgerechnet von ihm... Seltsam. Ich saß in seiner Werkstatt und schaute zu, wie er Kugeln aus Glas blies, und glaub mir, er hatte nichts Anziehendes an sich, überhaupt nichts, sein krummer Finger war das Aufregendste an ihm. Einmal habe ich ihn gefragt: ›Darf ich deinen Finger mal anfassen?‹ Er wurde rot und ließ mich seinen Finger berühren. Dann wurde er hart wie eine Sprungfeder, und ich dachte, so kann man ihn nicht zurücklassen, man muss die Spannung lösen, also ließ ich ihn... Und danach immer wieder mal, bis sich herausstellte, dass dieser Glasbläser mir den Bauch aufgeblasen hat. Ich habe es ihm nicht erzählt, ich hatte Mitleid mit ihm, er war schon über vierzig, er brauchte nicht noch ein Kind am Hals, deshalb habe ich aufgehört, zu ihm zu gehen, und habe meine Schmetterlinge und die Perlen woanders gekauft.«

»Der verletzte Schmetterling, ist der von ihm?« Adam holt den Schmetterling aus der Tasche, sie streckt die Hand aus und berührt ihn, erschrickt und zieht die Hand zurück.

»Das bringt mich um. Willst du sagen, dass du ihn all die Jahre aufgehoben hast? Gib ihn mir kurz. Wirklich, er ist noch warm von deiner Tasche. – Ja, ich erinnere mich an ihn, er war unmöglich zu verkaufen mit seiner kaputten Nase. Seltsam, die heilen Schmetterlinge, die ich verkauft habe, sind bestimmt längst zum Teufel gegangen, nur dieser Krüppel hat Glück gehabt. Aber was deine Frage betrifft, nein, dieser Schmetterling war nicht von ihm. Er hat nur große, durchsichtige Schmetterlinge gemacht. Solche kleinen, zerbrechlichen wie den da habe ich in einer Werkstatt im Industriegebiet gekauft. Weißt du, einmal hat er einen Fotoapparat angeschleppt, ihn vor uns aufgebaut, den Selbstauslöser eingestellt und mich umarmt. Er hat zwei Bilder gemacht. Eines hat er mir gegeben und das andere für sich selbst vergrößert und in seiner Werkstatt aufgehängt. Er hat für mich auch Ohrringe gemacht, solche lilanen. Ehrlich gesagt, es waren die schönsten Ohrringe, die ich je hatte, sie hatten so einen besonderen Glanz, ich habe sie nicht von den Ohren genommen, bis der Verschluss kaputtgegangen ist. Was soll ich dir sagen, er war ein seltsamer Mensch. Mir scheint, als wärst du enttäuscht, dass der Schmetterling nicht von ihm stammt. Lass gut sein, er hat dir einen Finger vererbt, das ist mehr wert als ein Schmetterling. Wer sonst hat so einen kleinen Finger? Erstaunlich, wie er gewachsen ist, dein Finger. Nicht nur er, du auch, ich habe nicht geglaubt, dass aus dir so ein Mann werden würde. Du warst ein Schwächling, weich wie ein Mädchen, deine Haut wie das Bauchfell eines Kaninchens. Aber abgesehen von diesem Finger bist du ihm überhaupt nicht ähnlich, oder eigentlich doch, du bist so schweigsam wie er. Kannst du mir ein Glas Wasser bringen?«

»Danke. Oh, auch an dieses Glas erinnere ich mich.«

»Wie hieß er?«

»Wer?«

»Der, der mich gemacht hat.«

»Josef Elias. Schade, ich habe keine Ahnung, wo er begraben ist, und man kann niemanden fragen, er war alleinstehend, er hatte keine Familie. Komisch, er hat seine Firma »Elias, herzzerbrechende Gläser« genannt. ›Josef, warum herzzerbrechend?‹, habe ich ihn gefragt. Und er stur und sagte, dass alles, was wirkliche Schönheit besitze, das Herz zerbreche. Ich habe dir ja gesagt, er war ein seltsamer Mensch.«

»Wo war seine Werkstatt?«

»Im Industriegebiet, in der Jad-Charuzim-Straße, die Nummer weiß ich nicht mehr. Es war so eine Art Mauernische, zwei Meter auf zwei Meter, und hinter der Nische war eine noch kleinere Nische, mit einem Bett, in dem ... Gut, lassen wir das. Wo war ich? Ach ja, bei deiner Geburt. Ich war neunzehn und bekam plötzlich ein Baby. Ich habe mit dir in einer Mietwohnung gewohnt und meinen Unterhalt damit verdient, dass ich diese Perlen auf der Straße verkaufte. Ich war wütend, ich war schrecklich wütend. Ich schrie Gott an, er wäre komplett verrückt. Nun, ich will dieses Wort nicht benutzen. Ich sagte, es wäre nicht fair, dass eine Frau schwanger wurde, dass sie eine Gebärmutter und Eierstöcke und Eisprünge und das alles mitbekommen hatte, aber nicht so etwas wie eine Gebärmutter im Gehirn. Jede armselige Henne sei eher eine Mutter als ich. Ich war mit einem Defekt geboren. Versteh mich richtig, Mutter zu sein hängt nicht von der Gebärmutter im Bauch ab, die Gebärmutter im Bauch taugt höchstens für neun Monate. Und danach? Danach gibt es so etwas, was man Mütterlichkeit nennt. Frag mich nicht, was das ist. Ich weiß es nicht. Ich habe es nicht, und ich hatte es nie. Du bist Arzt, vielleicht kann man das bei einer Computertomographie des Gehirns oder irgendeiner Blutuntersuchung feststellen. Und wenn nicht, muss man so eine Methode finden und alle Frauen untersuchen. Eine Frau, die es nicht hat, darf keine Kinder bekommen. Du lachst, du hältst mich für eine Idiotin, aber das macht nichts. Glaub mir oder nicht, wenn es solch eine Untersuchung gäbe, gäbe es weniger bedauernswerte Geschöpfe auf der Welt. Du schaust mich an, als wäre ich vom Mond gefallen, bestimmt denkst du, diese Frau hat kein bisschen Verstand, sie redet Blödsinn, sie erfindet Defekte, um sich zu rechtfertigen. Hör zu, Schätzchen, oh, entschuldige, ich habe vergessen, dass... Einen Moment, nur einen Moment, ich muss diesen Raben betrachten. Schau doch, schau, ist er nicht toll? Er benimmt sich, als wäre ihm die Droge entzogen, er braucht eine Frau, ist bis über den Kopf voll mit Hormonen, wenn er keine findet, paart er sich mit einer Heugabel. Habe ich es dir nicht gesagt? Immer wird es eine geben, die ihn lässt, und dann stellt er sich oben auf den Baum und schreit, als hätte er Marilyn Monroe gefickt. Was ist? Weil ich gefickt gesagt habe? Gut, gut, ich habe nichts gesagt. In Ordnung, du kannst zur Toilette gehen. Oj, noch einmal. Vergiss das Wort Toilette, werd bloß nicht sauer, also trink was oder so, und ich bleibe inzwischen mit diesen beiden Raben hier. Ich bin verrückt nach ihnen. Das Männchen vergnügt sich, und das Weibchen spielt die Gleichgültige. Sie lässt ihn gewähren, wenn es ihm guttut.«

»Ach, du hast telefoniert? Jetzt, wo du zurückkommst, sind sie fertig. Schau, er sitzt schon auf der Kiefer und plustert sich auf, als hätte er etwas, was kein anderer hat. Och, die Terrasse liegt bald im Schatten der Bäume, das ist die ungünstigste Stunde dieses Gartens, man kann hier die Depression mit Händen greifen. Einen Moment, ich muss etwas trinken. Gut, wo war ich? Ach ja, ich habe dir von der Zeit erzählt, als ich neunzehn war, mit einem Defekt im Kopf und einem Baby am Hals. Ja, auch Männer. Was soll ich machen, dieser Trieb hat bei mir funktioniert, mit Überstunden, er hat sich nie ausgeruht. Im Gegenteil. Solange du ein Baby warst und nichts kapiert hast, habe ich dich mit zur Arbeit genommen, und auch zu den anderen Orten. Als du schon stehen konntest und Angst hattest vor fremden Menschen, habe ich dich nur zur Arbeit mitgenommen, wenn ich mich vergnügen wollte, habe ich dich bei Mama Ruth abgegeben. Ich habe dir alle möglichen Kleinigkeiten mitgebracht, einen Mohrenkopf, einen Luftballon und solches Zeug, um dich zu bestechen. Einen Moment, dein Telefon klingelt, willst du nicht rangehen? Antworte, es ist in Ordnung, ich habe Zeit ...«

»Hör zu, ich habe keine Ahnung, wer die Frau ist, die gerade mit dir gesprochen hat, aber ich habe gehört, dass du sie Juliane genannt hast, das ist ein sehr schöner Name, Juliane ...«
»Eliane.«
»Aha, Eliane, ich habe Juliane verstanden. Gut, das ist nicht wichtig. Also hör zu, du warst ein kleines Kind, zwei Jahre, drei, vier, immer hast du neben mir gesessen, wenn ich auf der Straße das Glaszeug verkauft habe, das war prima fürs Geschäft, die Leute blieben vor unserem Stand stehen, sahen eine mädchenhafte Frau mit einem kleinen Kind, das zog sie an, es hat sie ergriffen, auf die Art warst du für mich ein Geschäftspartner, obwohl du die meiste Zeit geschlafen hast. Und merk dir, auch an Tagen, an denen wir nicht mehr als ein Brötchen zum Abendessen hatten, habe ich keinen Schekel von Mama Ruth genommen. Wenn du dir von jemandem Geld geben lässt, wirst du von ihm abhängig wie von Alkohol oder Drogen. Als du viereinhalb warst, hast du

angefangen, mich zu den Treppenhäusern zu begleiten, die ich in Rehavia und Talbiyeh geputzt habe. Schon damals hatte ich im Kopf, dass du eines Tages ohne mich würdest auskommen müssen, deshalb sagte ich mir, gut, soll er mich begleiten, diese Treppenhäuser werden für ihn eine Schule sein. Sie werden ihn zu einem Mann machen. Und tatsächlich hast du dort Hiebe bekommen, und was für welche, und hast zurückgeschlagen, man hat dich um Murmeln betrogen, und du hast zurückbetrogen, du hast gelernt, dass die Menschen alle möglichen Geheimnisse hinter ihren Türen verstecken, du hast gesehen, dass die Schilder von Doktoren und Professoren auf ihren Türen einem am Arsch vorbeigehen... Pardon, das ist mir so rausgerutscht. Aber wie dem auch sei, du hast gelernt, dass sogar eine Frau wie die alte Frau Gibschtajn so jemanden wie den Professor in die Tasche ihrer Kittelschürze steckt. Was hast du dort nicht alles gelernt! Du bist so schnell wie ein Affe die Treppen hinaufgeklettert, du bist von oben nach unten auf deinem Hintern runtergesaust wie eine Rakete, du hast laut verkündet: ›Jetzt nicht raufgehen, die Stufen sind nass‹, und du hast dauernd gefragt: ›Warum?‹ In deinem kleinen Kopf war nicht genug Platz für alles, was du dort gesehen hast. Warum hinkt diese Frau? Warum klopft der Mann da an die Tür, und man macht ihm nicht auf? Warum steckt der Professor immer erst den Kopf raus und erst dann die Beine? Warum zwickt der große Mann seine Frau immer in den Po, wenn sie die Treppe hinuntergehen? Die Bewohner haben dich den Jungen von der Putzfrau genannt, manche haben dir Kekse oder Bonbons geschenkt. Und ich? Wenn ich mich über den Eimer gebeugt habe, um den Lappen auszuwringen, habe ich zwischen meinen Beinen einen Blick auf dich geworfen. Wann immer ich hingeschaut habe, warst du ernst. Was heißt ernst, du warst traurig, als würdest du wortlos an etwas leiden. Als wäre dein Kopf voll, ohne dass du es herauslässt. Jeder, der mich in der Ben-Jehuda 36 besucht hat und später im Container, hat zu mir gesagt: ›Was hat dein Junge? Er ist wie ein alter Mann, er denkt und denkt die ganze Zeit.‹ Sie hatten recht, und ich konnte nichts dagegen unternehmen. Nicht genug, dass mir diese Mütterlichkeitsschraube fehlte, du hattest überhaupt nichts von mir. Es war, als wärst du von einem anderen Stern gekommen. Wir passten nicht zueinander. Unsere Partnerschaft hat nicht funktioniert, und wir litten beide darunter. Aber für dich war es schlimmer, weil du von mir abhängig warst. Ich brauchte keinen Menschen. Deshalb habe ich vermutlich nicht verstanden, wie schlimm deine Lage war. Du hast stundenlang auf der Stufe des Containers gesessen, hast das Kloster angestarrt und kein Wort gesagt. Oder du hast dir einen Stuhl zum Fenster gezogen, dich mit den Ellenbogen auf den Fensterrahmen gestützt, das Kinn in deinen kleinen Händen, und hast hinausgeschaut. Diese Haltung am Fenster hat mich gestört. Ich habe mir gesagt: Dein Junge ist ein alter Mann im Körper eines Kindes. Verstehst du? Wie alt war ich? Zwanzig und ein bisschen. Bis du mich eines Tages gefragt hast, was mit jemandem passiert, der vom Turm des Klosters springt, ob es sein kann, dass sein Körper heil bleibt, und wie man aussieht, wenn man aufplatzt, und ob es sein kann, dass derjenige nur verletzt ist und nicht stirbt, und wenn er nur ohnmächtig wird, kann man ihn dann wecken oder bleibt er für immer bewusstlos, und wenn man es schafft, ihn zu wecken, wird er dann bestraft? Ich hängte Wäsche auf und antwortete dir irgendetwas, und plötzlich fiel bei mir der Groschen. Plötzlich kapierte ich, wie schlecht es dir ging. Ich sagte mir: Du dumme Kuh, wach auf! Dein Junge plant sein Ende. Ich habe die nassen Unterhosen einfach fallen gelassen und habe angefangen zu weinen. Erinnerst du dich daran?«

»Ja, ich erinnere mich.« Adam knirscht mit den Zähnen und schweigt. Er wird ihr nicht antworten. Ihre Augen betrachten forschend sein Gesicht, sie beugt sich zu ihm wie ein Zahnarzt, bereit, den Zahn zu ziehen, die Zange in der Hand, mach den Mund auf, weiter, noch weiter, was hast du, warum machst du ihn nicht auf... Aber er macht den Mund nicht auf, und sie lässt sich enttäuscht in den Stuhl zurückfallen, und die Abenddämmerung senkt sich schwer und bedrückend über sie beide.

Eva atmet mit Mühe. »Nun, es ist dein gutes Recht, mir einsilbig zu antworten. Ich nehme an, dass du einiges zu sagen hast. Aber es ist dein gutes Recht... Willst du mich bestrafen, oder was? Wie dem auch sei, ich möchte dir sagen, dass ich es dort, vor der nassen Wäsche, verstanden habe. Ich wusste, dass ich mich sofort von dir trennen musste, auf der Stelle. Wenn ich es nicht tun würde, würden wir uns beide in einer Irrenanstalt wiederfinden, oder auf dem Friedhof. Und ich tat es. Ich stand auf und ging weg. Ohne Vorbereitung, ohne Abschied, ohne dramatische Szenen. Ich sprach mit keinem über meine Entscheidung, damit niemand versuchen würde, mich zurückzuhalten, damit mir keiner eine Behandlung vorschlagen konnte, Psychiater, Geld, eine Wohnung. Ich glaubte nicht an solche Möglichkeiten. Auch heute tue ich es nicht. So dünn mein Bauch auch ist, ich verlasse mich auf ihn. Und mein Bauch hat gesagt: Steh auf, geh weg, verlasse das Leben deines Sohns, gib ihm eine Chance. Du lässt ihn in guten Händen, Mama Ruth liebt ihn, und er liebt sie, sein Charakter passt gut zu ihrem. Er wird es gut bei ihr haben. Denn auch du hattest das Recht zu leben. Ich ging durch das Tor da, als würde ich mal schnell zum Schuster oder zum Lebensmittelgeschäft gehen, und das war's. Wenn ich dich jetzt anschaue, sehe ich, dass ich das Richtige getan habe. Wenn du bei mir geblieben wärst, wärst du heute im besten Fall ein trauriger Drachenflieger geworden.«

»Kann ich noch ein Glas Wasser haben? Dein Telefon klingelt wieder, geh doch ran, antworte, ich höre nicht zu, aber ich habe gehört, wie du ›Dafi, nicht jetzt‹ gesagt hast. Seid ihr noch immer so gute Freunde? Ihr wart wie Bruder und Schwester, du hast an ihr geklebt, es war schrecklich, wie gern du Geschwister gehabt hättest. Erlaube mir zu sagen, dass Gott auch in diesem Punkt nicht besonders großzügig zu dir war. Er wusste, wie gern du eine Schwester haben wolltest, und als er dir endlich eine Schwester gab, hattest du schon keine Möglichkeit mehr, das zu genießen.

Adam springt auf. »Was hast du gesagt? Kannst du das wiederholen?« Er streckt die Hand aus, um Eva zu schütteln, sie weicht zurück, und er nimmt sich zusammen.

»Einen Moment«, sagt sie, »trink erst was, trink, ich warte. Du hast dir Wasser auf die Hosen geschüttet, nimm dir Zeit... Es ist nicht schlimm, das trocknet. Du wolltest, dass ich es noch einmal sage, also tue ich es, du hast eine Schwester gehabt. Nachdem ich dich verlassen hatte, bin ich nach Griechenland gefahren. Es gab jemanden, der mir von einem Tag auf den anderen ein Ticket besorgt hat. Ich kam in ein kleines Fischerdorf. Dort gab es einen Fischer, der mich sehr geliebt hat, und ich ihn, er hat mich Evita genannt. Und bevor ich verstand, wie mir geschah, war ich schwanger. Ich bekam ein Mädchen und nannte es Petita Evita. Aber dass du nicht glaubst, ich wäre dort eine bessere Mutter gewesen, wirklich nicht. Niemand hat meinen Defekt repariert, aber das Baby passte zu meinem Defekt wie ein Handschuh zur Hand. Sie hatte einen fröhlichen Charakter, ihre Augen funkelten wie meine Ohrringe, sie war unabhängig, lernte früh laufen, sprechen, sie plapperte, beschäftigte sich selbst, tobte den ganzen Tag herum, schlief die ganze Nacht, hatte keine Angst und fragte nie, warum. Auch nicht, als ihr Vater und ich uns trennten. Eines Abends, zwei Tage nach ihrem fünften Geburtstag, sagte sie, sie habe Kopfschmerzen. Sie glühte vor Fieber. Ich brachte sie ins Krankenhaus, sie atmete kaum. Dort sagten sie, sie habe eine Hirnhautentzündung. Noch bevor es Morgen wurde, starb sie. Ich war am Boden zerstört. Auch ihr Vater. Er schrieb auf ihren Grabstein: ›Petita Evita, nur fünf Jahre alt. Wo bist du, Gott?‹ Nachdem wir sie begraben hatten, hatte ich dort nichts mehr verloren und kehrte nach Israel zurück. Seither lebe ich hier. Neunzehn Jahre lang. Ach, hör mal. Hörst du das Geschrei der Raben? So ist es immer um diese Uhrzeit.«

»Hör schon auf mit diesen idiotischen Raben. Hast du eine Adresse von dort?«

»Wo, von dort?

»Vom Grab meiner Schwester.« Meine Schwester, er kichert. Man könnte glauben, dass ich morgen zu ihr fahre, einen Stein aus Mama Ruths Garten mitnehme und ihn auf ihren kleinen Grabstein lege. Meine Schwester. Ein wildes Ei von Eva und die schnelle, bewegliche Samenzelle eines griechischen Fischers. Herzlichen Glückwunsch. Ich habe eine fünfjährige Schwester bekommen, Petita Evita, ein kleines weißes Skelett, der mürbe, leere Schädel eines Mädchens, das nie »Warum?« gefragt hat.

»Traust du mir etwa zu, dass ich das erfunden habe? Natürlich habe ich die Adresse. Hör zu, hier herrscht etwas Erstickendes, wenn der Tag zu Ende geht, so erstickend, dass man es nicht beschreiben kann. Die Vögel haben Angst, wenn die Sonne ausgeknipst wird, niemand sagt ihnen, dass sie morgen wiederkommt. Kannst du mir noch ein bisschen Wasser bringen? Um diese Uhrzeit sollte man nicht über den Tod sprechen, wirklich nicht... Musst du schon gehen? Nein? Weil du auf die Uhr geschaut hast. Noch einen Moment, ich brauche ein bisschen Luft...«

Sie legt den Kopf in den Nacken und schließt die Augen, macht den Mund auf und atmet tief. Ihre Brust hebt und senkt sich, und er fragt sich, ob dies auch eine ihrer Theaterszenen ist, eine Art Yoga oder eine Meditation, die sie irgendwo in Honolulu gelernt hat, oder ob sie einen wirklichen Anfall von Atemnot hat, ein insuffizientes Herz, nicht genug Sauerstoff in den Lungen, die schwarz sind von den tausenden von Zigaretten, die sie geraucht hat. Evas Zwerchfell hebt und senkt sich, sie bekommt keine Luft. Im Zwielicht ist schwer zu sehen, ob sie blass ist, ob die Adern an ihrem Hals geschwollen sind, ob ihre Lippen bläulich werden. Diese Magerkeit, diese Hektik. Er erschrickt. Sie hatte das Treffen mit ihm initiiert, sie war vermutlich am Ende ihrer Tage. Wieso war er nicht sofort darauf gekommen?

»Was ist geschehen, dass du beschlossen hast, ausgerechnet jetzt zu kommen? Warum nicht vorgestern, warum nicht vor einem Jahr, vor fünf Jahren?«

Sie macht die Augen auf, atmet tief ein und langsam aus und sagt: »Du hast recht. Warum nicht vorgestern, warum nicht vor einem Jahr... Vor einer Minute habe ich gesagt, man sollte jetzt nicht über den Tod sprechen, aber ich habe keine Wahl. Um dir zu antworten, muss ich wieder über den Tod sprechen. Vor ein paar Tagen bin ich in den Straßen der Stadt, in der ich wohne, auf einen Beerdigungszug gestoßen. Die Leute weinten und schrien lauter als sonst, deshalb habe ich einen von ihnen gefragt, wer da gestorben sei.

›Eine Frau‹, sagte er.

›Jeder muss mal sterben‹, sagte ich, ›warum weinen alle so sehr?‹

›Warum?‹, sagte er. ›Weil sie ganz gesund war, nichts hat ihr gefehlt, sie saß in ihrem Wohnzimmer und sah fern, und schwups, fiel ihr Kopf nach hinten.‹

›Wie alt war sie?‹, fragte ich.

›Vierundfünfzig, sie hat noch prima ausgesehen‹, sagte der Mann.

›Genauso alt wie ich‹, sagte ich.

›Dann passen Sie auf, jetzt fängt es an‹, sagte er und ging

weiter mit dem Trauerzug, und ich blieb auf der Straße stehen.

Es hat mich erschreckt, dass eine Frau in meinem Alter einfach so sterben kann. Mir war, als würde ich plötzlich verstehen, so ist es, ich bin kein junges Mädchen mehr, ich habe die Lebensmitte schon hinter mir. Die Worte des Mannes, ›So fängt es an‹, fuhren mir in die Knochen. Ich sagte mir, Schluss, du siehst zwar noch gut aus, du bist gesund, aber du verschiebst nicht länger das, was du zu tun hast. Verstehst du, die ganzen Jahre hatte ich im Kopf, dass der Mensch, den ich geboren habe, wütend auf mich ist und dass ich ihm alles erklären muss. Nicht weil ich so ein guter Mensch bin. Sondern der Gedanke, dass irgendjemand auf der Welt wütend auf mich ist, bereitete mir Übelkeit. Er machte mir Angst. Ich glaube, dass böse Gedanken schwarze Energie versenden, die mir schadet. Frag nicht, wie, und auch nicht, was das ist, Energie. Ich verstehe nichts davon, aber ich glaube es. Dieser Gedanke, zu kommen und dir alles zu erklären, war also nicht neu, aber nach der Beerdigungsgesellschaft der vierundfünfzigjährigen Frau wurde er auf einmal drängend. Wer weiß, vielleicht bringt mir das sogar etwas. Angenommen, Gott hatte vor, mich bald zu holen, dann wird er mir vielleicht jetzt, nach der kleinen Sühne, etwas erlassen. Wow, was für ein Lachen du hast, ich schwöre dir, ich habe in meinem ganzen Leben noch nie so ein Lachen gehört. Nicht abgenutzt, so ganz neu, wie ein Brett, das man noch nicht abgehobelt hat. Vermutlich lachst du nicht oft. Lach nur. Ich wüsste nur gerne, was dich jetzt zum Lachen gebracht hat...«

»Deine Geschäfte mit Gott«, antwortet er und denkt, es ist nicht wegen der Geschäfte, es ist die pure Erleichterung. Wie dumm ich war, so zu erschrecken. Sie ist überhaupt nicht krank, und bis Gott sich ihr zuwendet, wird er vorher noch viele andere holen. Sie hat Zeit. Eine, die vierhundert Wörter hintereinander sagen kann, ohne eine Pause, ohne nach Luft zu schnappen, hat einen starken Herzmuskel, er kann noch die eine oder andere Kränkung ertragen, er kann sich zusammenziehen und entspannen, und seine Schläge werden nicht abnehmen, auch wenn man ein paar harte Worte zu ihr sagt und ihr ein paar neue Sorgen auflädt.

»Was ist so lächerlich daran? Glaubst du nicht, dass Gott mit uns Geschäfte macht? Ich glaube, dass er... Einen Moment, nur einen Moment... Psst... Psst... Hörst du diese alten Pappeln? Seit Jahren flüstern sie schon so, die beiden Tratschweiber. Mama Ruth war verrückt nach ihnen, sie hat gesagt, die würden intelligente Unterhaltungen führen. Also wirklich... Gut, es ist spät, es wird schon dunkel, lassen wir die Fragen, ob Gott mit uns Geschäfte macht oder nicht, auf sich beruhen. Ich habe jedenfalls zu mir gesagt, jetzt kümmere dich darum, dass du deinen Jungen findest und ihm alles erklärst. Ich war nicht sicher, ob du einverstanden wärst, das ist der Grund, weshalb ich die Geschichte mit dem Flughafen erfunden habe, damit du glaubst, ich käme aus dem Ausland, dann würdest du mich abholen. Hättest du gewusst, dass ich all die Jahre hier war, wärst du nicht gekommen. Und ehrlich gesagt, ich habe nicht gewusst, wo ich anfangen soll, ich hatte keine Ahnung, wo du bist und was mit dir ist. Ich habe Rubinow aus der Wäscherei angerufen und nach Mama Ruth gefragt. Rubinow steht schon mit einem Bein im Grab, er hört fast nichts mehr, er hat ins Telefon geschrien, ›Sie wollen wissen, wo Nachums Witwe ist? Die Ärmste, sie hatte einen Gehirnschlag, sie ist im Heim. Ihr Enkel, der bei ihr gelebt hat, ist Arzt und kümmert sich um sie. Ihr Enkel weiß alles über sie. Er ist auch ein Kunde von uns, er bringt seine Hosen zu uns, um sie waschen zu lassen. Wenn Sie Einzelheiten wissen wollen, rufen Sie ihn an, er heißt Doktor Adam Urija, seine Telefonnummer...‹

Nun, wie es weiterging, weißt du schon. Das war's, Schätzchen, ups, ist mir nur so rausgerutscht. Ich habe dir gesagt, was ich zu sagen hatte, ich habe versucht, dir zu erklären, dass mir mein Defekt keine Wahl gelassen hat. Ein Portier mit einem Bein sollte nicht am Tor stehen. Er sollte gehen. Ich bin gegangen und habe damit uns beide gerettet. Auch Mama Ruth. Aber sie gehört nicht zu diesem Gespräch. Ich weiß nicht, was du jetzt denkst. Du hast die ganze Zeit geschwiegen, vielleicht ist das deine Natur, vielleicht gibt es auch Orte, an denen du nicht so viel schweigst, das weiß ich nicht, ich kenne dich überhaupt nicht. Auch in den Jahren, in denen du bei mir warst, habe ich dich nicht gekannt. Ich habe dich verloren, lange bevor ich dich verlassen habe. Das ist es, was Gott oder wer auch immer gewollt hat. Heute kann jede Frau werden, was sie will, Friseurin, Köchin, Nagelpflegerin, sie braucht sich nur etwas auszusuchen und sich eine Lizenz zu besorgen, doch eine Frau, die Kinder auf die Welt bringen will, braucht gar nichts, als hätten wir alle die nötige Mütterlichkeit in uns. Schade, sehr schade, was soll ich dir sagen, die Welt spinnt. Aber, hast du mich nichts zu fragen, mir nichts zu sagen?«

Ob er nichts zu sagen hat? Früher hätte er ganze Koffer mit dem füllen können, was er zu sagen hatte, riesige Säcke mit dem, was er zu fragen hatte, einen ganzen Dachboden voll Zeug schleppte er in seinem Kopf mit sich herum. Aber die Zeit, eine fleißige, nützliche Motte, hatte auf dem Dachboden ihre Fühler ausgestreckt, hatte Löcher genagt und alles in kleine Stücke gebissen. Es ist sinnlos, jetzt zu ihr zu sagen: Meine liebe Eva, du hast einen Pfeil abgeschossen und das Ziel genannt. Du hast einen Defekt in deinem Gehirn definiert und Halleluja geschrien. Ein Defekt befreit von Schuld und Verpflichtungen gegenüber Gott und den Menschen. Glücklich über deinen Defekt, hast du nervös an deinem

Daumen genagt und dich gefragt, gut, und was mache ich jetzt? Und dann ist dir Gott eingefallen, der Herrscher aller Defekte, der vergessen hat, dir eine Schraube im Gehirn einzusetzen, und du hast zu ihm gesagt, los, Gott, sei ein Mensch, übernimm du die Verantwortung für dieses überflüssige Geschöpf, das du mir gemacht hast, *fair enough*, nicht wahr? Und Gott, wie sollte es auch anders sein, hörte auf deine Stimme, und das Leben ging weiter, und alles war wundervoll, du hattest einen griechischen Liebhaber, nachts hast du Liebe gemacht und tagsüber deine Füße ins Meer gehängt, du warst glücklich, und nichts hat dein Glück gestört, nachdem du Gott als Vormund für den seltsamen Kleinen eingesetzt hattest, den du im Garten von Mama Ruth zurückgelassen hast. So vergingen sechs Jahre und weitere neunzehn, und alles in allem ging es dir nicht schlecht. Bis dir eines Tages einfiel, dass auf der Welt ein Geschöpf herumläuft, das in seinem Herzen Zorn gegen dich trägt. Du bist erschrocken wegen der schwarzen Energien seines Zornes und hast dir gesagt, ich nehme einen leeren Koffer, fahre für ein paar Stunden zu ihm, erkläre es ihm, er wird es verstehen und die Augen schließen, und bei dieser Gelegenheit wird Gott einen kleinen Haken neben meinen Namen machen und mich an das Ende der Schlange schieben.

Er betrachtet sie. Sie spielt mit ein paar Kiefernnadeln, die auf dem Tisch liegen geblieben sind, und wartet auf den letzten Akt der Aufführung, die sie inszeniert hat. Im Garten dämmert es, die Schatten werden länger, die Konturen, die ihre Schärfe verlieren, arbeiten zu seinen Gunsten, verdecken den feurigen Tigerglanz seiner Augen, die geschwollene Ader an seiner Schläfe, seinen gepeinigten Ausdruck. Wieso gepeinigt? Wie ist er auf diese Idee gekommen? Im Gegenteil, zufrieden. Ja, er ist zufrieden. Er ist bereit ihr zu sagen, ich danke dir dafür, dass du gekommen bist, um die schwarzen Energien zu vertreiben. Bei dieser Gelegenheit hast du mich meine liebe Familie kennenlernen lassen. Meinen Vater, der von einem Müllauto totgefahren worden war und dessen Tod aufgewertet wurde, als der Krebs ihn tötete. Meine Schwester Petita Evita, ein unabhängiges, fröhliches Kind, dem ein grausames Virus die Gehirnhaut zerstörte. Meinen Stiefvater, ein griechischer Sprottenfischer. Guten Tag, meine liebe Familie, die schon in Frieden ruht. Sehr angenehm, euch kennenzulernen, ich bin Adam Urija. Wirklich sehr angenehm.

Während er diese Reden hält, die er nie halten wird, betrachtet er Eva. Sie hat ihre Ellenbogen auf den Tisch gestützt und die eckigen Schultern so hochgezogen, dass ihr Hals dazwischen verschwindet, sie säubert ihre Nägel mit einer Kiefernnadel, ihr Blick ist auf ihre Fingerspitzen gerichtet. Ihre Lippen sind leicht geöffnet, als wolle sie etwas sagen, aber sie schweigt. Sie sieht nicht aus wie eine Frau, eher wie ein Mädchen, bedauernswert, einsam.

Letztendlich gibt es niemanden, der nicht ein bisschen Gnade benötigt, denkt er, und du, schlucke endlich die Kränkung hinunter oder spucke sie aus, aber sag etwas zu ihr, berühre sie, schlag ihr einen Kaffee vor, irgendetwas. Kaffee oder Worte. Aber sie berühren? Das kann er nicht. Seine Hände, die jeden Tag die Körper von Fremden berühren und betasten, kleben an seinem Schoß. Seine Mutter atmet einen halben Meter von ihm entfernt, er hört das Kratzen der Kiefernnadel an ihren Fingernägeln, er riecht sie, er ist Fleisch von ihrem Fleisch, und seine Hände verweigern sich.

»Du hast also nichts zu fragen oder zu sagen?« Sie knickt eine Kiefernnadel, packt andere Nadeln und knickt sie ebenfalls. Ihre dünnen Finger zerbrechen Kiefernnadeln, und ihre Augen sehnen sich nach ihm und bedrängen ihn. Nun, frag sie schon was, befiehlt er sich selbst, doch er kann den Packen seiner Kränkungen nicht öffnen. Die Jahre haben den Packen zusammengedrückt, die Schnüre haben sich ineinander verknotet, er findet kein Ende, um sie aufzudröseln, aber die Stille bedrückt ihn und macht ihn nervös, er sagt: »Siehst du den krummen Fensterladen? Das ist die Arbeit deines Spurensuchers. Er behauptet, dass du ihm noch Liebe und Geld schuldest.«

»Was für ein Spurensucher? Ach so, der, der soll mir nicht die Eier... Oj, mein Mund. Das mit dem Geld ist sowieso längst verjährt, und was die Liebe angeht, ich habe ihm mehr gegeben, als er verdient hat, er müsste mir noch etwas rausgeben.«

Sie bläst die geknickten Kiefernnadeln vom Tisch, fährt sich durch die Haare, richtet den Rücken auf und biegt ihn wie eine verletzte Katze. Sie sieht aus, als würde sie jeden Moment aufspringen oder trampeln oder schreien, aber sie sagt: »Dein Telefon klingelt, solange du antwortest, gehe ich in die Büsche, ich kann es nicht mehr halten.«

Er hält sich das Ohr zu, um das Plätschern im Oleander nicht zu hören, in sein anderes Ohr dringt Moskowitz' Stimme: »Herr Doktor, Sie haben gesagt, dass ich jederzeit... Ich er... ersticke... Atme schwer... Keine Luft... Keine Luft, Doktor...«

Sie wäscht sich das Gesicht mit dem Schlauch, der die Rosen bewässert, hebt ihr Kleid hoch, um sich damit das Gesicht zu trocknen, und zeigt dabei ihre Beine. Ihre Beine sind so wie immer, lang und dünn. Schwer vorstellbar, dass diese Beine sich einmal auf einer Geburtsliege spreizten und er zwischen ihnen auf die Welt kam, was heißt da kam, hinausgepresst wurde, zu früh, schnell, übereilt, unter Druck. Und ein paar Jahre darauf lagen diese Beine wieder auf einer Liege, öffneten sich weit und brachten eine kleine Petita Evita auf die Welt, die ihr wie ein Handschuh passte. Er wird sie fragen, wo das Grab dieser Petita Evita ist, die mit ihm einen gewissen Prozentsatz ihrer Gene geteilt hat. Nun, frag sie schon, drängt er sich und schafft es nicht, die Wand des Schweigens zu durchbrechen, die sich um sie aufgerichtet hat. »Wohin musst du?«, fragt er schließlich.

»Zum Busbahnhof.«

»Und von dort?« Er kann sich nicht beherrschen, plötzlich fällt ihm ein, dass sie ihn nichts über sein Leben gefragt hat. Sie hat keinen Mut. Sie weiß, dass sie das Recht, einen Fuß in sein Leben zu setzen, verloren hat, und sie akzeptiert dieses Urteil. Sie sieht dünn und zerbrechlich aus in den Schatten, die aus den hohen, düsteren Bäumen fallen und sie einhüllen.

»Nach Kiriat Schmona, ich lebe dort.«

»Verheiratet?«

»Nein, woher denn.«

Du hast gesagt, dass du nichts fragen wirst, denkt er wütend. Ab jetzt wird er schweigen, bis er sie am Busbahnhof absetzt und sich von ihr verabschiedet.

»Bringst du mich zum Busbahnhof?«

Sie zieht ein gelbes Wollcape aus ihrer Tasche, wickelt sich hinein und schaut hinüber zu den Kiefern. »Hörst du, wie die Raben miteinander streiten? Sie können nicht schlafen, ohne vorher einen Weltkrieg zu führen. Das haut einen um. Ich wohne in einer langen Häuserreihe, dort gibt es keine Bäume und keine Raben, gib mir noch eine Minute, ja?« Sie dreht sich zu den Kiefern und fragt: »Und du?«

»Was meinst du?«

»Verheiratet?«

»Nein.«

»Hast du Kinder?«

»Nein.«

Die Dämmerung hat ihre Falten weggewischt und ihren Hals geglättet, gibt ihr etwas von ihrer Jugend zurück. Sie sieht aus, als würde sie ihn im nächsten Augenblick vom Fenster wegziehen und schimpfen, nun hör schon auf, wie ein Blöder am Fenster zu sitzen, oder als würde sie ihn rufen, komm, komm schnell, die Grapefruit Gottes rollt über den Himmel, schau sie dir an, bevor er sie aufisst. Sie lauscht gespannt dem Kreischen der Raben, noch immer aufrecht, nur ihr zur Seite geneigter Hals hat etwas Trauriges an sich, er ist nicht mehr so geschmeidig und jugendlich wie in Adams Erinnerung. Sie ist allein, das ist klar. Na und, auch er ist allein. Und Mama Ruth? Und Moskowitz, der jetzt auf dem Weg zum Krankenhaus ist? Alle sind allein. Auch die Verheirateten. Was hat sie in Kiriat Schmona? Wen hat sie dort? Wovon lebt sie? Er wird sie nicht fragen. Als er zehn war, hat sie ihr Schicksal von seinem getrennt, und alles, was danach passierte, gehört ihr allein. Sie wickelt sich fester in ihren Umhang, und er hat den Verdacht, dass sie gar nicht den Raben lauscht. Ihr Blick ruht auf den Wipfeln, aber ihr Herz ist woanders. Sie verstellt sich, sie versucht Zeit zu schinden. Ihre Augen glänzen. Wären da nicht die täuschenden Schatten, würde er glauben, sie weine, aber um diese Zeit, wenn der Tag schon kein Tag mehr ist und die Nacht noch keine Nacht, kann ein Aufblitzen der Lider wie Tränen erscheinen.

»Wann geht dein Bus?«

»Ich weiß es nicht. Warum, hast du es eilig?«

»Nein, ist schon in Ordnung.« Er wird sie nicht drängen. Er lehnt sich an den Rand der Terrasse und betrachtet ihre Silhouette. Interessant, dass sie in all den Jahren nicht zugenommen hat, Frauen in ihrem Alter haben normalerweise längst ihre Figur verloren. Ihre kindliche Brust ist geschrumpft, sie ist fast flach. Ihr zu den Bäumen erhobener Hals ist noch immer lang, aber sie ist nicht mehr so aufrecht, wie sie einmal war. Die Zeit hat beschlossen, ihre Zeichen an ihrem Hals zu hinterlassen, ihren Schultern. Nicht dass sie dabei übertrieben hätte, aber es ist etwas Erbarmungswürdiges an ihr. Erbarmungswürdig? Wie kommt er bloß auf dieses Wort, seit wann empfindet er Erbarmen für sie? Sie ist sie, und er ist er.

Zwei parallele Linien, deren Abstand voneinander festgelegt ist. Er betrachtet seine Schuldnerin, die ihre Schuld nicht bezahlen kann, und das Herz tut ihm weh. Er weiß nicht, ob sie die Nase hochgezogen hat oder ob es ihm nur so vorkommt, ob sie sich über die Augen gewischt oder nur die Lider berührt hat, er fährt fort, sie zu betrachten. Ihre Art zu stehen ist neu. Fast hätte er gesagt, dass er eine Traurigkeit wahrnimmt, von der er nicht gewusst hat, dass sie dazu fähig ist, aber er ist vorsichtig, schließlich weiß sie, wie man Theater spielt. Das Geschrei der Raben wird leiser, aber sie starrt noch immer gespannt zu den Kiefern, als warte sie auf etwas, als hoffe sie, in den Wipfeln etwas zu entdecken, als könnte die Sonne im Westen aufgehen und Eva ihr in den Osten folgen und das Rad ihres Lebens zurückdrehen, zu seinen Anfängen, und eine neue Chance bekommen.

Das Tor knarrt, und sie bleibt stehen, wo sie stand. Der Spurensucher tritt ein, sieht Adam und lächelt. »Hallo, Doktor, wie geht's?« Er kommt den Pfad entlang, der zur Terrasse führt, hört eine Bewegung und Blätterrascheln neben den Bäumen und blickt hinüber. »Hoho, wen sieht man da?« Seine Zähne blitzen in der Dunkelheit. »Lady Adam! Sehe ich richtig? Die Dame höchstpersönlich!« Er geht auf sie zu. »Komm, Lady, lass dich anschauen, wo kommst du her, aus Miami? Los Angeles? Las Vegas?«

Sie wendet den Blick von den Kiefern und dreht sich zu ihm, doch sie sieht aus, als sei sie völlig in sich versunken, als falle es ihr schwer, aus ihren Gedanken aufzutauchen.

Er schlägt ihr auf die Schulter. »Lächeln, Lady Adam, lächeln, es kostet dich keinen Cent.« Sie weicht zurück. »Hast du Angst, Lady Adam? Sie ist nicht dicker geworden, Ihre Schwester, sie hat sich nicht entwickelt, körperlich ist sie ein junges Mädchen geblieben.« Der Mann wendet sich an Adam, schaut dann wieder zu Eva. »Komm ins Licht, Lady Adam, damit man sieht, was in all den Jahren aus dir geworden ist.« Er zieht sie am Arm, und sie befreit sich aus dem Griff. »Lass mich.«

»Ich soll dich nicht anfassen? Okay, ich fasse dich nicht an. Was ist mit dem Geld?« Er beugt sich zu ihr.

Sie weicht zur Seite. »Ich weiß nicht, was für Geld, wenn du willst, dass wir miteinander sprechen, dann nicht hier und nicht jetzt.«

Er lacht. »Dein Bruder weiß alles, das ist in Ordnung, ich habe es ihm schon erzählt, er stört uns nicht.«

Sie wühlt in ihrer Tasche, reißt ein Stück von einer Wasser- oder Stromrechnung ab und kritzelt in der Dunkelheit mit einem quietschenden Stift etwas darauf. »Hier ist meine Telefonnummer. Jetzt geh, wir wollen allein sein.«

»Hör zu, Süße, es besteht keine Aussicht, dass ich darauf verzichte. Ich habe dir Geld gegeben, damit du deinen Jungen zu seinem Vater bringst und dann zurückkommst, du hast mich reingelegt, und jetzt wirst du die Zinsen und Zinseszinsen zahlen. Aber ich war ein Gentleman und bin ein Gentleman geblieben, ich habe fünfundzwanzig Jahre lang gewartet, ich warte noch einen Tag länger. Wenn du mich zufällig dringend suchst, hier ist meine Karte.« Er holt eine Visitenkarte aus seiner Gesäßtasche, und sie streckt nervös die Hand aus und nimmt sie.

»Passen Sie auf Ihre Schwester auf, Doktor, körperlich hat sie sich nicht groß verändert, aber soweit ich sehe, hat sie nicht mehr den Kopf, den sie mal hatte, sie ist schwerfällig geworden.« Er wendet sich an sie: »*Arrivederci*, Lady Adam«, verneigt sich und geht zum Tor, stößt es mit dem Fuß auf und verschwindet auf der Straße. Sie zerknüllt die Karte und wirft sie in die Bewässerungsgrube des Granatapfelbaums.

»Entschuldige, Adam, ich bin gleich zurück.« Sie geht zu den Oleanderbüschen hinter dem Haus, und er hebt die zerknitterte Karte des Spurensuchers auf und steckt sie in die Tasche. »Gehen wir?«, fragt er, als sie zurückkommt.

»Gut«, erwidert sie, und ihre Augen huschen zu den Baumwipfeln, als wolle sie sich etwas Bestimmtes einprägen, bevor sie geht.
»Ich habe eine Bitte, Adam, wenn es dir nicht zu schwer fällt.«
»Bitte.«
»Ich möchte deinen krummen Finger berühren.«
Er streckt den Arm aus, und sie legt zögernd ihre Hand auf seine. Er hatte sich nicht vorgestellt, dass ihre Hand so leicht und so klein sein würde, die Hände, an die er sich erinnert, waren rau, kräftig und viel größer als seine. Ihre Finger sind kalt und feucht, nackt und ohne Ring. Die Kiefern werfen einen dunklen Schatten auf ihr Gesicht, er sieht, dass sie sich auf die Lippe beißt, und fragt sich, was sie bedrückt, die Erinnerung an den kleinen Finger des Glasbläsers oder an den Jungen, der seinen Finger in den Granatapfelsaft tauchte und auf ein Wunder hoffte.

Früher, als seine Faust klein war und in ihrer Hand verschwand, erkannte er ihre Stimmung daran, wie locker oder starr ihre Glieder waren, daran, wie ihre Adern anschwollen, wie ihre Gelenke sich verhärteten, wie fest ihr Schritt war. Jetzt weiß er gar nichts. Er sieht, wie ihre Hand über seine streicht, die Zeit in den Fingerwurzeln suchend, in der Haut, in den Fingernägeln. Sie spreizt ihre dünnen Finger, verschränkt sie mit seinen, hakt sie ein. Die Hand eines alternden Mädchens, verschränkt mit seiner, dünn, kalt, forschend. Ihm wird warm, seine Fingerkuppen pochen, er schwitzt. Er schließt die Augen und spürt, wie ihre Hand an seinem Arm hochgleitet und sich in seinen Nacken legt. Er bekommt keine Luft.

»Gehen wir.« Seine Stimme versagt und ist ihm fremd.

Sie zieht ihre Hand zurück, dreht sich um und geht zerstreut vor ihm her, den Kopf zum Pfad gesenkt, hustet und murmelt etwas vor sich hin.

»Hast du was gesagt?« Er tritt nach ihr durch das Tor, das der Spurensucher nicht geschlossen hat.

»Erinnerst du dich, was heute meine erste Lüge war?«

»Ja. Dass du aus dem Ausland gekommen bist.«

»Stimmt. Ich hatte keine Wahl, ich wollte, dass du kommst, um mich zu treffen.«

»Das ist dir gelungen. Ich bin gekommen.« Er hält ihr die Autotür auf und wundert sich, dass er sie als groß in Erinnerung hat, was sie nicht ist. Sie ist kein Kind mehr. Die Zeit hat sie kleiner gemacht, hat ihre Knorpel abgenutzt, hat die Zwischenräume zwischen ihren Wirbeln zusammengedrückt, er hat Mitleid mit ihr, aber er begegnet ihr mit beherrschter Vernunft.

Auf dem Weg zum Busbahnhof schweigt sie, sie schaut sich nicht um, ihr Blick ist auf einen Punkt der Windschutzscheibe gerichtet, sie wendet den Kopf weder nach links noch nach rechts. Vor dem Gebäude hält er an. Sie macht die Tür auf, zögert, bevor sie aussteigt, und sagt: »Weißt du, was die zweite Lüge war?«

»Nein.«

»Die Beerdigung. In der Straße, in der ich lebe, ist bis jetzt noch keine vierundfünfzigjährige Frau gestorben.«

»Was soll das heißen, bis jetzt?«

»Bis jetzt heißt, dass sie noch lebt, bis sie sterben wird.« Sie setzt ihre Füße auf den Gehweg, wickelt sich in ihr gelbes Wollcape und sagt: »Mir tun diese beiden Lügen von heute leid.« Er steigt ebenfalls aus und fragt sich, welche Abschiedszeremonie sie jetzt wohl vollziehen würde.

»Erstaunlich, was für ein Mann du geworden bist«, sagt sie und schiebt ihren Arm unter den Riemen ihrer Tasche, sie steht vor ihm, und das flackernde Licht des Busbahnhofs verleiht ihren Augen einen ungesunden Glanz. »Du bist also Arzt geworden«, sagt sie, zieht die Wangen ein und betrachtet ihn mit leicht geöffnetem Mund. Er versucht zu erraten, welchen abschließenden Satz sie herausbringen würde, was sie zu ihm sagen würde, es tut mir leid, Adam, verzeih mir, ich konnte nicht anders, oder... Aber sie hebt das Gesicht zu ihm, hört auf zu starren. »Gut, also leb wohl«, sagt sie kurz, dreht sich um und geht mit schnellen Schritten zum Eingang, der Wachmann wühlt in ihrer Tasche, sagt etwas zu ihr, sie antwortet ihm, nimmt ihre Tasche, betritt die Wartehalle und ist verschwunden.

»Ich bin also Arzt geworden«, sagt er, tritt gegen den Reifen und steigt ins Auto, doch er fährt nicht los. Sein Kopf ist leer, am liebsten würde er ihn jetzt mit Wein füllen. Er betrachtet die bläulichen Neonlichter des Busbahnhofgebäudes und weiß nicht, was links oder rechts von ihm geschieht. Er tut das, wobei er sich sicher fühlt, er ruft im Krankenhaus an und fragt nach Moskowitz. Er sei auf der Intensivstation, sagt man ihm, er habe Wasser in der Lunge, aber sein Zustand sei stabil. Schön. Gut zu hören, dass bei irgendjemandem auf dieser Welt der Zustand stabil ist. Ein gelber Fleck flackert vom Busbahnhof herüber. Er dreht den Kopf und stößt mit der Stirn an die Scheibe. Die dritte Lüge ist vielleicht zehn Schritte von seinem Auto entfernt. Ihr gelbes Cape geht am Wachmann vorbei, auf dem Weg aus dem Busbahnhof heraus. Sie läuft schnell Richtung Straße, hebt die Hand und verschwindet in einem Taxi, das dort gewartet hat. Von wegen Kiriat Schmona. Eiswürfel schwimmen in seinem Gehirn, und plötzlich klingelt es bei ihm. Was für ein Esel bin ich doch. Sie sprach über den Tod, sie sprach über eine Frau, die noch lebt, und phantasierte über eine Vierundfünfzigjährige, die schon gestorben sei, sagte, die Frau sei gesund gewesen und habe prima ausgesehen, und ich habe nicht kapiert, dass sie über sich selbst spricht.

Er will dem Taxi folgen, aber die Ampel hat schon umgeschaltet, und er weiß nicht, in welche Richtung sie gefahren ist. Er wird bei der Polizei anrufen und sagen, dass eine vierundfünfzigjährige Frau vorhabe, an diesem Abend Selbstmord zu begehen, im Moment sei sie in einem Taxi. Wie sieht sie aus? Sie ist dünn, früher war sie einmal sehr groß, heute ist sie weniger groß, sie trägt ein Kleid mit gelben Blumen. Das Kennzeichen des Taxis? Von welcher Gesellschaft? Das weiß ich nicht. Er wird alle Hotels der Stadt anrufen und sie warnen, dass eine vierundfünfzigjährige Frau vorhabe, in dieser Nacht ihrem Leben ein Ende zu setzen. Sie sieht gut aus, sie hat Tabletten in der Tasche, sie hat einen auffallenden Blick, sie ist diplomierte Lügnerin. Vielleicht hat sie ein Handy dabei. Er wird alle Handybetreiber anrufen und sagen, es handle sich um einen Notfall, um Leben und Tod, sie müssten sofort ihre Nummer herausfinden. Einen Moment, sie hat dem Spurensucher doch ihre Nummer aufgeschrieben. Er wühlt in seiner Tasche, berührt den verletzten Schmetterling, sucht in der anderen Tasche und findet die zerknitterte Karte, die Eva unter den Granatapfelbaum geworfen hatte. Er schwitzt. Er knöpft sein Hemd auf, öffnet alle Fenster des Autos und liest: »G.G. Privatdetektiv. Tel ...« Was soll dieses G.G.? Gerschon Garin? Gerschon Gorloschwili? Grischa Gorbatschow? Gedalja Gravam? Er tippt die Nummer in sein Handy, seine Finger hinterlassen feuchte Flecken auf den Tasten.

»Hallo, wer spricht?«, fragt der Spurensucher.

»Hören Sie, G.G., hier spricht der Doktor. Ich brauche dringend die Telefonnummer von Lady Adam.«

»Sie bringen mich zum Lachen. Ihre Schwester, und Sie wollen ihre Nummer?«

»G.G., es ist ein Notfall ...«

»Tut mir leid, Doktor, ich habe ihre Nummer nicht.«

»Doch. Vor weniger als einer Stunde hat sie sie Ihnen aufgeschrieben.«

»Wenn ein Mensch sagt, er hat sie nicht, dann hat er sie nicht. Außerdem habe ich es eilig, Doktor, ich habe um acht eine Verabredung.«

»Hören Sie, sie will sich umbringen, ich muss sie finden, haben Sie verstanden?«

»Doktor, glauben Sie ihr nicht. Sie ist eine Katze, sie hat sieben Leben, sie wird keine Sekunde eher sterben, als Gott sie zu sich nimmt. Sehr angenehm, mit Ihnen zu sprechen, Doktor, aber wie schon gesagt, ich muss los.«

»Wenn Sie mir nicht sagen, was sie aufgeschrieben hat, wende ich mich an die Polizei.«

»Sie sind unter Druck, Doktor, das passt nicht zu Ihnen. Sie wollen wissen, was sie aufgeschrieben hat? Kein Problem. ›Um acht im Paradiso.‹«

»Wie ich gesagt habe, sie hat geschrieben, um acht im Paradies. Sie will sich vor acht umbringen. Noch eine Viertelstunde...« Adam atmet schwer.

»Nehmen Sie ein Valium, Doktor, was ist mit Ihnen los? Wie eine Grippe hört sich das nicht an. Das Paradies ist nicht das Paradiso. Kennen Sie das Café Paradiso nicht? Sie trifft mich dort um acht. Und Hand aufs Herz, Doktor, glauben Sie, dass der Paradieswächter sie tatsächlich ins Paradies einlassen würde?« Sein Lachen, rau vom Rauchen, klingt beißend.

Der Spurensucher hat nicht gelogen. Eva erwartet ihn um acht im Café Paradiso. Adam stellt sein Auto vor dem Café ab und sieht ihr gelbes Cape an einem Zweiertisch am Fenster. Sie ist allein. Der Spurensucher ist noch nicht da. Sie raucht, löst ihr Cape und lässt ihren Hals sehen. Sie nimmt es ab und hängt es über die Stuhllehne. Jetzt ist er sicher, es ist das Kleid, das er sich über den Kopf gezogen hat, wenn er an ihrem Verkaufsstand zu ihren Füßen saß. Wenn er ruhig war, hatte er den Blumen versprochen, sie zu gießen, und wenn er nervös war, stritt er mit ihnen und drohte, sie zu pflücken, Hunde zu rufen, damit sie sie bissen, und Hornissen, damit sie sie stechen würden. Manchmal streichelte er Evas Beine, und sie zischte: »Oh, Schätzchen, das kitzelt.« Er konnte sich nicht beherrschen, er musste sie noch einmal berühren. Sie hob den Fuß, als wollte sie eine Fliege verjagen, und er unterdrückte sein Lachen und streckte ganz vorsichtig wieder den Finger aus, und sie sagte: »Eine dicke Fliege, eine dumme Fliege. Hau ab, nach Hause, geh schlafen.« Und er hielt sich den mageren Bauch und passte auf, dass sein Lachen nicht unter ihrem Kleid hervordrang.

Auch jetzt lacht er. Ein Lachen wie ein ungehobeltes Brett, ein raues, tiefes Lachen, bis er vor Lachen weint. Er weiß nicht, ob er lacht um zu weinen oder weint vor Lachen. Der Wachmann des Cafés Paradiso beugt sich zu seinem Auto und fragt, ob alles in Ordnung sei.

»Es ist alles bestens«, antwortet Adam und wischt sich über die Augen, und als er sie wieder aufmacht, sieht er den Spurensucher, wie er, die Hände in den Taschen, leichtfüßig die Treppe zum Café hinaufgeht, schwarz angezogen und mit einer blitzenden Gürtelschnalle. Der Wachmann ruft ihm nach: »Halt, einen Moment«, und macht sich daran, ihn zu kontrollieren.

Einmal hatte Adam geglaubt, er würde Filmregisseur werden, er würde einen Stummfilm über zwei Menschen drehen, die in einem Raum mit Glaswänden eingesperrt wären. Jetzt schaut er durch die Glasscheibe ins Café und sieht, wie sich das Gesicht des Spurensuchers bewegt. Er entblößt seine Zähne, lacht und küsst Eva auf die Wange, aber sie weicht zurück, drückt ihre Zigarette aus und lacht kurz und nervös auf. Der Kellner stellt eine Flasche Wein vor sie auf den Tisch, dazu zwei Gläser. Sie stoßen an und trinken. Sie hat ihr Glas zuerst ausgetrunken, und er gießt ihr nach und nähert sein Gesicht dem ihren, als zähle er ihre Falten oder als provoziere er die Tiger in ihren Augen. Adam überlegt, ob er ihn anrufen und sagen soll, G.G., ich verlasse mich auf Sie, passen Sie auf, dass dieses alte Mädchen keine Dummheiten macht, ich überlasse sie Ihnen, beruhigen Sie sie, sagen Sie ihr von Zeit zu Zeit ein gutes Wort, nehmen Sie sie ganz und geben Sie mir kein Wechselgeld. Ich habe das Meine getan, jetzt gehe ich. Aber wohin? Mehr als alles andere will er ein Glas Wein. Aber zuerst wird er zu Mama Ruth gehen und ihr sagen, Mama Ruth, Chawale ist in Israel, außer an einem Defekt, einer fehlenden Gebärmutter im Gehirn, leidet sie an nichts, sie ist heil und gesund. Mach dir keine Sorgen, Mama Ruth, ein Kopf ohne Gebärmutter ist besser als eine Gebärmutter ohne Kopf. Und sei nicht böse auf Eva, sie hat die Raben geliebt, und du hast sie gehasst, das hat nicht funktioniert, eine von euch beiden musste gehen. Dann wird er Dafi anrufen und sagen, mach dir keine Sorgen, Dafi, für unseren Status quo besteht keine Gefahr, meine Mutter leidet an einem Defekt, der sie von mir fernhält, eine Art Behinderung, schade, dass man bei ihr nicht rechtzeitig ein CT oder eine Blutuntersuchung gemacht hat. Danach wird er Eliane anrufen und sagen, mach dir keine Sorgen, Eliane, der Garten bleibt der Garten, und das Haus bleibt das Haus, meine Mutter hat einen Defekt im Kopf, sie glaubt, dass der Garten krank ist, schwarze Energien und so weiter, nicht einen Schekel will sie von ihm sehen. Und was wird er zu Iris sagen? Nichts. Ihr Konzert hat vor über einer halben Stunde angefangen, aber es tut ihm nicht leid, er könnte jetzt keine Tenöre hören, es gibt eine Grenze für das, was der Mensch seinen Ohren an einem einzigen Tag zumuten kann. Sie wird weitere Konzerte haben, und wenn nicht, wird sie wegen eines neuen Rezepts für ihren Vater in die Praxis kommen.

Und dann, wenn er alle angerufen hat, wird er Bucharis anrufen, er wird mit ihm in Mama Ruths Küche Kaffee trinken und schweigen. Auch Bucharis wird kein Wort sagen. Die Küche wird sich mit Stille füllen, sie werden Kaffee trinken, sie werden Kekse eintauchen, und er wird Bucharis' rhythmische Atemzüge hören und sich beruhigen.

Er holt sein Handy aus der Tasche, und zuallererst, bevor er irgendjemanden sonst anruft, ruft er im Krankenhaus an und erkundigt sich nach Jonathan.

»Der Junge schläft noch«, sagt die Schwester. »Das ist auch besser für ihn, nicht wahr? Unter uns gesagt, warum sollte er aufwachen? Die Eltern können einem leid tun, sie kleben an der Tür. Jede Minute fragen sie, ob dieser Schlaf normal ist, sie ahnen schon etwas...«

Nein, er hat keine Auszeichnung verdient, weil er sich zuerst nach Jonathan erkundigt hat, bevor er die anderen anruft. Er braucht Jonathan nicht weniger, als Jonathan ihn braucht. Er ist Hausarzt, und um Hausarzt zu sein, ist er von Patienten abhängig. Seit langem weiß er, dass bei all seinen düsteren Gedanken des »Wer bin ich, und was bin ich?« sich der Beruf unterstützend neben ihn stellt: Du bist Hausarzt. Punkt. Eine feste Adresse für die Bewohner des Viertels, wie zum Beispiel der Schuster, der Kaufmann und der Friseur. Zum Schuster bringen sie ihre zerrissenen Schuhe, zum Friseur die Haare zum Schneiden, und zu dir ihre schwachen Herzen. »Du bist also Arzt geworden«, hat sie zu dir gesagt, bevor sie ging, und auch wenn sie vielleicht enttäuscht ist über deinen Beruf oder sich nur damit abgefunden hat, ist ihr doch klar, dass deine berufliche Identität unzweifelhaft feststeht. Deine anderen Identitäten sind eine wirre Anhäufung von Fragezeichen. Zum Beispiel hast du eine biologische Mutter, aber keine wirkliche, du bist der Sohn irgendeines Josef Elias, eines Glasbläsers, der dich in einer winzigen Nische hinter der Nische, die seine Werkstatt war, gemacht hat, und der im besten Falle an Krebs gestorben ist, und eigentlich bist du nicht mehr als ein zufälliger Tropfen seines Samens. Du bist der Bruder einer Petita Evita, aber nur zur Hälfte, und außerdem ist sie sowieso schon tot, also bist du letztendlich schon kein Bruder mehr und hast auch keine Schwester. Du bist der Enkel von Mama Ruth, und sie ist deine nicht-biologische Mutter. Und was bist du für Eliane? Ihr Liebhaber? Ihr Partner? Wenn du das bloß wüsstest. Weiß der Spurensucher, wer und was er ist? Und Eva? Weiß es der Kellner, der ihnen die Rechnung auf den Tisch legt? Der Spurensucher zieht seinen Geldbeutel heraus, sie hängt sich das Cape über den Rücken und streicht die Fransen glatt. Das Fenster ist beschlagen, das Bild ist verschwommen. Sie sehen aus wie Vater und Tochter oder wie ein alter Liebhaber und ein junges Mädchen. Adam fährt ein Stück rückwärts, damit sie ihn beim Herauskommen nicht sehen, und macht die Scheinwerfer aus. Der Spurensucher öffnet mit demonstrativer Höflichkeit die Tür, und sie geht vor ihm hinaus, bleibt oben an den Stufen stehen. Er geht vor ihr hinunter, wartet auf dem Gehweg auf sie und steckt sich eine Zigarette an. Sie sieht verloren aus, lächelt trunken und sagt: »Sie macht einen verrückt, diese Nacht, nicht wahr? Diese Luft, was sagst du, erstaunlich, nicht wahr?«

Eine Frau auf dem Vulkan, denkt Adam und beobachtet sie gespannt, sie deklamiert einen banalen Text, verteilt abgedroschene Schmeicheleien an das Universum, und glühende Lava versengt ihre Beine. Der Spurensucher äußert keine Meinung zur Luft und zur Nacht, er gibt ihr mit der Zigarette ein Zeichen, endlich zu kommen. Sie kommt die Stufen herunter, er steckt ihr die Zigarette zwischen die Lippen, sie zieht daran und lächelt, wie sie vor einer Minute gelächelt hat, und beide drehen Adam den Rücken zu. Der Spurensucher legt ihr den Arm um die Hüfte, und sie gehen die Straße hinunter.

Wenn er Filmregisseur wäre, würde er die Szene folgendermaßen enden lassen: Der Sohn startet sein Auto, fährt langsam hinter seiner Mutter und ihrem Liebhaber her, und einen Moment, bevor er sie überfährt, bleibt er mit quietschenden Bremsen stehen, und beide machen einen Satz zur Seite. Er schreit ihr aus dem Fenster zu: »Verdammte Hure!«

Sein Schrei hallt durch die Straße, und sie starrt ihn mit aufgerissenen Augen an, legt ihre Hand auf die flache Brust und fragt: »Entschuldigen Sie, meinen Sie mich?«

Doch hier geht es nicht um einen Film, sondern um das wirkliche Leben, und der einzige Stoff, der zu diesem Bild gehört, ist der des gelben Capes und der schwarze des Ärmels, der darauf liegt wie eine Sichel auf einer Sonnenblume. Adam wartet, bis sie sich entfernt haben, dann fährt er los. Seine Scheinwerfer beleuchten die mageren Schultern, die sich unter dem schwarzen Arm zusammenziehen, ihren schaukelnden Gang und ihre nackten Unterschenkel. Er weiß nicht, ob sie lacht und ob sie so schaukelt, wie sie es tut, wenn sie nicht getrunken hat. Wohin bringt er sie? Der Stoff mit den gelben Blumen wölbt sich über ihren Schenkeln, der Spurensucher bietet ihr noch einen Zug von seiner Zigarette an, dann wirft er die Kippe in einen Kanaldeckel, und sie gehen weiter. Adam fährt langsam, achtet auf eine gleichbleibende Entfernung, und während er ihnen mit den Augen folgt, bahnen sich in seinem Gehirn ein Junge und seine Mutter ihren Weg, zwängen sich aus dem Vergessen, streichen ihre zerknitterten Kleider glatt und laufen vor ihm her genau so eine Straße hinunter, mit ebensolchen Kanaldeckeln, ebensolchen orangefarbenen Straßenlaternen, mit ebensolchen schnellen Lichtstreifen von ebensolchen Autos.

Zwei flache Silhouetten, Arm in Arm, erstreckten sich vor den Schuhen des Jungen und seiner Mutter und gingen ihnen voraus, der eine mager und kurz, der andere dünn und lang. Die Stangen des Verkaufsgestells, das die Mutter auf der Schulter trug, warfen Schatten, auch die große Tasche über ihrer anderen Schulter, mit den Schmetterlingen, die sie nicht verkauft hatte, auch die kleine Tasche mit den nicht verkauften Perlen, die der Junge in der freien Hand trug. Der Junge und seine Mutter schwiegen, und die Schmetterlinge und die Perlen klirrten. Er liebte den Weg, das Klirren des

Glases, den Klang ihrer Schritte, das Klimpern ihrer Fußkettchen, und ganz besonders liebte er die schlechten Tage, wenn nichts verkauft worden war. Dann war sie müde und trieb ihn nicht an, sie gingen langsam, sie hielt seine Hand und ließ ihn nur los, um den Gurt ihrer Tasche zurechtzuschieben, dann tastete sie wieder nach ihm. Ihre Hand war warm von der Sonne, die den ganzen Tag heruntergebrannt hatte, sie vergaß sich selbst und verschränkte ihre Finger mit seinen und hielt sie fest. Manchmal sagte sie seltsame Dinge wie »Gut, dass es heute nicht geklappt hat. Geld stinkt, ein Glück, dass wir nicht viel davon haben«, oder »Siehst du, die Schmetterlinge sind bei uns geblieben, niemand hat sie einfangen können«, oder »Im nächsten Leben werden wir beide Schmetterlinge.« Er wusste nicht, was das nächste Leben sein sollte, und fragte, wann das sein würde. »Wenn Gott beschließt, dass wir lange genug Menschen waren und wir es uns endlich verdient haben, Schmetterlinge zu werden.« Ehrlich gesagt, es war ihm egal, dass er nichts von irgendwelchen nächsten Leben verstand, er freute sich, dass sie mit einer zerstreuten Stimme sprach, mit langen Pausen zwischen den Wörtern. Ohne Nervosität. Zum Beispiel den Satz: »Hast du die dicke Frau gesehen, wie sie an den Schmetterlingen gerochen hat? Als suche sie Steaks fürs Abendessen.« Eine ganze Straße lang brauchte sie für diesen Satz, oder sie sagte: »Glaubst du, dass der mit dem Aufdruck von King Kong auf dem Hemd einen Schmetterling kaufen wollte? Pustekuchen. Er wollte meine Beine sehen.« Dreißig parkende Autos und zwei vorbeifahrende Motorradfahrer dauerte es, bis sie das gesagt hatte. Diese Straße gingen sie entlang, aber die Straße war damals länger. Nach vielen Schritten und wenigen Worten kamen sie zum Kiosk in der Deutschen Siedlung mit dem Schild, auf dem »Strauß« stand, sie fragte: »Willst du eine Cola?« und nahm sich das Gestell von der Schulter.

»Keine Cola«, sagte er und stellte sich auf die Fußspitzen, bis sein Kinn die Theke erreichte.
»Warum?«
»Weil ich einen Mohrenkopf möchte.«
»Du willst also beides«, sagte sie und zog den Reißverschluss ihres Geldbeutels auf, den sie um ihren Bauch gebunden trug, und wühlte darin herum, und er hörte den Kamm, die Schlüssel von der Ben-Jehuda 36, Münzen und eine Schachtel Zigaretten aneinanderschlagen.
»Nicht beides«, sagte er.
»Warum nicht?«
»Weil wir heute nicht genug Schmetterlinge verkauft haben.«
»Gib ihm eine Cola und einen Mohrenkopf und mir ein kaltes Bier«, sagte sie zum Verkäufer und hob den Jungen hoch, damit er all die Wunderdinge im Kiosk sehen konnte, und dann fügte sie hinzu: »Was soll das heißen? Wenn es heute nicht gut gegangen ist, steht uns das nicht zu?« Sie machte ihm die Dose auf, und ein kalter, durchsichtiger Dunst stieg heraus. Sie steckte einen Plastiktrinkhalm hinein und sagte: »Trink, ich halte dir so lange den Mohrenkopf.« Sie leerte ihr Bier mit einem einzigen Zug, und er trank ein paar Schlucke und wurde müde.
»Und jetzt iss den Mohrenkopf, ich halte dir die Cola«, sagte sie, lud sich das Gestell auf, hängte sich die Tasche über die Schulter und hielt die Coladose für ihn. Er aß den Mohrenkopf, und sie gingen weiter, mit den Schritten von alten, müden Schildkröten. »Lass mich mal beißen«, bat sie, und er freute sich, dass er noch nicht zur Waffelschicht gekommen war und er für sie noch etwas von der weißen Creme übrig hatte. Er wollte ihr den Mohrenkopf hinhalten, und ein Blitz traf das Dach des Kiosks, über ihnen riss eine Wolke auf, und ein plötzlicher, heftiger Regen prasselte auf sie und den Mohrenkopf herunter. »Der blöde Regen wird dir alles weg-

essen, los, leck schneller.« Sie bückte sich und streckte die Zunge heraus, und beide standen sie im Regen und leckten die Creme von der nassen Waffel. Eva breitete die Hände aus und sagte: »Wasch dir auch die Hände im Regen«, und er breitete seine klebrigen Hände aus und lachte und bekam fast keine Luft, vielleicht verschluckte er sich an der Waffel, die gerade in seinem Mund zerging. Sie waren nass bis auf die Haut und gingen langsam weiter, nicht nervös, mit den Taschen und den Schmetterlingen und den Perlen. Er wusste schon damals, dass sie nicht so war wie andere Mütter, dass es ihr egal war, ob sie nass waren oder nicht, dass sie auf die Gefahr einer Lungenentzündung pfiff, dass ihr Husten und Schnupfen egal waren.

»Hör mal, du wirst Mama Ruth nichts davon erzählen, verstanden?«

»Ja.«

Ihre Schuhe füllten sich mit Wasser und wurden schwer, und er wusste nicht, wie ihm geschah. Sie teilten ein Geheimnis, und der Regen hörte nicht auf, und sie gingen ganz langsam, und sie hatten noch viel Zeit, bis sie ankämen, und sie war nicht nervös, und seine Hand lag in ihrer, und ihre Hand war glatt wie der Scheinwerfer eines Autos.

»Hast du mich manchmal ein bisschen lieb?«, fragte sie.

Er hob sein Gesicht und sagte: »Ja. Du hast noch ein bisschen Weiß vom Mohrenkopf auf der Nase.«

»Was heißt ja, du hast mich lieb oder nur manchmal lieb?«

»Ich weiß es nicht.«

Sie gingen schweigend weiter, und nach zwanzig oder dreißig geparkten Autos sagte sie: »Gut, dass du kein Lügner bist.« Ihre Hand fuhr durch seine Haare wie beim Waschen, und sie fragte nicht, was das Nasse war, das er in den Augen hatte. Sie dachte, es sei Regen.

Er fährt langsam auf der rechten Straßenseite, sie gehen vielleicht zwanzig oder dreißig Meter vor ihm. Der Arm des Spurensuchers bewegt sich nach oben, liegt jetzt fast auf Evas Schulter, und sie schmiegt sich an ihn, lehnt den Kopf an seine Schulter, fasst ihn an der Hüfte, und ihr gelbes Cape rutscht herunter und gibt einen dünnen weißen Arm frei, der um eine schwarze Hüfte liegt. Die Windschutzscheibe beschlägt, die Gestalten verschwimmen. Adam hat Angst, sie zu verlieren, und erschrickt, als er merkt, dass er weint. Er wischt sich mit dem Handrücken die Tränen ab, die sich dreißig Jahre lang gesammelt haben, saure, alte Tränen, er fährt langsam hinter den beiden her und denkt an die nasse Hand, die ihm einmal durch die Haare gefahren ist, ein einmaliges Geschenk.

Er drückt auf das Pedal, beschleunigt, fährt an ihnen vorbei und sieht ihre müden Schritte im Seitenspiegel. Der Spurensucher hält sie unter dem Arm, neigt den Kopf zu ihr, und sie gehen mit langsamen, fast gelassenen Schritten. Warum hat er sie nicht nach ihrer Adresse gefragt, nach ihrer Telefonnummer? Sei es auch nur, damit sie ihm Knochenmark spenden könnte oder er ihr, falls einer von ihnen krank würde. Er sieht voraus, dass ihr knochiger Rücken jetzt für die nächsten fünfundzwanzig Jahre verschwinden könnte, und das erschreckt ihn. Er fasst in seine Hemdtasche und beruhigt sich, die Visitenkarte des Spurensuchers ist noch da, er hat einen Faden in der Hand. G.G. wird wissen, wo sie ist. Ihr Kopf an seiner Schulter deutet auf eine Art Zukunft hin.

Wäre er ein Filmregisseur, hätte er den Sohn jetzt neben seiner Mutter anhalten lassen, er hätte das Fenster geöffnet und »Mama« gerufen, und sie hätte die magere Hand auf ihre flache Brust gelegt und gefragt. »Meinst du mich, Schätzchen?«

Kitsch? Es ist ihm egal. Soll es Kitsch sein.

Aber er ist kein Filmregisseur. Wenn er den Beruf wechseln würde, dann würde er Drachenflieger. Eliane wird sagen, was denn, bist du auf den Kopf gefallen? Statt vorwärtszukommen, machst du ... Aber schließlich würde sie zugeben, dass seine Drachen herrlich bunt sind und das Dach der Welt schmücken, denn ohne sie ist der Himmel langweilig und leer und traurig, und es macht Angst, die Augen zu einem leeren Himmel zu heben.

Nach Eliane sehnt er sich im Augenblick am meisten, zu ihr will er fahren, und schon beschließt er, morgen nicht zu »Alles für Haus und Garten« zu gehen, er wird die Birne für seinen Lichtkasten in dem Geschäft in der Jaffostraße kaufen. Er parkt sein Auto unter dem Ficusbaum vor Elianes Haus. In ihrem Fenster brennt Licht, der blaue Renault ist nass vom Tau. Gottes Grapefruit segelt am Himmel über dem Haus und verstreut ihren Glanz über alle Bewohner der Erde gleichermaßen, über jene, die einen Defekt haben, und über jene, die keinen haben, sie wirft ihre Strahlen auf die Wange des Jungen, in dessen Gehirn sie herumgesucht haben und der noch nicht aufgewacht ist, dessen Hände und Füße festgebunden sind und der vielleicht schon nicht mehr weiß, was er weiß. Und auch auf die aufgerissenen Augen des Mannes auf der Intensivstation, dem Wasser die Lungen zusammendrückt, auch auf Dafis gesunde Brüste und auf die nassen Daumen ihrer kleinen Kinder, und auch auf die kalten, braunen, feuchten Mispelkerne von Iris.

Adam legt den Kopf zurück, betrachtet den Himmel in seiner Pracht, spitzt die Lippen und richtet einen Pfiff an den Mond. Die Vögel in den Bäumen erschrecken, und er sagt sich, falls der Mond je entscheiden würde, nur einem einzigen Menschen sein Licht zu schenken, müsste er diesen Strahl auf Mama Ruth fallen lassen, die jetzt in Zimmer drei im ersten Korridor schläft, im zweiten Bett an der Wand, unter dem Westfenster. Und falls der Mond dann noch einen Rest übrig haben sollte, würde er ihn bitten, sein letztes Licht auf die magere Schmetterlingshändlerin mit dem gelben Cape und dem Defekt im Gehirn zu werfen.

»Du bist also Arzt geworden«, sagt er laut zu sich, lacht sein seltsames Lachen und wischt mit der Hand über die beschlagene Windschutzscheibe des Renault, dann steigt er die Treppe hinauf und klingelt. Als Eliane zur Tür kommt, hört er an ihren Schritten, dass sie barfuß ist.